Après des études de langues, d'archéologie et d'histoire de l'art, ***Amicie d'Arces*** *se lance dans le journalisme. Passionnée de patrimoine, elle est l'auteur de guides culturels, de livres d'histoire et de cuisine régionales. Elle collabore à des revues d'histoire et écrit par ailleurs des nouvelles publiées dans la presse féminine.* Les Noces blanches *est son troisième roman publié aux éditions De Borée.*

Les Noces blanches

Du même auteur

Aux éditions De Borée

La Maison de cristal
Les Larmes des Polonaises, Terre de poche

Autres éditeurs

Cuisine de Bourgogne de A à Z
Hier en Bourgogne. Cuisine, fêtes et traditions
Hommes et femmes célèbres de la Drôme
Maltat 1870-1914, Misère ou belle époque, en collaboration avec Pierre Michel
Mes recettes bourguignonnes

AMICIE D'ARCES

LES NOCES BLANCHES

De Borée

Première partie

L'INSURGÉ

I

Montélimar, 8 décembre 1851.

Dès qu'elle vit entrer les gendarmes dans la boutique, Julie comprit. Le plus âgé, elle le connaissait ; il était déjà venu acheter des friandises ou des nougats. Le plus jeune se donnait des airs importants mais c'est l'autre qui dit d'un ton menaçant :

– Ton mari, il est où ?... N'essaie pas de l'avertir, la maison est cernée.

Julie sentit son cœur s'affoler. Adrien qui venait de retirer les volets de la façade restait interdit, un vantail dans les bras. La petite Louise se précipita vers sa mère qui la repoussa et voulut bêtement barrer le chemin aux deux hommes.

Ils s'engouffraient déjà dans la cuisine qui conduisait à l'atelier ; elle courut derrière eux, elle s'écria, quand son mari, penché sur son chaudron de nougat, se redressa :

– Pierre ! Pierre ! *De qu'a fa ?*

Pierre jeta un bref coup d'œil vers la porte arrière mais trop tard ; il n'était plus question de fuir, le plus jeune des gendarmes s'était déjà jeté sur lui et le ceinturait.

L'ouvrier qui avait commencé à travailler la pâte de réglisse se recroquevilla contre le mur en roulant des yeux affolés. L'apprenti fila derrière le poêle.

Julie hurla :

– C'est pas un assassin, mon homme ! Il a rien fait de mal !

Elle s'agrippait à lui pendant qu'on menottait Pierre ; il murmura dans un souffle :

– T'en fais pas, ils vont vite me relâcher... Je t'aime.

– Où vous l'emmenez ? cria-t-elle en reculant vers la boutique comme si elle pouvait encore empêcher quoi que ce soit.

– Ça te regarde pas. Laisse-nous passer, sinon on t'embarque aussi.

Elle se doutait bien, hélas ! de l'endroit où allait le conduire le fourgon. À la citadelle, là-haut, qui dominait la ville, au vieux château fort qui servait de prison d'arrondissement.

Elle lança un regard glacial du côté du gendarme : il pouvait toujours revenir acheter des bonbons, celui-là !

Quand le prisonnier traversa la boutique, Louise se mit à sangloter, Adrien fit un geste vers son père qui dit simplement d'une voix ferme :

– Occupe-toi de ta mère et de ta sœur, mon grand.

Dans le petit jour sale qui pointait, quelques rares badauds s'étaient attroupés autour de la boutique et du fourgon. On entendait au loin le tambour rameuter les citoyens pour aller défendre la mairie. Sans grand succès. On chuchotait qu'une partie de la garnison était allée se poster sur le boulevard du Fust. On avait surtout peur et on préférait ne pas être mêlé à ces désordres.

Avant de filer se réfugier chez eux, quelques curieux s'attardèrent à regarder le confiseur monter dans le fourgon où se trouvaient déjà deux autres prisonniers ; puis le cocher fouetta les chevaux, le convoi s'ébranla en résonnant bruyamment sur les pavés de la Grand-Rue.

Les yeux se tournèrent alors vers la vitrine de sucreries et quelqu'un chuchota :

– Comment elle va se débrouiller, maintenant, Julie Audranne ?

Personne ne releva. Aussi bien ceux qui approuvaient l'arrestation du confiseur que ceux qui plaignaient sa femme préférèrent se taire, par peur des mouchards.

Julie avait tourné le dos aux curieux et serrait ses deux enfants contre elle en tentant de les rassurer.

– Votre père n'est pas un voleur, il n'a rien fait de mal.

Louise hoquetait encore. À onze ans, c'était une maigrelette un peu farouche mais à l'esprit vif. Tout ce qu'elle savait, compter, peser, trier, et aussi repriser, surveiller la soupe, décrasser un tablier, elle l'avait appris en regardant faire sa mère. L'an passé, une voisine lui avait montré de jolis points de couture et suggéré à Julie qu'on pourrait mettre l'enfant en apprentissage chez une couturière. Une bouche de moins à nourrir… Elle en aurait le cœur brisé, Julie, s'il lui fallait se séparer de sa fille, si Pierre…

La petite reniflait et levait de grands yeux noirs désorientés.

– Pourquoi les gendarmes l'emmènent, alors ?

La confiseuse posa un baiser sur les mèches brunes et broussailleuses sans répondre.

– Sèche tes larmes, ma *pitchounette*, et aide-moi à ranger le magasin.

– Moi, je sais ! s'écria Adrien. Gaspard, il dit que le père c'est un rouge et qu'il veut faire la rév…

– Tais-toi ! Ton frère ferait mieux de ne pas *bajasser* à tort et à travers.

– Quand il va savoir…

– Il l'apprendra bien assez tôt. En attendant, file surveiller la cuisson avec Justin. Qu'il aille pas nous gâter la marchandise, celui-là.

Les galoches claquèrent sur les dalles et la porte de l'atelier se referma d'un coup sec. Puis le silence revint. Lourd, épais comme les murs qui enfermaient maintenant Pierre, comme la chape qui s'était abattue sur leur famille, qui allait les étouffer ; parce qu'ils n'allaient jamais le relâcher, c'était sûr, ils s'acharneraient contre lui, et c'était un têtu, Pierre, et il n'avait jamais fait mystère de ses idées politiques…

Pendant qu'elle s'affairait, surtout ne pas laisser voir sa détresse à Louise ; pendant qu'elle s'activait comme une somnambule, Julie revivait l'angoisse de ces derniers jours. Depuis qu'on était venu annoncer à Pierre ce qui se disait, et que c'était la pure vérité, que Louis-Napoléon avait fait arrêter les chefs de l'opposition parlementaire, qu'il avait dissous l'Assemblée nationale, qu'à Paris il y avait déjà des barricades contre le coup de force du prince-président ; surtout, depuis qu'il avait vu les affiches placardées partout, le 3 décembre dernier, le confiseur ne décolérait pas. « Il a trahi la République, ce fumier ! Il nous a bien joués ! »

Et pourtant, avec ce qu'on racontait en ville sur les arrestations, et le pharmacien, M. Peyron, qui restait introuvable, et ces patrouilles de gendarmes à cheval qui sillonnaient les rues, il aurait dû faire le gros dos, son Pierre. Au lieu de quoi cela n'avait été que conciliabules à l'étage, allées et venues feutrées après la fermeture de la boutique, et qu'est-ce qu'il allait faire, chaque soir, au *Café du Progrès* ?

La veille, il n'était rentré, haletant et glacé, qu'au petit matin pour se remettre au travail dans l'atelier. C'était pourtant dimanche mais il se moquait bien du dimanche, Pierre ; il travaillait deux fois plus ce jour-là pour faire marronner sa femme qui filait à l'église en haussant les épaules. Malgré l'excitation de ces derniers temps, ce n'était pas son genre de tant s'attarder au café et Julie avait fini par s'inquiéter pour de bon.

Dès qu'elle l'avait entendu fureter autour du poêle pour le rallumer, elle était descendue. À la lueur de la bougie, elle avait vu, mis à sécher sur une chaise, la veste de drap bleu et le gilet écossais qu'il portait la veille au soir ; il n'avait gardé que le tricot de laine blanche qui lui moulait ses fortes épaules.

Elle s'était glissée contre lui, les yeux inquiets ; il n'avait rien voulu dire.

– Moins tu en sais, mieux tu te portes, ma Julie, avait-il murmuré en l'attirant à lui.

Il n'était plus tout jeune, il venait d'avoir quarante-six ans, mais il était toujours amoureux. Elle avait senti qu'il avait envie d'elle, qu'il avait besoin de calmer sa fièvre dans ses bras. Elle s'était laissé faire ; elle aussi, l'angoisse de l'attente lui avait fouetté les sens. Il avait soulevé sa jupe, caressé sa cuisse ; ses baisers sentaient le vent, le froid, la course dans la nuit… C'est l'arrivée inopinée de l'ouvrier qui les avait empêchés de s'aimer, encore une fois, à l'abri des chaudrons…

Elle revit la tête chafouine de l'ouvrier. Le Justin roulait des yeux effarés, sur le seuil de la porte de l'arrière-cour ; elle avait plaisanté en se rajustant :

– Oh ! Justin ! On croirait que tu as croisé le diable, ma parole !

– Vous… vous avez pas su ? Il y a eu de la bagarre, cette nuit, sur la route de Marsanne ; c'était l'armée qui coursait des gars de Montélimar et de la Valdaine. Y a la garnison qui patrouille sur les boulevards ; quand je suis passé à la porte du Fust, on venait d'arrêter Arnaud, le maçon. Il paraît qu'il avait un sabre sous sa blouse.

Pierre avait seulement haussé les épaules et avait continué à fourrer du bois dans le poêle.

À ce souvenir, Julie porta une main à son cou : un méchant soupçon lui était venu ; elle n'avait jamais eu confiance en ce Justin… Que s'était-il passé, la nuit de samedi, pour que les gendarmes s'en prennent maintenant à Pierre ?

Les rues s'animaient peu à peu ; la rumeur des charrois autour de la halle voisine, des caquets de femmes, les galopades des petits coursiers, le marteau d'un cordonnier en train de taper sur ses semelles…

Julie sursauta : le carillon de la porte d'entrée venait de tinter furieusement. Gaspard avait jailli dans la pièce. Il puait la tannerie, il roulait des yeux fous.

– Alors on a emmené le père ? Les canailles !

Il avait l'air hors de lui, la petite Louise courut dans ses bras, recommença à pleurer. Julie s'alarma : c'est pas qu'il allait faire une bêtise ? Elle entreprit de le calmer.

– Ils n'ont rien contre lui. Il n'a tué personne, sinon les gendarmes ne se seraient pas fait faute de me le répéter. Ils vont le garder quelques jours, le temps que les choses se tassent…

– Tu crois ça ! Toute la garnison est sur le pied de guerre. À la mairie, on distribue déjà des fusils aux bourgeois ! Ils vont en profiter pour liquider les vrais républicains ! Ils vont faire pire qu'il y a trois ans !

– Tais-toi donc, rétorqua-t-elle tout en surveillant la rue du coin de l'œil, tu trouves qu'on n'a pas déjà assez de misère ? Ne fais pas comme ton père qui a toujours trop parlé. Retourne à la tannerie.

Le fils aîné de Pierre et Julie Audranne n'était pas un mauvais gars mais il avait hérité du caractère de son grand-père, le grognard de Napoléon qui était allé mourir dans les neiges de Prusse orientale. À onze ans, comme on n'en faisait rien à la confiserie, on l'avait mis en apprentissage à la tannerie Contaroux. Le métier était dur et le gars rétif, mais le père Contaroux avait su le prendre et Gaspard était en train de devenir l'un de ses bons ouvriers. Seulement, le patron tanneur passait lui aussi pour une forte tête, il était de ceux qui avaient voulu renverser la municipalité en avril 1848…

Gaspard battit en retraite, deux clientes venaient d'entrer dans un frou-frou de velours et de dentelles, leurs crinolines passaient à peine dans la porte.

Un léger parfum de lis envahit la boutique. Sous leurs capotes nouées au menton par un ruban de satin, Julie reconnut les dames Balestier, la femme et la fille du président du tribunal. Le cœur battant, elle esquissa une révérence, s'attendant à quelque désagréable allusion aux événements, mais ces élégantes personnes ne désiraient qu'un assortiment de confiseries à faire expédier à leurs cousins de Grenoble pour la Noël.

La femme du président désigna de sa main gantée les blocs de nougat qui trônaient au milieu des rangées de petits gâteaux.

– Vous ajouterez un peu de votre nougat. Ma cousine en a goûté cet été, elle a cru à du nougat de Marseille, tellement il était blanc et fin.

Elle leva les yeux.

– Votre mari a donc un secret pour réussir mieux que le nougat de Marseille ?

Julie se sentit rougir de confusion. Elle parvint à répondre dans un sourire qui masquait son trouble :

– S'il a un secret, je ne le connais pas.

Elle prit un petit marteau et détacha du bloc quelques morceaux qu'elle pesa avant de les déposer dans la boîte où Louise avait rangé le reste des friandises.

Les deux clientes quittèrent la boutique dans le même bruit feutré et velouté, Julie les suivit des yeux au-delà de la vitrine. Si elles avaient su…

Elle revit un instant le clos de mûriers, sur les hauteurs de Die, où elle jouait à cache-cache avec le fils du notaire pendant qu'on récoltait la feuille ; il avait des yeux tendres, il disait qu'elle resterait toujours sa petite Lili. Maintenant, Armand était devenu un personnage important. Pensez… il était devenu le président du tribunal de Montélimar !

Elle sursauta et rangea la pièce déposée sur le comptoir ; la clochette tintait à nouveau : c'était le meunier Bragand qui rajustait son bonnet après l'avoir retiré au passage des dames. Paulet Bragand venait de livrer de la farine au boulanger voisin, il avait la figure aussi blanche que celle d'un Pierrot de foire. Il s'approcha du comptoir, marmonna :

– C'est vrai, ce qu'on raconte ?

Julie hocha la tête. Il baissa encore la voix :

– T'en fais pas. Ils vont pas le garder longtemps mais avec ce qui se passe à Crest, ils n'allaient pas laisser tranquille un homme comme ton Pierre !

– Qu'est-ce qui se passe, à Crest ?

– Il paraît que tous les gars sont descendus des villages quand ils ont appris le coup d'État… Ils s'imaginaient que le pays entier allait se soulever… Quand ils sont arrivés devant le pont de Crest, la troupe les attendait. Ils ont crié : « Vive la Montagne ! Vive la République ! » et on leur a tiré dessus.

– Bonne Mère… murmura Julie.

– On dit qu'il y aurait des blessés, et même des morts et que ça se bat toujours et que les gens continuent à marcher vers Crest. On raconte que ceux de la Valdaine voulaient marcher aussi sur Montélimar et que c'est la troupe qui leur a barré la route, à Saint-Marcel, l'autre nuit.

Le meunier remarqua la pâleur soudaine qui envahissait le mince visage ; il fronça le sourcil :

– Il faut espérer que le Pierre ne soit pas mêlé de trop près à tout ça ; il aurait mieux fait de se mettre au vert quelque temps…

– Et la confiserie ? Vous l'oubliez, la confiserie ?

– Ouais… Tu es bien avancée, maintenant. Avec ton *bricoulou* de Justin et tes deux petits sur les bras… Heureusement que ton grand est placé…

Elle lui lança un regard de défi. Elle le connaissait depuis toujours, Paulet, c'était chez lui que son père portait son blé à moudre.

– Je peux me débrouiller seule, qu'est-ce que vous croyez ? Adrien a déjà le tour de main de son père. Il est capable de diriger Justin et il n'a pas la tête folle de Gaspard.

– Il a combien, ton Adrien ? Treize ans, non ? Tu ne crois pas qu'il est encore un peu jeune ? Tu devrais voir à faire revenir Gaspard…

– Laissez Gaspard là où il est. Il n'a jamais voulu entendre parler de la confiserie.

– C'était pour ton bien, ce que j'en disais… Si tu as besoin d'aide, tu sais où me trouver, hein ?

Julie suivit de l'œil le meunier qui faisait de nouveau carillonner la porte. Louise marmonna :

– Je l'aime pas, le meunier.

– Et pourquoi donc, ma Louisette ? En voilà au moins un qui ne me tournera pas le dos sous prétexte que ton père est en prison.

La fillette haussa les épaules et fila à l'atelier.

Julie soupira en s'asseyant sur le tabouret haut, le nez sur les factures et les commandes qu'il allait lui falloir désormais honorer seule. Par bonheur, Adrien était sorti de l'école des frères en sachant lire, écrire et compter. Il ne serait pas de trop pour aider sa mère.

À trente-cinq ans, Julie se retrouvait seule à la tête de la confiserie avec deux enfants encore bien jeunes et un mari en prison. Et personne pour la conseiller, l'aider, la soulager. Grâce à Dieu, Noël approchait et le va-et-vient des clients qui, malgré les événements, s'affairaient à leurs emplettes lui occupa suffisamment l'esprit toute la journée. Surtout ne pas se tromper dans ses commandes et ses additions ; c'était Pierre qui lui avait donné ses rudiments d'instruction pour pouvoir tenir le livre de comptes de la confiserie et il n'était plus là pour en vérifier l'exactitude.

Le soir venu, la soupe vite mangée, tous filèrent au lit, l'apprenti sur son grabat à l'atelier, la patronne et ses enfants à l'étage.

– N'oubliez pas d'éteindre votre bougie, répéta Julie en refermant leur porte.

Il y avait cinq ans que Pierre avait réussi à aménager une deuxième chambre dans un débarras récupéré sur le voisin qui n'en avait pas l'utilité. Ils y faisaient dormir les garçons et avaient gardé avec eux la petite dernière. Gaspard parti, Louise avait préféré s'installer dans un coin de la chambre d'Adrien, isolé par un rideau.

Julie se retrouva seule devant le grand lit qui tenait toute la pièce et l'édredon rouge sur lequel brillait la flamme de la bougie. Elle déposa le bougeoir sur la table de nuit, parcourut des yeux les murs où dansait la petite lueur, écouta le silence… et s'écroula sur l'édredon en sanglotant.

Elle se reprit vite, il ne fallait pas que les enfants entendent son chagrin, il fallait se montrer forte pour eux.

Elle se déshabilla en vitesse pour ne pas prendre froid, enfila sa chemise de nuit, noua son bonnet et se faufila sous l'édredon après avoir soufflé la bougie. Le lit était glacial et si vide, mon Dieu ! si vide, elle fit une rapide prière, une prière désespérée ; il ne croyait à rien, Pierre, mais elle savait bien que le bon Dieu ne les abandonnerait pas. Qu'il n'abandonnait jamais personne, c'était l'abbé Jourdan qui le répétait. Elle se remit à pleurer, cela faisait du bien de pleurer.

Enfin, elle s'endormit, épuisée de chagrin et de fatigue, rêva de Pierre et des jours heureux. Au matin, elle ne savait plus si elle avait vraiment rêvé ou si elle avait inconsciemment tiré de sa mémoire tous ces bonheurs pour y puiser la force de faire face.

Elle repoussa vivement l'édredon, trottina pieds nus jusqu'à la table de toilette, souleva le broc d'eau et remplit la cuvette dans laquelle elle se débarbouilla vite fait en frissonnant de froid.

Une fois habillée et son chignon noué, elle alla réveiller les enfants ; Adrien était déjà debout, elle secoua Louise qui dormait encore. La journée allait être rude, il fallait maintenir la cadence de la production malgré l'absence du père, le nougat surtout. La friandise de Noël.

– Louise, après la soupe, tu iras aider à l'atelier. Adrien, tu t'occuperas de la cuisson du nougat, laisse la confiserie à Justin et au gamin.

Il ne restait sur le visage de leur mère et dans sa voix ferme aucune trace du drame de la veille.

Quand Julie ouvrit les volets du magasin, la rue était calme en apparence mais on sentait que la tension de la veille n'était pas retombée. Deux ivrognes se chamaillaient en sortant du *Café Paulin*. Soudain, une patrouille déboucha au carrefour de la Barute. Elle rentra précipitamment.

Surtout, ne pas se laisser gagner par la peur, faire tourner la confiserie et s'accrocher à ce bout d'espoir : on n'avait sûrement rien contre Pierre, on allait le libérer bientôt, il allait pousser la porte ce soir peut-être, dans quelques jours au plus. Elle serra les poings pour se donner du courage et ferma les yeux, une prière muette au fond de la gorge. Quand elle les rouvrit, le premier client entrait dans la boutique.

II

Les jours suivants, la vie parut suivre son cours habituel. N'eussent été l'omniprésence dans la ville de tous les gendarmes de l'arrondissement et les rumeurs d'arrestations qui touchaient chaque quartier. Pierre n'avait toujours pas été libéré.

Dieu merci, aucune des pratiques de Julie, des bourgeois pour la plupart, n'avait fait la moindre allusion à l'arrestation du confiseur. Par ignorance ou par discrétion. La clochette tintait continuellement, chacun voulait son nougat noir et son nougat blanc pour le dessert traditionnel de Noël. Seules quelques connaissances du quartier, la femme de Tortel, l'épicier de la rue Puissantour, celle d'un cordier qui faisait partie des « insurgés », comme ils disaient, étaient passées en coup de vent, la mine anxieuse, avec quelques tragiques détails de plus sur les arrestations.

Toutefois, la présence insistante des militaires dans les rues, la mine des passants qui ne s'attardaient guère, et pas seulement à cause du froid, rappelaient que la ville était en réalité verrouillée par l'armée et la police.

Occupée de l'aube à la nuit par son commerce, Julie n'osait s'aventurer elle-même aux abords du château pour glaner quelques nouvelles des hommes arrêtés. D'ailleurs, les nouvelles, elle les avait eues par son fils aîné et par Paulet Bragand. En se jouant des patrouilles, Gaspard était allé rôder dans les arrière-salles des cafés que fréquentait son père. Les esprits étaient encore tout échauffés après l'échec de la marche sur Montélimar, on commentait les brutalités de l'armée, la fuite de Jean-Baptiste Audric, l'ébéniste, un héros celui-là, qui avait heureusement réussi à s'échapper, qu'on disait réfugié en Suisse, et les arrestations qui n'en finissaient pas, les prisons de la ville étaient déjà bondées, au château, dans l'ancien couvent des Cordeliers, et même à l'hospice.

Gaspard était passé un soir à la confiserie avec des airs de conspirateur, sa mère lui avait ouvert en le reniflant de près.

– Tu empestes le vin. *Ounte ven ?*

– Je me renseigne sur le père. Où tu crois qu'on peut en apprendre, sinon au café ? J'étais chez Paulin, à côté.

– Et alors ? rétorqua Julie en ravalant sa colère.

– Les prisons sont pleines. On parle de transférer les chefs à la tour de Crest.

Elle porta la main à son cou comme pour se protéger.

– Misère ! La tour de Crest… mais ton père n'était pas un meneur, que je sache.

Gaspard haussa les épaules.

– Il ne te disait pas tout… Allez, je file. J'ai pas envie de me faire embarquer par une patrouille.

La visite de Paulet Bragand, le lendemain matin, ne fit que confirmer les craintes de Julie qui n'avait guère dormi de la nuit.

– Ma pauvre petite, ils vont transférer ton homme à Crest. Soi-disant qu'ils ont des preuves contre lui dans l'affaire de la Valdaine, la nuit du 6 décembre.

Elle revit fugitivement l'éclat d'excitation dans les yeux de son mari, quand elle l'avait retrouvé au petit matin dans l'atelier, l'humidité et la transpiration qui suintaient de ses vêtements... Elle n'avait pas posé de questions. Pas plus qu'elle n'en posait quand il revenait la tête à l'envers de ses soirées au *Café du Progrès* ou de *Chez Ombry*...

Elle tourna des yeux abattus vers Paulet, rencontra un regard doux et paternel.

– Ne t'en fais pas trop, ma petite Julie. On enferme tous les activistes et même les autres en attendant le plébiscite. Après le 21 décembre, ils en relâcheront.

Le plébiscite ? Ah oui... Tous les hommes étaient appelés à voter pour permettre au président de la République d'établir une nouvelle Constitution. Une affaire d'hommes, en somme... qui avait jeté le sien en prison.

Elle haussa les épaules. Le meunier, avec un grand sourire, lui toucha le bras et le serra un peu pour la rassurer. Il avait la main pleine de farine et, après son départ, Julie brossa sa manche qui en portait encore les traces. Louise suivit des yeux le gros homme qui faisait carillonner la porte et répéta d'un air têtu :

– Je l'aime pas, m'sieur Paulet.

– Tais-toi, il est le seul à pouvoir nous aider.

Allez savoir pourquoi, Julie avait toujours eu pour le meunier un mélange de crainte et d'affection qui remontait sans doute au temps de son enfance, quand le bruit des sabots résonnait sur les dalles de la cuisine paternelle. À cette époque, Paulet était commis pour un meunier de Die et s'arrêtait en passant à la ferme des Martron, histoire de se faire offrir un coup de gnole et de plaisanter avec le père.

Il était loin, ce temps paisible et insouciant de l'enfance. Julie n'était jamais retournée à Die depuis que, vingt ans plus tôt, on l'avait placée à Montélimar chez la tante Éliza.

Paulet parti, elle rejoignit l'atelier pendant que Louise surveillait le magasin.

Il régnait toujours sous la voûte cette odeur délicieuse mêlée de lavande, de miel, de fruits et d'épices qui serait jusqu'à son dernier souffle celle de Pierre. Celle qu'elle avait respirée, qui l'avait grisée un soir de 15 août, quand il l'avait fait danser à la fête patronale.

Justin était à la préparation des pralines. Il venait de jeter une première fournée d'amandes pétillantes dans le caramel. L'apprenti le regardait faire, la poudre de vanille à la main, prête à parfumer. Adrien, lui, les manches retroussées, touillait lentement avec la pelle de bois le contenu d'un gros chaudron. Le mélange de miel et de sucre, peu à peu, blanchissait, s'épaississait, devenait une pâte onctueuse et odorante.

– Tu auras assez d'amandes pour les prochaines cuissons ? La réserve s'amenuise.

Sans détourner les yeux du chaudron, Adrien rassura sa mère en secouant la tête. Il était tout à sa préparation, il tenait ferme la pelle et touillait avec une lenteur appliquée, une application de vieux confiseur. Malgré elle, Julie se rengorgea de fierté, son Adrien était le digne fils de Pierre.

Elle se retournait pour surveiller le travail de Justin quand elle entendit crier :

– Maman ! Maman ! Y a des messieurs qui...

Dans la boutique, deux inconnus étaient plantés au milieu des sucreries, la mine fermée. Julie frissonna. L'un d'eux exhiba une feuille de papier.

– C'est toi, la femme Audranne ? Nous avons ordre de perquisitionner.

Ils pouvaient bien retourner les tiroirs et les armoires, Pierre n'avait jamais mélangé sa maison et la politique. Elle se contenta de demander :

– C'est vrai qu'on va l'emmener à Crest ?

Sans répondre, ils se mirent à fouiller les tiroirs du magasin, montèrent dans les chambres. On les entendit fureter, bousculer les meubles, puis redescendre d'un pas lourd et filer à l'atelier. Julie sentit son cœur battre un peu plus vite : et si Pierre avait abandonné quelque papier compromettant derrière les pots de miel ? Et si ce faux-jeton de Justin avait trouvé quelque chose ? C'en serait fini de la confiserie !

Elle s'avança, la peur au ventre, vers l'entrée de l'atelier, suivit des yeux les deux hommes qui allaient et venaient au milieu des chaudrons. Soudain, l'un d'eux exhiba une affichette glissée entre deux planches et la plaça avec précaution dans la chemise cartonnée que tenait son collègue. Peu après, satisfaits de leur découverte, ils quittèrent l'atelier, passèrent devant Julie :

– La voilà, la preuve des activités révolutionnaires de ton homme ! Une saleté de libelle contre le gouvernement ! On le tient, ton pourri de mari !

Sidérée, Julie laissa partir les deux policiers sans avoir pu proférer un mot. D'ailleurs, à quoi bon sinon risquer d'être emmenée elle aussi ? Elle ne pouvait pas croire que Pierre avait laissé traîner un tel brûlot chez lui, et qu'elle ne l'ait pas remarqué… Il faut dire que l'atelier était si encombré, et qu'elle n'avait plus sa tête à elle ces jours-ci…

Elle s'effondra sur une chaise, aussitôt entourée par Louise puis Adrien qui était accouru.

Il grognait à voix basse :

– Je suis sûr que cette feuille n'était pas là ces temps-ci. Je l'aurais vue…

– Tu crois ça… mais tu travailles comme un fou, mon pauvre petit ! Et c'est l'endroit le plus sombre de l'atelier où ton père entreposait son miel… Quand aurais-tu pris le temps de faire attention ?

La nouvelle se répandit le surlendemain : on venait de voir partir un convoi de prisonniers pour la tour de Crest. Les passants ne se le répétaient qu'à mi-voix, rien que le nom de la forteresse faisait frémir. L'énorme donjon qui dominait la petite ville de la vallée de la Drôme avait avalé depuis des siècles des dizaines de prisonniers, politiques, religieux, aussi bien que faux-monnayeurs, contrebandiers ou fils de famille dévoyés. C'était là, dans ses salles glaciales, sans vitre aux fenêtres, que s'entassaient maintenant des centaines d'hommes en attente d'interrogatoire. On racontait que tout manquait à l'intérieur de la tour, depuis les chandelles jusqu'à la paille à étendre sur les dalles.

C'était Gaspard qui s'était renseigné. Julie ne le croyait qu'à moitié, toujours aussi exalté et exagéré, Gaspard. Hélas, c'était la pure vérité et la femme du greffier ne se gêna pas pour en rajouter. Même si c'était une peste, elle ne disait que la vérité.

C'était bien parce que le nougat Audranne était le meilleur de Montélimar que Marie Bertrand s'était résignée encore une fois à entrer dans le magasin du « révolutionnaire » pour acheter son nougat de Noël. Non parce qu'elle était incapable d'en faire, du nougat. Tout le monde en faisait. Sa propre recette lui venait de sa mère, une fine cuisinière qui avait été placée à Avignon. Des amandes pelées, coupées en petits morceaux, mises à sécher sur de la cendre chaude, et puis mélangées dans un poêlon avec du sucre fondu, il s'agissait qu'elles soient bien chaudes pour ne pas tourner en pralines, et puis il fallait les verser dans le moule, par petites couches, mais sans laisser refroidir le nougat. Cela faisait une friandise propre à régaler les visiteurs.

Le « nougat de Marseille », c'était autre chose et il n'y avait que les confiseurs pour le réussir. Tout était dans le miel qu'ils y rajoutaient, et ces blancs d'œufs qui permettaient d'alléger la pâte, et puis leur tour de main…

Le nougat des Audranne était un chef-d'œuvre dans le genre, et Marie Bertrand était bien forcée d'entrer chez ces « rouges », au moins par fidélité aux traditions de Noël. En guise de vengeance, ce jour-là, elle prit un malin plaisir, pendant que la jeune Louise confectionnait le paquet de friandises, à dévider ce qu'elle savait des conditions de détention à la tour de Crest.

Elle n'avait que de l'antipathie pour la femme du confiseur. Elle reprocherait toujours à cette petite sotte d'avoir quitté le service de sa tante Éliza pour aller épouser cette tête chaude de Pierre Audranne. Marie Bertrand se sentait doublement piquée puisque c'était elle-même qui avait conseillé à l'Éliza, dont le mari était confiseur dans la rue Puissantour, de prendre sa nièce de Die à son service. Les parents de Julie Martron, des paysans affligés de nombreux enfants, cherchaient à la placer, Marie Bertrand le savait par un voiturier de sa connaissance.

L'affaire avait été rondement menée et Julie avait bientôt débarqué à Montélimar par la diligence. Éliza l'employait à son ménage pendant qu'elle-même tenait le magasin et, pour garder l'œil sur sa nièce et l'empêcher de *courater*, elle la faisait dormir dans le grenier à foin, sous les combles. Ce n'était pas une patronne facile, Éliza, mais une personne juste qui faisait ses pâques, tricotait pour les pauvres et exigeait une parfaite moralité de la part de sa maisonnée.

L'excellente Éliza avait tout de même un cœur. Elle n'avait pas cru devoir refuser à sa nièce d'accompagner les employées de la confiserie aux fêtes votives... elle l'avait vivement regretté.

Aux yeux de toutes les personnes bien-pensantes, Pierre Audranne passait pour de la graine de rebelle. Il avait de qui tenir : son oncle avait fait partie, pendant la Révolution, de la Société populaire qui siégeait au couvent des Capucins et pourchassait les suspects. Pierre n'avait pas connu son père, tué à la bataille d'Eylau alors qu'il n'avait pas deux ans. La famille tenait déjà la confiserie de la Grand-Rue et ne cachait qu'à peine ses convictions restées républicaines et frondeuses.

La première épouse de Pierre était morte pendant l'épidémie de choléra, l'été de 1832 ; le confiseur s'en était pris aux autorités, prétendant qu'elle n'avait pas été soignée comme les bourgeoises. C'était déjà un révolté. Mais c'était aussi un beau parleur, cet *estafier*[1], qui savait embobeliner les filles innocentes.

Cela ne lui avait pas porté chance, à Julie, pauvre écervelée, de s'amouracher de ce mauvais sujet. Voilà où elle en était réduite : on pouvait hélas prédire que son commerce ne durerait plus bien longtemps.

Après avoir noué une jolie faveur verte autour de la boîte de confiseries, la petite Louise tendit le paquet à la cliente. Marie Bertrand laissa tomber sa monnaie qui teinta sur le bois de la banque puis elle ajusta les rubans de sa capote d'un geste sec et quitta la boutique, raide comme son parapluie.

Au-dehors, une pluie glaciale commençait à crépiter sur les pavés de la Grand-Rue. Elle ouvrit le parapluie, trottina vivement vers la rue Puissantour. Au bout de la rue, on apercevait la haute silhouette du président du tribunal qui bifurquait en direction de l'hôtel de ville. Elle accéléra le pas, histoire de pouvoir l'aborder et lui faire sa révérence. Car le président Balestier tenait entre ses mains le destin de ses employés ; de son bon vouloir dépendait la nomination de chacun, et le traitement qui allait avec ; or la femme du greffier rêvait de retourner dans son Comtat natal et de voir son époux installé au tribunal d'Avignon… mais le président avait déjà disparu quand elle atteignit le carrefour de la rue Sainte-Croix.

---

1. *Jeune arrogant, individu louche.*

III

ARMAND BALESTIER était loin d'imaginer les plans de la femme de son greffier. Il venait d'atteindre la place d'armes, lança un coup d'œil, au-delà des grands ormeaux dénudés, à la façade lépreuse de l'ancien couvent des Cordeliers derrière laquelle s'entassaient les services de la mairie et du tribunal. On avait mis à bas au début du siècle les bâtiments de l'église en ruine mais cela faisait plus de vingt ans qu'on parlait de démolir le reste du monastère et de reconstruire ; les projets se succédaient sans aboutir, il y avait de quoi s'impatienter.

Armand referma son parapluie dans le vestibule du cercle où il avait ses habitudes et pénétra dans la salle, chauffée par un grand feu de cheminée. Il y flottait un parfum de bon tabac et d'alcool qui lui chatouilla agréablement les narines.

Débarrassé par un valet de son manteau et de son chapeau, il prit un journal au passage et alla s'asseoir dans l'un des fauteuils proches de la cheminée. D'une table de jeu, on lui fit un signe amical et un serveur s'approcha.

– Monsieur le président ?

– Une prune, Victor, comme d'habitude. Ah ! Et puis j'ai oublié mes cigares. En avez-vous ?

– Bien sûr, monsieur le président.

Face à Armand, son voisin abaissa le journal qu'il était en train de lire.

– Tu as vu les nouvelles ? La révolte a été rondement matée à Paris. J'espère qu'en province…

Des habitués du cercle s'étaient approchés, se penchaient vers Armand.

– Alors, mon cher président, que savez-vous des événements ? L'insurrection a été étouffée dans l'œuf. Nos prisons sont pleines, paraît-il.

– Je n'en sais pas plus que vous. Ces affaires ne sont pas du ressort des tribunaux… et je me garderais de m'en mêler.

– On connaît votre réserve en toutes choses et elle vous honore, mais dans le cas présent…

– Oui, dans le cas présent, renchérit un autre, on ne peut être que satisfaits d'être débarrassés d'une racaille dangereuse.

– Je pense, dit doucement Armand, que l'énorme majorité des personnes arrêtées l'a été sans motif réel.

– Hum… je ne suis pas de votre avis, mon cher. Je me suis laissé dire que ce Peyron, le pharmacien arrêté ces jours derniers, était le chef de l'une de ces dangereuses sociétés secrètes qui recrutent parmi la lie du peuple, chômeurs, voleurs et vagabonds. Les affiliés seraient innombrables dans la région.

– Messieurs, intervint le notaire qui était resté silencieux jusque-là, messieurs, je vous rappelle le règlement de notre cercle : pas de politique ici.

Armand se retourna vers lui en souriant :

– Vous avez raison, maître, parlons plutôt littérature. Je viens de lire *La Tulipe noire* que M. Dumas a fait paraître l'an dernier. Quelle imagination !

Le notaire fit la moue :

– Est-ce seulement la sienne ? J'ai parcouru l'essai d'Eugène de Mirecourt qui prétend…

– Que Dumas s'entoure de nègres, oui, qui écrivent à sa place… Peut-être mais je ne boude pas mon plaisir. Rien de plus délassant qu'un Dumas après une séance au tribunal.

La conversation rebondit sur les mérites comparés de Dumas, Balzac, Lamartine et de ces auteurs russes récemment traduits. Armand Balestier tira quelques bouffées de son cigare, les yeux mi-clos, en allongeant les jambes.

Les fins d'après-midi au cercle du Palais étaient un des bons moments de la journée du président, même si quelques fâcheux se mêlaient d'en troubler la quiétude.

Oui, la ville ou plutôt ses environs bourdonnaient de sourde révolte et le coup de force du président de la République n'avait fait que révéler un état latent de mécontentement, mais le magistrat avait ses propres informateurs : à part quelques départements du Midi comme la Drôme, l'opinion des Français n'était pas défavorable au coup d'État, tout au plus indifférente.

Ce qui poussait le petit peuple à se révolter, c'était davantage la dureté de son existence, et cela Armand en savait quelque chose, lui qui journellement se trouvait confronté aux drames de la misère. La mévente du blé et des cocons, les maladies qui s'abattaient sur les vers à soie, la dernière récolte catastrophique de pommes de terre, voilà ce qui alimentait les fureurs des paysans descendus des montagnes. Il avait encore en tête cette discussion avec des confrères de Valence qui avaient eu à juger, à la fin de l'année dernière, une bande de petits mendiants ardéchois trouvés en train de voler sur le marché. Des gosses affamés qui n'avaient pas douze ans…

La voix fluette du procureur le tira de ses sombres pensées.

– Une partie de billard, cher président ?

Son verre d'absinthe à la main, le procureur s'inclinait d'un air souriant sous sa fine moustache blonde. Armand accepta. En poste depuis peu à Montélimar, le jeune magistrat semblait compenser son inexpérience par une sévérité outrancière dans ses réquisitions, aussi était-il préférable de ne pas indisposer cet exalté.

Ils empoignèrent deux queues de billard, en frottèrent les rondelles à la craie et commencèrent à jouer. Armand comprit rapidement que le jeune homme cherchait d'abord, tout en poussant adroitement sa boule, à se familiariser avec le milieu montilien qu'il connaissait encore peu. Aimablement, Armand lui donna quelques avis. Il n'habitait lui-même la petite ville que depuis trois ans, après avoir été en poste à Briançon puis à Gap.

Il louait la maison quasiment neuve d'un rentier qui ne l'habitait pas. Les fenêtres du salon s'ouvraient sur la promenade qui avait remplacé les anciennes fortifications démolies et Mme Balestier y recevait le mardi. Lui-même y séjournait peu, en dehors des repas, préférant le cercle ou son bureau du tribunal.

Il se plaisait à Montélimar. La petite ville offrait peu de distractions mais la présence de la sous-préfecture, de la garnison et du tribunal y assurait une vie de société agréable.

Il passait une partie de l'été chez les parents de sa femme, et le reste à Die où il retrouvait avec délices la maison de son enfance, auprès de son vieux père et de son beau-frère qui avait repris l'étude de notaire familiale.

C'était à son tour de jouer. Il ajusta son coup pendant que le procureur continuait :

– Vous êtes reçu, je crois, chez M. le sous-préfet. On me dit que c'est un homme fort cultivé.

– On ne vous a pas menti. Je suis persuadé que votre collection d'estampes l'intéressera. M. Lorette possède quelques jolies gravures italiennes.

– J'ai appris que le commandant de Landreville, également…

– Vous lui poserez vous-même la question quand ses troupes auront réintégré leur caserne et que nous le reverrons au cercle.

Le jeune magistrat se tut un instant, laissant Armand jouer son coup. Avant de reprendre le jeu, il risqua une remarque :

– La ville a la chance de posséder une garnison, ne trouvez-vous pas ? Sans le 13e et le 65e de ligne, ces révolutionnaires...

Armand l'interrompit :

– Voulez-vous jouer ? Ces messieurs attendent que nous terminions notre partie...

Le procureur obtempéra un peu sèchement. Il avait du mal à pénétrer le fond des pensées du président, un homme qu'on lui décrivait comme étant rigoureux et intransigeant dans ses jugements, mais indéfinissable quant à ses opinions. Ne lui avait-on pas rapporté qu'Armand Balestier, tout en affichant des idées conservatrices, avait de la sympathie pour les adversaires des maisons de tolérance ?

Il visa la boule et, le coup réussi, se redressa en souriant modestement. Armand le félicita :

– Vous me devez une revanche, mon cher procureur.

Quand ce fut le moment de réclamer son manteau et son chapeau, le président jeta un dernier coup d'œil au jeune homme en conciliabule avec des confrères. Il haussa légèrement les épaules, se doutant de l'objet de la conversation. Pourquoi était-il allé évoquer devant ses confrères la croisade de Mme de Gasparin contre les maisons closes et ce qu'elle appelait traite des blanches, esclavage, marché de chair humaine ?

Derrière ces mots si violents, des visages lui revenaient à l'esprit tandis qu'il longeait à présent la rue Porte-Neuve pour rentrer chez lui. Des visages tout droit sortis de ses dossiers de justice, ces filles violées, ces enfants poussés à voler, ces jeunes veuves jetées à la rue par la misère... C'étaient leurs semblables qu'il avait peut-être croisées au cours de ses propres visites aux maisons de tolérance de Lyon ou de Grenoble...

IV

Crest, février 1852.

LA DILIGENCE POUR CREST partait toujours à l'heure. Par peur de la manquer, Julie arriva bien avant le jour, son châle serré autour d'elle pour se protéger de la bise.

Elle avait laissé la confiserie aux soins de Louise et d'Adrien. De toute manière, les affaires marchaient si doucement qu'ils s'en tireraient aisément sans elle.

Cela faisait bientôt trois mois que Pierre croupissait dans cet abominable donjon où des centaines de prisonniers s'entassaient encore, en attente de jugement. Les lettres que Julie faisait lire à Adrien dès qu'elles arrivaient en disaient long sur le calvaire de son homme. Quand elle avait pu lui rendre visite, avant Noël, elle avait été horrifiée des conditions dans lesquelles étaient enfermés ces malheureux qui mangeaient à peine à leur faim et dormaient sur les dalles, corps contre corps, à cinquante par salle.

Pierre avait eu beau la rassurer, elle était sortie de là effondrée. Elle avait réussi à lui faire passer une grosse veste d'hiver et une couverture.

Elle était retournée à Crest dans le mois de janvier, avec quelques provisions pour améliorer l'ordinaire de pain et de soupe ; elle avait dû supplier pour qu'on la laisse le voir quelques instants parce qu'entre-temps on avait limité le temps de visite. On sentait les geôliers débordés par l'afflux des familles, et toujours sur le qui-vive : tous ces hommes qui tournaient en rond de haut en bas de la forteresse se montaient la tête les uns les autres, on les entendait parfois chanter, et ce n'étaient pas des cantiques qu'ils entonnaient, c'étaient ces chansons séditieuses dont les paroles persistaient à circuler sous le manteau… La prison n'avait en rien maté ces drôles…

À la confiserie, les affaires allaient de mal en pis. Julie s'en était pourtant donné, de la peine, pour faire rentrer la marchandise et honorer les commandes au moment de Noël. Le pauvre Adrien avait pris sur son sommeil, il avait travaillé nuit et jour et puis voilà-t'il pas que Gaspard s'en était mêlé. Quelle idée il avait eue de venir menacer Justin !

Sûr que Julie ne lui avait jamais fait entièrement confiance, à ce *finassou,* mais tout de même : Gaspard avait jailli dans l'atelier juste avant la Noël, que c'était pourtant pas le moment.

– Justin, nom de *gueu* ! Qu'est-ce que t'es allé raconter aux gendarmes, pour qu'ils viennent arrêter mon père ! Sale mouchard !

Il pouvait pas attendre, Gaspard, que l'époque des étrennes soit passée ! Le Justin s'était mis en boule, ils s'étaient battus tous les deux, ils avaient même renversé un chaudron de pâte ; le soir, l'ouvrier avait réclamé sa paie et claqué la porte.

On s'était retrouvés à quatre, avec l'apprenti qui ne connaissait guère le métier, pour faire tourner la confiserie. Pour couronner le tout, le fournisseur de miel avait présenté sa facture alors que les commandes étaient loin d'être réglées. Comme s'il sentait que la confiserie Audranne battait déjà de l'aile et qu'il valait mieux prendre l'argent tant qu'il y en avait.

Une fois installée dans la diligence qui cahotait en direction de Crest, Julie se mit à recompter mentalement ce qu'il lui fallait de sucre, de miel, de pistaches, d'angélique, de bergamote, d'amandes pour renouveler le fonds de confiserie... Et comment on allait payer tout cela ? Et puis c'était à Adrien de prendre le chemin des Baronnies pour aller s'entendre avec le fournisseur de miel ; elle ne voulait pas d'un autre miel ; chez Audranne, à la différence des autres confiseurs, on n'utilisait que du miel de lavande sauvage, voilà pourquoi le nougat de Pierre avait un goût si particulier.

Un vague sourire flotta sur ses lèvres. Le nougat Audranne. Pétri par Adrien qui paraissait aussi doué que son père... Personne n'était venu se plaindre, alors que c'était le fils qui cuisait. Seulement, ils étaient de moins en moins nombreux, les clients, à fréquenter le magasin, depuis que la nouvelle de l'arrestation du confiseur s'était répandue en ville. Aussi, Julie économisait sou à sou, rognait sur la nourriture, sur la chandelle, pour pouvoir maintenir la confiserie. Il y avait des jours où, l'estomac vide depuis trop longtemps, elle avait la tête qui lui tournait.

À sa descente de la diligence, elle se hâta vers le donjon qui dominait Crest de son énorme masse. La diligence continuait vers Die mais elle n'avait pas eu, cette fois-ci encore, le courage d'aller rendre visite à sa mère. Elle ne l'avait revue qu'une fois depuis son mariage qui avait tant déplu à sa famille et puis, en admettant que les siens aient appris l'arrestation de Pierre, personne n'était venu la plaindre de son infortune. Alors, à quoi bon vouloir renouer avec eux à l'occasion de ces tristes allers et retours à Crest ? Ajouter encore à leur honte ?

Comme à ses visites précédentes, il lui fallut patienter des heures avant de passer devant les gardiens, se laisser examiner, soupeser d'un regard soupçonneux, vérifier le contenu du baluchon, c'est qu'ils la prenaient pour une séditieuse, elle aussi ? Elle n'avait que le tort d'être la femme d'un détenu... Il y avait là, entassés, les yeux battus mais toujours aussi farouches, des tisseurs de drap, des tailleurs de pierre, des artisans, des boulangers... qui attendaient depuis des semaines...

Enfin, Julie put se jeter dans les bras de son homme. Il sentait la prison, le pauvre. Et une immense tristesse coulait de son regard.

– Alors, on t'a interrogé ?

– Pas encore. Ils nous laissent croupir sans savoir exactement de quoi on est accusés. Ici, on meurt à petit feu.

Elle le serra dans ses bras.

– *Té,* je t'ai apporté un peu de nougat et des biscuits à l'anis. Tu m'en diras des nouvelles. Il se débrouille bien, l'Adrien.

Pierre sourit pendant qu'elle dénouait le mouchoir. Il goûta.

– Il n'a presque plus besoin de moi, ce *pitchoun.*

– Oh que si ! tu nous manques.

Il se passa la main dans ses cheveux déjà grisonnants, comme quand il réfléchissait.

– Tu m'as dit que tu allais envoyer Adrien dans les Baronnies pour discuter du miel... Tu devrais demander au Marcelou Combère de l'accompagner.

– Marcelou ? Ton ancien ouvrier ? Je croyais que tu voulais plus en entendre parler ?

– Sûr qu'un monarchiste dans l'atelier d'un républicain, ça n'allait pas ensemble... Mais n'empêche, c'était un honnête p'tit gars et il s'y connaissait déjà suffisamment, à l'époque de son départ, pour qu'Adrien ne se fasse pas rouler.

– Où je vais le trouver, ton Marcelou ?

– Il est allé s'embaucher chez un confiseur de Grignan. Tu n'as qu'à faire écrire à ma sœur, elle le connaît.

– Elle non plus, tu ne la fréquentes guère. Tu crois que... ?

Tout le monde savait que Pierre n'était pas au mieux avec sa propre famille. Chez les Audranne, il y avait « le côté du curé » et « le côté des rouges », c'est-à-dire celui des hommes qui vivaient dans la nostalgie de la Grande Révolution, et celui des femmes qui se signaient dès qu'on en causait.

Pierre insista d'un ton persuasif :

– Il s'agit d'Adrien, c'est le filleul de ma sœur. Elle t'aidera. Marcelou aussi.

Julie s'apaisa ; il savait faire, le Pierrot, pour lui rendre le sourire. Il en profita :

– Fais confiance à notre destin, ma petite femme. N'oublie pas ce qu'on s'était promis, le soir du 15 août…

C'était déjà l'heure de se quitter. Les gardiens aboyaient les ordres, poussaient les visiteurs dehors. Ils se serrèrent une dernière fois, brièvement, l'un contre l'autre. Julie quitta la tour avec dans les oreilles les derniers mots de Pierre. « Le soir du 15 août… »

Elle y avait rarement repensé, à cette belle année 1834. L'année de ses dix-huit ans. C'était pourtant, à y bien réfléchir, la plus merveilleuse année de sa vie. L'année où elle était tombée amoureuse. Il y avait d'abord eu « l'arbre de mai », et puis la foire de mai. La grande foire de mai.

La première fois qu'elle avait été à la foire, Julie avait été éblouie, étourdie par le vacarme des forains et des camelots qui rameutaient les passants. Ça déboulait de la Valdaine, du Tricastin, de l'Ardèche, les paysans à pied, ou sur leur âne, ou en carriole, les bourgeois en tilbury ; ça débordait des auberges, ça s'écrasait devant les baraques d'attractions… Elle venait d'arriver à Montélimar, elle n'était qu'une petite campagnarde du Diois qui découvrait une ville bruyante, caquetante, *cafie*, comme disait la tante Éliza, d'auberges et de mauvais garçons. « Ne t'aventure pas, ma nièce, qu'elle répétait, du côté de chez les tanneurs, des moins-que-rien, évite les environs des portes des remparts, tu n'y verras que des filous… »

Si elle avait à acheter du fil ou des épingles, Julie n'allait pas plus loin que la mercerie de la rue Puissantour et elle se serait bien gardée de pousser jusqu'au bout de la rue Roserie et d'approcher de la place du Chapeau-Rouge d'où parvenaient les clameurs de l'auberge… Encore moins du côté de la Fusterie ou des Chauchières qui empestaient les tanneries installées le long du canal des Moulins.

Elle s'était tout de même un peu enhardie au fil des mois, à l'occasion d'une commande à livrer avec l'une des employées. Et puis la tante Éliza l'avait envoyée une ou deux fois acheter des œufs ou des pommes sur la place aux Herbes, c'était autrement animé que le marché de Die où sa mère vendait ses lapins !

Des voyageurs et des soldats traversaient continuellement la petite ville, les aubergistes les racolaient dès qu'ils avaient franchi les remparts. Des remparts guère moins délabrés que ceux de Die et qu'elle avait vu peu à peu démolir au fil des ans.

C'était du côté de la porte d'Aygu, derrière les murs du collège, qu'un jour de printemps Julie était allée en cachette voir planter l'arbre de mai, sur la placette qui grouillait de commis et d'apprentis hilares. Plus tard, une fois mariés, Pierre lui avait avoué que c'était là qu'il l'avait remarquée pour la première fois, et que la nuit venue…

Julie sourit malgré elle à ce joli souvenir : la tante Éliza furieuse d'entendre, au petit jour, les jeunes drôles chanter dans la rue Puissantour, face à la confiserie… furieuse d'avoir compris que c'était à l'occupante du grenier à foin, à sa nièce, qu'ils faisaient l'aubade…

« *Reveillas-vous ! bello endourmido*
Sautas d'où lié ! Veici lou jour

Au branlé sarès aculido
Autour dou pibo, mai d'amour[1]... »

C'était Pierre qui chantait ; Julie n'avait pas pu lui répondre, la tante Éliza avait expédié un broc d'eau sale sur les chanteurs qui s'étaient sauvés au milieu des rires et des injures.

Ils s'étaient revus quelques jours plus tard, lors de la foire.

Comme il était bel homme, le Pierre Audranne, en train d'arpenter les allées entre les boutiques de forains ! Julie rosissait encore au souvenir du regard qu'il lui avait lancé dès qu'ils s'étaient croisés. Elle allait au bras de ses deux amies, les vendeuses de la confiserie à qui la tante Éliza avait confié l'achat d'une pièce de drap.

Il faisait doux pour ces premiers jours de mai sous les ormeaux du Champ-de-Mars. Les trois filles avaient poussé jusqu'au coin de la route de Rochemaure où les boisseliers étalaient leurs futailles et leurs cuviers à lessive, puis elles avaient traînassé devant les bazars pendant que la plus dégourdie parlementait pour faire baisser le prix de la pièce de drap.

Elles étaient en train de bader devant les bonimenteurs de la place d'Aygu, surtout le faux Chinois couvert de médailles et arracheur de dents, quand le frère de l'une d'elles les avait abordées en soulevant son chapeau de paille. Julie avait tout de suite reconnu près de lui le grand à tignasse brune de la nuit de mai. Elle entendait le nom de Pierre Audranne pour la première fois, et qu'il venait de reprendre la confiserie familiale, dans la Grand-Rue ; mais les acolytes du Chinois menaient un tel vacarme avec leurs tambours et leurs cymbales qu'elle n'entendait plus rien, que la tête lui tournait, tellement son cœur bondissait dans sa poitrine ; elle avait chaud, elle avait froid, elle avait à peine osé bredouiller quand

1. *Réveillez-vous ! belle endormie / Sautez du lit ! Voici le jour / À la danse vous serez accueillie / Autour d'un peuplier, mai d'amour.*

il s'était adressé à elle avec sa voix chantante. C'était lui qui avait proposé de boire une limonade près de la baraque de la tireuse de cartes…

Elle n'avait plus pensé qu'à lui jusqu'à la fête votive du 15 août. Ce soir-là, elle s'était retrouvée dans ses bras, éperdue de bonheur, en train de danser sous les lampions du bal. Il avait voulu l'embrasser, elle avait d'abord détourné la tête, et puis elle s'était laissé faire… Quand ils s'étaient quittés, ils s'étaient déjà promis…

V

La diligence roulait maintenant à vive allure le long de la vallée du Rhône. Julie qui s'était assoupie au milieu de ses doux souvenirs se réveilla brusquement dans un cahot ; il était bien temps de rêvasser ! Qu'est-ce qu'il avait conseillé, déjà, le Pierre ? Mêler Marcelou Combère à leurs affaires ? Il y avait de quoi hésiter, même si le garçon s'était montré bon apprenti puis excellent ouvrier pendant les cinq ans qu'il avait passés à la confiserie. Et quelle idée d'y mêler en plus la sœur de Pierre ! Les femmes de la famille Audranne auraient vite fait d'en profiter pour reprendre pied à la confiserie et Julie n'entendait pas étaler devant des tiers les soucis dans lesquels elle se débattait.

Une idée lui vint à l'esprit : c'était jour de marché le lendemain et plusieurs fois, à cette occasion, elle y avait aperçu le jeune Combère. Peut-être qu'avec un peu de chance elle pourrait se passer d'une lettre à la sœur de Pierre…

Quand la diligence parvint à destination, il faisait déjà nuit et, malgré l'éclairage au gaz installé depuis ces dernières années, on risquait à chaque pas de buter dans un tas d'ordures ou de se tordre la cheville sur les pavés disjoints. Elle se hâta, la jupe relevée pour éviter la saleté, de rejoindre la confiserie. Adrien était encore à l'atelier d'où filtrait une lueur dans la cuisine. Au passage, elle remarqua sur la table un paquet enveloppé dans un torchon, poussa la porte de l'atelier.

– Tu vas te tuer au travail, mon grand. La cuisson ne pouvait pas attendre demain ?

Pour toute réponse, le garçon haussa les épaules. En s'approchant, elle lui trouva petite mine.

– Qu'est-ce qu'il y a, Adrien ?

– Rien, bougonna-t-il, les yeux fixés sur le chaudron.

– Et ce paquet, dans la cuisine, qu'est-ce que c'est ?

– Des caillettes. Un client qui avait tué le cochon…

– Les clients se mettent à nous offrir des caillettes, maintenant ? On est pas des mendiants ! C'est ta sœur qui est allée *bajasser* ?

– Mais non ! Il a donné ça… comme ça…

Il replongea dans son mutisme. Julie n'insista pas, retira son châle et se mit à aider son fils en silence. Quand ils montèrent se coucher, elle sentit une chape de malaise peser sournoisement sur la maison. Si elle avait pu faire parler ce têtu d'Adrien…

La rumeur du marché la sortit du lit avant le jour.

Elle s'habilla en vitesse, en réfléchissant comment aborder Combère.

Adrien l'attendait dans la cuisine. Deux caillettes étaient posées sur une assiette, il les poussa vers sa mère avec un morceau de pain noir.

– Mange, maman.

Julie eut le cœur serré malgré elle.

– Tu en as encore plus besoin que moi… C'est toi le travailleur de la famille, ajouta-t-elle en riant.

Les caillettes sentaient bon les herbes, elles sentaient les jours heureux de la ferme, là-haut, sur les hauteurs de Die ; on y tuait le cochon avec les voisins, on mangeait la fricassée avec eux, la mère gardait un peu de foie et les morceaux du collet, elle ajoutait de la graisse et elle hachait tout ça menu menu avec de la frisée du jardin et des touffes de barbette ; elle en faisait des pâtés qu'elle enveloppait de crépine. On se régalait de ses caillettes chaudes, c'était Noël qui recommençait.

Quelques minutes plus tard, les deux caillettes avaient disparu dans l'estomac de Julie et de ses enfants.

– Il faudra remercier le client quand il reviendra…

Adrien avait déjà filé à l'atelier. Il n'avait toujours pas desserré les dents. Julie remit les explications à plus tard, jeta son gros châle sur ses épaules et partit au marché. La place aux Herbes se remplissait peu à peu de paysans qui débarrassaient leurs charrettes de paniers de poireaux, de choux, de carottes, on se bousculait, on s'invectivait ; Julie fouilla la foule du regard, aperçut Marcelou qui discutait le coup devant l'arceau, au fond de la place. Facile à reconnaître, le Marcelou, un grand gaillard, le poil noir, le verbe sonore et la mine toujours réjouie. Elle s'approcha, il souleva poliment son chapeau, elle ne vit ni surprise, ni moquerie, ni rancœur dans son regard. Pierre avait peut-être bien raison.

– Marcelou, je peux vous parler ?

Ils s'écartèrent du brouhaha, Julie exposa les choses simplement, en évitant de révéler toute la vérité sur la situation catastrophique de la confiserie, anxieuse de la réaction de l'ancien ouvrier.

Marcelou opina aussitôt. Il fit comme s'il avait oublié la dernière dispute politique qui l'avait chassé de la boutique, quatre ans plus tôt, et la suivit à la confiserie. Au passage, il s'arrêta devant Louise qui remplissait les bocaux de bonbons, plaisanta :

– C'était donc toi, la *badarelle* qui pleurait tout le temps et qui nous réveillait la nuit ? Te voilà devenue une jolie fille, dis donc.

Louise rougit comme une pivoine tandis que Marcelou disparaissait vers l'atelier sur les talons de Julie. Il resta un moment à observer Adrien et l'apprenti occupés à modeler des massepains ; il leur donna un coup de main pendant que Julie regagnait le magasin d'où l'appelait Louise.

Elle resta interdite sur le seuil : deux gendarmes l'attendaient.

Elle porta les mains à sa bouche pour s'empêcher de crier : le cauchemar recommençait. Qu'avaient-ils encore contre Pierre ? Contre sa famille ?

– C'est pas pour ton mari qu'on est là, c'est pour l'Adrien.

– Adrien ? Mais lui, il ne fait pas de politique !

Elle avait hurlé malgré elle.

– Il ne s'agit pas de politique mais de vol.

– Quoi ? De vol ? Adrien... Mon fils n'est pas un voleur.

Julie s'étrangla, toute rouge sous l'affront. Mais en même temps elle se souvint des caillettes. Les caillettes offertes par un client. Le torchon qui les avait enveloppées était resté sur la table de la cuisine. Les deux gendarmes se dirigeaient déjà de ce côté-là, elle se précipita :

– Qu'est-ce qu'il a fait, mon gosse ?

– On l'a vu emporter des caillettes chez le charcutier de la rue Puissantour. C'est à lui de s'expliquer.

– Des... des caillettes ?

Julie bredouillait. Elle avait encore le goût des petits pâtés dans la bouche...

Ils allaient pénétrer dans l'atelier quand Marcelou en sortit. Il avait sans doute tout entendu. Il salua les deux hommes qui paraissaient le connaître. Il se mit à parlementer. Des caillettes ? Il n'y avait pas de caillettes ici, c'était peut-être bien le charcutier qui ne savait plus compter ses pâtés, ou ses clients qui avaient la vue basse... et puis s'il fallait lui payer ses caillettes, au père Roustan, tiens, voilà de quoi le contenter.

Il sortit une bourse de sa poche. Il était prêt à lui payer sa marchandise, au père Roustan. Parce que la famille Audranne, on la connaissait de réputation. Des honnêtes gens.

Marcelou Combère était allé dédommager le charcutier. Julie serait rentrée dans un trou de souris. Elle avait voulu se jeter sur Adrien, passer sur lui la honte et la colère qui l'avaient submergée ; Louise et Marcelou l'avaient retenue. Ce n'était pas par vice qu'Adrien avait volé, c'était pour elle. Pour elle... c'était pire... C'était le gouffre de la misère qui s'ouvrait sous ses pieds, son fils qui se mettait à voler, le quartier qui allait *barjaquer* sur le fils du « rouge » qu'était qu'un voleur. Et Marcelou, il allait en penser quoi ?

Elle était en train de ruminer sa détresse, appuyée contre la banque du magasin, quand la voix de l'ancien ouvrier la fit sursauter.

– Alors, cette course dans les Baronnies, c'est pour quand ? J'ai vu ce matin que vous alliez manquer de miel...

– De toute manière, je n'aurai pas de quoi le payer...

Combère posa son chapeau sur la banque.

– Madame Audranne, ne parlez pas comme ça ! Si votre mari vous voyait... Je vais commander la voiture.

Au retour des Baronnies où il avait obtenu des délais de paiement chez l'apiculteur, et pendant qu'Adrien déchargeait la carriole dans l'arrière-cour, Marcelou proposa de venir donner un coup de main quand il descendrait à Montélimar pour le compte de son patron. Julie protesta ; elle ne pourrait pas le payer.

– Et alors ? Si ça me fait plaisir d'aider votre garçon ? Il a du talent, ce gamin, il mérite qu'on s'en occupe.

Adrien accepta de mauvaise grâce l'aide et les conseils de Marcelou ; il avait sa fierté, Adrien, il savait que Combère ne demandait rien en retour et ça le mettait mal à l'aise mais il était bien obligé de reconnaître que l'ancien ouvrier n'était pas de trop. Sérieux et sûr de son métier, on lui aurait donné plus que ses vingt et un ans ; il se mêlait même de former l'apprenti et puis sa joie de vivre était comme un rayon de soleil dans la confiserie.

Poussé par sa mère, Adrien avait écrit à son père pour lui faire part de la proposition de Marcelou ; Pierre avait répondu en approuvant, et que la conduite de son ancien ouvrier ne l'étonnait pas et qu'il fallait lui faire confiance. Quant à Combère, il évitait de s'attarder le soir, on jasait déjà sur sa présence fréquente à la confiserie, on aurait vite fait de raconter que la Julie avait remplacé son mari.

Paulet Bragand n'était pas le dernier à y faire allusion quand il entrait prendre des nouvelles du prisonnier.

– Rien de neuf, monsieur Bragand, rétorquait Louise d'une voix pincée.

– Et ta maman ? Elle s'est bien débrouillée ; le Marcelou, il est arrangeant, non ?

– J'sais pas. Il aide Adrien et l'apprenti et les affaires vont mieux.

– Je peux la voir, ta maman ? J'ai de la farine pour elle…

Louise fronça les sourcils. Ce n'était pas dans les habitudes du père Bragand de faire des cadeaux. Elle appela sa mère qui sortit de l'atelier en s'essuyant les mains pleines de sucre.

– Bonjour, monsieur Paulet. On met tous la main à la pâte, aujourd'hui. Une commande… Il ne s'agit pas de la laisser passer.

Bragand jeta un bref coup d'œil à la confiseuse, posa le petit sac de farine par terre, dit d'un ton légèrement narquois :

– Tiens, c'est pour toi. Et la farine de l'année, tu me la paieras quand tu pourras, te presse pas. Tu diras à ton nouveau commis de porter le paquet à l'atelier.

– Vous voulez parler de Marcelou ? fit Julie en riant. On aurait bien besoin de lui ces jours-ci, avec ce surcroît de travail.

– Ah ? Je le croyais installé quasiment… à demeure.

– Il a un patron, figurez-vous. On vous aura mal renseigné, monsieur Paulet.

Julie avait un peu haussé le ton, qu'est-ce qu'il allait imaginer, le meunier ? Elle se radoucit pour le remercier et, quand il eut refermé la porte, Louise marmonna :

– Il est jaloux, le père Bragand. Je l'aime pas, c't'homme.

– Allons, Louisette, ne dis pas de mal des gens qui nous font des cadeaux. Ce soir, avec sa farine, tu vas nous cuire une soupe de *crozets* comme je te l'ai appris l'an dernier.

Même si Marcelou Combère venait aider régulièrement à l'atelier ou à la comptabilité de la confiserie, les affaires n'en étaient pas plus brillantes ; ce n'est pas lui qui allait payer la marchandise, le loyer, les factures. Toutefois, avec le printemps qui s'annonçait, Pâques qui approchait, la porte de la boutique tintait plus fréquemment. L'affaire des caillettes ne paraissait pas avoir transpiré.

C'était Julie seule qui se chargeait des clients. Elle avait placé Louise chez Victoire Durand, la modiste de la rue Roserie qui faisait aussi un peu de couture. La petite y était nourrie à midi, c'était toujours cela de gagné. Elle avait son dimanche et la famille, ce jour-là, partait se promener au bord du Roubion, parfois accompagnée de Marcelou qui pêchait en compagnie d'Adrien.

Entre l'adolescent et l'ancien ouvrier de son père, malgré leur différence d'âge, une certaine amitié était en train de naître, à la grande satisfaction de Julie qui se promettait de raconter tout cela à Pierre. Il venait d'écrire qu'il allait enfin passer devant la commission mixte, celle qui statuait sur l'avenir des prisonniers.

Elle décida de retourner à Crest, même si elle devait patienter la journée entière pour l'apercevoir. Sa dernière lettre n'était pas optimiste, elle tremblait de ce qu'il allait lui annoncer, qu'allait-on faire de lui ?… Elle croyait de moins en moins à sa libération, elle commençait à perdre courage.

VI

Crest, mars 1852.

La diligence la déposa comme à l'accoutumée au pied de la ville. C'était jour de marché ; au milieu de l'animation caquetante, on reconnaissait les visages résignés des visiteurs de la tour, les mêmes plaintes bougonnées, la même inquiétude dans le regard des femmes qui se hâtaient vers les pentes de la forteresse. Quelques prisonniers, raflés par erreur et reconnus innocents, avaient été libérés après leur interrogatoire. D'autres les avaient remplacés. On n'avait pas cessé, depuis le début de l'année, de donner la chasse aux fuyards, les suspects se terraient chez eux, les dénonciations allaient bon train. Et dans les salles empuanties de la tour, les regards viraient au désespoir.

Enfin, Julie put s'approcher de son mari, s'élancer dans ses bras. Mais en même temps elle frissonna, tant il paraissait abattu et fatigué, secoué par une toux qu'il n'arrivait pas à calmer. Il finit par marmonner :

– Ils nous font geler. Je n'arrête pas de tousser…

Il reprit son souffle, elle sentait qu'il avait du mal à parler.

– … Alors ? risqua-t-elle au bout d'un moment.

– Alors j'ai ramassé dix ans d'Afrique.

Julie sursauta et le fixa d'un air horrifié.

– Dix ans ? Dix ans en… en Afrique !

Sous le coup de la surprise, elle resta un instant pétrifiée puis, soudain, s'écroula en sanglotant contre son épaule.

Il la laissa pleurer, les mains dans ses cheveux, il savait qu'il ne les caresserait plus avant longtemps, si jamais il revenait de cette foutue Algérie… Il avait froid et la sentir palpiter contre lui le réchauffait. Alors il la laissa pleurer tout son soûl pour la garder dans ses bras, s'imprégner de son corps, du souvenir de son corps, il en crevait de tristesse, il en avait les larmes aux yeux, même lui, le Pierre Audranne. Il ne regrettait rien de ce qu'on lui reprochait, il maudissait plutôt ces gredins qui le séparaient de sa famille. Qui piétinaient la liberté.

Il finit par écarter Julie, lui embrassa ses joues trempées, se força à sourire.

– Je ne suis pas mort encore, ma petite femme. Je survivrai. En attendant, je te confie le magasin, je sais que tu es forte…

Julie n'eut pas le cœur de lui révéler la triste vérité sur l'état de leurs finances. Il se remit à tousser. Elle se borna à opiner tandis que Pierre continuait :

– Repose-toi sur Marcelou. Je suis content qu'il vienne vous donner la main… Et fais-moi un sourire. Notre Adrien se débrouille déjà bien, Gaspard a une bonne place et tu en as trouvé une pour Louise…

Julie se força à faire meilleure figure alors qu'elle avait le cœur en berne. Et puis il leur restait si peu de temps… Elle consacra les dernières minutes à le boire des yeux, à imprimer dans sa tête la belle figure carrée, les sourcils broussailleux comme sa moustache, les cheveux drus et grisonnants… Quand on vint l'arracher à son homme, elle le quitta en reculant, sans un mot, les yeux rivés sur lui jusqu'à la dernière minute.

L'après-midi était déjà bien avancé quand elle sortit enfin de la tour, hébétée, titubante de douleur. Elle avait perdu la notion du temps, il fallait pourtant se hâter pour attraper la diligence.

Elle pressa le pas sur les pentes de la citadelle, dut contourner un attroupement qui s'était formé devant une boulangerie, une rixe sans doute, elle s'égara, finit au bout d'un dédale de *calades*[1] par rejoindre le quai de la Drôme.

Ce fut pour voir la diligence s'éloigner à grand fracas, dans un nuage de poussière. Ses appels se noyèrent dans le brouhaha du quai qui grouillait de monde. Elle en aurait pleuré ! Il allait lui falloir coucher à Crest...

Peut-être pas. Ses cris avaient attiré l'attention de l'un des passants qui discutaient devant les cafés de la place. Au milieu de la foule anonyme, des femmes qui la bousculaient, leur panier au bras, des gamins qui vous couraient dans les jambes, l'œil vif du côté de votre bourse, quelqu'un lui faisait de grands signes. Elle s'en aperçut, poussa un soupir de soulagement : Paulet Bragand la rejoignit en quelques enjambées.

– J'ai dans l'idée que tu as manqué la diligence, ma petite Julie.

– Vous ne vous trompez pas, monsieur Paulet.

– Tu m'aurais dit que tu venais à Crest aujourd'hui, je t'aurais emmenée, j'avais à y faire moi aussi.

Il remarqua la mine ravagée de la jeune femme.

– Comment il va, le Pierre ?

Julie faillit éclater de nouveau en sanglots.

– Il fait partie des transportés en Algérie...

Paulet fronça le sourcil.

– Ce n'est pas bon, ça... Mais ne t'en fais pas trop. Il y a des gens qui vont prendre la défense des insurgés, déposer des recours en grâce...

---

1. *Raidillon, rue en escalier.*

Il continua, après un instant de silence :

– En attendant, il te faut rentrer chez toi... Si je comprends, j'ai bien *capité*[1] de me trouver là...

– C'est que... vous me reconduiriez à Montélimar ?

– Parbleu ! J'ai laissé ma voiture dans la remise du bourrelier.

Julie hésita un instant ; quelle était cette drôle de petite voix qui la retenait toujours face à Paulet Bragand ? Alors qu'il venait de lui offrir justement ce qu'elle attendait, un retour rapide à Montélimar.

– Je veux bien, monsieur Paulet. Je vous le revaudrai.

Le meunier sourit et elle lui emboîta le pas.

Quand il eut attelé la jument et tiré la capote pour les abriter du froid, Julie grimpa sur le siège. Bragand fouetta la jument qui prit la route à petite allure.

– On va couper par Puy-Saint-Martin, on sera plus vite arrivés.

Julie aurait préféré la grand-route où l'on ne risquait pas de faire de mauvaises rencontres mais elle n'osa pas s'en ouvrir au meunier. Il lui aurait forcément rétorqué qu'elle n'avait rien à craindre avec lui. C'était non seulement un fort en gueule mais aussi un homme costaud qui avait la réputation de savoir se battre.

On prit donc le chemin rocailleux qui grimpait à travers bois le long des bergeries et des hameaux assoupis sous la froidure hivernale. Quelques fumeroles montaient des chaumières de Divajeu, le silence ne laissait place qu'au grelot de la jument qui trottinait sur la pente de plus en plus raide, dégringolait dans la vallée, remontait. Les grosses masses de sapins et d'ifs masquaient de temps en temps le soleil qui illuminait de loin la montagne de Roche-Colombe alors que le chemin se noyait déjà dans une quasi-obscurité.

1. *Je suis bien tombé, j'ai bien fait.*

Julie resserra les pans de son châle, autant d'appréhension que de froid ; elle jetait à tout moment des coups d'œil sur les alentours, on disait ces bois peuplés de sangliers, d'ours, de loups… À ses côtés, Paulet Bragand conduisait à grandes rênes, parfois tournait la tête vers sa passagère en lançant quelque blague pour la faire sourire. Elle avait vaguement le sentiment qu'il prenait plaisir à la voir apeurée. C'était idiot mais elle n'arrivait pas à se rassurer.

Elle se sentit légèrement soulagée quand on amorça enfin la descente vers Puy-Saint-Martin. Le spectacle de la plaine de la Valdaine était majestueux au soleil couchant ; au loin, on apercevait les sommets du Vivarais noyés dans la brume du soir.

– Elle n'est pas belle, cette promenade que je t'offre, petite Julie ? Regarde un peu ce ciel…

Il paraissait enchanté de son initiative, le Paulet.

La jument descendit à vive allure et traversa le bourg sans s'arrêter. Au passage, quelques-uns firent signe au meunier.

– Tu vois, ici, tout le monde me connaît, dit-il d'un ton rassurant, tu n'as rien à craindre.

La jument allait maintenant paisiblement sur la route poudreuse de la plaine. La main droite de Paulet lâcha un instant les rênes et vint effleurer la jupe de la jeune femme qui se recroquevilla instinctivement. Il dit, comme en plaisantant :

– T'as trois ouvriers, maintenant que Marcelou Combère aide à la confiserie. Le Pierre peut partir tranquille au soleil !

Elle vacilla sous la méchante raillerie.

– Vous moquez pas de notre malheur, monsieur Paulet ; quant à Combère, on ne le voit pas si souvent…

– Ouais, à d'autres… Me raconte pas que Combère n'en a que pour ton nougat…

Julie sentit inexplicablement une peur sourde l'envahir. Elle se maîtrisa :

– Qu'est-ce que vous voulez dire, monsieur Bragand ?

Le meunier répéta en minaudant :

– Qu'est-ce que vous voulez dire, monsieur Bragand ?... *Vaï*, me raconte pas d'histoires, Julie. Mignonne comme tu es... C'est ton lit qu'il guigne, le Combère... s'il n'y est pas déjà entré...

– Non, mais... Vous...

Elle suffoqua sous l'insulte. Elle n'avait plus froid pour le coup, elle leva la main, blanche de colère, mais la jument brusquement fouettée s'élança soudain, la déséquilibrant. Paulet éclata de rire, ralentit l'allure, cligna de l'œil vers elle.

– C'est pas la peine de le prendre de haut, ma belle. Tout ton quartier sait bien pourquoi il remet les pieds chez son ancien patron, le Combère. Le chat est parti, les souris dansent, comme on dit.

Julie avait repris ses esprits. Elle rétorqua calmement :

– Vous me connaissez assez pour savoir que je ne trahirai jamais Pierre. Quant à Marcelou...

La carriole allait au petit trot ; Paulet ne paraissait pas pressé de rentrer. Il n'en démordait pas :

– Ne raconte pas de blagues, une jolie fille comme toi qui n'a plus de mari, ça l'a tenté, le Marcelou. Et il sait y faire, le galant...

Julie se rappela soudain le mot de sa fille qui n'aimait pas Paulet Bragand : « Il est jaloux. » La peur lui serrait maintenant la gorge.

Au même moment, comme on traversait Cléon, le meunier tira sur les rênes, le cheval s'arrêta devant l'auberge.

– Si tu veux te dégourdir un peu les jambes et te réchauffer... Le cafetier me doit le prix d'un sac de farine.

Julie secoua la tête, elle préférait mille fois avoir froid dans la carriole qu'entrer dans cet endroit.

À travers la vitre embuée du café, elle aperçut la compagnie des hommes qui buvaient en riant bruyamment, et le meunier au milieu d'eux. L'idée lui traversa l'esprit d'en profiter pour s'enfuir, mais pour aller où ? À cette heure, et harcelés depuis des semaines par les descentes policières, les villageois n'étaient pas prêts à ouvrir leur porte à n'importe qui. Du reste, Paulet ressortait de l'auberge ; il remonta dans la voiture, une chansonnette à la bouche, reprit les rênes et fouetta la jument. Il dégageait une odeur d'auberge sale et de mauvais vin. Elle avait les jambes flageolantes de froid et d'anxiété.

Montélimar n'était pas loin, maintenant, elle avait hâte d'arriver à la porte du Fust ; mais quand on pénétra dans le bois de Blayn, Paulet ralentit l'allure. La nuit était tombée, Julie grelottait.

Soudain, il bifurqua à l'entrée d'un chemin forestier, arrêta la carriole, se retourna vers elle.

– Tu as froid, ma poulette, hein ? Moi aussi. Alors tu vas me réchauffer comme tu sais si bien réchauffer ton amant.

Il avait déjà posé les mains sur elle, elle recula précipitamment.

– Ôtez vos mains de là, meunier !

– Ah ! petite gueuse, je suis pas bien pour toi, moi. Tu vas voir un peu…

Il l'agrippa par le bras, elle se débattit violemment, faillit tomber de la carriole, hurla :

– Lâchez-moi ! Lâchez-moi ou…

Il éclata d'un gros rire en resserrant sa poigne :

– Tu crois qu'on va t'entendre, en plein bois ? Allez, montre-moi comment tu t'y prends avec ton Marcelou !

Sous l'insulte, la main de Julie partit comme une flèche. La gifle claqua sur la joue du meunier qui, de surprise, relâcha légèrement son étreinte. Elle en profita pour sauter au bas de la voiture, s'élança sur le chemin forestier. Paulet bondit derrière elle.

– Garce ! Tu vas voir ce que je fais aux salopes de ton espèce !…

Une main pour relever sa jupe, l'autre pour se protéger des branches, Julie s'était jetée en avant dans la pénombre. Son châle avait glissé, les ronces lui écorchaient les jambes, les branches lui griffaient la figure et les bras, mais la peur lui donnait des ailes… Derrière elle, le souffle du meunier s'éloignait… Si seulement elle pouvait se faufiler dans une cachette, au creux des arbres, mais le bois était trop clair et les pas crissaient de gel sur les feuilles… à moins qu'une ferme… c'était bien une lueur qu'elle avait aperçue, sur la colline… Il fallait y arriver avant ce fou… Elle haletait, elle grimpait sans se retourner…

Au même instant, elle buta sur une racine et s'étala sur les feuilles, une douleur aiguë à la cheville. Bragand fut aussitôt sur elle : il la retourna violemment. Elle croisa dans l'ombre un regard d'halluciné, le meunier puait le vin avalé à l'auberge de Cléon, il était défiguré par le désir.

Une ombre de sourire apparut sur ses lèvres. Il reprit souffle et finit par articuler :

– Maintenant, je te tiens, ma salope.

Dans un sursaut instinctif, Julie tenta encore de se dégager, mais il s'était écrasé sur elle, il l'étouffait. Vaincue de terreur et de dégoût, elle sentit la main palper ses jambes, ses reins, ses cuisses, griffer son ventre… D'un brusque coup de genou, il lui écarta les cuisses, la pénétra si violemment qu'elle en hurla de douleur. Un cri sauvage qui finit dans un long, un interminable gémissement… Comme dans un cauchemar, les arbres se mirent à danser au-dessus de sa tête, mêlés à ses larmes, au souffle fétide de l'homme, aux rugissements sourds dont il accompagnait le viol.

Plusieurs fois, il recommença. Si elle avait pu mourir, là… Oh oui ! Bonne Mère, mourir, elle n'était plus qu'un paquet, une pauvre chose, un amas de souffrances et d'ignominie, secouée par les coups de boutoir, défoncée, déchirée… À la fin, repu de plaisir, le meunier s'écarta, se releva, boutonna son pantalon. Elle resta recroquevillée sur le tapis de feuilles, tordue de douleur et de honte.

– Allons, fit Paulet d'une voix bourrue, relève-toi. Tu ne vas pas en faire une histoire, comme si tu étais encore pucelle.

Il l'agrippa par le bras, l'obligea à se mettre debout et, sans la lâcher, revint à la carriole. Au passage, il ramassa le châle tombé dans sa fuite, le lui jeta. La lune s'était levée.

– Arrange-toi un peu ; t'as l'air d'une *grognasse.*

Elle n'eut même pas la force de lui cracher à la figure. Elle remit de l'ordre dans sa robe et dans son chignon, remonta sur le siège. Paulet reprit les rênes et fouetta la jument. Ils n'échangèrent plus un mot jusqu'à l'entrée de la ville. Quand l'attelage franchit la porte du Fust, près du moulin de Bragand, elle dit sèchement :

– Je rentrerai chez moi à pied.

Il poussa l'ironie sans vergogne :

– Comme tu voudras, ma mignonne. Attention aux mauvaises rencontres…

Elle ne se retourna pas ; tout en boitillant, la cheville douloureuse, elle fila le long de la rue Mercerie, vomit plusieurs fois sur le chemin et crut ne jamais arriver dans la Grand-Rue, le sexe et les cuisses à vif. Il faisait aussi sombre que dans le bois de Blayn mais elle n'avait pas peur, elle ne pourrait plus jamais avoir peur. La peur, elle l'avait laissée dans les bois, elle n'avait plus maintenant qu'une haine tenace, indescriptible, inexpiable, pour l'homme qui l'avait violée.

Adrien et Louise étaient déjà montés dans leur chambre. Ils ne s'étaient pas inquiétés, sachant que la diligence ne revenait qu'à la nuit. Elle évita de faire craquer le plancher en passant devant leur porte, puis, à tâtons, alla s'effondrer sur son lit.

Son corps n'était qu'une boule de souffrance. L'infâme douleur persistait à l'intérieur de son ventre et lui faisait l'effet d'une plaie béante. Tout son corps lui semblait un immense chantier de démolition.

Elle resta un temps infini sans pouvoir bouger, tétanisée encore plus par la honte que par le mal. Puis elle finit par se relever en grimaçant de douleur, allumer une chandelle, constater les dégâts. Ses jambes, ses bras, son cou portaient des traces de griffures, sa robe était déchirée, son châle avait traîné dans la boue. Qu'allait-elle dire à ses enfants ?

VII

Montélimar, mars 1852.

Louise et Adrien ne surent rien du drame arrivé dans le bois de Blayn. Leur mère avait passé la nuit à raccommoder ses vêtements et elle espérait que les griffures ne se remarqueraient pas sous sa jupe et son corsage.

Elle n'avait personne à qui confier l'horreur de ce qui venait de lui arriver. Qui pesait comme une chape de honte sur son ventre labouré. Mlle Durand, la modiste, était une personne bienveillante mais sans doute incapable de la plaindre ; sa voisine, la femme du bourrelier, qui venait lui acheter des sucres d'orge était trop cancanière ; sans parler de sa propre famille qui lui avait déjà tourné le dos…

Quant à la sœur de Pierre… C'était à regretter, maintenant, de n'avoir jamais pris la peine d'aller lui rendre visite. Celle-ci avait épousé un paysan des environs de Marsanne qui avait hérité de ses parents une vaste magnanerie. Hors leur petit troupeau de moutons, leur verger et leurs champs de luzerne, ils vivaient encore bien de leur commerce de cocons malgré ce qu'on entendait dire des maladies apparues ces derniers temps sur les vers à soie ; ils auraient sûrement accepté d'aider leur belle-sœur si elle le leur avait demandé, mais Julie était trop fière pour leur devoir quoi que ce soit. Ou elle s'en sortirait, ou elle irait se placer...

Elle ruminait encore ses sombres pensées quand Marcelou fit irruption dans le magasin. Elle ne l'attendait pas ce jour-là, elle rougit malgré elle en songeant aux accusations du meunier, à ce qui se colportait certainement dans le quartier. Le jeune homme vit aussitôt que sa patronne n'était pas dans son assiette.

– Mauvaises nouvelles de Crest, madame Audranne ?

Elle se sentit presque soulagée d'avoir un autre drame à raconter qui masquerait le sien.

– Oui, Marcelou. Mon mari fait partie des condamnés. Dix ans d'exil en Algérie...

Elle sentit les larmes lui monter aux yeux, remarqua que Combère n'en profitait pas pour se montrer familier ; au contraire, son chapeau à la main, il secoua la tête, les yeux baissés.

– Il ne faut pas trop vous en faire, madame Audranne. Il sera peut-être gracié, vu qu'il est père de famille...

– Ils s'en moquent bien, de la famille des insurgés. Non, Marcelou, j'ai bien peur que ce soit la fin de la confiserie Audranne.

– Ne dites pas ça. Vous le savez, votre nougat est le meilleur de la ville ; il a de l'or dans les mains, votre Adrien. Gardez courage.

Comme il savait la réconforter ! Comme il restait respectueux ! Un flot de rage et de mépris lui monta à la tête en pensant au meunier. Il fallait se l'ôter de la tête, celui-là, garder courage, il avait raison, le Marcelou.

Quant aux enfants, ils avaient bien autre chose en tête. Louise apprenait vite chez Victoire Durand qui la trouvait soigneuse et attentive. Adrien s'était encore perfectionné grâce aux conseils de Marcelou ; il savait maintenant gagner du temps et prêtait la main à l'apprenti qui se débrouillait de mieux en mieux.

Ce n'est pas pour autant que les affaires s'amélioraient. Il avait fallu réduire le choix de confiseries, par manque d'argent et d'ouvriers : ceux qui s'étaient présentés profitaient de la situation et ne se gênaient pas pour lui faire une mauvaise réclame ; chacun savait désormais que Pierre Audranne figurait parmi les meneurs de la révolte, qu'il allait être transporté en Algérie. Julie était soudain devenue la femme d'un mort vivant, d'un pestiféré. Elle avait le sentiment de toucher le fond…

Heureusement, il y avait l'énergie de Marcelou, les yeux de ses gosses, le parfum du nougat… Elle n'avait pas le droit de baisser les bras. Pour conserver la confiserie coûte que coûte, jusqu'au retour de Pierre, veiller sur l'avenir d'Adrien, survivre… Quand l'angoisse revenait, elle se faufilait un instant dans un coin de l'atelier et, en cachette, regardait travailler son fils, son artiste de fils…

Le nougat, c'était déjà toute la vie d'Adrien. Bien plus que la banale confiserie. Chez les Audranne, on s'était spécialisé dans le nougat blanc et fin depuis plusieurs générations. Peut-être depuis que jadis, à Montélimar, on avait remplacé par des amandes les noix qui le faisaient rancir. Mais ce n'était pas tout. Adrien avait hérité son tour de main de ses aïeux sans que son père y soit pour grand-chose. Ce tour de main… il faisait parler…

Personne ne savait au juste d'où la famille Audranne tenait le secret de son nougat. Pierre racontait qu'il y a longtemps, l'un des serviteurs de l'ambassadeur de Perse de passage à Montélimar n'était pas reparti avec la suite de son maître. Parce qu'il était tombé amoureux de la fille de l'un de ces confiseurs qui avaient fait déguster leur nougat à l'ambassadeur. C'était la tradition dans la petite ville : on offrait du nougat à tous les hauts personnages qui l'honoraient de leur présence et cela arrivait fréquemment vu que Montélimar était une étape obligée le long de la vallée du Rhône.

Le pâtissier persan était donc resté et avait légué sa recette à sa fille unique. Le grand-père de Pierre se glorifiait, paraît-il, de cette aïeule à la prunelle orientale, mais les femmes de la famille, incommodées de se savoir une ancêtre mahométane, préféraient raconter qu'il s'agissait d'une esclave chrétienne enlevée par les Barbaresques, revenue à la faveur du voyage de l'ambassadeur, et qui avait rapporté le secret volé à la cour du shah de Perse. L'oncle de Pierre, celui qui avait dirigé la confiserie après la mort de son frère jusqu'à la majorité de son neveu, balayait ces légendes de la main en affirmant que c'était tout simplement la recette améliorée du nougat fabriqué par leur famille de Marseille.

Julie préférait la version de Pierre et trouvait à son petit Adrien, noir comme un pruneau, un profil tout droit sorti des gravures qu'elle contemplait chez le marchand d'estampes de la rue Quatre-Alliances.

Gaspard, lui, avait hérité la blondeur de sa mère. Mais son caractère frondeur et fier, il le tenait surtout de son père. Le dimanche suivant, il déboula comme à son habitude en coup de vent à la confiserie.

– Les salauds ! Il paraît que le père fait partie des transportés ? On va aller s'en mêler avec les camarades le long du chemin ! Ils n'iront pas loin !

– Garde-t'en bien ! Tu ne réussiras qu'à te faire arrêter comme lui.

– Le patron, il dit qu'on finira bien par l'avoir, notre république, et que ce jour-là on prendra notre revanche !

– Calme-toi. Ton patron ferait mieux de se taire plutôt que de te fourrer des idées pareilles dans la tête. Il a de la chance d'être toujours là.

Gaspard se tut. Le tanneur Contaroux avait eu de la chance, en effet, étant donné les idées qu'il professait à voix haute, d'avoir été si peu inquiété. La mère n'avait pas besoin de savoir qu'il s'était caché pendant un mois dans les bois de Montjoyer, à l'abri de la bergerie d'un petit-cousin, et que son cas n'était pas allé bien loin grâce à la complicité d'un sous-officier de la garnison. On achète tout, pardi, avec de l'argent ou une jolie fille.

Ça ne l'avait pas empêché, le patron, de continuer à clamer haut et fort, dans la puanteur de ses fosses à tanin, ce qu'il en pensait, « des rats, des mouchards et des bandits qui nous gouvernent », qu'il disait. Ça faisait chaud au cœur d'entendre un homme comme lui narguer l'autorité, entonner le chant des Montagnards pendant qu'on mettait les peaux à tremper, beugler quand il était colère : « Vive la République, vive Ledru-Rollin ! »

Gaspard ne savait pas qui pouvait être ce Ledru-Rollin qu'admirait tant le patron mais il criait à l'unisson.

Depuis trois ans qu'il travaillait chez Contaroux, il avait pris des muscles de tanneur à force de soulever les paquets de peaux alourdies de liquides nauséabonds avec des « ho ! » et des « han ! » pour se donner courage.

On ne lui avait confié d'abord que des tâches faciles, aider au salage des peaux sanguinolentes qu'on débarquait dans la cour de la tannerie, les empiler en attendant de les traiter et puis aider au trempage dans les retenues que les tanneurs du quartier avaient pratiquées au fil du canal, touiller vivement les peaux avant de les porter au *pelin* rempli de lait de chaux. C'était à qui des apprentis trimbalerait le plus de peaux, se montrerait le plus costaud, ça jurait, ça se bousculait, et le père Contaroux tonnait en surveillant la manœuvre.

Au fil des semaines, Gaspard s'était habitué aux effluves âcres qui imprégnaient les salles sombres et voûtées où l'on manipulait les peaux, les fosses à tanin, les empilements qui attiraient des nuées de mouches…

Le dimanche, il le passait à jouer au bésigue et à se monter la tête avec les autres apprentis, Julie s'en désolait.

Ce jour-là, qu'est-ce qu'il venait faire, chez elle, pour une fois qu'il n'empestait pas la tannerie et s'était lavé ?

– Où vas-tu, si bien mis ?

– Au bal avec Marcelou Combère ; on a rendez-vous ici.

Elle s'étonna :

– Je ne savais pas que tu t'étais raccommodé avec lui, après les raclées qu'il te flanquait autrefois.

Gaspard haussa les épaules.

– Je l'avais pas volé, j'étais qu'un sale mioche.

– Alors tu recommences à le fréquenter ?

– Il est venu plusieurs fois à la tannerie livrer des peaux d'animaux. Son père est chasseur. Et puis il connaît des bons coins pour pêcher dans le Jabron.

Au même moment, Marcelou poussa la porte de la boutique et Julie resta songeuse, légèrement surprise que deux garçons de caractère et d'âges si différents puissent s'accorder. Quand la clochette tinta une fois de plus, on vit entrer Louise à son tour, revenue de son travail. Gaspard siffla d'admiration :

– Mazette ! On croirait une demoiselle ! D'où tu tiens ce corsage ?

Louise rougit de fierté :

– C'est moi qui l'ai cousu, gros *bédigas* ! Avec du satin et des chutes de dentelle que m'a donnés Mlle Victoire.

– Dis donc ! Tu nous feras honte quand on t'emmènera au bal !

Tout le monde se mit à rire, les deux garçons sortirent en enfilant leur veste, Julie s'aperçut alors du regard que sa fille posait sur Marcelou. « Voilà ma petite Louise déjà amoureuse… »

Le temps passa ; on attendait toujours des nouvelles du sort réservé aux prisonniers de Crest. La commission mixte chargée d'instruire les dossiers avait terminé de statuer, des rumeurs de libération traînaient les cafés et les arrière-boutiques, on entendait parler de transferts dans les prisons de Riom ou Belle-Île, de départs vers le bagne, l'Algérie, la Guyane ; on ne savait plus qui croire.

Plusieurs fois, Paulet Bragand, sous prétexte de donner des nouvelles, était venu se pavaner dans le magasin comme pour narguer Julie ; il ne faisait que répéter que les décisions de départ pour l'Algérie étaient imminentes, et ne se gênait pas pour glisser au passage, surtout si des clients se trouvaient là, que bien des femmes n'allaient pas le regretter. Julie bouillait d'impuissance et de haine, mais feignait de l'ignorer, le meunier aurait été trop heureux de la pousser hors de ses gonds, d'ébruiter sa bonne fortune, de lui arranger sa réputation. C'est si facile de faire porter le soupçon sur une femme seule... Quant à appeler Marcelou à son secours, elle s'en serait bien gardée. Elle suppliait plutôt le ciel qu'il ne se montre pas quand le Bragand venait faire son numéro.

Début avril, on apprit tout à la fois que plusieurs dizaines de prisonniers allaient être libérés et placés sous surveillance mais que le reste était prêt à être embarqué pour l'Algérie. Julie voulut croire à toute force que la grâce demandée pour son homme avait été acceptée, qu'il allait franchir le seuil de la porte, qu'elle allait le serrer dans ses bras...

Ce jour-là, Marcelou était venu aider à l'atelier. Adrien était si fébrile qu'il avait raté une fournée de pralines et Marcelou tentait de rattraper la chose quand Paulet Bragand déboula dans le magasin d'un air important. Julie n'eut que le temps de fermer la porte de la cuisine. Le meunier lança d'un ton goguenard :

– Il est foutu, ton homme, Julie. On l'embarque cette nuit à bord d'un bateau à vapeur parti de Valence.

Elle se maîtrisa pour ne pas accuser le coup.

– Et d'où vous savez ça, vous ?

– J'ai des oreilles pour écouter. Et tu devrais au contraire être reconnaissante au vieux Paulet de t'avertir. Parce que l'embarquement va avoir lieu dans la plus grande discrétion pour éviter les désordres.

Julie faillit crier, en toute inconscience : « Emmenez-moi le voir, une dernière fois. » Le cri s'arrêta au bord de ses lèvres, elle savait les visites quasi impossibles depuis quelque temps, et que le meunier profiterait d'une si belle occasion. Comme elle se taisait, il reprit du même ton :

– Si tu ne me crois pas, tu n'as qu'à aller au bord du Rhône, à la fin de la nuit prochaine. Le bateau s'arrêtera à l'embarcadère du Teil pour récupérer les condamnés restés à Montélimar.

Satisfait de l'effet produit, Bragand quitta les lieux en chantonnant. Julie se laissa tomber sur un tabouret, le cœur au bord des lèvres. Là, c'était sûr, elle allait mourir de chagrin.

Il fallut bien annoncer la nouvelle au reste de la maisonnée, mais elle passa sous silence la course qu'elle comptait faire la nuit suivante. Inutile d'exposer ses enfants, encore moins Marcelou.

Le soir venu, elle attendit tout habillée que sonnent 4 heures au clocher de Sainte-Croix pour s'emmitoufler dans son châle et quitter discrètement sa chambre. Elle atteignait la cuisine quand le cœur lui manqua en distinguant dans la pénombre sa fille qui dormait, le bras replié sur la table. Au léger bruit, la petite s'éveilla aussitôt.

– Qu'est-ce que tu fais là, tout habillée ?

– Je savais que tu refuserais que je t'accompagne… Alors j'ai pris les devants.

– Comment tu sais ?… Tu es folle ? Retourne te coucher.

– C'est Mlle Victoire qui m'a avertie. Le Bragand lui a porté un gilet à rapetasser et je l'ai entendu bavarder. Je me doutais bien que tu irais là-bas, alors je me suis dit qu'à deux…

Julie lui caressa la tête ; elle recommanda seulement :

– Mets ton bonnet ; il ne fait pas chaud à c't'heure.

Elles se mirent en marche dans les rues silencieuses, leur lanterne à la main, et, à la sortie de la ville, prirent le chemin qui menait aux rives du Rhône. Elles aperçurent bientôt, au loin, la colonne de prisonniers qui rejoignait elle aussi le fleuve ; elles les virent monter sur le bac qui traversa lentement et se perdit bientôt dans la brume. Elles attendirent.

Le vent du nord s'était mis à souffler, soulevant des filets d'écume sur le Rhône. Sur la fin de la nuit, le froid devint piquant, transperçant leurs châles, Julie attira sa fille à elle et la frictionna pour la réchauffer. L'attente durait depuis près de deux heures, des péniches étaient déjà passées, les tirant à chaque fois de leur torpeur, pour disparaître lentement vers le sud, quand enfin un bateau parut dans le jour qui se levait ; elles comprirent que c'était le bateau des transportés.

Du reste, on devinait de l'agitation du côté de l'embarcadère du Teil. Julie qui avait éteint la lanterne la ralluma ; elle se redressa, le cœur cognant dans sa poitrine ; elle leva la lanterne, se mit à la balancer… « Bonne Mère, faites qu'il regarde de ce côté-ci, qu'il voie la lumière… » On ne distinguait que des silhouettes fantomatiques, des silhouettes de soldats ; les prisonniers, ils étaient enfermés, pardi, au fond du bateau ; Pierre… Elle l'imagina enchaîné, les yeux baissés, elle voulut hurler pour qu'il l'entende : « Je t'aime, Pierre !… C'est moi !… », les mots restèrent au fond de sa gorge, ou s'envolèrent avec le vent, elle s'effondra sans voir le bateau repartir, la tête dans la boue.

– Maman !

Affolée, Louise se jeta sur sa mère, lui tapota les joues en criant, Julie rouvrit les yeux, se redressa légèrement.

– Qu'est-ce qui m'est arrivé ? Le bateau... Où est-il ?

– Ils sont partis.

Elle aida sa mère à se relever. Julie titubait, elle avait envie de vomir. Louise dit doucement :

– Il faut rentrer à la maison, maintenant. Adrien va s'inquiéter.

Elles reprirent le chemin de la ville, appuyées l'une sur l'autre. Julie vacillait encore.

– C'est l'émotion. Tu vas boire un bon bol de lait chaud, ça te fera du bien.

Rien qu'à cette perspective, Julie recommença à vomir sur le bord du chemin.

Louise l'aida à s'essuyer les lèvres :

– Tu n'aurais pas dû venir... Ça n'a fait que te rendre malade.

On se remit en route. La petite continua à babiller, sans se rendre compte de ce que sa mère était en train de découvrir avec horreur dans le secret de son propre corps... Elle n'avait pas voulu y croire, ces dernières semaines, à chaque fois qu'elle vomissait, mais là... elle avait compris... Ah ! Si sa fille n'avait pas été là, sûr qu'elle s'y serait jetée, dans le Rhône. Qu'elle s'y serait noyée. Et qu'elle aurait noyé le cadeau lâché par le meunier en la violant...

Elle en était persuadée, désormais : elle était enceinte. L'abominable, l'irrémédiable s'était produit.

VIII

Montélimar, avril 1852.

À L'APPROCHE DE PÂQUES, Adrien avait décidé de frapper un grand coup. En secret, aidé du petit apprenti, il avait confectionné un gros moule en terre cuite qu'il avait mis à sécher dans un coin de la remise, à l'abri des regards ; il s'agissait qu'il soit bien sec quand il y coulerait la pâte de nougat. Le jeudi saint, quand on décorerait les vitrines comme tous les ans, il y placerait son œuf, tout enrubanné, et il inviterait les passants à venir le déguster par petits morceaux ; ce serait le moyen de rappeler à tous que le nougat de la maison Audranne était toujours le meilleur.

Les réserves de miel et d'amandes s'amenuisaient mais il était sûr que les affaires allaient repartir, grâce à l'œuf, et qu'il y aurait suffisamment d'argent pour se réapprovisionner.

Seule Louise qui venait presque chaque soir, au retour de l'atelier de la modiste, *fouinasser* parmi les plaques de confiserie – « Arrête de te pourlécher les doigts, tu vas tomber malade ! » grognait son frère –, seule Louise avait éventé une partie du secret.

– Qu'est-ce que c'est, ce machin qui sèche dans la remise ?

– T'occupe.

Il n'avait pas compris, Adrien, que Louise s'en moquait bien, des bonbons, mais qu'elle espérait, chaque fois, surprendre Marcelou Combère penché sur les plaques à cuire.

Tout à leurs soucis gourmands ou amoureux, ni l'un ni l'autre n'auraient pu remarquer les traits tirés de leur mère et le drame qu'elle vivait. Toute nourriture lui soulevait le cœur, même les crozets de Louise ne passaient pas.

– Il ne faut pas te priver pour nous, maman. Marcelou a apporté un sac de pommes de terre et une belle lamproie. Il est allé pêcher dans le Rhône au *vire-soulet*[1].

Julie souriait, goûtait à tout pour donner le change ; elle ne pourrait pas longtemps cacher son état. Surtout à cette finaude de Victoire… La patronne de Louise l'avait peut-être déjà deviné. Aussi, Julie prit les devants. Un dimanche, elle l'invita à goûter aux massepains d'Adrien pendant que Louise était partie en promenade avec son frère.

Elle n'eut pas besoin de tourner longtemps autour du pot. La modiste posa la main sur son bras :

– Je m'en doutais, madame Audranne, cela se voit vite qu'une femme attend.

Le secret lui avait tant pesé que Julie fondit en larmes, presque soulagée. Victoire lui tapota le bras.

– Vous ne serez pas la première à qui cela arrive… J'imagine que… votre mari n'y est pour rien…

Elle avait son franc-parler, la modiste. Julie fit non de la tête, baissa les yeux, morte de honte.

– Votre ancien ouvrier ? fit-elle doucement.

Julie secoua énergiquement la tête. Victoire Durand se redressa :

– Eh bien, je préfère ça. Je l'apprécie, ce garçon…

---

1. vire-soulet *: filet spécifique de la pêche dans le Rhône.*

Comme Julie se taisait, elle insista :

– Il lui faut un père, à cet enfant. Je n'ose pas croire qu'une de vos pratiques, qu'un de ces messieurs ait profité de votre situation…

À travers ses larmes, Julie vit le regard de la modiste, un regard qui ne la jugeait pas, qui se posait sur elle avec une telle douceur ; cette femme était capable d'entendre son secret, l'abomination qu'elle avait vécue. À mots hachés, peu à peu, elle raconta. Et peu à peu elle sentit la main de la modiste se crisper sur son bras, le visage pâlir, les yeux s'agrandir d'horreur.

– Le meunier… Dire que j'ouvre ma porte à cet homme…

Je vous en supplie, mademoiselle Victoire… oubliez ce que je viens de dire. Cela m'a fait du bien de parler mais si d'aventure quelqu'un apprenait ma honte…

– Il faudra bien que le monde sache, quand vous accoucherez… Et le meunier n'en sortira pas grandi.

– Je voudrais le voir mort, le meunier…

Deux semaines plus tard, Paulet Bragand qui ne s'était plus montré depuis le départ des condamnés reparut à la confiserie. Julie pâlit. Que venait-il faire encore, avec sa mine réjouie, comme s'il était heureux de la tourmenter ?

– J'en apprends de belles, dis donc. Je vais être papa et tu ne m'as rien dit, coquine !

Oh ! La modiste avait parlé ! Elle se sentit inondée de peur.

Paulet s'avança, menaçant.

– Et tu es allée raconter des balivernes à cette écervelée de Victoire ! J'allais poliment lui régler le compte du gilet qu'elle m'a raccommodé et voilà qu'elle me le jette à la tête en m'injuriant !

Il leva la main, dit à voix basse :

– Tu mériterais une bonne rouste, ma salope !

Et puis, se ravisant, avec un sourire méchant :

– Mais t'en fais pas, ton homme ne saura pas que tu te dévergondes. J'ai appris qu'on l'a enfermé au château d'If, à Marseille, en attendant le bateau pour l'Afrique. Je parierais qu'on va l'y oublier, au château d'If. Bien fait pour ces canailles.

Comme la clochette de la porte tintait, il recula, se pencha, son bonnet à la main, devant la bourgeoise qui entrait, puis s'esquiva avec le même sourire narquois.

Louise ne supportait pas les odeurs de tannerie. Au mois de juin, les premières chaleurs exacerbaient les relents de peaux en train de macérer… Elle se serait bien gardée de passer par le quartier des Chauchières en temps ordinaire mais l'occasion était trop belle. Cet après-midi, Mlle Victoire l'avait chargée de porter un chapeau terminé rue Pée-de-Colas, à la filature Rullat. C'était la dame Rullat qui dirigeait elle-même l'atelier et qui avait commandé le chapeau. Une petite capote de gros de Naples blanc, ornée d'une passementerie rose et d'une touffe de panaches rosés ; Louise y avait travaillé elle-même en fixant deux nœuds de satin… Elle avait aidé sa patronne à poser délicatement le chapeau dans le grand carton acheté à la fabrique de M. Massat, dans la Grand-Rue. Puis elle s'était mise en route, le cordon du carton enfilé à son bras, vers la rue Pée-de-Colas. Mlle Victoire lui avait donné son après-midi, histoire d'aider sa mère à la confiserie.

– Elle est fatiguée en ce moment. La condamnation de ton père, les soucis du magasin… Il faut qu'elle se ménage un peu…

Louise s'était bien rendu compte que sa mère était lasse et souvent silencieuse. Qu'y pouvait-elle ? À part glisser de temps en temps, dans la petite boîte des économies, une ou deux pièces dont la gratifiait la modiste…

Les affaires reprenaient doucement depuis Pâques. Depuis l'affaire de l'œuf. La veille du jeudi saint, ils s'y étaient mis à plusieurs pour installer l'œuf gigantesque d'Adrien dans la vitrine et c'était Louise qui avait composé le décor, les pyramides de biscuits à l'angélique, les parterres de fondants aux fruits, les bouquets de sucres d'orge, les cascades de pralines… Les premiers passants qui avaient jeté un regard distrait à la vitrine étaient restés pétrifiés. Au fil de la journée, les badauds étaient devenus toujours plus nombreux. Et quand Adrien s'était mis à casser peu à peu l'œuf, par petits morceaux, à la demande des gosses alléchés, et puis des gens du quartier, enfin des dames et des messieurs attirés par la rumeur, cela avait viré au délire ; l'œuf avait fini par disparaître gratuitement dans le gosier des Montiliens.

Sa fabrication avait coûté cher mais ramené une partie de la clientèle à la confiserie Audranne. L'initiative d'Adrien avait même eu droit à un petit article dans le *Journal de la Drôme et de l'Ardèche* qu'avait apporté Marcelou la semaine suivante.

C'était la dernière fois que Louise avait croisé Marcelou. Il n'était pas revenu depuis à la confiserie. Peut-être s'était-il disputé avec Adrien… ou s'était-il vexé de ne pas avoir été mis dans le secret de la fabrication de l'œuf… ou bien il ne voulait plus la voir, elle, la petite Louise qui lui tournait toujours autour… Elle n'allait pas questionner Adrien, encore moins sa mère ; sa voix se serait mise à trembler, ses joues à rougir, ils auraient tout de suite compris. Il ne lui restait qu'un moyen de savoir : affronter la puanteur de la tannerie Contaroux. Faire parler Gaspard.

Après sa livraison rue Pée-de-Colas, au lieu de revenir par la Grand-Rue, elle avait bifurqué vers le quartier des tanneries, son petit mouchoir sous le nez. Les ateliers bruyants débordaient sur les ruelles, entre deux *andrones*[1] puantes, traversées de ruisseaux à vous soulever le cœur et qu'il fallait enjamber

1. *Impasses, ruelles sombres.*

sous les grossièretés des ouvriers : « *Té, vé* la jolie *minotte,* un p'tit *viron* avec moi, poulette ? »

Enfin, au tournant de la rue Aleyrac, elle franchit le seuil de la tannerie Contaroux. Des fosses à tan s'échappait une odeur âcre et lourde et, dans l'ombre des bâtiments, des hommes s'agitaient, ruisselants de sueur, autour des cuves de chaux. L'un des écharneurs, en train de racler au tranchet sa peau de mouton, courbé sur son chevalet, leva les yeux.

– Hé ! Gaspard, c'est pas ta sœur, la brunette, là ?

Gaspard dressa la tête derrière les bottes d'écorces à tanin qu'il s'apprêtait à broyer. Avisant Louise, il traversa la cour, affublé de son grand tablier. Il avait le regard soucieux.

– Tu as appris la nouvelle, comme nous ?

– Quoi donc ? fit Louise, aussi surprise qu'alarmée.

– Ben... le bateau... ce qu'on est venu dire du père...

– N... non. J'étais en courses pour Mlle Victoire...

Le père Contaroux s'approchait aussi. Son visage en sueur disparaissait presque sous son énorme moustache. Il poussa les deux jeunes gens vers le coin d'atelier où il rangeait ses papiers. Louise se mit à trembler d'appréhension.

– Mes enfants, il faut soutenir votre mère, maintenant. Elle va avoir besoin de vous.

– Mais... dites-moi, à la fin ! fit la petite d'une voix étranglée.

Le père Contaroux s'éclaircit la gorge :

– Tu ne sais pas encore, ma pauvre petite ? On l'a appris par la lettre que le cordonnier de la rue Cuiraterie a reçue de son frère, hier. Il paraît que quand le bateau des transportés est arrivé à Mers el-Kébir, ton père était déjà bien malade. Il toussait à fendre l'âme. On avait parqué les prisonniers dans un camp, sans soins, sans guère de nourriture, ils ont eu beau réclamer un médecin...

Le tanneur se tut, la voix nouée par l'émotion et la colère. Louise resta d'abord muette et puis soudain s'écria :

– Il est mort ? Le papa est mort ?

Elle était si bouleversée qu'elle quitta la tannerie sans demander de nouvelles de Marcelou. Marcelou, elle n'y pensait plus à cette heure. Les yeux brouillés de larmes, elle pressa le pas, comment elle allait annoncer cela à la maison ? Il y avait déjà tant de chagrin et de soucis…

Elle rejoignit la place du Chapeau-Rouge, enfila la rue Roserie… Au carrefour de la Barute, elle buta presque sur sa mère. Sa figure était si blanche que Louise comprit : elle aussi savait.

– Maman ! Oh ! Maman…

Elle voulut se jeter dans ses bras au milieu du carrefour. Julie se raidit :

– Laisse-moi, ma petite, laisse-moi. Retourne à la confiserie.

– Mais… où vas-tu ? Je t'accompagne…

– Non, je te dis de me laisser. Va-t'en garder le magasin.

C'était jeté sur un tel ton que Louise resta interdite. Tourna les talons pour obéir. Puis, se ravisant, elle revint sur ses pas. Où pouvait courir sa mère à l'annonce du drame ?

Elle l'aperçut qui filait en direction de la place d'Aygu. Elle la suivit de loin. Elle savait qu'elle désobéissait, mais tant pis, l'anxiété lui donnait de l'audace. Elle la vit dépasser le *Café Paulin*, l'*Auberge du Poulet*, longer le collège, et brusquement tourner à gauche dans la petite rue Chartrouse.

La rue de si mauvaise réputation…

Le cœur battant, elle accéléra le pas pour la rattraper : sa mère avait disparu. Entrée dans l'un des taudis de cette rue ? Pourquoi, grands dieux ?

Indécise, Louise alla se poster de l'autre côté de la Grand-Rue, à l'entrée de la rue du Coucourdier. Des gamins la bousculèrent en se poursuivant sous le passage couvert qui puait la pisse et le crottin.

Enfin, elle sentit son cœur battre un peu plus fort : sa mère réapparaissait dans l'ombre d'une porte basse ; elle tenait dans sa main un petit paquet qu'elle fourra dans la poche de sa jupe. Louise recula pour ne pas être découverte ; sa mère passa sans la voir.

Julie marchait vite, indifférente à l'animation de la rue sillonnée de vendeurs ambulants, de charrois et de ménagères, elle marchait les yeux baissés, le dos courbé, on aurait dit déjà une vieille femme. À bout d'inquiétude et de pitié, Louise s'élança…

Mais au même instant des cris jaillirent, une galopade soudaine, l'adolescente se retourna à temps pour éviter le cheval emballé d'une charrette qui zigzaguait au milieu de la rue. Elle hurla : « Maman ! » mais son cri se noya dans les hurlements des passants qui fuyaient l'attelage débridé. Quand elle se précipita, le cheval enfin calmé, sa mère gisait sur les pavés, inanimée. Elle continua à hurler, une femme la prit dans ses bras, des hommes s'approchèrent, firent écarter les curieux.

Autour d'eux, on entendait clamer :

– Y a une femme qu'est passée sous les roues !

– Encore un cheval emballé, comme la semaine dernière ! Il a tué une femme !

Soudain, Louise s'écria :

– Elle vit !

Julie ouvrait les yeux et, aussitôt, grimaça de douleur.

– Y a qu'à la porter à l'hôpital. Il est tout à côté, fit un homme en désignant le bâtiment qui faisait face au collège.

Julie écarquilla les yeux et, en découvrant sa fille penchée sur elle, lui agrippa le bras, souffla :

– Pas l'hôpital, pas l'hôpital. Emmène-moi à la maison.

Elle se redressa péniblement devant les curieux ébahis.

– Rien de cassé, ma petite dame ? Vous avez de la chance…

Soutenue par sa fille, Julie rentra lentement chez elle, manquant plusieurs fois de s'évanouir de douleur le long du trajet. Elle n'avait rien de cassé, non, mais une douleur insidieuse à la cuisse qui avait dû être touchée par le sabot du cheval. Elle serra les dents. Rentrer à la maison, coûte que coûte, rentrer…

Louise aida sa mère à monter l'escalier jusqu'à sa chambre, puis à ôter ses vêtements déchirés. Une belle balafre entaillait la cuisse de Julie.

– Allonge-toi, je vais faire bouillir de l'eau pour nettoyer.

– Prends aussi la fiole dans le petit placard. C'est de la poudre de quinquina et de lycopode. Je l'appliquais sur les écorchures de tes frères.

Quand la petite revint dans la chambre avec la casserole d'eau et la fiole, elle s'arrêta sur le pas de la porte, interdite : sa mère se tordait de douleur, les deux mains sur son ventre, debout devant son lit. Une flaque de sang s'arrondissait sur le plancher.

– Maman... articula-t-elle d'une voix étranglée. Maman, qu'est-ce qui t'arrive ?

Julie répondit sans la regarder :

– Aide-moi. Et surtout, pas un mot à ton frère. Vite...

En silence, Louise fit ce que disait sa mère. Elle ne comprenait pas ce qui se passait. Elle redescendit chercher de l'eau dans la bassine, elle nettoya le plancher, elle mit le jupon à tremper, sortit un jupon propre du coffre...

Quand tout fut remis en ordre, on n'aurait jamais imaginé ce qui venait de se produire. Seule une fade odeur de sang...

Julie s'était allongée, épuisée, sur l'édredon. Elle prit la main de sa fille, l'attira près d'elle pour murmurer à voix basse :

– Louise, ce que je vais te dire doit rester un secret absolu. Tu me le promets ?

– Oui, maman.

– Cet homme que tu n'aimes pas... le meunier... il...

Julie dut faire effort ; c'était si abominable d'avouer devant sa fille, sa petite fille qui ne connaissait encore rien de la vie...

– La dernière fois que je suis allée à Crest, j'avais manqué la diligence et il m'a ramenée dans sa carriole, et dans les bois de Blayn... il...

Louise lui mit la main sur la bouche.

– Ne te fais pas mal en racontant.

Julie retira la main de sa bouche mais la retint serrée.

– Il n'y a pas que ça. Ce matin, il est revenu. Il m'a annoncé… Oh ! le fumier ! Je l'aurais bien éventré comme un cochon ! Ton père…

– Ça aussi, je sais. Je reviens de la tannerie.

– Ah ? Tu sais que ton père est mort ? Que nous sommes à la merci de cet homme ?

– Pourquoi, maman ? On n'a pas besoin de lui.

Julie hocha la tête d'un air navré.

– Il sait qu'il m'a engrossée. Il veut m'épouser pour donner un nom à…

Elle abaissa les yeux vers son ventre avant de continuer :

– J'ai refusé, alors il m'a menacée de colporter partout ma honte et le nom de mon soi-disant amant… Marcelou Combère ! Alors que c'est lui qui m'a…

Louise se raidit d'horreur. En un éclair, elle revit Marcelou assidu à la confiserie jusqu'à ces jours-ci, disparu depuis ; et si sa mère mentait, et si le meunier disait vrai ?… Elle chassa bien vite ces miasmes de son cerveau, elle s'était toujours méfiée du meunier, il valait mieux rassurer sa mère, et du même coup savoir ce que devenait Marcelou.

– Marcelou ? Il est occupé ces temps-ci à la magnanerie de ses parents qui sont en plein décoconnage. Il m'a fait prévenir qu'il reviendrait la semaine prochaine.

Comme sa mère, à bout de forces, fermait les yeux sur l'édredon, Louise retira sa main qu'elle lui avait laissée et, dans ce geste, sentit le gonflement de la poche sous ses doigts ; elle se souvint du paquet entrevu tantôt. Elle retira délicatement le petit paquet enveloppé dans du journal, quitta la pièce pour l'inspecter : un flacon rempli d'un liquide brunâtre qu'elle n'avait jamais vu à la maison.

Louise n'était encore qu'une enfant mais elle n'avait ni les yeux ni les oreilles dans sa poche. Elle avait suffisamment surpris de conversations de son coin d'atelier chez Mlle Victoire, entendu ce qu'elle n'aurait pas dû entendre sur la rue Chartrouse, sur la Raquine qui mettait les enfants au monde et parfois les envoyait au ciel. Sans en demander plus à sa mère, elle prit le flacon, sortit et fila jusqu'au quartier des tanneurs. Là où coulait le canal des Moulins qui empuantissait l'air. Elle y jeta le flacon et revint en courant.

IX

Montélimar, septembre 1852.

Dans l'été, le souvenir des événements de l'hiver finit par s'estomper peu à peu. On annonçait le voyage du prince-président dans la région pour le mois de septembre. On racontait que des femmes allaient tenter de l'approcher pour obtenir la grâce de leur mari. Julie se bouchait les oreilles, se mettait à hurler en silence : pour elle, il était trop tard.

Quand elle se retrouvait seule dans sa chambre, la présence muette de Pierre envahissait tout l'espace, Pierre qui la faisait danser, Pierre son promis du 15 août, Pierre qui voulait vieillir avec elle… Mais Pierre qui, Dieu soit loué, ne saurait jamais l'ignominie vécue par sa famille.

La confiserie Audranne avait retrouvé quelques couleurs, grâce au coup de réclame provoqué par l'œuf d'Adrien. Julie aurait presque pu payer un ouvrier tel que Marcelou mais elle se serait bien gardée de lui proposer de quitter sa place de Grignan pour elle ; du pain bénit pour les cancans.

La corporation des confiseurs reconnaissait si bien le talent du jeune Adrien que plusieurs patrons étaient venus proposer de le prendre à leur service avec quasiment la paie d'un ouvrier.

– Ce sera un soulagement pour vous, madame Audranne. On comprend que le commerce soit dur pour une veuve et Adrien est si jeune encore, il aura le temps de se former.

Julie repoussait l'échéance, elle était persuadée qu'une fois pris en main par un autre confiseur il finirait par livrer son secret. Elle se doutait qu'on avait déjà abordé le garçon, à la sortie de la messe, qu'on lui avait fait miroiter Dieu sait quoi… Il rentrait troublé mais résistait aux sirènes.

Elle avait vite compris qui inspirait ces tentatives de faire disparaître la confiserie Audranne : peu de temps après l'accident de la Grand-Rue, alors qu'elle discutait le prix d'une botte de poireaux sur la place aux Herbes, elle avait frémi en sentant la grosse patte de Paulet Bragand sur son épaule. Il avait attendu qu'elle ait enfoui la botte dans son panier pour la prendre fermement par le bras, l'attirer à l'écart.

– Alors, ma jolie, tu t'es décidée ? Je n'ai pas changé d'avis. Je te rachète la confiserie, je t'épouse et je reconnais ton *niard*. À ta place, je me trouverais chanceuse.

Julie avait fait taire sa peur pour répliquer sans trembler :

– Ma réponse est toujours la même. Laissez-moi finir mon marché.

Bragand avait resserré sa poigne et sifflé :

– Petite garce… C'est ton Marcelou qui va être étonné de se découvrir un *minot*… Je ne donne pas cher de la réputation de la maison Audranne, après ça !

Julie alors avait pris son courage à deux mains :

– Vous ne pouvez rien contre moi. J'ai perdu l'enfant.

– Qu'est-ce que tu racontes ? Menteuse !

Comme des regards intrigués commençaient à se tourner vers eux à mesure que le ton montait, Bragand avait relâché son étreinte et Julie en avait profité pour s'esquiver, le cœur à l'envers.

Depuis ce jour-là, elle ne pouvait pas s'empêcher de craindre que le meunier se venge, d'une manière ou d'une autre. Ces tentatives de séduction à l'adresse d'Adrien pour aboutir à la fermeture de la confiserie, c'était bien dans sa manière.

Elle n'imaginait pas que le pire était encore à venir.

Cela commença par une lettre anonyme arrivée sur le bureau du procureur de la République. Le jeune magistrat ne faisait pas grand cas de ce genre de dénonciation mais, lorsqu'il parcourut les deux phrases laconiques, il fronça le sourcil. Une affaire d'avortement, il avait déjà connu semblable cas à son premier poste, découvert lui aussi grâce à une lettre anonyme. Il relut les termes pour s'assurer des individus mis en cause : une femme nommée « Raquine », logeant rue Chartrouse et… pas moins que la femme Audranne qui tenait la confiserie de la Grand-Rue, la fameuse confiserie qui avait mis en vitrine, au moment de Pâques, un œuf tout en nougat. Du véritable nougat, il en avait goûté lui-même, il était retourné en acheter pour en expédier à sa mère…

Le procureur se souvint de la femme qui l'avait servi. Une personne encore jeune et avenante dont le mari, à ce qu'on lui avait rapporté, avait fait partie des insurgés arrêtés en décembre dernier. Une famille déjà suspecte…

Il déposa la lettre dans un dossier, prit le temps de réfléchir avant de se décider.

Dès le lendemain, une discrète enquête était ouverte. Il s'avéra que cette « Raquine » était soupçonnée depuis longtemps de pratiques illégales. Elle avait exercé pendant des années le métier d'accoucheuse dans le Gard sans en avoir le droit et, à la suite d'un procès, elle était venue s'installer à Montélimar. Elle avait continué d'accoucher les femmes, mais aussi, à ce que colportait la rumeur, de « faire passer » les enfants non désirés. Sans preuves certaines, elle avait jusque-là toujours échappé à la justice.

Quant à sa complice, la femme Audranne, elle s'évanouit tout bonnement en s'entendant accuser. Elle ne pouvait pas nier que des témoins l'avaient aperçue au coin de la rue Chartrouse, un jour de juin dernier, qu'allait faire dans le quartier de la Raquine une femme soi-disant honnête ? Et pourquoi la soupçonnait-on, elle, si ce n'est qu'on la disait légère, entourée d'hommes depuis que son mari était incarcéré ? Une femme seule ne le reste pas longtemps, n'est-ce pas ?

À la confiserie, ce fut la consternation. Julie ne dormait plus, s'attendant à tout moment à devoir quitter la maison menottes aux mains. Le sourire figé derrière sa banque, elle tremblait à chaque tintement de sonnette, quelle serait la première cliente à l'insulter ? Et Marcelou ? Allait-on l'accuser, lui aussi ? Dans sa tête passaient et repassaient ces rumeurs qui circulaient de temps en temps, cette fille qui était allée se jeter au Rhône pour noyer sa honte avec elle, et celle qui s'était pendue l'année précédente…

Elle revit soudain le visage paisible de l'abbé Jourdan, le curé de Sainte-Croix. Un saint homme à qui elle se confessait une fois l'an avant de faire ses pâques et qui venait parfois lui acheter un petit paquet de nougat ; elle savait que la confiserie n'était pas pour lui, il aurait donné jusqu'à sa chemise, l'abbé Jourdan. Elle ne lui avait jamais parlé de sa honte mais un secret, quand c'est trop lourd à porter, ça vous ronge le cœur et ça vous ruine la santé. Et l'abbé Jourdan, combien de fois avait-elle entendu dire qu'on pouvait tout lui confier…

Le jour du marché, avec dans son panier une douzaine d'œufs et deux pots de miel à lui offrir, elle prit le chemin de la cure, sans trop savoir comment elle allait aborder le bon abbé, elle avait tant besoin de réconfort… quand, à l'entrée de la rue des Jésuites, elle s'immobilisa, pétrifiée. Paulet Bragand sonnait justement à la cure, un sac de farine sur l'épaule. Elle pâlit de frayeur, rebroussa chemin avec précipitation ; le meunier la poursuivrait donc jusque chez l'abbé Jourdan ! Le cœur affolé, elle attendit quelques minutes, finit par rentrer chez elle, découragée. Et si Bragand était allé lui aussi se confier à l'abbé ? Lui avait conté l'histoire à sa manière ? Mieux valait renoncer…

Louise et Adrien restèrent seuls dans le secret de l'abominable accusation. Le garçon s'était enfermé dans un mutisme têtu ; sa sœur savait, elle, que sa mère était accusée à tort, elle en avait jeté la preuve dans le canal des Moulins, elle savait qu'on ne pourrait rien prouver contre elle, mais la rumeur… il resterait toujours la rumeur, le soupçon… La confiserie ne s'en relèverait pas, sa mère n'y survivrait pas.

Alors, après une nouvelle nuit sans sommeil, la petite se décida à tout dire à sa patronne, enfin presque tout. Un peu surprise, mais aussi soulagée que Mlle Victoire ait déjà recueilli les confidences de sa mère.

Son lourd secret enfin lâché, Louise s'effondra en larmes dans les jupes de la modiste.

Le soir même, Victoire Durand poussa la porte de la confiserie. Elle arborait un grand sourire.

– Si vous veniez faire un brin de causette chez moi, madame Julie ? Louise fermera le magasin… On m'a offert une bouteille de chartreuse que je voudrais vous faire goûter.

Le lendemain matin, Julie ne savait toujours pas si elle allait oser. Elle avait passé la nuit à retourner la chose dans sa tête. Elle avait raison, Victoire Durand, il lui fallait aller plus vite que ses accusateurs, arrêter le scandale avant qu'il n'éclate, il lui fallait aller au-devant de la justice, demander à voir ce juge d'instruction, ce procureur qui l'accusaient… Car si son malheur était ébruité, elle pourrait toujours jurer, témoins à l'appui, qu'elle avait perdu l'enfant à la suite de l'accident, elle pourrait toujours accuser Bragand de l'avoir violée… Sa réputation n'en serait pas moins ruinée, comme celle de la confiserie.

La veille, en rentrant de sa visite à Mlle Durand, elle avait été saisie par l'odeur sucrée du miel qu'Adrien avait dû déverser à l'instant dans son chaudron ; elle avait eu devant les yeux la vision de ce jour ensoleillé, bourdonnant d'abeilles, sur la colline de Die où Armand la poursuivait, barbouillé de miel…

Armand, maintenant président du tribunal de Montélimar… Elle n'avait jamais eu l'occasion, ni l'audace, d'aller l'aborder depuis qu'il vivait à Montélimar ; elle n'avait jamais eu affaire qu'à sa femme et sans doute avait-il oublié leurs jeux d'enfants… Alors, aller lui raconter ce qui venait d'arriver ? Lui dérouler son abominable histoire ? Impossible ! Et puis elle y avait réfléchi à nouveau. Elle y avait réfléchi toute la nuit. Peut-être que la survie de la confiserie n'était qu'à ce prix ?

Mais comment s'y prendre, à présent qu'il était devenu un tel personnage ? Lui écrire ? Il faudrait encore passer par Victoire Durand… Non, il fallait tenter la chance. Aller au tribunal, demander à le voir…

Rien qu'à cette perspective, elle haussa les épaules. On aurait vite fait de l'éconduire… Puis, brusquement, elle se décida.

– Adrien ! Viens m'aider…

Le garçon parut, son tablier blanc taché de caramel.

– Prends une feuille à l'en-tête de la confiserie et écris, s'il te plaît.

Son fils lui jeta un regard intrigué mais fit ce qu'elle disait et trempa la plume dans l'encrier. Elle continua :

– Écris : Julie Martron, de Die.

– Et puis ?

– Et puis c'est tout. Puisque Marcelou est là aujourd'hui, tu t'occuperas du magasin ; j'ai une commission à faire.

Adrien n'ajouta rien et tourna les talons. Elle aurait voulu lui caresser la tête en signe de tendresse, mais elle avait trop peur qu'il la repousse ; toujours aussi fermé qu'une huître, Adrien, depuis qu'on avait accusé sa mère.

Elle plia la feuille de papier, la mit dans une enveloppe qu'elle glissa dans sa poche puis sortit. Elle longea la Grand-Rue, bifurqua vers la place d'armes et pénétra dans l'ancien couvent des Cordeliers où siégeait le tribunal. On l'arrêta aussitôt.

– Monsieur le président ? Mais on ne le dérange pas sans raison, ma petite dame. Il vous faut…

D'une main tremblante, Julie sortit de sa poche la feuille pliée en quatre.

– Veuillez porter cela au président. Je vous en prie… Il s'agit d'une affaire importante.

Tout en maugréant, le préposé prit l'enveloppe et disparut dans l'ombre du couloir. Julie resta debout, de plus en plus anxieuse à mesure que les minutes passaient et que l'homme ne revenait pas.

Enfin, du bout du couloir, il lui fit signe et, d'un air dédaigneux, lui désigna l'une des portes. Elle crut que son cœur allait lui manquer tant elle était émue en franchissant le seuil du sombre bureau : Armand, ou plutôt le président du tribunal, se tenait debout face à elle, appuyé à la table encombrée de dossiers.

Elle fit une vague révérence. Il murmura dans un sourire :

– Julie Martron, la petite Lili… Cela fait bien longtemps…

Elle avait la gorge tellement nouée qu'elle restait muette. Mais lui ajouta :

– Si je m'attendais à une telle visite !…

La feuille de papier à la main, il cherchait encore le lien qu'il pouvait y avoir entre la confiserie Audranne et la « petite Lili ». Le planton lui avait glissé, en lui tendant respectueusement le billet :

– C'est la femme qui sert à la confiserie Audranne qui insiste pour vous parler, monsieur le président…

La « petite Lili » était devenue cette femme déjà plus très jeune mais à la belle taille élancée et avec le même regard fier qui était resté l'un de ses jolis souvenirs de la Brunette.

– Julie… Tu travailles chez Audranne, maintenant ? Tu as quitté tes montagnes dioises ?

Rien que la voix d'Armand lui mit le rouge aux joues… Elle ne l'avait jamais appelé monsieur Armand ; quand ils roulaient dans l'herbe, qu'ils jouaient à la guerre avec des marrons derrière la ferme, qu'ils se battaient comme des chiffonniers, elle n'allait pas l'appeler « *moussu* Armand »…

– Il y a longtemps que je les ai quittées, mes montagnes. J'avais quinze ans quand le père m'a envoyée ici chez ma tante Éliza… et puis j'ai marié le Pierre Audranne…

Un instant stupéfait, Armand ne laissa rien paraître des images contradictoires qui lui traversaient l'esprit. Comment n'avait-il pas croisé Julie Martron depuis trois ans qu'il vivait à Montélimar ? Comment n'avait-il pas su qui était la femme de cet Audranne arrêté l'an passé pour faits séditieux ? Que lui voulait-elle, maintenant ? Une demande de grâce pour son mari ? C'était un peu tard mais il était prêt à l'aider, bien sûr…

– Assieds-toi, Julie. Il est sans doute difficile d'être la femme de l'un de ces insurgés… Je n'ai pas eu connaissance du dossier de ton mari, c'est l'armée qui s'est chargée d'instruire cette triste affaire, mais je vais voir ce que je peux pour lui…

Julie s'était assise au bord du fauteuil de cuir des visiteurs. Elle avala sa salive, murmura :

– C'est pas pour Pierre que je viens. Lui, il en a fini avec ses souffrances… Il… Il est mort à l'arrivée en Algérie.

Un flot d'émotions lui monta aux yeux. Encore plus surpris, Armand se tut, attendit que la crise passe et qu'elle se mouche, tout en détaillant le petit bonnet qui lui couvrait ses cheveux blonds… Il se souvenait des longs cheveux blonds, emmêlés de paille, de la Julie déjà presque femme, celle avec qui, pendant ses vacances de collégien, il aidait à ramasser la feuille de mûrier à la Brunette.

Pour le petit garçon, le domaine dont avait hérité son père, sur les hauteurs de Die, avait tous les charmes de la campagne et de la liberté. Quand le notaire faisait atteler le cabriolet et troquait son chapeau de soie pour une casquette, Armand savait qu'il montait à la Brunette ; il s'échappait des mains du précepteur ou de sa bonne pour courir à la remise et sauter sur le siège. Dès que le cheval se mettait au trot sur le chemin des collines, il frétillait d'impatience.

À la Brunette, on cultivait de la luzerne, du trèfle, du sainfoin, les champs embaumaient au mois de juin ; on y élevait aussi un beau troupeau de brebis et quelques chèvres, et puis le père Martron avait un cheval pour labourer et pour tirer le rouleau qui foulait le blé en tournant sur l'aire, derrière la maison.

Armand courait après les canards, se vautrait dans la paille, regardait traire les chèvres et se cachait avec la dernière des Martron pour aller grappiller dans le verger. Une délurée, la « Lili », quatre ans de moins que lui, mais qui en savait déjà bien plus sur les grillons, les abeilles et les *serpata*. Il ouvrait des yeux ronds, elle sifflait en imitant la vipère, elle riait, elle ne parlait guère que le patois.

À la saison des vers à soie, il suivait la petite fille dans la magnanerie et ils restaient immobiles devant les claies, pour une fois muets, fascinés par le grouillement et la gloutonnerie des vers qui se mettaient à filer leur cocon, accrochés aux branches de bruyère…

Malgré les années de collège, il avait toujours gardé la Brunette dans un coin de son cœur ; mais quand il y était retourné, un été, curieux de revoir la petite Lili, elle n'était plus là. Elle était « allée à maître », comme avait dit son père, placée chez des paysans de Barnave… Quel âge pouvait-elle avoir ? Treize, quatorze ans ? Armand était sur le point d'entrer à la faculté de droit de Grenoble, il ne courait plus après les canards et ne prêtait plus ses bras au ramassage de la feuille de mûrier…

Il baissa les yeux sur la femme du confiseur.

– Alors te voilà veuve… et avec une famille et une affaire sur les bras…

Julie releva la tête.

– Mon aîné est casé chez le tanneur Contaroux et la dernière chez une modiste. C'est mon Adrien qui fait tourner la confiserie. Il est bien jeune mais…

Elle hésita avant d'ajouter en regardant le magistrat droit dans les yeux :

– Il a hérité du tour de main de son père. Toutes mes pratiques ne chantent que des louanges de son nougat.

Elle retrouvait toute sa fierté et son assurance dès qu'elle parlait de son fils ; Armand sourit au souvenir de la belliqueuse Lili d'autrefois, mais l'éclair s'éteignit vite dans le regard de la visiteuse. Il murmura :

– Tu as besoin d'aide, Julie ?

Elle se tut. Au moment de livrer son secret, d'étaler sa honte devant cet homme qui n'était plus le garnement de son enfance mais un moussu à chaîne de montre en or, un symbole de la Justice, elle faillit tout planter là et s'enfuir. Aller se noyer au Rhône, se pendre… Seule la vision d'Adrien au-dessus de son chaudron de nougat la retint au bord de la panique. Ne penser qu'à Adrien, qu'à la confiserie.

Alors elle se leva et, pour se donner du courage, plutôt que d'affronter le regard du président, elle s'approcha de la fenêtre et lui tourna le dos. Les yeux fixés sur la cime des ormeaux qui se balançaient dans le mistral, elle se mit à raconter. Tout. D'abord les terribles visites au prisonnier de la tour de Crest, et puis le dernier voyage dans la carriole du meunier, la peur, le viol…

Oh ! ça, ce fut le plus dur ; Armand, lui, avait été si délicat quand il la tenait par la taille pour l'aider à descendre des échelles de la magnanerie, même s'il avait bien envie de lui glisser un baiser dans le cou… Qu'est-ce qu'il allait dire, Armand ?…

Et puis elle continua d'une voix de plus en plus basse. La découverte de sa grossesse, l'effronterie, la malhonnêteté de ce goujat de Paulet, son ignoble proposition de mariage, et puis l'accident de la Grand-Rue, et puis la lettre anonyme et le crime dont on l'accusait…

Son courage revenu, elle se retourna, ses yeux humides lançaient des éclairs :

– Je sais bien ce qu'il cherche, le meunier. Me faire enfermer pour se venger de mon refus et récupérer la confiserie, avec Adrien à sa botte…

Et soudain, emportée par sa fureur, elle hurla :

– Je le tuerai plutôt que lui abandonner mon fils !

X

Montélimar, octobre 1852.

Les premiers jours d'automne fleuraient encore la belle saison. Céline Balestier avait choisi une toilette légère pour paraître à la soirée du sous-préfet, une robe de satin blanc, recouverte de trois jupes de tulle blanc, relevées avec des imitations de boutons de rose en crêpe. Sa coiffure en guirlandes de fleurs lui donnait un air juvénile et Armand la félicita quand elle parut dans le hall, prête à partir chez le sous-préfet. Il enfilait ses gants, tenait sa canne et son chapeau à la main.

– Nous ne prenons pas le coupé, mon ami ? Arriver ainsi à pied chez le sous-préfet…

– Ce serait ridicule, nous n'en sommes qu'à deux pas.

Céline pinça les lèvres, Armand esquissa un sourire.

Sa femme se satisfaisait peu de ce premier poste de président du tribunal dans une si petite ville, alors qu'il avait été juge à Gap, une préfecture… Elle le poussait à intriguer auprès de ses collègues bien placés et patientait en donnant des dîners et des fêtes sous le moindre prétexte. Celles-ci se succédaient à l'occasion du passage du prince Louis-Napoléon dans le département. Le bateau présidentiel qui descendait le Rhône s'était arrêté à Valence où les Balestier avaient assisté au bal donné en son honneur par le préfet Ferley.

Elle jeta un châle de cachemire sur ses épaules, ouvrit son ombrelle et prit le bras d'Armand pour longer cet horrible chemin de ronde tout en fondrières qui conduisait à la rue Porte-Neuve.

Son mari avait beau faire miroiter les projets de chemin de fer qui allaient transformer le quartier en jardins et en promenades, elle persistait dans sa mauvaise humeur.

– J'espère que nous aurons quitté Montélimar d'ici là. Imaginez la poussière des travaux apportée par ce maudit mistral, et la racaille embauchée que cela va attirer. Filous, maraudeurs et filles de peu…

Armand ne répondit pas, habitué au caractère maussade de sa femme. Tout en posant un pied précautionneux sur les mauvais pavés de la rue Porte-Neuve, Céline reprit :

– À propos, avez-vous entendu parler de cette rumeur qui court sur la confiserie Audranne ? C'est la nouvelle fille de chambre qui m'a conté cela ce matin. Il paraîtrait que le confiseur est mort pendant son transport en Algérie et que sa veuve se serait retrouvée engrossée d'un autre, et qu'elle aurait… Oh ! Ces femmes sont capables de tout… Vous voyez ce que je veux dire…

– Je ne vois pas, ma chère. Et si la rumeur était fondée, monsieur le juge d'instruction m'en aurait aussitôt informé. Il faut croire que la confiserie Audranne fait des jaloux et que certains aimeraient se l'approprier…

Le ton sec de son époux incita Mme Balestier à ne pas insister. Du reste, ils étaient parvenus devant l'entrée de la sous-préfecture, encombrée de voitures et environnée de badauds qui venaient admirer les toilettes. Il y avait là toute la bonne société de la ville, la vieille aristocratie, le corps judiciaire, le colonel et les officiers de la garnison, ces dames arboraient leurs plus éclatants bijoux.

Céline Balestier, consciente de son statut d'épouse du président du tribunal, se rengorgeait. Elle affectionnait ces réunions où elle brillait par son élégance et son esprit ; en revanche, le théâtre vaudeville de la salle du Prado, les cavalcades de bienfaisance, les vogues et les cirques ne lui arrachaient que des soupirs méprisants. Hormis l'avancement de son époux, elle poursuivait deux buts dans la vie : poser les premiers jalons de la future carrière de son fils Édouard, en rhétorique chez les jésuites de Mongré, et choisir un parti avantageux pour sa fille Coralie qui venait de quitter le couvent.

Les salons de la sous-préfecture se remplissaient peu à peu d'habits noirs et de crinolines, un brouhaha élégant régnait jusque dans le jardin. Le colonel de la garnison racontait pour la dixième fois ses débuts de carrière durant la conquête de l'Algérie, vingt ans plus tôt. Quelques dames s'étaient jointes au cercle des auditeurs, d'autres papotaient sur les canapés d'où débordaient leurs crinolines. Armand leur jeta un bref coup d'œil, les confidences de sa femme lui revinrent, ces dames étaient-elles en train d'en rajouter sur les commérages entendus dans leur cabinet de toilette ? Quels ragots traînaient au juste sur la malheureuse Julie ?

Quelques jours plus tôt, la visite inopinée de la fille du père Martron l'avait pris au dépourvu, et même légèrement troublé pour dire la vérité. Leurs adieux, tant d'années plus tôt, derrière les murs de la Brunette, lui étaient revenus à l'esprit, et aussi le léger baiser rougissant qu'il lui avait volé avant de s'enfuir pour qu'elle ne le gifle pas, elle était si fière, Julie… Et voilà qu'elle était venue lui avouer, toute honte bue, l'affreux drame dans lequel elle se débattait… Fallait-il qu'elle ait confiance en lui pour avoir eu cette audace !

Par réflexe professionnel, il lui avait posé quelques prudentes questions, il n'avait pas voulu paraître aussitôt abonder dans son sens, il n'avait pas non plus voulu lui promettre quoi que ce soit sur l'issue de cette triste affaire. Mais quand il avait, au bout d'un bref interrogatoire, accepté de se pencher sur son cas, il avait vu les yeux fatigués s'illuminer de joie et de reconnaissance.

Sitôt la visiteuse partie, il avait un instant regretté de s'être laissé attendrir, sous le prétexte de leur ancienne amitié. Les circonstances étaient graves, bien plus graves que ces cas de dettes, de mendicité, de vols pour lesquels on venait solliciter sa clémence ; il avait conservé quelques lettres qui en disaient lourd sur la misère de certains de ses justiciables... Le cas de Julie, lui, était d'un tout autre ordre.

Rapidement, il avait pris langue avec le juge d'instruction et avec le procureur, et s'était fait remettre une copie du dossier. La plainte reposait avant tout sur cette lettre anonyme arrivée chez le procureur et sur des témoignages peu fiables, celui des passants qui avaient assisté à l'accident non loin du domicile de cette « Raquine », et celui de sa fille qui revenait d'une livraison et avait secouru sa mère. Armand était maintenant le seul à en savoir un peu plus ; c'est-à-dire que Julie Audranne avait bel et bien été engrossée par ce nommé Bragand. Dans ce cas, faire comparaître cet homme ? Révéler l'histoire du viol ? C'était ajouter du bruit à l'affaire, sans bénéfice pour Julie.

Au bout d'une semaine, il se décida à conférer avec le procureur et le juge d'instruction, afin d'abandonner les poursuites, faute de preuves. Le procureur s'interposa, le juge d'instruction se montra conciliant : il venait de recevoir, lui aussi, une lettre anonyme qui accusait nommément le sieur Paulet Bragand de mensonges.

Armand Balestier devina aussitôt de qui venait la lettre. De cette modiste qui avait été la confidente de Julie... Il saisit l'occasion :

– Messieurs, voyez où conduisent des accusations anonymes qui ne cherchent qu'à nuire au commerce d'une veuve déjà affaiblie par la condamnation du chef de famille. Je suggère qu'on classe purement et simplement cette affaire ; elle ne repose, j'en suis persuadé, que sur la malveillance.

Le procureur fut plus difficile à convaincre que le juge.

Les poursuites abandonnées, Armand fit envoyer une convocation à la modiste de la rue Roserie.

Victoire Durand se présenta à l'heure dite, deux jours plus tard, tremblant que sa lettre au juge d'instruction n'ait produit l'effet contraire à celui qu'elle escomptait. Elle réussit à soutenir sans faiblir le regard du magistrat, prête à défendre avec vigueur l'honneur de sa voisine ; mais quand Armand posa devant elle la lettre anonyme et dit : « J'imagine que vous reconnaissez cette lettre, mademoiselle... », Victoire rougit jusqu'aux oreilles. Son regard vacilla légèrement avant qu'elle reprenne courage :

– Oui, monsieur le président. Je ne pouvais pas rester sans rien faire, Mme Audranne est la victime d'un...

– N'injuriez personne, mademoiselle. Sachez simplement que j'ai fait classer l'affaire, je vous charge d'en avertir vous-même la veuve Audranne. Il ne sera retenu aucune charge contre elle...

Victoire sursauta sur sa chaise. Elle l'aurait bien embrassé, le président Balestier ! Elle devint volubile.

– Elle vous a tout raconté, Julie Audranne ? Le Bragand, il veut son commerce, il ferait n'importe quoi pour se venger, il ne va pas s'arrêter là, croyez-moi.

– Reprenez-vous, mademoiselle, et écoutez-moi.

Victoire se tint coite. Elle observa le visage calme et un peu sévère du magistrat qu'elle avait à peine osé regarder, tellement cette convocation l'avait effrayée. Il y avait de la bonté dans ses yeux, de la pitié pour les autres. Son excitation retombée, sa crainte envolée, elle arrêta de tripoter le petit réticule qu'elle tenait à la main, prête à en sortir un mouchoir au cas où l'émotion la submergerait… et elle se tut.

– Je vous crois une amie sincère de Mme Audranne, commença Armand.

Victoire agita vigoureusement la tête, ce qui ébranla son joli chapeau choisi parmi ses meilleures créations.

– Mme Audranne m'a fait l'entière relation de son malheur. Si mes renseignements sont exacts, la confiserie connaît des difficultés qui, avant longtemps, seront insurmontables, ce qui ferait l'affaire, vous n'en doutez pas, du sieur Bragand. J'ai l'intention de contribuer à y remédier, ne serait-ce que pour l'avenir du jeune et talentueux Adrien Audranne.

Les yeux de Victoire Durand s'agrandirent de stupéfaction. Voilà que le président du tribunal se mêlait de confiserie !

– Mais, pour cela, j'ai besoin de votre aide, mademoiselle, termina Armand.

– Mon aide ? Mais comment, monsieur le président ?

– Il m'est difficile d'intervenir directement, comprenez-moi… Vous serez, en quelque sorte, mon intermédiaire.

Victoire fronça le sourcil puis sourit.

– Évidemment, que n'irait-on pas raconter encore…

Elle se cala sur sa chaise.

– De quelle manière puis-je aider ?

– Ce Marcelou Combère… Un homme fiable ?

– Marcelou ? Une crème d'homme, monsieur le président. Et un bon ouvrier. C'est Pierre Audranne qui lui a appris le métier. Et respectueux, avec ça, je peux le jurer. On n'a jamais rien dit sur lui du temps qu'il travaillait à la confiserie.

– Pourquoi est-il parti ?

– La politique, monsieur le président. Les hommes, sauf votre respect, quand ça commence à parler politique… mais, vous voyez, il leur en veut pas, dans leur malheur. Il touche même pas de salaire pour son aide, il le fait pour le nougat d'Adrien.

Elle reprit d'un air dépité :

– Seulement, il ne va pas quitter son patron de Grignan pour les Audranne, comment elle le paierait, Julie ?

– C'est moi qui paierai.

– Vous ?

– Oui. Et Mme Audranne vous dira aussi combien de marchandise il lui faut pour réapprovisionner ses vitrines.

Victoire resta sans voix. Armand se leva pour signifier que l'entretien était terminé. Il ajouta :

– Nous le faisons tous pour le nougat d'Adrien, n'est-ce pas ?

– Bien sûr, monsieur le président, bien sûr.

Victoire fit une jolie révérence avant de quitter le bureau, sortit posément mais, sitôt sur la place d'armes, s'élança à grandes enjambées.

Un miracle ! Elle allait annoncer un miracle à la famille Audranne ! Qu'est-ce qu'il lui prenait, à ce distingué monsieur, de vouloir aider ? Après tout, c'était son affaire ; et elle, Victoire Durand, elle allait être l'honorable intermédiaire de cette belle entreprise. Elle avait évidemment promis de garder tout cela secret, particulièrement auprès du Bragand, elle en riait tout seule, la modiste, tout en se hâtant, une main sur son chapeau pour le retenir contre le vent, voilà un bon tour que le président était en train de jouer à ce cochon de Paulet.

XI

Montélimar, 1853.

LA *SÈCHE* DE LA TANNERIE Contaroux occupait le vaste espace du dernier étage, ouvert à tous vents sous la toiture. Il y régnait un courant d'air qui vous glaçait les côtes quand on installait les peaux qu'on avait hissées jusque-là pour les faire sécher.

On y arrivait en sueur, on soufflait quelques instants avant de redescendre. Gaspard s'était appuyé à l'un des poteaux en mâchonnant un bout de paille quand l'un des ouvriers se pencha à la balustrade qui dominait le quartier. L'animation avait repris dans la filature voisine transformée en chapellerie.

– Ça y est, ça travaille déjà chez Monier, dans la rue Puyguiga. Ils ont vite trouvé à embaucher.

– Pardi, il paraît que le travail n'est pas difficile pour une paie honnête.

– C'est à voir. Alexis Monier, je le connais… On a grandi ensemble. Son grand-père était de Rousset, comme ma grand-mère… Des gens qui te font pas de cadeaux, qui t'écraseraient pour te passer devant.

En redescendant chercher de nouvelles peaux, il ajouta :

– Je me suis laissé dire que le Monier, il aurait été poussé dans le métier par l'un de ses oncles maternels, qu'il aurait voulu reprendre la tradition d'un aïeul protestant parti en Allemagne… C'est un malin, il trouvera toujours des gars qui quittent la charrue pour s'embaucher en ville.

Arrivé au bas de l'escalier, il changea de sujet :

– À propos, il paraît que Combère a abandonné son patron de Grignan pour venir travailler chez ta mère… c'est que les affaires reprennent ?

– Ben oui… Faut croire que le nougat de mon frère a du succès…

Gaspard ne s'étendait jamais sur le renouveau de la confiserie. Où sa mère avait-elle trouvé l'argent, mystère ; elle avait parlé d'un prêt obtenu pour faire repartir la confiserie, sans vouloir lui en dire plus ; quel gage pouvait-elle donner ? Elle ne possédait rien…

Interrogé, Marcelou Combère n'avait rien pu lui dire de plus, sinon que Mme Audranne lui avait proposé un salaire honnête et le payait sans retard. Il s'était trouvé une chambre rue Roserie, qu'il louait à la modiste, Mlle Durand. Le samedi soir, Gaspard et lui allaient parfois traîner ensemble du côté de la rue du Chemin-Neuf, dépenser quelques sous avec les filles de chez la mère Tivin ; le dimanche, ils pêchaient dans le Jabron ou tapaient le carton au café ; ils mettaient la politique de côté parce que Marcelou criait facilement « Vive l'empereur ! » tandis que Gaspard aurait plutôt crié « Vive la sociale ! ».

C'était justement la haute silhouette de l'ouvrier de sa mère qui se détachait dans la pénombre empuantie des salles voûtées de la tannerie, quand Gaspard redescendit de la sèche.

Combère tenait dans ses mains un gros paquet de dragées qu'avait commandées le père Contaroux pour le baptême de sa petite-nièce.

– Oh ! Gaspard… Tu donneras ça à ton patron. Et puis, dimanche, y a la mère qui fait une fricassée d'abats. Comme elle sait que tu aimes bien ça…

La commission expédiée, Marcelou s'en retourna aussitôt à la confiserie où le travail l'attendait.

Ce n'était pas tous les dimanches que la patronne invitait Gaspard à dîner mais Mlle Victoire lui avait apporté des abats de mouton et Marcelou y avait ajouté une bouteille de ce petit vin clairet qu'on tirait des vignes du bois de Laud, sur les hauteurs de Montélimar. Julie y avait vu l'occasion de questionner son fils aîné. La proposition qu'on lui avait faite était tentante : remplacer à l'armée, au moment du tirage au sort, un fils de famille qui tirerait un mauvais numéro et empocher quelques milliers de francs ; cela arrangerait bien les affaires de Gaspard et, surtout, un séjour à l'armée l'éloignerait de ses fréquentations de café.

Marcelou avait été mis dans la confidence mais Julie n'était pas allée jusqu'à lui conter ce que Mlle Victoire appelait « le miracle ». Il avait eu lieu avant la période de Noël, au moment où Adrien se demandait comment il allait faire face aux commandes, avec l'apprenti qui toussait à fendre l'âme et la matière première qui allait manquer, faute d'avoir payé la dernière livraison.

Ce matin-là, la modiste était entrée dans le magasin avec un air de conspiration, avait poussé Julie dans la cuisine et avait annoncé, tout de go :

– Madame Julie, la confiserie est sauvée.

En entendant la modiste annoncer tout à la fois que les poursuites judiciaires étaient abandonnées et son affaire classée, et que le président du tribunal prenait en main la destinée de la confiserie, paierait le salaire d'un ouvrier et l'achat de la marchandise, Julie avait cru tomber à la renverse.

Qu'est-ce qu'elle était allée manigancer, la modiste ? Pourquoi se mêlait-elle ainsi de ses affaires ? De quel droit, Armand

Balestier… ? La première réaction de Julie fut un réflexe de fierté. On la prenait pour qui ?

Victoire Durand avait vite compris que sa proposition n'enthousiasmait pas la confiseuse. Elle s'y attendait.

– Réfléchissez, madame Audranne. Le président est un homme bon, je l'ai vu dans ses yeux. Pour Adrien, c'est inespéré.

– Est-ce que j'ai l'air d'une femme entretenue ? Je me débrouillerai seule. Tant pis si je suis contrainte de vendre la confiserie.

Une semaine plus tard, alors qu'elle ruminait encore cette incroyable proposition… Comment Armand Balestier avait-il pu imaginer qu'elle accepterait une telle situation ?… Alors qu'elle entendait Adrien jurer comme son père et l'apprenti tousser comme jamais, elle vit entrer le président dans le magasin. Armand lui-même. Le cœur lui manqua un instant.

Il avait jeté un regard circulaire sur les rayons où s'alignaient les bocaux de confiserie à moitié vides, il avait acheté un peu de nougat, mais il n'était pas ressorti. Au contraire. Il avait demandé à passer dans la cuisine.

– On sera plus tranquilles, avait-il ajouté.

Rouge de confusion, Julie lui avait avancé une chaise, elle avait passé la *patte*[1] sur la table et puis elle lui avait offert son ratafia de cerises dans un verre soigneusement essuyé. Elle était restée debout, le cœur battant comme un fou. Prête à refuser, s'il insistait.

– Assieds-toi aussi, Julie.

Voir Armand installé là, au milieu de sa petite cuisine, dans une attitude si familière, c'était quelque chose qu'elle n'aurait jamais imaginé. Elle entendait à peine ce qu'il était en train de lui dire.

---

1. Chiffon.

– Je sais que tu n'as pas voulu de ma proposition transmise par Mlle Durand. Je m'y attendais un peu… Mais je t'assure, Julie, je tiens à aider ta famille d'une manière ou d'une autre. Alors, que penserais-tu d'un prêt ?

– Un prêt ? Et avec quoi je rembourserai ?

– Le nougat d'Adrien vaut celui de son père, il est capable de redresser la situation de la confiserie, à condition d'être épaulé. Je me suis renseigné sur ce Combère, tu as tout intérêt à l'embaucher.

Après une gorgée de ratafia, Armand Balestier avait ajouté, comme pour la rassurer :

– Je sais qu'en t'avançant cette somme, mon argent sera bien placé.

Julie avait réfléchi un long moment avant d'accepter. Parce qu'un prêt, c'est un prêt. Une transaction honnête et pas un cadeau.

Quand Armand Balestier était parti après avoir évalué avec elle à combien pouvait se monter le prêt et lui avoir fait signer une reconnaissance de dette – elle savait signer son nom depuis quelques semaines grâce à Adrien, elle avait signé lentement d'une plume hésitante et en tirant la langue –, après le départ d'Armand, elle s'était versé à elle aussi un verre de liqueur. Et puis un deuxième. La tête lui tournait, tellement elle était abasourdie par ce qu'il lui arrivait.

Armand avait tenu, c'était bien normal, à aller visiter l'atelier, observer la manière dont s'y prenait Adrien et le féliciter pour la qualité de son nougat. Julie avait dû faire un gros effort pour ne pas afficher devant son fils et l'apprenti l'émotion violente qui l'empêchait presque de parler.

Depuis cette visite, puis l'arrivée définitive de Marcelou Combère et l'arrêt des poursuites judiciaires, la prospérité revenait doucement et la honte de ces infâmes semaines s'effaçait peu à peu. Le meunier Bragand ne risquait plus de leur porter tort : Victoire Durand qui avait son franc-parler l'avait menacé de le dénoncer s'il persistait dans ses calomnies. On ne l'apercevait plus guère dans le quartier et la rumeur malveillante avait fait long feu.

Adrien, son entrain retrouvé, n'avait jamais évoqué l'affaire ; mais en savait-il plus qu'on ne croyait ? Un matin où Julie vaquait à l'étage avant de descendre, c'était lui qui était occupé à déplier les volets du magasin quand Bragand s'était présenté. Sans vergogne, il venait lui proposer sa farine, comme les années précédentes, et comme si rien ne s'était passé. Julie s'était arrêtée à mi-chemin de l'escalier, prise d'affolement, au son de la voix qu'elle redoutait plus que tout ; que cherchait le meunier ? la narguer ? la menacer ? Allait-il la harceler encore longtemps ?

À sa grande surprise, elle avait entendu son fils rétorquer d'un ton sec :

– La confiserie Audranne n'a plus besoin de vos services, monsieur Bragand. Nous nous fournissons ailleurs.

Quand Julie était apparue dans le magasin, les joues encore pâles de la terreur qui s'était emparée d'elle, ses yeux avaient croisé ceux de son fils qui n'avait pas cillé. Il était retourné en silence à l'atelier, elle n'avait rien demandé.

Ses cauchemars avaient peu à peu cessé, elle ne se réveillait plus en sueur, au milieu de la nuit, prête à hurler dans la noirceur des bois de Blayn, poursuivie par la main qui ne cessait de l'empoigner, de la basculer sur les feuilles givrées de l'hiver…

Les cauchemars avaient cessé mais d'autres rêves la troublaient à présent, qu'elle n'aurait osé révéler à quiconque, pas même à Victoire Durand.

De temps en temps, le président Balestier entrait à la confiserie, achetait un sachet de bonbons ou de nougat, prétexte, pensait-elle, pour se rassurer sur la bonne marche de l'affaire. Il passait à l'atelier, échangeait quelques mots avec Marcelou, regardait travailler Adrien, puis quittait le magasin après avoir bu son petit verre de ratafia.

Tout en remettant de l'ordre dans sa vitrine, elle le suivait du regard sur le trottoir, et puis en pensée le long des rues, se rendait-il au tribunal, ou à son cercle, rentrait-il chez lui retrouver sa femme, cette dame en crinoline qui sentait si bon le lis… ?

Julie n'osait pas lui demander s'il conduisait toujours ce joli cabriolet qui surgissait, autrefois, dans la cour de la ferme Martron en faisant fuir les poules et les canards ? Les bras appuyés sur la banque de la confiserie, elle rêvait toute seule et, le soir, en se faufilant sous l'édredon, elle s'imaginait encore à la Brunette quand Armand Balestier la faisait monter à côté de lui, son chapeau de paille rabattu en arrière, qu'il filait comme le vent en riant, rien que pour la petite Lili…

Elle fermait alors les yeux, elle était de nouveau Lili, elle montait dans le cabriolet qui courait sur les rives du Rhône, Armand conduisait, ils avaient quinze ans, ils riaient, le fouet claquait au-dessus de la crinière du cheval ; Julie s'éveillait en sursaut, c'était la porte de la chambre d'Adrien qui venait de claquer…

Elle était effarée de l'audace qu'elle se permettait dans la solitude de ses nuits. Vite s'habiller, s'activer pour oublier ses fantasmes ; mais si, d'aventure, le président se montrait ce jour-là, sa confusion décuplait et elle avait du mal à ne pas bredouiller au moment de lui proposer le verre de ratafia, à ne pas trembler pour nouer le ruban du paquet de nougat…

Armand s'était bien rendu compte du trouble qu'il provoquait à chacune de ses visites à la confiserie. Cela l'ennuyait fort car il ne pouvait pas se résoudre à cesser cette habitude. S'il restait deux semaines sans avoir poussé la porte, entendu le petit tintement de clochette, cela lui manquait ; c'était à chaque fois comme un parfum de campagne dioise, peut-être à cause de l'odeur de miel, qui l'inondait, un retour à une jeunesse insouciante, à des sentiments enfouis dans ses souvenirs, et Julie, la jolie Lili, faisait partie de ces odeurs et de ces souvenirs.

Armand s'était marié jeune.

Céline était la fille d'un filateur de soie de Romans dont l'affaire avait prospéré depuis que le père d'Armand y avait placé de l'argent ; la mère de Céline, elle, voyait dans le jeune Armand Balestier un futur président de cour d'appel. Le mariage avait été décidé au cours d'un séjour aux eaux d'Uriage où l'on avait ménagé une rencontre entre les deux futurs. S'il n'avait tenu qu'à lui, Armand ne se serait pas lié si jeune, mais on ne refuse pas cent mille francs de dot.

Deux enfants leur étaient nés rapidement tandis que le nouveau magistrat entamait sa carrière ; celle-ci ne progressait pas assez rapidement au gré de sa belle-mère qui multipliait les lettres à leurs relations. Armand, lui, appréciait au contraire le rythme paisible de ces petits tribunaux qui lui laissaient des loisirs en attendant l'éventuelle consécration de la cour d'appel ; mais il ne manquait pas de soigner ses fréquentations grenobloises ou lyonnaises susceptibles de favoriser son avancement.

Il ne détestait pas ces petits voyages qui lui permettaient de joindre l'utile à l'agréable ; il grimpait sur l'impériale de la diligence quand il faisait beau, ou prenait le bateau qui remontait le Rhône jusqu'à Lyon ; il revenait avec une caisse de livres, une provision de gants, une nouvelle jaquette coupée par un bon faiseur. À Lyon, il avait ses habitudes au *Café Neuf* et dans certaines maisons accueillantes dont il lui arrivait d'utiliser les services.

La vie du président Balestier avait jusque-là suivi un cours paisible, jusqu'à ce que Julie Martron franchisse le seuil de son bureau. Elle l'avait pris une fois de plus au dépourvu, elle avait toujours agi ainsi, la gamine de la Brunette ; combien de fois s'était-il senti désarçonné devant son audace quand elle galopait à la poursuite de ses chèvres, quand elle disparaissait, tel un écureuil, dans les branches de mûrier, et qu'elle se laissait tomber, au risque de se rompre le cou, qu'Armand se précipitait, qu'elle se relevait et le repoussait en éclatant de rire…

Tout lui revenait, peu à peu. Les grandes toiles que l'on nouait autour des tas de feuilles de mûrier, la tiédeur moite de la magnanerie, les perles de sueur sur la peau de Lili, et même le goût de ses lèvres quand il l'avait embrassée… Le goût de ses lèvres ; cela devenait une obsession ; revoir Julie parmi ses bocaux de bonbons comme entre les claies de la magnanerie, goûter à son ratafia, retenir ces instants où revivait le temps de la Brunette…

Un soir, il n'y tint plus, il parla du cabriolet. Il vit un tel effroi dans les yeux de la confiseuse qu'il fut près d'abandonner le sujet ; mais l'impression n'avait été que fugitive, les yeux noirs souriaient de nouveau et presque avec bonheur.

– Tu te souviens de cette galopade dans la descente de la Brunette ? J'ai bien cru que nous allions verser, j'étais un jeune fou.

– Et moi une écervelée… murmura Julie qui ajouta d'une voix à peine audible : Vous l'avez toujours, ce cabriolet ?

– Il était à mon père. Celui que j'ai acquis est plus confortable… Tu veux l'essayer ? Comme au bon vieux temps ?

Pourquoi avait-elle parlé du cabriolet ? Pourquoi avait-elle accepté ce petit tour au bord du Rhône ? Comme si les folies de ses nuits prenaient un corps, comme si le mistral soufflait réellement sur leur équipée, comme si Armand n'était pas le président du tribunal.

Le Rhône en divaguant laissait derrière lui des *lônes*[1] et des rigoles bordées d'une broussaille où s'emmêlaient les roseaux, le ciel et le vent ; le vent sifflait en concurrence avec les lourdes

1. *Bras morts du Rhône.*

péniches qui remontaient le fleuve, là-bas, halées depuis la rive par des hommes costauds comme des taureaux. Les baisers d'Armand étaient doux et soyeux.

La première fois qu'il dénoua les lacets de son corsage, qu'il posa la main sur sa cuisse nue, elle crut défaillir d'émotion. Il avait l'air tout aussi ému qu'elle, un peu gauche tant il tremblait en relevant son jupon, en l'allongeant sous lui, en la caressant ; oh ! les caresses d'Armand, les mains d'Armand sur ses seins, sur ses hanches, entre ses cuisses, et cette bouffée de plaisir quand il la pénétra…

À mesure que l'automne s'avança, la surprise éblouie des premiers jours se mua en une angoisse sourde mêlée d'un bonheur infini : Julie en perdait le sommeil. Elle avait beau tenter de se persuader, au creux de la nuit, que tout cela n'était qu'un rêve aussi fou qu'inventé, le jour ramenait la réalité : elle, la veuve sûre d'être inconsolable de la mort de Pierre, elle était heureuse avec un autre. Armand était devenu son amant et la raison de ces courses en cabriolet sur les bords du Rhône risquait à tout moment d'être découverte, comme le petit cabanon abandonné qui leur servait de refuge.

Le scandale éclaterait un jour ou l'autre, même si ces équipées n'avaient eu lieu jusque-là que trois ou quatre fois. La seule personne à être dans le secret était Victoire Durand, parce qu'elle avait rapidement compris le manège du président et parce qu'elle ne s'embarrassait pas de préjugés. C'est elle qui leur avait proposé de se croiser dans la neutralité de son atelier de modiste lorsqu'elle envoyait Louise en commissions.

Julie tremblait à chaque rencontre, convaincue qu'on les épiait, que tous les yeux de la rue Roserie étaient fixés sur elle quand elle entrait ou sortait de chez la modiste. Sa fille allait finir un jour par les surprendre… Elle frémissait de crainte autant que de plaisir quand Armand l'attirait dans ses bras.

Noël approchait quand elle sut que son périlleux bonheur allait prendre fin. C'est chez Victoire qu'Armand annonça la nouvelle : il venait de recevoir l'avis de sa nomination à la cour d'appel de Grenoble, sa femme et sa belle-mère avaient eu enfin gain de cause.

Julie s'effondra sous le coup mais, plus tard, elle réalisa combien cette nomination, en éloignant Armand Balestier, avait sauvé leur avenir à tous les deux. Ce jour-là, il l'aima avec encore plus de tendresse, comme s'il se délectait de son corps avant de le perdre, s'imprégnait de l'odeur de sa peau en la parcourant, en la goûtant, en la dégustant des lèvres, pendant que ses doigts s'attardaient sur le moindre grain de beauté pour en garder le souvenir.

Puis il partit le premier ; pour une fois, elle l'accompagna jusqu'à la porte, lui réclama un dernier baiser, esquissa un petit geste d'adieu, prête à sangloter.

À cet instant précis, elle croisa le regard d'un jeune homme qui s'était retourné. Qui était cet inconnu qui paraissait l'observer ? Puis qui suivait des yeux la silhouette d'Armand en train de disparaître en direction du carrefour de la Barute ?

Elle recula précipitamment, le cœur à l'envers, bondit chez Victoire, l'attira vers la fenêtre.

– Qui est ce jeune homme, là, qui s'éloigne ?

La modiste eut un haut-le-cœur.

– Pardi, c'est M. Édouard. Je le reconnais… Le fils du président Balestier…

XII

Montélimar, novembre 1860.

IL Y AVAIT EU DU TAPAGE tard dans la nuit sous leurs fenêtres. Adrien, habitué, avait continué à ronfler mais Aurélie s'était plusieurs fois réveillée en sursaut. Elle sommeillait encore sur sa tasse de café tandis que son mari avait déjà commencé la cuisson du nougat.

Sa belle-mère parut à son tour dans la cuisine, lui jeta un coup d'œil inquiet en se versant son café.

– Vous avez l'air bien pâlot, ce matin, mon petit. C'est votre état ?

– Vous n'avez pas entendu ces soldats qui sortaient du café en braillant, cette nuit ?

– Ah ! Le régiment qui stationne en ce moment ? Il faut vous attendre à subir leur présence de temps en temps mais rappelez-vous que c'est bon pour notre commerce, ce passage continuel de troupes.

Julie lui tapota amicalement la main et Aurélie plongea le nez dans son bol. Elle n'était mariée que depuis l'été et elle avait un peu de mal à se faire au brouhaha de la petite ville, après le calme bucolique des coteaux de Venterol et de

Taulignan où la vie s'écoulait entre la magnanerie, la filature et la messe du dimanche. Adrien n'était pas pratiquant, lui. Il s'était un peu moqué d'elle en la voyant faire ses prières, mais il l'aimait, alors il lui passait ses bondieuseries, qu'il disait.

Quant à sa belle-mère, elle s'efforçait d'adoucir le dépaysement, elle en avait trop souffert elle-même, trente ans plus tôt, pour ne pas le comprendre.

Aurélie reposa la tasse et s'essuya la bouche avant d'ajuster autour de sa taille le tablier blanc qu'elle arborait au magasin. Julie la regarda faire. Elle voyait déjà le ventre de sa belle-fille s'arrondir, Adrien était allé vite en besogne ; si Dieu le voulait, la confiserie aurait un héritier avant l'été. Elle lui plaisait, sa petite bru venue des collines, une dégourdie qui ne rechignait pas au travail et qui savait faire sourire Adrien. On ne le reconnaissait plus depuis qu'il était tombé amoureux.

Elle sursauta presque parce que la porte de l'atelier venait de s'ouvrir brusquement. Louise traversa la pièce en courant, tout en jetant un gros châle sur ses épaules, cria qu'elle était en retard et fit carillonner la porte du magasin. Les deux femmes échangèrent un sourire : chaque matin, Louise passait par l'atelier avant de filer au travail chez Victoire Durand.

On savait depuis longtemps que la petite Louise était amoureuse de l'ouvrier de sa mère ; Marcelou Combère, lui, s'était trouvé tout bête quand il l'avait compris, et pas peu fier, car Louise, avec sa fine tournure et ses grands yeux bruns, passait maintenant pour la plus jolie fille du quartier. Julie avait poussé aux fiançailles pour faire taire les langues mais des deuils successifs dans la famille de Marcelou avaient sans cesse retardé la noce. C'était promis pour l'été prochain.

Dans l'après-midi, pendant que Julie gardait le magasin, Aurélie sortit. Deux fois par semaine, elle allait bavarder avec son ancienne camarade de la filature de Taulignan qui avait été sa fille d'honneur le jour de la noce. La jeune femme travaillait à présent chez Magnet, le tailleur de la place aux Herbes, et, pendant qu'Aurélie lui donnait un coup de main, elles égrenaient leurs souvenirs du temps de la filature, sans regrets ni nostalgie. Aurélie avait fait un beau mariage, même s'il n'avait pas été du goût de son père.

Les Lombard possédaient une jolie plantation de mûriers à Venterol, sur la route de Nyons, et ils avaient vu la prospérité arriver jusqu'à eux grâce à la soie. Ce n'est pas qu'ils nageaient dans la richesse mais, dans les années quarante, Lombard avait saisi l'occasion offerte par les industriels lyonnais ; il avait entendu parler au café de ces émeutes qui avaient jeté les ouvriers en soie dans les rues de Lyon et menacé les patrons de ruine ; il avait eu du génie, le jeune paysan nyonsais, il s'était dit que c'était peut-être leur chance à eux, quand les soyeux lyonnais regarderaient du côté du savoir-faire de la vallée du Rhône ; il avait planté, planté, planté, ses mûriers avaient vite produit suffisamment pour alimenter sa magnanerie et, comme les cours de la soie ne cessaient de grimper à Lyon et de lui rapporter de l'argent, il avait investi dans une petite filature à Taulignan. Pas de la bricole comme il avait vu faire chez sa grand-mère, sur la terrasse couverte de la maison, la puanteur des cocons ébouillantés pour tuer le papillon avant qu'il les endommage en voulant sortir ; les deux bassines pleines de cocons qu'on agitait frénétiquement avec l'*escoubette* de bruyère pour démêler les baves ; et puis les femmes penchées sur les bassines pour tirer les fils de soie… Non, lui, il avait aussitôt mécanisé sa filature ; elle fonctionnait maintenant à la machine à vapeur, quarante bassines et des tours tout neufs pour filer les cocons. Il y avait placé sa fille aînée Aurélie, il espérait bien la marier avec son associé.

Et puis patatras ! Il avait vite dû déchanter, vu que la drôlesse était allée s'amouracher d'Adrien Audranne, le jeune confiseur montilien. Celui-là lui tournait autour depuis qu'ils avaient dansé à la vogue du 15 Août ; on le voyait de temps en temps débarquer à Taulignan par la diligence de 3 heures du soir sous prétexte d'affaires et se débrouiller pour faire un brin de causette à l'une des ouvrières en promenade ; le père Lombard n'avait pas tardé à être mis au courant du manège.

Jusqu'à son mariage, l'existence d'Aurélie ne s'était donc déroulée que parmi les moutons, les cocons et les *flottes*[1] de soie. La vie était dure à la filature où l'on vous mettait au travail dès 5 heures du matin, dans l'air humide et le vacarme des machines, il fallait aller vite pour gagner son salaire payé au poids de soie dévidée. Aurélie n'avait pas regretté la filature mais ses bonheurs d'enfant, eux, ressemblaient tant à ceux qu'avait vécus sa belle-mère qu'elles s'étaient senties aussitôt proches l'une de l'autre.

Julie n'en aurait pas dit autant de son autre belle-fille, la femme de Gaspard. Cela faisait quatre ans que son fils aîné s'était marié, à vingt ans et parce qu'il avait engrossé l'une des ouvrières de la chapellerie de la rue Puyguiga. Pardi, de la tannerie Contaroux à la chapellerie voisine, on finissait par se fréquenter…

Noémi n'était pas une mauvaise fille. On disait que le travail des chapelières était bien pénible et mal payé, et qu'on trimait comme des folles pour suivre la cadence. Alors, le dimanche, fallait les comprendre, *peuchère*, elles en profitaient pour aller se promener sur les berges du Rhône, se faire offrir la petite friture dans les caboulots installés là entre deux crues du fleuve. Pas étonnant que son Gaspard l'ait courtisée, la jolie chapelière, qu'il lui ait tourné la tête à la fête votive de juillet. Ces jours-là, toute la jeunesse se précipitait aux bains du Rhône, à l'ombre du pont de Rochemaure. Les joutes, le pennon, le jeu de paume, et le bal, le bal qui faisait chavirer les filles… Elle aussi, Julie, elle avait bien chaviré, au bal du 15 août, tant d'années plus tôt…

1. flotte : *écheveau.*

Elle avait donné sa bénédiction au mariage, bien sûr ; Contaroux avait servi de témoin à Gaspard, en bougonnant d'avoir à entrer dans une église. Le petit Mathieu avait pointé son museau six mois plus tard, sa sœur Léa l'avait suivi trois ans après.

C'était la mère de Noémi qui les élevait. Les jeunes avaient fini par déménager chez elle, près du moulin de Saint-James. Pour l'occasion, Gaspard s'était fait prêter une charrette à bras et ils avaient entassé dedans les deux tabourets, le bois de lit et sa paillasse, la table, les étagères et le petit ménage de la chambre qu'ils occupaient jusque-là rue Mégisserie. Noémi avait calé dans un coin le pot de géraniums qui ornait leur fenêtre et posé sur la paillasse les deux lithos encadrées que lui avait données sa marraine. Enfin, la charrette s'était mise en route, brinquebalante, poussée par Noémi et tirée par Gaspard qui s'était passé une corde autour du corps en guise de licol.

Ils gagnaient à présent de quoi nourrir leurs deux petits, Gaspard était passé premier ouvrier chez Contaroux, il faisait toujours de la politique et fréquentait autant qu'autrefois les cafés « rouges » où l'on ne se gênait pas pour injurier tout ensemble l'empereur, les notables et les curés. On y lisait les journaux de la Démocratie radicale qui appelaient carrément à la révolution en votant pour des républicains. Gaspard rentrait chez lui tout autant excité par le vin que par les discussions ; il faudrait voter pour Désiré Bancel, aux prochaines élections ; Désiré Bancel, c'était l'espoir des républicains. Noémi approuvait mais haussait les épaules, qu'est-ce qu'elle y pourrait, elle, vu que les femmes ne votaient pas ?

XIII

Montélimar, mai 1866.

La nouvelle confiserie Audranne respirait la fraîcheur et l'opulence. On se préparait à inaugurer le magasin rénové et agrandi grâce aux locaux cédés par M. Vieux, le chapelier voisin qui avait déménagé. On n'avait pas lésiné sur la dépense. Adrien avait inventé pour l'occasion un nouveau nougat dont il n'avait dévoilé le mystère qu'au dernier moment ; il était toujours aussi secret, Adrien.

Julie avait gardé l'habitude d'aller, de temps en temps et par un reste de nostalgie, observer son fils en train de travailler. Rien que pour les odeurs d'amandes et de miel qui faisaient ressurgir le fantôme de Pierre…

Elle aidait souvent à découper le nougat, maintenant qu'on le vendait en morceaux, mais son plus grand plaisir, bien rare tant il y avait à faire, était de s'asseoir sur un tabouret de l'atelier et de suivre les gestes de son garçon en train de verser le miel sur le feu, le faire bouillir tout doucement en remuant à la spatule, y glisser les blancs d'œufs que l'apprenti avait fouettés à dur, encore et toujours remuer avec de larges mouvements des bras, comme s'il l'embrassait, sa pâte blanchissante, en la couvant d'un regard amoureux, et puis il la retirait vite du feu quand elle se faisait cassante, il ajoutait le sucre, il attendait un instant que la pâte ait perdu de sa chaleur, il n'aurait pas fallu le distraire alors, il était sourd à tout ; et brusquement il jetait les amandes que l'apprenti avait pelées et séchées, et puis quelques pistaches, un peu de vanille... peut-être bien autre chose d'un geste furtif... Il mélangeait de nouveau, son regard gonflait de gourmandise...

Entre-temps, l'apprenti avait étalé sur une plaque de métal les feuilles de « pain à chanter[1] » et Adrien y faisait glisser délicatement une couche de sa belle pâte blanche qu'il recouvrait d'une autre couche de « pain à chanter » puis d'une seconde plaque. Il n'y avait plus qu'à poser là-dessus les gros poids de la balance et attendre que le nougat durcisse. Au bout d'un quart d'heure, l'apprenti retirait les poids et la plaque du dessus, et l'on pouvait se mettre à découper le nougat.

Ces derniers jours, Julie était restée de longues heures debout à découper le nougat, ranger les friandises dans les boîtes, préparer les nœuds de ruban. Elle avait le dos douloureux et s'était assise sur le tabouret haut derrière la banque, pour souffler un peu et trier les factures. Elle avait encore du mal à écrire mais lisait parfaitement, à présent ; en revanche, elle avait toujours su compter. Elle se faisait de plus en plus rarement aider pour établir les factures sur le beau papier à en-tête décoré de bouquets d'amandes entrelacés d'abeilles, d'un si bel effet bleuté.

Les tiroirs rangés, elle releva les yeux, poussa un léger soupir de satisfaction : pour une fois, tous ses enfants, ses deux fils et leurs femmes, sans compter Louise et Marcelou, étaient réunis, ce n'était pas si fréquent. Depuis deux mois, Gaspard avait passé ses soirées libres avec Noémi à aider à la peinture

1. pain à chanter : *pain d'hostie.*

et à l'aménagement du nouveau magasin ; Adrien, lui, n'avait pas quitté l'atelier et il avait laissé la responsabilité des préparatifs à Aurélie, la « petite Aurélie » comme la surnommait Julie. La brunette toute potelée dirigeait les préparatifs de l'inauguration de sa voix fluette, le tablier blanc repassé de frais, le bonnet empesé déjà noué sous son menton qui s'ornait d'une belle croix d'argent. Aurélie était devenue le soleil de la maisonnée.

Perché sur une échelle, Gaspard fixait les guirlandes de papier multicolore entre les boiseries et Noémi remplissait les bouteilles de sirop pendant que Louise modifiait pour la dixième fois l'ordonnance de la vitrine.

– Arrête donc, insista Aurélie, elle est toute belle ta vitrine, et va te reposer.

Louise était prête à accoucher d'un moment à l'autre, Marcelou en était tout déboussolé, il en avait loupé ses massepains et il tournait comme un ours en cage… Si elle allait encore le perdre, ce pitchoun, comme elle avait perdu leurs deux premiers bébés…

Encombrée d'un ventre énorme qui saillait sous le tablier blanc, Louise finit par s'asseoir à côté de sa mère, près de la banque.

– Elle a raison, Aurélie. Repose-toi ou tu vas encore nous faire une bêtise.

Julie tapota le gros ventre de sa fille en souriant. Elle ne se sentait pas plus tranquille que cela, mais le jour n'était pas aux lamentations, ses enfants paraissaient si heureux.

Depuis qu'Adrien s'était marié, six ans plus tôt, les affaires étaient allées de mieux en mieux grâce à Aurélie qui savait appâter le client avec son sourire et son bagout. Leur joli petit Vincent allait sur ses cinq ans et faisait tourner sa mémé Julie en bourrique, il faut dire que c'était le portrait craché de son pépé Pierre, l'Insurgé comme on l'appelait.

Pour ne pas l'avoir dans les jambes le jour de l'inauguration, Aurélie l'avait confié à une voisine. Les enfants de Gaspard, eux, c'était sa belle-mère qui les gardait, au faubourg Saint-James.

À mesure que la journée s'avançait, la fébrilité augmentait, il fallait que tout soit prêt à l'heure indiquée sur les cartons d'invitation qu'avait envoyés Aurélie à leurs meilleures pratiques et à leurs voisins. Elle savait écrire et formait de jolies lettres, Julie était fière de sa bru autant que de sa fille.

Elle avait en revanche moins d'intimité avec Noémi, la femme de Gaspard, qui travaillait à la chapellerie Monier et qu'on n'apercevait guère à la confiserie. Et puis les rapports entre Gaspard et Marcelou s'étaient aigris au fil des ans. Leur divergence d'opinions n'avait fait qu'augmenter à mesure que l'espoir d'une république s'éloignait et que s'imposait le régime impérial ; « De la dictature ! » clamait Gaspard ; « La prospérité de la France ! » rétorquait Marcelou. Aurélie qui ne se mêlait pas de politique mais n'en réfléchissait pas moins estimait qu'ils avaient raison tous les deux ; mais qu'ils n'admettraient jamais les arguments de l'autre. Là-dessus s'était greffée leur opposition religieuse, Marcelou fréquentait assidûment l'église, Gaspard n'avait pas fait baptiser ses enfants, et ça Marcelou ne le lui pardonnait pas.

Il y avait autre chose. Gaspard s'en rendait bien compte, le monde de la confiserie Audranne s'éloignait de plus en plus de son monde à lui, et c'était Marcelou Combère qui en était la cause. Depuis qu'il avait épousé Louise, il agissait quasiment comme un patron, c'était ce qui agaçait Gaspard.

Il faut dire que Marcelou se mêlait de plus en plus de la marche de l'affaire. C'était lui qui avait poussé Adrien à se mettre à découper le nougat qu'on vendait maintenant en « carrés longs » dans de jolies boîtes fabriquées sur mesure par le papetier de la Grand-Rue. Marcelou se serait volontiers associé avec son beau-frère depuis qu'il avait hérité la maison de sa tante de Chamaret – « Si je la vends, on pourra ouvrir une seconde confiserie, la réserver au nougat vu le succès qu'il rencontre... » –, mais Adrien avait décliné l'offre. Marcelou savait bien pourquoi : le jeune Audranne aurait été forcé dans ce cas-là de livrer le secret de son nougat à son associé.

Jusqu'ici, ni lui ni son père n'avaient laissé un autre diriger la confection de la pâte et sa cuisson. Marcelou avait bien essayé de le percer, où résidait-il, ce secret ? dans le dosage du miel ? des amandes ? dans le tour de main ? dans le degré de cuisson ? Il avait fini par abandonner sa quête, il était suffisamment heureux avec Louise pour se contenter de cette situation. Il louait deux pièces rue Roserie, au-dessus de Mlle Durand la modiste qui lui avait promis une troisième pièce quand ils auraient des enfants. Hélas, ceux-là refusaient de sortir du ventre de sa chère Louise, elle avait fait déjà deux fausses couches, le Dr Carle lui avait conseillé plusieurs fois de rester alitée le plus possible, mais en vain : Louise voyait sa mère vieillir et s'essouffler, elle n'avait pas le cœur de la laisser tenir seule la boutique quand Aurélie s'occupait de ses petits.

Ni la mère ni la fille ne voulaient admettre que les préparatifs de la fête les avaient épuisées. Elles restèrent un moment silencieuses, assises l'une près de l'autre, puis Louise prit la main qui l'avait effleurée et la garda sur son ventre, par affection. Une main toute ridée, comme le visage fatigué de Julie qui approchait les cinquante ans, après tant de soucis et de tristesses qu'elle traînait derrière elle... Louise tourna la tête, sa mère lui sourit comme pour la rassurer.

– Tu ferais mieux de rentrer chez toi. Je te vois pâle comme un navet... Tiens, voilà Mlle Victoire, elle va te raccompagner.

À contrecœur, Louise se leva et suivit son ancienne patronne qui jeta un châle sur elle dès qu'elles furent dehors.

– Tu as la tête à l'envers et il ne fait pas chaud, ce soir. Ne va pas prendre mal comme le jour de la Fête-Dieu, sous prétexte d'aller à la procession… Je t'ai entendue tousser, le soir de la fête, que ça faisait pitié…

– Pourtant, je ne suis pas restée longtemps dehors… Mais qu'est-ce qu'elles étaient belles, les tentures que M. Giraud avait déroulées à ses fenêtres à côté de chez vous !

– Té ! Pour se faire de la réclame comme les autres ! Les gens devraient se recueillir devant le saint sacrement plutôt que bader devant les tapis de l'un ou les rideaux de l'autre !

Julie avait suivi des yeux sa fille qui s'éloignait lentement, ventre en avant, la main dans celle de Victoire. Pourvu que la grossesse arrive vite à son terme… qu'elle ait le temps de voir grandir les enfants de Louise… Le cœur lui manquait si souvent quand elle montait l'escalier, elle était parfois obligée de s'arrêter à chaque marche pour reprendre souffle.

Si seulement… Si Louise ne risquait pas à chaque grossesse de trépasser, s'il n'y avait pas ces échanges aigres-doux entre Gaspard et Marcelou, si Adrien se montrait moins taciturne… elle ne demandait rien de plus que la paix et voir grandir sa famille.

Les premiers invités arrivèrent à point nommé pour la distraire. Clémence Magnet, la mercière de la place aux Herbes, fut la première à faire tinter le carillon, et puis Gustave Eybert, le fils de l'épicier de la rue Roserie, Mme Chabert, la femme du libraire, le cafetier de la rue Puissantour, ensuite la femme de l'huissier, le premier clerc de maître Roux… Les robes des élégantes tenaient tant de place qu'on se bouscula bientôt dans le magasin autour des nappes garnies de gâteaux et de sirops.

C'était une consécration pour Adrien et son nougat. Les ventes avaient bondi depuis ces dernières années, à tel point qu'on avait abandonné la fabrication des macarons à la réglisse et des boules de gomme pour faire plus de place au nougat. Il faut dire que tous ces soldats de passage, depuis que les Italiens se battaient entre eux et que l'empereur envoyait des troupes tantôt à Cavour tantôt au pape, tout ce mouvement aidait au commerce. Julie n'avait jamais tant vu de militaires s'écraser le nez devant sa vitrine, sans parler de tous ces étrangers au pays qui venaient pour affaires depuis que le train s'arrêtait à Montélimar. Avant de repartir, ils ne manquaient pas de passer chez l'un ou l'autre des confiseurs pour emporter en souvenir le fameux petit nougat local.

Pour attirer le chaland, plusieurs des concurrents des Audranne signalaient leur spécialité en grosses lettres sur leur devanture. Julie les avait imités et elle s'en félicitait.

C'était Aurélie, la petite futée, qui avait imaginé, encore mieux, de profiter de l'arrêt du train pour en proposer même aux voyageurs. Elle s'était attaché les services d'un gamin qui avait écopé d'une amende pour avoir été surpris par le garde champêtre de Salles-sous-Bois en train de dénicher des moineaux sous les tuiles d'un voisin. Il n'y avait pas grand mal, Aurélie connaissait le gamin, il venait livrer des cocons à la filature de Taulignan. Alors elle lui avait proposé de l'aider à s'acquitter de son amende, à charge pour lui d'aller se poster sur le quai, à chaque arrivée de train, son panier plein de nougats.

Le chef de gare avait été bien surpris, le premier jour, quand il avait entendu crier, à tue-tête : « Nougat de Montélimar ! Des petits gâteaux, messieurs et dames, des oranges, du nougat ! »

Le gamin était là, justement, tout fiérot d'avoir été invité. Il ne connaissait personne et se contentait d'avaler les bonbons au risque de l'indigestion. Le seul qui aurait pu le reprendre était le père Lombard ; il le connaissait bien, moussu Lombard, le propriétaire de la filature de Taulignan, c'était le père à la dame Audranne. Il avait la bouche pleine de nougats et sa dame aussi. Entre deux bouchées, Lombard discutait le prix de la soie avec M. Rochas, le filateur.

– 45 à 75 francs le kilo, mon bon monsieur. Les cours se maintiennent difficilement. J'ai réussi à conjurer la maladie dans ma magnanerie avec des nouvelles graines du Japon mais la production a baissé partout, je peine à fournir ma filature avec mes fournisseurs des environs.

Rochas avala le gâteau qu'il avait pris sur le buffet et répliqua :

– Les magnaniers travaillent sans se soucier d'entretien ; ils auraient de meilleurs résultats s'ils chaulaient leurs murs, s'ils nettoyaient convenablement le matériel et les claies avant la saison, s'ils surveillaient la montée en température et le degré d'humidité de leurs locaux…

– Et tout autant la capacité de ces locaux, renchérit Lombard. Ils garnissent trop leurs étagères pour espérer vendre plus de soie ; dans ma magnanerie, je tiens mes cocons clairsemés et, surtout, je ne leur fais donner que de la feuille fraîche et sèche.

– Méfiez-vous tout de même de ces graines du Japon. On m'a parlé encore de fraude, ces jours-ci.

Lombard haussa les épaules.

– Il ne faut pas acheter à n'importe qui. Mes derniers achats, je les ai faits lors de la vente aux enchères de janvier dernier, au *Café du Commerce*, je n'ai qu'à m'en féliciter.

Le carillon de la confiserie Audranne continuait à tinter et les voisins d'arriver. On s'extasiait sur l'élégance du nouveau magasin et on caquetait, la bouche pleine, devant le buffet. Julie surveillait le service tout en souriant aux compliments, c'était sa revanche.

Soudain, la conversation de l'épicier et de l'huissier lui fit dresser l'oreille ; il était question une fois de plus de ce moulinier en soie qui avait vendu des cartons de graines de vers à soie comme originaires du Japon et garantis par le gouvernement, alors qu'il avait apposé des faux timbres d'origine sur ses cartons ; le père d'Aurélie en avait acheté lui aussi, puisqu'on disait qu'elles n'attrapaient pas la maladie comme les graines locales. C'était lui qui avait porté plainte pour tromperie sur la marchandise et c'était le procureur du tribunal de Montélimar, aidé d'un jeune substitut, qui avait pris l'affaire en main.

Quand elle crut entendre le nom du magistrat, Julie sursauta. Elle n'osa pas faire répéter... Édouard Balestier... Le cœur lui manqua un instant, elle dut se rattraper à la nappe du buffet pour ne pas laisser choir son plateau de bouchées aux pralines.

Il y avait maintenant treize ans... Treize ans qu'Armand avait quitté Montélimar pour Grenoble. Qu'elle n'avait plus entendu prononcer son nom ; les remboursements du prêt consenti naguère, c'était à un homme d'affaires de Lyon qu'elle les réglait ; Armand avait eu raison, cet argent frais avait permis à la confiserie de retrouver la prospérité et même de se développer. Au règlement de la dernière traite, Julie avait ajouté une lettre de remerciements qu'elle avait fait écrire par Victoire Durand... Des phrases banales qui ne reflétaient en rien le secret de ses sentiments... En retour, elle avait reçu, dans une enveloppe, une carte postale de Grenoble écrite de la main d'Armand qu'elle avait pu déchiffrer avec ravissement. Oh ! Seulement quelques mots tout aussi banals... mais combien d'émotion ils cachaient eux aussi... Elle avait rangé la carte postale à l'abri, elle n'avait pas eu le cœur de la déchirer.

Elle se mit tout à coup à rougir, au souvenir de ces heures étourdies de bonheur en secret. Elle avait pourtant cru cet hiver faire taire à jamais l'émoi de ses sens, elle était allée suivre à Sainte-Croix le carême prêché par l'abbé Nadal, elle s'était ensuite confessée puis avait communié, elle s'était enfin sentie en paix avec Dieu et sa conscience.

Et voilà qu'au seul nom de Balestier le passé revenait au galop... Qu'il la faisait suffoquer de crainte et de joie mêlées...

Soudain, au milieu du brouhaha, on entendit des cris et un bruit de vaisselle cassée du côté de la cuisine… Aurélie se débarrassa de la carafe de sirop qu'elle tenait à la main et se précipita : Adrien était penché, tout affolé, sur sa mère tombée en travers de la porte de la cuisine. Julie râlait, la main à la gorge, les yeux exorbités.

– Vite ! Marcelou, cours chercher le Dr Carle !

Quelques invités tendirent le cou vers l'endroit d'où provenait le bruit insolite, la nouvelle du malaise de Julie Audranne courut aussitôt parmi la compagnie et jeta un froid ; les voix baissèrent jusqu'au chuchotement, tout le monde se porta vers les lieux en se bousculant, autant de curiosité que d'inquiétude.

Quand le médecin arriva, il était trop tard. Julie Audranne avait cessé de vivre.

XIV

C'EST AU MILIEU DE LA NUIT suivante que naquit la fille de Louise.

Les douleurs avaient saisi la jeune femme peu de temps après son retour chez elle. Le Dr Carle était encore à la confiserie en train d'établir le constat de décès de Julie Audranne dont on avait transporté le corps à l'étage. Il se hâta de suivre Victoire Durand venue demander de l'aide ; Marcelou était déjà parti en courant ; le docteur n'avait pas coutume d'accoucher les femmes mais la petite Louise avait déjà perdu deux enfants prêts à naître...

Elle se tordait de douleur quand il entra ; il força Marcelou à aller patienter au-dehors, il n'avait pas besoin d'un homme affolé et incapable à ses côtés ; il demanda de l'eau bouillie et du linge propre et s'approcha pour examiner la parturiente.

Louise mit plusieurs heures à accoucher, les dents serrées pour ne pas crier, le ventre tendu à craquer, les reins labourés de spasmes, le visage violet à force d'effort, trempé de sueur que Victoire Durand s'évertuait à rafraîchir ; elle se félicitait d'être restée vieille fille, Victoire, elle ne se voyait pas endurer de telles souffrances pour l'amour d'un homme. Enfin, l'enfant montra sa tête sanguinolente, puis son petit corps tout fripé, la modiste se sentit soudain tout émue, mais elle n'eut pas le loisir de s'extasier, le docteur lui avait déjà posé dans les bras la chose frémissante et glapissante.

– Frictionnez-la, lavez-la, vite, qu'elle ne prenne pas froid…

Il se retourna vers Louise, anéantie.

– Une jolie petite fille… Je te félicite, mon petit. Maintenant, repose-toi, tu l'as bien mérité. Je passerai demain…

Le docteur se lava les mains et, en sortant, heurta Marcelou qui revenait aux nouvelles, les yeux noyés d'anxiété. Il l'avait oublié, le père.

– Une fille en bonne santé, tu peux être fier de ta femme. Elle va bien, elle aussi, mais ménage-la…

Il ajouta plus bas :

– Inutile de lui annoncer tout de suite la mort de sa mère.

C'est lors du baptême de la petite Marguerite, quelques semaines plus tard, que la dispute éclata.

Les choses s'étaient lentement envenimées entre beaux-frères depuis la mort de Julie Audranne. Il y avait d'abord eu les obsèques à Sainte-Croix auxquelles Gaspard avait refusé d'assister. Ces dernières années, ses opinions politiques s'étaient radicalisées. Il ressassait sans cesse les circonstances de la mort de son père et il ne décolérait plus contre ceux qu'il estimait responsables de leurs malheurs, les bourgeois qui avaient dénoncé Pierre Audranne, les gendarmes et les militaires qui l'avaient pourchassé, et par-dessus tout les curés qui répandaient leurs mensonges… On l'avait aperçu au cimetière Saint-Lazare, après le départ de l'abbé Jourdan et de l'enfant de chœur. On l'avait vu discuter longuement avec Adrien avant de s'en retourner.

Depuis la mort de sa mère, Adrien n'était plus le même. C'était comme si un couvercle s'était soulevé au-dessus d'un gros paquet de rancœurs enfouies. Pourquoi s'en prenait-il à tout bout de champ à « Combère » comme il le désignait à présent, à croire que Marcelou était devenu subitement un étranger, qu'il avait oublié tout ce qu'il lui devait.

Aurélie elle-même ne comprenait pas.

– Qu'as-tu donc à toujours *roncher* après Marcelou ? On dirait que tu es jaloux.

– Tais-toi, tu ne sais pas de quoi tu parles.

Adrien l'aimait tendrement, sa femme, mais, innocente et pieuse comme elle était, il n'allait pas étaler devant elle la honte qu'il avait subie quand sa mère, des années plus tôt, avait été accusée de… quand la rumeur avait plané sur ses relations avec son jeune ouvrier Marcelou Combère… Il avait réussi à éloigner le meunier Bragand mais le bonhomme ne s'était pas gêné pour aller bavarder dans les cafés. Gaspard le tenait d'un serveur du *Café Delhoste* qui l'avait entendu pendant que la fanfare jouait, le dimanche, sur les promenades du Champ-de-Mars. Et puis il y avait eu ce prêt consenti pour faire repartir la confiserie. Sa mère ne lui en avait jamais dit la provenance, ni pourquoi Marcelou était revenu travailler avec une paie…

Il lui était toujours resté des doutes, à Adrien. Jamais il ne se serait associé avec un homme qui avait peut-être été l'amant de sa mère…

Quand Gaspard lui répétait que Combère c'était qu'un faux-cul de calotin, qu'il l'avait suffisamment connu jadis pour savoir qu'il ne fallait pas s'y fier et qu'il n'allait pas faire entrer « ça » dans les affaires familiales, que c'était bien assez qu'il ait marié Louise, Adrien finissait par se dire que Gaspard avait raison.

Aurélie et Louise se désolaient de cette brouille ; les deux belles-sœurs s'entendaient bien et s'estimaient mutuellement, aussi avaient-elles espéré que le repas du baptême du nouveau-né serait l'occasion de remettre les choses en place. Aurélie s'était gardée d'inviter le ménage de Gaspard, elle avait mitonné un repas de fête qui changeait de l'habituelle *bombine* aux olives. On avait commencé par un gâteau de foies de volaille et continué avec une estouffade de bœuf, les hommes s'étaient chargés du dessert, tout allait pour le mieux, arrosé de vin de Grignan.

La dispute éclata au sujet du miel des Baronnies qu'avait rapporté Marcelou la semaine précédente. Adrien marmonnait que le compte n'y était pas, Marcelou s'énervait :

– Tu me prends pour un voleur ?

Le ton monta, les deux hommes se mirent à s'injurier, les enfants à pleurer, Aurélie tapa du poing sur la table.

– Arrêtez de vous battre comme des chiffonniers, vous allez faire tourner le lait de Louise. Si c'est pas une honte...

Le soir, au creux de l'oreiller, Louise, après avoir beaucoup pleuré, chuchota à son mari :

– Tu devrais la vendre, la maison de Chamaret, t'acheter une confiserie et te séparer d'Adrien ou il arrivera malheur un jour. Tu n'as pas besoin de lui, c'est quasiment toi qui lui as appris le métier...

Marcelou hocha la tête, les sourcils froncés.

– Sûr, mon nougat sera bon mais, sans le secret, ce ne sera jamais pareil au nougat Audranne.

– Eh bien, ce sera du nougat Combère.

Marcelou embrassa sa femme, elle avait toujours le mot pour le rassurer ; il rajusta son bonnet et souffla la bougie.

Le lendemain, après y avoir réfléchi une partie de la nuit, il trouva le moment propice pour annoncer sa décision. Entre-temps, Adrien était revenu à de meilleurs sentiments ; Aurélie, le bonnet de travers et les yeux encore rouges de colère, y était pour quelque chose. Ils se mirent au travail en silence et c'est pendant la pause autour de la *dubelloire*, en laissant refroidir le café, que Marcelou dit tranquillement :

– C'est préférable qu'on se sépare, l'Adrien. Deux ménages sur un magasin, c'est trop. J'ai en vue une petite confiserie à vendre dans la rue Quatre-Alliances.

Adrien vida sa tasse avant de répondre sur le même ton, les yeux fixés sur la toile cirée :

– C'est bien comme ça. Louise aura sa part quand on réglera chez le notaire. Ça vous aidera.

Il n'en dit pas plus. Il n'avait jamais été très loquace.

C'est presque avec soulagement que, le soir, les femmes accueillirent la nouvelle ; Aurélie sortit même une bouteille de quina de sa fabrication et on trinqua à la future réussite des Combère. Marcelou comptait surtout sur la vente de la maison de Chamaret : le verger de poires était en pleine production, la tante en avait planté pour en manger quasiment toute l'année, de la beurré d'Amanlys à la bon-chrétien en passant par la doyenné et la passe-colmar. C'était ce qui faisait le prix de la maison.

Louise n'y était jamais allée, dans ce verger qui allait se reconvertir en nougat. Elle rêva de poires juteuses et sucrées entre deux tétées ; elle ne regrettait qu'à demi de quitter la confiserie paternelle, c'était la vie qui le voulait.

Le lendemain soir, elle crut que tout allait de nouveau basculer.

Au moment où ils rejoignaient leur logement de la rue Roserie, la journée terminée, les Combère aperçurent Gaspard qui approchait à grandes enjambées, visiblement éméché. Il les apostropha en pleine rue ; il paraissait furieux de ce qu'il avait appris.

– Mon frère a fini par te fiche dehors, il a bien fait ! Mais t'imagine pas que ma sœur aura des sous de la confiserie !

– Tu as trop bu, Gaspard, calme-toi. Ta sœur aura ce qui lui revient de vos parents, c'est tout.

– De quoi ? On va voir ce qu'on va voir !

Gaspard soufflait comme un chien enragé. Il hurlait si fort que le bébé se mit à crier dans les bras de sa mère. Louise voulut intervenir, Marcelou la poussa vers la porte que Victoire Durand venait d'entrouvrir, alertée par les cris.

Combère tenta de nouveau de calmer le tanneur qui l'injuriait de plus belle et avait même sorti un couteau. Victoire entrouvrit de nouveau la porte.

– Rentrez, Marcelou, vous n'en tirerez rien, vous ne risquez qu'un mauvais coup.

Gaspard continua à vociférer un moment devant la devanture de la modiste avant de reprendre son chemin en glapissant tout seul.

On pensait en avoir fini quand, sur le coup de 10 heures du soir, des clameurs attirèrent le voisinage aux fenêtres : c'était Gaspard, nullement calmé, qui cognait comme un forcené à la porte. Marcelou, pour le coup exaspéré, enfila un pantalon et se jeta dans l'escalier.

– Je vais lui régler son compte à cet ivrogne !

– Tu es fou ?

Louise courut après lui, mais resta en haut de l'escalier, la main sur la bouche pour ne pas hurler et réveiller le bébé. Marcelou avait ouvert brusquement et s'était jeté sur Gaspard.

– Tu vas nous foutre la paix ?

Les deux hommes se ruèrent l'un contre l'autre. Soudain apeuré devant les yeux furieux qui brillaient dans la nuit, Gaspard recula, Marcelou le poursuivit, le rattrapa sur la place du Chapeau-Rouge. Ils roulèrent ensemble sur le pavé, se relevèrent, les poings et les pieds en avant. Affaibli par les litres de vin ingurgités, Gaspard eut vite le dessous mais les poings de Marcelou continuèrent à cogner ; comme s'il voulait se venger de leur ancienne amitié piétinée, des saletés que Gaspard était allé colporter sur lui, qu'est-ce qu'il lui avait fait, au tanneur, pour qu'il lui pourrisse la vie comme ça ?

À la fin, exténué, hébété, Marcelou se redressa ; Gaspard gémissait à terre, tout recroquevillé.

– Tu l'auras eue, ta raclée. Ne reviens pas menacer ma femme, t'as compris ?

Gaspard Audranne ne récolta de l'affaire que de vilains coquards mais ne s'en tint pas là. Il porta plainte. Il jura qu'il ne voulait que parler à sa sœur et que l'agresseur, c'était son beau-frère, ce malotru, ce violent qui l'avait poursuivi jusqu'à la place du Chapeau-Rouge et l'avait laissé pour mort…

Louise n'en dormit pas durant deux jours. Cela lui avait donné la fièvre, Victoire Durand lui avait fait boire une tisane de reine-des-prés mais, ce qui l'avait soulagée, c'était le tannate de quinine qu'avait prescrit M. Brun, le pharmacien de la rue Sainte-Croix.

Elle se relevait pour donner à téter à Marguerite quand on sonna à la porte. Un inconnu se tenait devant elle, un bourgeois en redingote à l'œil sévère.

– Madame Combère ?

Elle esquissa une révérence, légèrement inquiète.

– Je suis le substitut Édouard Balestier. Un certain Gaspard Audranne a porté plainte contre votre mari et…

La voix soudain voilée de stupeur et de frayeur, Louise articula :

– Mon mari est à la confiserie Audranne…

– Ce n'est pas à lui que j'ai affaire pour l'instant mais à vous…

Louise se mit à trembler. Balestier… Balestier comme cet Armand dont le nom apparaissait au bas de la carte postale de Grenoble trouvée dans les papiers de sa défunte mère. *Je t'espère en bonne santé et enfin heureuse avec tes enfants…* Elle s'en souvenait bien, de M. Armand, le grand monsieur qu'elle avait aperçu autrefois, en train de boire son verre de ratafia dans la cuisine… et qui avait écrit à sa mère en la tutoyant…

Le bourgeois insistait :

– Mon père a été durant trois ans président du tribunal de Montélimar et j'aimerais éclaircir avec vous…

Qu'est-ce qu'il lui voulait, le fils du président du tribunal qui fréquentait jadis la cuisine de la confiserie Audranne ?

Deuxième partie

LE NOUGAT AUDRANNE

I

Montélimar, décembre 1887.

Aurélie avait été à sa cuisine toute la matinée ; il s'agissait de ne pas décevoir les parents du fiancé de Delphine. Le début du repas s'était bien passé, elle leur avait servi ses caillettes avec la recette qu'elle tenait de sa belle-mère, il n'en était pas resté ; et la terrine de grives, tout le monde en avait redemandé.

– C'est notre fils Vincent qui les a rapportées des Baronnies. Il y a chassé la semaine dernière dans la famille de sa femme, avait-elle expliqué pendant qu'on prenait place autour de la table.

Emma, la jeune épouse de Vincent, s'était sentie rosir de confusion ; on aurait cru, à entendre sa belle-mère, que sa famille possédait des hectares de forêts, alors qu'elle vivait chichement de ses brebis, de ses olives et d'un peu de blé. Vincent avait braconné, voilà tout.

Elle avait caché sa rougeur en se précipitant vers le berceau de son fils qui recommençait à pleurer. Le petit Benoît allait avoir un an et il faisait ses dents.

– Ce *badaré*, il n'arrête pas de pleurer, marmonnait le grand-père Adrien.

Emma le prit dans ses bras, l'enfant continua, elle le démaillota, s'exclama :

– Pas étonnant, il a le *fessou* tout rouge, il est mal, le pauvre pitchoun.

Pendant qu'elle changeait le petit, Aurélie apporta la daube qui avait mijoté tout le matin sur le bord du fourneau. Le parfum des carottes et des petits oignons arracha aux convives des murmures de plaisir : « Ouh, que ça sent bon, madame Audranne ! » Pendant que la fiancée déposait sur la table le gratin dauphinois, Aurélie s'assit, vérifia qu'Adrien tenait les verres remplis et guetta la mine des convives en train d'entamer la daube.

Ils n'étaient que huit, en comptant Vincent et Emma, cela suffisait bien, avait dit sèchement Adrien, fort mécontent de la situation. Du reste, qui aurait-on invité d'autre ? Le fiancé était fils unique, quant aux proches des Audranne…

La brouille était consommée depuis longtemps avec les Combère ; quant aux enfants de Gaspard, on ne les voyait plus depuis la mort du tanneur à Sedan, en 1870. En apprenant la nouvelle, sa belle-mère qui avait de l'affection pour lui s'était couchée et, huit jours plus tard, on la portait au cimetière. Une voisine zélée avait introduit un prêtre au chevet de la mourante, elle avait roulé des yeux furibonds et sifflé, avant d'expirer : « À bas la calotte ! »

Mathieu avait succédé à son père à la tannerie Contaroux, il honnissait tout ce qui portait l'uniforme et traitait son oncle le confiseur de bourgeois enrichi, on disait sa femme Sidonie encore plus enragée que lui ; quant à sa sœur Léa, toujours à *courater*, celle-là, elle avait fini par s'embaucher chez Monier le chapelier, comme sa mère Noémi ; elle s'était mise en ménage avec un ouvrier charpentier et ses deux enfants manquaient souvent l'école pour aller faire des niches aux lavandières sur les berges du Roubion. La belle rigolade quand ils se baignaient et s'aspergeaient, tout nus dans la rivière, sans craindre les raclées des gendarmes appelés par les femmes scandalisées, et qui coursaient les minots de Saint-James et verbalisaient sans succès.

On avait donc renoncé à inviter la famille du tanneur ; avec des êtres aussi imprévisibles, on ne savait jamais comment finirait un repas...

Le fiancé de Delphine travaillait à la boulangerie de ses parents, près de la porte du Fust, face au nouveau pont métallique qu'on avait inauguré au mois de mai précédent. « Ce qu'il est vilain, on dirait un échafaudage qui attend sa voûte » ; « Vous n'entendez rien au progrès, monsieur, et regardez-moi cette largeur ! Autre chose que votre vieux pont de bois qui était emporté à la première crue ! »

Face à la modernité triomphante du pont de fer, Delphine allait vendre du pain blanc et faire de jolis petits boulangers à Florentin. Elle avait du reste déjà commencé...

Les yeux de sa mère s'égarèrent sur le mince visage qui rayonnait malgré sa pâleur perpétuelle. Elle paraissait si heureuse... Elle était née pour l'anniversaire de la mort de Mme Julie. Aurélie y avait vu comme un clin d'œil venu d'outre-tombe de la part de cette chère belle-mère dont elle avait, à l'époque, si mal surmonté la brutale disparition. Elle avait reporté sur le bébé toute l'affection féminine qui lui manquait à présent ; l'avait-elle un peu trop gâtée ? Adrien y avait mis le holà en exigeant que sa fille entre au moulinage Amandy, à Taulignan.

Delphine y avait passé cinq ans à manier les flottes de soie, de l'aube à la nuit. Les gouvernantes qui surveillaient les petites ouvrières ne lui avaient pas laissé un si mauvais souvenir et elle s'était fait des amies parmi les filles qui partageaient le dortoir, au-dessus de l'usine. Ce qui lui avait manqué, et d'où venaient peut-être bien ce teint pâle et cette méchante petite toux, c'était la lumière et l'air pur, enfermée qu'elle était toute la journée à tremper les flottes dans le bain d'huile pour assouplir le fil, et puis à les enfiler sur les roquets, à assembler les fils, à les tordre encore et encore ; elle y avait acquis des doigts agiles et fuselés qui faisaient dire à Mlle Durand, l'ancienne modiste : « On va en faire une brodeuse, elle ne manquera pas de travail... »

À présent, voilà qu'il fallait la fiancer. Et dans la précipitation, au pire moment, au mois de décembre alors que Noël approchait et qu'on était en plein coup de feu à la confiserie. Tout cela parce que Delphine était déjà enceinte de trois mois quand elle avait osé l'avouer à son père. On les marierait en janvier mais, au moins, on aurait fait auparavant plus ample connaissance avec le boulanger.

Ce brave homme était de ceux qui avaient aidé à éteindre l'incendie du *Café du Levant,* trois ans plus tôt. Aurélie ressentait encore des sueurs froides au souvenir de cette nuit d'horreur et de flammes dans lesquelles elle avait cru voir périr sa fille. C'est là que cette écervelée courait au bal le samedi, c'est là qu'elle s'était entichée du jeune Florentin, et là qu'elle dansait comme une fofolle quand l'incendie s'était déclaré. Affolée et en larmes, sa mère l'avait retrouvée saine et sauve... chez le boulanger.

Des braves gens, pour sûr, ces boulangers. Ils savaient bien que leur fils fréquentait et, quand ils avaient appris la nouvelle, ils n'avaient protesté que pour la forme : après tout, la gamine engrossée était la fille du plus gros confiseur de la ville.

Delphine s'apprêtait donc à quitter le moulinage pour la boulange, elle n'était pas mécontente.

On entamait la pogne que la boulangère avait apportée, confectionnée tout exprès pour l'occasion par son mari, quand le carillon du magasin tinta.

Adrien tourna la tête en fronçant le sourcil.

– Tu n'as pas mis le verrou ?

Aurélie se leva en haussant les épaules. Elle ne fermait jamais la porte sauf en cas d'absence. Pour ne pas manquer la moindre vente, même le dimanche.

Elle se heurta à l'ancienne modiste appuyée sur sa canne mais toujours alerte, qui s'ébroua en secouant la neige restée collée à son mantelet.

– Quel temps de chien ! bougonna-t-elle, on manquerait se casser la figure sur les trottoirs.

Mlle Durand était restée une habituée de la maison malgré ses chamailleries avec Adrien. Le courant ne passait pas entre eux, de vieilles rancœurs d'autrefois, de mauvais souvenirs enfouis derrière les bocaux de bonbons... Victoire Durand n'en restait pas moins une cliente fidèle qui persistait, chaque semaine, à acheter son petit sachet de nougats pour ses neveux.

– Vous n'auriez pas dû sortir, mademoiselle Victoire. S'ils n'ont pas leur nougat pour une fois...

– Je ne viens pas pour du nougat mais pour les fiancés, sourit-elle d'un air complice, en tendant un paquet enrubanné.

On la fit asseoir à table et on lui servit un verre de vin de Grignan qu'elle ne refusa pas. Adrien lui-même se dérida, Delphine s'empressa de remercier pour la jolie camisole brodée, Victoire Durand vida son verre puis dit :

– Vous avez su la nouvelle ?

– Quelle nouvelle ?

– L'Émile, on l'a nommé ministre !

– Quel Émile ?

– Ben, notre maire, pardi ! Déjà qu'il était député, et sénateur, et président du conseil général... Le voilà ministre à présent !

Le premier moment de stupeur passé, Adrien s'écria en se levant, son verre à la main :

– Buvons à Émile Loubet ministre, mes amis ! Quelle consécration pour notre premier magistrat ! Quel honneur pour notre ville !

Il n'avait pas beaucoup à se forcer, Adrien, il devait une bonne partie de sa prospérité au maire ; mais il n'était pas fâché d'afficher sa satisfaction devant la demoiselle Durand dont on ne savait pas précisément de quel bord elle était. Monarchiste ou républicaine ? Pour ou contre les curés ? L'indépendance têtue de la modiste avait toujours intrigué et agacé Adrien, autant que l'attitude ambiguë qu'elle avait eue jadis auprès de sa mère et de sa sœur.

Après le départ de l'ancienne modiste, on s'empressa de commenter la nouvelle. Émile Loubet ministre des Travaux publics, c'était quelque chose !

Le boulanger se tourna d'un air entendu vers Adrien :

– On raconte que vous êtes le principal fournisseur de la municipalité, monsieur Audranne...

– J'ai cet honneur, on ne vous a pas menti. Il faut croire que mon nougat est le meilleur de Montélimar, acheva-t-il avec un large sourire en se renversant sur sa chaise.

Son affaire avait en effet prospéré depuis ces dernières années. À bientôt cinquante ans, il pouvait se vanter d'avoir fait de la confiserie familiale une véritable réussite, et d'avoir vengé la mémoire de son père. Un jour, Vincent lui succéderait ; il lui avait livré le secret l'année de ses quinze ans, alors qu'il le regardait en train de s'appliquer au-dessus du chaudron de belle pâte blanche. Le garçon avait déjà le coup de main, il ne lui fallait plus que le secret. Il le secondait, même si Adrien lui reprochait parfois de penser plus aux fêtes qu'au travail.

– Laisse-le donc s'amuser, c'est de son âge, bougonnait Aurélie – elle prenait toujours le parti des enfants –, regarde comme il sait y faire avec ces messieurs de la mairie, et avec les bourgeois, qu'on croirait presque qu'il est des leurs.

Adrien haussait les épaules ; de son temps, on travaillait à l'atelier, on n'allait pas faire des ronds de jambe. Toutefois, il fallait admettre que c'était grâce à Vincent que le nougat Audranne s'expédiait désormais dans toute l'Europe.

On avait dû embaucher deux ouvriers supplémentaires et Aurélie avait poussé son mari à racheter au fond de la cour cette vieille remise qu'on disait avoir appartenu à un couvent de Templiers au Moyen Âge ; une fois retapée, la remise avait permis de doubler la surface de l'atelier et de le moderniser.

Autour de la table, on se taisait en dégustant la pogne arrosée de fruits au sirop. Aurélie en profita pour placer une amabilité, histoire d'amadouer la future belle-mère de Delphine qu'elle sentait prête à mépriser cette bru trop coquette.

– Elle est particulièrement parfumée, votre pogne. Du citron ? Je me trompe ?

La boulangère se rengorgea, en clignant de l'œil vers Adrien :

– À chacun son secret, n'est-ce pas ?

Le boulanger renchérit ; il avait l'impression, en mangeant avec Audranne, d'approcher d'un peu plus près les autorités supérieures.

– Je me suis laissé dire que notre premier magistrat donne à goûter de votre nougat à ses collègues de la Chambre des députés.

– Pas seulement le mien. Pas seulement, rétorqua Adrien en riant. Il n'y a pas mieux que notre maire pour faire la réclame de notre confiserie locale.

– Adrien a raison, dit Aurélie, il y a toujours une commande en cours pour M. Loubet, soit pour emporter à Paris, soit pour en offrir aux visiteurs de passage.

Elle se retourna soudain vers sa fille.

– Dis donc, Delphine, tu n'as pas apporté l'assiette de nougat, pour ces messieurs-dames ?

Delphine revint avec une coupe pleine de petits rectangles blancs parsemés d'éclats de pistache et la fit passer aux convives. On se tut un instant en dégustant les friandises parfumées, le couple de boulangers se répandit en félicitations, la bouche encore à moitié pleine.

– Les médailles que vous avez obtenues sont bien méritées, monsieur Audranne.

Le boulanger s'était renseigné. Florentin lui avait trouvé les journaux qui mentionnaient les médailles du nougat Audranne, à Lyon, au Havre, et même à Paris, et les louanges dont on entourait la friandise, croquante et fondante à la fois, capable de voyager dans le monde entier et de se conserver longtemps sans s'altérer, et surtout fabriquée à la main sans le secours de ces mécaniques modernes qui dénaturent le goût des bonnes choses.

Les hommes se mirent à parler boutique, les femmes rapprochèrent leurs chaises ; mine de rien, la boulangère observait sa future bru, une maigrelette qui n'avait pas l'air bien costaude… qu'allait-elle en faire ? C'est qu'il faut avoir la santé dans la boulange… L'autre, la belle-fille Emma, lui paraissait plus solide, elle s'était laissé dire que la famille était bien modeste, des paysans des Baronnies qui n'avaient pas le sou, et que cette futée avait vite fait de mettre le grappin sur le Vincent.

Aurélie se releva pour préparer le café.

Elle mit le marc de la veille à bouillir et, pendant qu'elle le laissait reposer avant de le reverser dans le filtre avec un peu de café frais par-dessus, elle perdit le fil de la conversation. Elle avait encore dans les oreilles le mot murmuré par Mlle Durand qu'elle avait raccompagnée : « Passez donc demain voir votre belle-sœur, elle a aussi un petit cadeau pour Delphine. »

L'ancienne modiste était restée une grande amie de Louise Combère ; Aurélie non plus ne lui avait pas retiré son amitié malgré la brouille qui séparait depuis vingt ans leurs époux respectifs. Et puis les deux confiseries prospéraient, distantes de quelques rues, avec chacune sa propre clientèle ; Louise comme Aurélie s'étaient soigneusement attachées à ce qu'aucune des deux ne fasse de tort à l'autre.

Hors la vue de leurs maris, elles continuaient à se fréquenter, bavarder de leurs soucis et réciter leur chapelet ensemble. Elles avaient longtemps espéré que les rapports des deux beaux-frères s'amélioreraient avec le temps, elles avaient tenté plusieurs fois de les réconcilier, elles avaient dû renoncer.

Aurélie continuait à gâter en cachette sa filleule Marguerite ; pour ses vingt ans, elle lui avait offert un châle qu'elles étaient allées choisir ensemble chez Piallat, elle l'avait payé avec ses propres économies, c'est-à-dire la monnaie que laissaient parfois les clients du magasin et qu'elle conservait dans une petite boîte à l'abri de son linge. Elle avait honte d'agir dans le dos d'Adrien mais il était d'un caractère si ombrageux qu'elle craignait toujours de sa part un refus ou même un esclandre.

S'il avait su qu'elle filait souvent boire le café chez Louise quand il faisait sa sieste après dîner !

II

MARCELOU DORMAIT LUI AUSSI quand, dans l'après-midi du surlendemain, Aurélie fit tinter le carillon de la confiserie Combère. Le temps était toujours exécrable et n'incitait guère les clients à fréquenter les magasins ; on pourrait bavarder tranquillement.

– C'est moi ! chantonna-t-elle comme d'habitude en se débarrassant de sa grosse cape de lainage.

Elle traversa la boutique, remarqua au passage les nouvelles boîtes de nougat aux couleurs acidulées, il lui faudrait renouveler elle aussi ses emballages, puis elle poussa la porte de la cuisine. Elle serrait dans sa poche la lettre de sa mère, elle n'en avait pas parlé à Adrien ; lui, il ne pensait qu'à son nougat.

Elle trouva sa belle-sœur assise devant la table où était étalé le journal. En train de pleurer.

– *Eh bé !* Qu'est-ce qui t'arrive ?

Louise se retourna, se moucha, désigna la page sur laquelle on voyait la trace mouillée de ses larmes.

– C'était le fils d'une brave personne que ma mère avait connue jadis. Elle était même la marraine d'un des enfants.

Elle avala sa salive, s'éclaircit la voix.

– Celui-là habitait Sauzet. Il faisait le voiturier chez Monier. Ce jour-là, il rapportait des lots de peaux de lièvre et de castor, même qu'on a profité de l'accident pour en voler…

Aurélie se pencha sur l'article qui détaillait le drame survenu sur la route de la chapellerie, le cheval effrayé par un bruit insolite, le conducteur qui veut descendre de la charrette pour le calmer, qui glisse sur la neige verglacée, les roues de la charrette qui lui passent sur le corps…

– Le Dr Carle est arrivé trop tard… Il n'a rien pu faire, qu'ils disent, ajouta Louise en se mouchant de nouveau.

– Il avait de la famille ?

– Une femme et deux enfants qui travaillent chez Monier, eux aussi.

– Pauvres gens… Et il ne faut pas compter sur le père Monier pour les aider…

– Ce n'était pourtant pas un agitateur, c't'homme… Ni lui ni ses enfants n'ont jamais rien réclamé ni participé aux grèves.

Les deux femmes hochèrent la tête en silence. Louise se garda bien d'ajouter ce qu'elle savait du voiturier… et de ses relations avec leur nièce Léa, la fille du tanneur, justement à l'occasion de ces grèves.

Comme si elle avait deviné, Aurélie demanda soudain :

– Tu sais ce qu'elles deviennent, Léa et sa mère ? Elles travaillent toujours à la chapellerie ?

– Cela fait des semaines que je ne les ai pas vues.

On n'évoquait jamais, chez les Audranne comme chez les Combère, le scandale qu'avaient provoqué les deux femmes, un soir de 1878, en forçant avec d'autres ouvrières la porte du patron pour réclamer plus de sous, et la part qu'elles avaient prise dans la révolte, trois ans plus tôt. Cette fois-là, les ouvriers avaient carrément emporté leurs outils ! C'était miracle qu'elles n'aient pas encore été renvoyées…

Pendant que Louise sortait du buffet les tasses à café, Aurélie s'approcha de la fenêtre qui donnait sur la petite cour ensevelie sous la neige.

– C'est égal, fit-elle, on gagne à peine sa vie chez les Monier, vu les salaires qu'ils pratiquent. Et ce n'est pas en embauchant des Italiens et en refusant de discuter que les choses s'amélioreront.

– Le père et les fils s'en moquent, tant que leurs chapeaux se vendent aussi bien... On m'a dit qu'entre toutes leurs usines il en sort des milliers par jour.

– On exagère toujours... Je connais la sœur d'un chapelier qui a fini par aller s'embaucher à Romans, chez Mossant. C'est autre chose, là-bas. Rien que la paie... Et puis les facilités aux ouvriers... Il faudra bien qu'un jour il change ses méthodes, le Monier.

Louise versa le café qui attendait dans la cafetière tenue au chaud au coin du fourneau. Elle n'arrivait pas à s'enlever de la tête la vision du malheureux voiturier, la poitrine écrasée. Et puis celle de Léa...

La jeune chapelière passait parfois la porte de la confiserie Combère après le travail. Elle en voulait toujours à la terre entière mais, allez savoir pourquoi, faisait une exception pour sa tante Louise. Peut-être parce que celle-ci, jadis, ne l'avait jamais renvoyée quand la petite s'échappait du couvent des bonnes sœurs de la rue Bouverie et venait quémander un bonbon... Peut-être parce que Louise n'avait jamais jugé sa conduite...

Ces soirs-là, Léa s'asseyait dans la cuisine d'un air maussade, acceptait du bout des lèvres la tasse de café, elle avait si rarement l'occasion d'en boire, du café, puis elle se mettait à dérouler par bribes saccadées sa journée dans l'humidité de l'atelier, les blagues salées des fouleurs de feutre, la vapeur mêlée aux acides des teintures qui vous prenait à la gorge, les centaines de galettes de feutre qu'il fallait approprier sur les formes de bois, étirer, brosser, et se dépêcher, vu qu'on était payé aux pièces, houspillé par les tâcherons.

La conversation sur Léa en resta là : le carillon de la porte venait de tinter. Louise secoua son tablier, rétablit de l'ordre dans son chignon et passa dans la boutique.

La cliente faisait la fière, avec son manchon de castor et sa capote fourrée, c'était la femme d'Eybert, le marchand de meubles et de tapis de la Grand-Rue. Son léger parfum d'iris rappela à Louise les délicieuses odeurs qu'elle respirait autrefois dans la boutique de sa mère, quand les belles dames en crinoline s'y pressaient avant Noël. Elle attendit patiemment que l'élégante cliente se soit décidée parmi les rayons chargés de monticules de fruits glacés, pralines, dragées, boules de gomme, bonbons à la vanille. Son doigt finit par désigner les pyramides de nougats et Louise s'empressa de la contenter avec son sourire le plus engageant.

Quand elle revint dans la cuisine, elle déposa sur la table une assiette de nougats.

– Goûte celui-là, c'est la dernière cuisson de Marcelou.

Aurélie mit la friandise dans sa bouche, croqua puis laissa les morceaux imprégner son palais de leur saveur finement miellée. Elle releva des yeux admiratifs. Louise l'arrêta :

– Je sais, tu vas dire qu'il est délicieux mais qu'il ne vaut pas le nougat d'Adrien…

Aurélie sourit :

– Si tu penses à ma place, pourquoi tu le demandes ? Il a raison d'appliquer sa propre recette, Marcelou, son nougat me fait penser… Tiens… à ce nougat qu'il avait cuit à la Noël 1865…

– Ton palais a une belle mémoire, dis donc ! s'exclama Louise, pas fâchée que la conversation ait oublié le fantôme un peu encombrant de Léa.

Du reste, sa belle-sœur paraissait avoir d'autres soucis en tête.

– Il y a quelque chose qui te tracasse, hein ?

Aurélie sortit la lettre de sa poche.

– C'est de ma mère… Je ne sais pas ce qu'ils vont devenir…

– Comment ça ?

Louise alluma la lampe à pétrole afin d'y voir plus clair tellement le temps était sombre, puis elle s'assit, prit la lettre.

À la fin de sa lecture, elle releva des yeux effarés.

– Je n'imaginais pas que les choses allaient si mal chez les magnaniers.

Il y avait déjà dix ans que le père d'Aurélie, malade, avait cédé sa part dans la filature de Taulignan ; et cinq ans qu'il était mort.

– Les affaires vont de mal en pis depuis que mon frère s'occupe de la magnanerie. Ce n'est pas sa faute ; entre les années où les cocons sont malades et celles où l'on n'arrive pas à les écouler, il ne s'en sort plus. Il a planté des oliviers mais ils sont encore trop jeunes pour rapporter.

La lettre de la mère Lombard était trempée de désespoir ; son fils avait trouvé à s'employer chez un marchand de bois de Nyons mais ce n'est pas avec ça qu'ils allaient pouvoir rembourser ce qu'ils devaient… *On espérait payer après le décoconnage mais la moitié des cocons était à jeter cette année…*

– Ce n'est pas la première fois qu'elle m'écrit, ajouta Aurélie. Adrien leur a fait passer un peu d'argent l'an dernier mais, maintenant, il ne veut plus rien entendre… Nous aussi, on a fait des dettes pour renouveler le matériel.

Louise resta silencieuse. Qui n'avait pas fait de dettes, un jour ou l'autre ? Les Combère avaient dû eux aussi emprunter et Marcelou s'était adressé à un rentier de la ville pour pouvoir acheter le matériel de la confiserie, les balances et les chaudrons en cuivre, les moules d'étain, les candissoires, les pastilleuses à chocolat, les tamis, les poêlons, les bassines à dragées, les mortiers de pierre, les tours à pâte, les grilles à glacer, les caisses à nougat... Et elle en oubliait encore... Ils avaient remboursé grâce aux parents Combère, avec l'argent des cocons. L'argent des cocons, c'est ce qui permettait de vivre un peu plus à l'aise...

L'horloge venait de sonner 3 heures quand la porte de l'escalier s'ouvrit sur Marcelou. Il fronça le sourcil, il n'appréciait que moyennement les visites de sa belle-sœur, cette présence lui rappelait trop les avanies que lui avaient infligées les Audranne, après tout ce qu'il avait fait pour eux du temps de Mme Julie, ah ! si elle n'était pas partie si vite, cette femme admirable !

Louise lui tendit la lettre. Marcelou la parcourut d'un trait :

– Et tu crois qu'on va faire la charité à ton frère, Aurélie ? On a tous des dettes et les affaires ne tournent pas mieux pour nous que pour les autres... C'est que le nougat Audranne n'est pas capable de secourir la magnanerie Lombard ?

Blessée par l'ironie grinçante de son beau-frère, Aurélie lui arracha brusquement la lettre des mains et tourna les talons, les yeux déjà embués, sa cape jetée en vitesse sur les épaules. On l'entendit marteler le sol du magasin et claquer la porte. Louise était courroucée.

– Elle ne te demandait rien, grand bédigas ! Elle avait seulement besoin de confier son malheur à quelqu'un.

– Et c'est justement ici qu'elle vient pleurer...

– Oh ! ça va, ne recommence pas.

Il faut dire que la fierté de Marcelou était rudement mise à l'épreuve par le succès du nougat de son beau-frère. Le nougat Audranne, fort de sa notoriété, en venait à éclipser la réputation des autres confiseurs qui tentaient d'imposer leur nom à côté du sien, chacun avec sa propre recette. Peine perdue, c'était le nougat d'Adrien qui caracolait toujours en tête. Le fameux secret qui le rendait incomparable était devenu un atout de plus pour le vendre plus loin, et plus cher, susurraient les concurrents. L'histoire de la fille du Persan avait fait le tour des foires à concours et des gazettes gastronomiques et ajoutait une note orientale, divinement romanesque, à la saveur de la célèbre friandise.

C'était à « la fille du Persan » qu'Aurélie Audranne songeait justement, une fois la porte refermée sur ce malpropre de Marcelou. Ils avaient de nouvelles boîtes de nougat, les Combère ? Eh bien, elle aussi, elle allait en faire fabriquer de nouvelles, et, sur la boîte, il y aurait le dessin d'une belle Orientale, de « la fille du Persan ». Dans un élégant médaillon d'argent.

C'était sa bru, pendant qu'on mangeait la *farinette* à la courge la veille au soir, qui en avait eu l'idée et qui avait même griffonné une ébauche sur un bout de papier d'emballage. Une astucieuse, cette Emma. Elle avait beau sortir tout droit de ses Baronnies caillouteuses et déshéritées, elle était loin d'être sotte. Une bonne épouse que son fils Vincent s'était trouvée là. La relève de la confiserie était assurée.

En revenant chez elle, Aurélie se félicita d'avoir conçu un fils, elle, alors que la Louise, peuchère, n'avait et n'aurait jamais qu'une fille, et que Marguerite pensait à bien autre chose qu'au nougat.

III

C'EST PRÉCISÉMENT MARGUERITE, de retour de la petite école Saint-Just où elle faisait la classe aux orphelines, qu'elle croisa sur son chemin. Encore sous le coup du *fion*[1] que lui avait assené ce ronchonneur de Marcelou, elle aurait préféré éviter sa filleule, toujours exaltée, toujours prête à épouser les querelles de son père. Et si péremptoire dans ses jugements, sur la religion comme sur le reste. Chez les Audranne, on se moquait du militantisme catholique et monarchiste de la fille de Louise qui, de son côté, n'abordait jamais sa marraine sans réticence.

Aussi Aurélie fut-elle bien étonnée de la voir courir vers elle, jupes retroussées, la mine réjouie.

– Tante, je parie que vous ne savez pas encore la bonne nouvelle. J'ai obtenu mon brevet de capacité à Valence, je vais pouvoir postuler pour être institutrice. J'ai hâte de transmettre ce qu'on m'a appris, et surtout ma foi. Quel merveilleux but dans la vie !

– Je te félicite, ma chère Marguerite, ta mère vient de me l'annoncer. Elle est très fière de toi.

1. fion : *remarque blessante.*

Toujours aussi volubile, sa filleule. Les dames de Sainte-Marthe l'avaient bien instruite mais ne lui avaient pas appris la modestie. Aurélie songea aux inquiétudes de Louise qui craignait chaque jour de voir sa fille étaler ses opinions devant la clientèle quand elle l'aidait au magasin ; Dieu merci, la petite n'était pas sotte et savait fort bien se plier au commerce.

Aurélie reprit le chemin de la Grand-Rue en comparant sa situation à celle de Louise. Pour avoir une affaire moins prospère que la sienne, sa belle-sœur était-elle moins heureuse, entre un mari affectueux comme Marcelou et une fille instruite comme Marguerite ? Tandis qu'Adrien en vieillissant s'enfonçait dans le silence ou se fâchait pour un rien, et que son fils Vincent multipliait les aventures en oubliant sa femme ?...

Louise était en effet très fière de sa fille. Une future institutrice, pensez ! Sa petite Marguerite l'avait toujours surprise et même maintenant, quand elle la regardait faire avec les clients, polie, bonne conseillère, comme si la confiserie n'avait aucun secret pour elle. Elle l'observait, parfois, à travers le rideau de l'arrière-boutique, avec une émotion admirative ; elle n'avait que cette enfant et savait qu'elle n'en aurait jamais d'autre, elle n'avait pas maudit le bon Dieu pour cela, elle le bénissait plutôt de lui avoir permis de mettre au monde sa perle brune.

Marcelou lui aussi aimait tendrement sa fille, même si parfois l'intransigeance de Marguerite le déroutait. Au moins n'allait-elle pas courir les bals et les spectacles forains. À la dernière fête patronale, hormis la grand-messe, elle n'avait pas quitté les siens pour suivre la retraite aux flambeaux et assister au feu d'artifice ; et il avait fallu toute la persuasion de Gabriel pour l'emmener aux courses de chevaux.

Gabriel Cabestan, on ne l'arrêtait plus quand il se mettait à parler chevaux. Un drôle d'homme, le cousin Cabestan, qui avait débarqué chez les Combère trois ans plus tôt. Il s'était vite mis au nougat mais son amour des chevaux ne l'avait pas quitté pour autant. Il disait y avoir pris goût pendant ses années d'armée. À l'époque, on l'avait désigné pour aider les palefreniers, il s'était vite plu.

Quand il venait partager la soupe de *quenèfes*[1] des Combère plutôt que rester seul dans son petit logement de la rue du Sel, et qu'il racontait les tragédies vécues pendant la guerre contre les Prussiens, Marguerite s'exaltait ; son esprit s'enflammait en imaginant la fureur des combats, les assauts héroïques, les chevauchées et les corps à corps sanglants, les hennissements des bêtes blessées, le grondement des canons ; et puis elle s'indignait quand Gabriel évoquait les mois tragiques qui avaient suivi sa démobilisation après la défaite, les barricades et les folles révoltes de la Commune… Qu'aurait-elle fait, Marguerite ? Elle aurait tiré au fusil pour défendre ce malheureux président Bonjean ou Mgr l'archevêque de Paris ?

Gabriel Cabestan la reprenait doucement :

– Il ne faut pas oublier, mademoiselle, le désespoir et la fureur du petit peuple parisien devant la capitulation. Figurez-vous l'hiver terrible de 1870, les souffrances qu'ils avaient endurées face aux Prussiens qui assiégeaient la ville et qui l'affamaient. Tout cela pour rien !

– Mais vous disiez vous-même, monsieur Gabriel, qu'ils vous avaient fait horreur, ces manifestants de la rue de la Paix, et que, de ce jour-là, vous aviez abandonné la cause des fédérés.

– Oui… J'en avais assez de cette violence.

Gabriel avait longtemps cauchemardé à ce souvenir ; ce 22 mars 1871, il avait compris ce qu'allait devenir le mouvement, il avait vu la panique s'emparer de la foule jusqu'alors pacifique, la violence jaillir comme si on avait jeté une

1. *Petits morceaux de pâte découpés, mangés en soupe, typiques des montagnes du Sud-Est, à rapprocher des crozets et des ganèfles aux pommes de terre.*

allumette enflammée sur la paille, les fusils se déchaîner soudain sur n'importe qui, et même des enfants… Oh ! il n'oublierait jamais le regard féroce du gamin qui fusillait à tout-va… Les massacres, les pillages, les incendies qui avaient réduit en cendres l'Hôtel de Ville, les Tuileries, le Conseil d'État… Et puis la répression impitoyable…

Il souriait devant les emportements de la jeune Marguerite, pleine d'idéal, si éloignée des tragédies et des turpitudes auxquelles il avait assisté. Il éprouvait pour la jeune fille des sentiments mêlés de respect, d'admiration et d'une tendre affection. À mesure que le temps passait, il constatait que le bonheur de Marguerite lui était de plus en plus précieux et que pas un jour ne finissait sans qu'il ait songé à elle. Parfois, il se prenait à rêver… mais elle avait l'esprit trop élevé pour accepter d'unir sa vie à celle d'un homme au passé si tumultueux…

Il n'avait jamais raconté que des bribes de ce passé, Gabriel, il n'avait rien dit de ses vagabondages au temps de sa jeunesse, de son enrôlement pour éviter la prison, et puis de son errance dans le Paris insurgé… Sa rencontre avec le capitaine Laurencel avait été son salut. Des mois de mer sur un cargo de marine marchande à se colleter avec les tempêtes et les machines lui avaient remis la tête à l'endroit. À Buenos Aires, il avait décidé de continuer. Il n'avait plus quitté Laurencel durant ses traversées au long cours, il avait été son bras droit, son chien fidèle, il avait appris de lui à se respecter et à respecter les autres, et il en avait croisé, des malheureux et des voyous, des exploiteurs et des exploités, de Canton à Cochin et de New York à Valparaiso.

Il avait fait deux fois le tour de la Terre avant de poser son sac à San Francisco. Laurencel y avait de la famille, des Français venus acheter une concession aurifère. Quand le capitaine était reparti, Gabriel était resté. Il avait fini par pouvoir acheter une petite mine d'argent, il avait cru qu'il finirait ses jours là-bas, et puis le mal du pays l'avait pris. Après la mort de celle qui aurait pu devenir une épouse.

Son âme et son corps d'aventurier ne s'étaient jamais attachés. Aucune des femmes qui avaient traversé sa vie ne lui avaient inspiré autre chose que des désirs charnels, hormis cette douce métisse qu'il avait arrachée à un souteneur et qui était prête à lui faire des petits métis, avant de trépasser de tuberculose.

Sept ans après avoir débarqué en Californie sur un navire, Gabriel l'avait quittée en diligence, sa fortune mise à l'abri à la banque et ses sacoches lestées de pistolets. Il n'avait pas eu à s'en servir, ni contre les Indiens qui venaient parfois rôder autour du bivouac, ni contre les bandits dont on voyait le portrait placardé sur les murs des relais pendant qu'on changeait les chevaux.

Au bout du périple, il s'était retrouvé en France plus riche et plus seul que lorsqu'il était parti.

Le pays avait bien changé. La République solidement installée, l'ordre régnait, bourgeois et rassurant. Il avait mis de l'argent dans une fabrique de meubles du faubourg Saint-Antoine et goûté quelque temps à la vie parisienne. Il y avait dépensé stupidement une partie de sa petite fortune sans en retirer la moindre satisfaction. Jusqu'à ce que l'adresse d'expédition d'un colis, chez son associé du faubourg, attire son attention.

– Eybert, lustres, miroirs, meubles, tapis, Grand-Rue, Montélimar… Vous vendez de la marchandise à Montélimar ?

Deux semaines plus tard, attablé au *Café de Paris*, sur le Champ-de-Mars de la petite ville, il buvait une absinthe en compagnie de son cousin Combère.

Un homme de la même qualité et de la même discrétion que le capitaine Laurencel, ce Marcelou Combère. Gabriel l'avait tout de suite rangé dans la catégorie des gens estimables.

Les deux cousins n'avaient pas eu la même enfance, l'un resté au pays dans une famille unie, l'autre jeté sur les routes par le malheur, orphelin et livré à lui-même ; Marcelou, quant à lui, n'avait pas cherché plus loin que le plaisir de renouer avec ce cousin disparu.

Après un an d'hésitation, Gabriel avait réglé ses affaires à Paris et débarqué avec une petite valise à la gare de Montélimar. Prêt à tout recommencer et à placer le reste de sa fortune dans la confiserie. Marcelou avait bien hésité, en avait longuement discuté avec Louise, sans lui dévoiler tout ce qu'il savait de la vie chaotique de son cousin. Accepter l'argent de Gabriel Cabestan ? Lui accorder un droit de regard sur la confiserie ? Lui faire confiance en somme ?

Il avait fallu quelques jours pour que Louise s'habitue à l'accent traînant et aux manières de ce cousin débarqué du Nouveau Monde ; mais, après tout, il apportait de l'argent frais dans l'affaire qui en avait bien besoin, il avait le regard franc et la mine honnête.

Gabriel s'était fait confiseur comme jadis il s'était fait marin ou chercheur d'or. Il avait appris l'art des dragées et des massepains, puis Marcelou l'avait initié à sa technique de cuisson du nougat.

Gabriel Cabestan n'était ni sot ni emprunté, il avait vite appris.

C'est lui qui vint annoncer la nouvelle à Louise, en profitant de l'absence de Marcelou, parti renouveler la provision d'amandes qui allait manquer pour les nougats de Noël.

– C'est bien une parente à vous, cette Léa Audranne dont parle le journal ?

Louise pâlit et murmura :

– Oui, c'est la fille de mon défunt frère, le tanneur.

Elle redoutait un drame depuis le jour de l'enterrement du voiturier de chez Monier. Ce matin-là, elle avait suivi le corbillard au milieu de la foule ; c'est au cimetière qu'elle avait remarqué la présence de Léa, en pleurs, tout près de la tombe, et le geste véhément de la femme du voiturier, retenue à grand-peine par ses proches. Louise avait pensé en frémissant : « Si ces deux-là se croisent... » Il fallait croire que cela s'était produit.

– D'après le journal, continua Gabriel, c'est la veuve qui aurait injurié votre nièce, au *Café Lyonnais* rue Montant-au-Château, en la traitant de putain, pardonnez-moi l'expression. Mais c'est elle qui a porté plainte parce que votre nièce...

Gabriel fit une pause avant de poursuivre sa lecture, comme en s'excusant :

– Les deux femmes en sont venues aux mains et la fille Audranne a blessé la veuve en lui jetant une bouteille à la tête. Elle s'est fait aider par sa belle-sœur, une certaine Sidonie Audranne ; les deux furies se sont alors acharnées sur la malheureuse veuve qui s'est défendue mais a été gravement blessée. Elles vont très certainement être poursuivies pour leur conduite inqualifiable. La querelle paraît avoir eu un motif de jalousie : on soupçonne en effet Léa Audranne d'avoir été la maîtresse de feu le voiturier qui était prêt à abandonner pour elle le domicile conjugal avant son accident.

Louise se laissa tomber sur une chaise, atterrée. Léa était peut-être volage mais incapable d'une telle trahison. Elle aimait son homme, même s'ils n'avaient jamais voulu se marier. Elle était comme ça, Léa. Mais ce n'était pas une méchante fille capable d'aller voler le mari d'une autre...

Gabriel crut bon de la rassurer :

– Il ne faut pas vous inquiéter outre mesure, Louise. Elle écopera tout au plus d'une amende, peut-être de quelques jours de prison si la blessure de la veuve est grave...

Cabestan retournait à l'atelier quand elle le rappela :

– Ne dites rien à Marcelou, s'il vous plaît. Il voit rouge dès qu'on parle des enfants de mon frère...

– J'ai cru comprendre en effet qu'entre votre mari et sa belle-famille…

– Il porte encore au-dessus de l'œil gauche la cicatrice du coup assené par mon frère Gaspard, un soir que j'aimerais bien avoir oublié… C'était pourtant de bons amis, autrefois… C'est la politique qui les a brouillés…

Cabestan s'éloigna sans faire de commentaires, la vie lui avait appris à éviter de se mêler des affaires des autres.

Louise retourna à ses nouvelles boîtes qu'elle était en train de garnir de nougats, les nougats aux amandes de l'Eygues, une recette toute neuve que les clientes réclamaient pour leurs cadeaux de Noël. Elle n'avait pas la tête à son travail, elle ne songeait qu'à cette malheureuse Léa qui s'était encore mise dans un mauvais cas, pour sûr aiguillonnée par son enragée de belle-sœur, la femme de Mathieu.

Louise n'avait plus eu l'occasion de remettre les pieds à la tannerie Contaroux depuis le temps où Marcelou et Gaspard se fréquentaient. Hormis le fait que l'endroit puait et n'avait pas bonne réputation, elle n'en gardait que de tristes souvenirs, la nouvelle de la mort de son père, et ce qu'elle avait découvert sur sa mère en la suivant jusqu'à la rue Chartrouse… Elle savait seulement que son cousin Mathieu, qui était passé contremaître chez Contaroux, venait de prendre la suite du maître tanneur qui avait débaroulé dans l'escalier de la sèche et s'y était brisé les jambes.

IV

L'AFFAIRE DU *CAFÉ LYONNAIS* ne traîna pas. Sidonie et Léa se retrouvèrent vite fait facc au juge d'instruction. Un homme qu'on savait enclin à la clémence mais qui avait des comptes à rendre au procureur. Et celui-là ne parlait que d'ordre et de répression. Léa se doutait que son passé de râleuse et de gréviste à la chapellerie Monier allait la desservir, Sidonie crânait : si le juge, avec son regard sévère, ne l'avait pas tant intimidée, elle lui aurait flanqué à la figure ce qu'elle en pensait, des bourgeois et de leur fausse justice. Que c'était l'autre, la veuve, cette *bougnasse*, qui les avait injuriées sans raison, et qu'elles n'avaient fait que se défendre, et que... Elle bouillait intérieurement, Sidonie.

Si elle avait épousé Mathieu Audranne, c'est qu'elle éprouvait la même haine que lui pour l'ordre que représentaient des pourritures comme ce foutu juge. Celui-là n'avait jamais mis les pieds dans les ateliers de teinture où l'on trimait comme des forçats de l'aube à la nuit, où l'on se ruinait la santé dans les acides, où l'on gagnait juste de quoi ne pas crever la bouche ouverte... Dans la rue Cuiraterie où elle avait grandi, on jouait au milieu des flaques d'eau puante que déversaient les mégissiers et les teinturiers en peaux ; chez son père, ils travaillaient à six pour les gantiers de Grenoble, sous les voûtes surchauffées par le fourneau où bouillaient les marmites à mélanger les couleurs. Il y avait toujours dans les cuviers deux ou trois hommes, *brailles* retroussées, en train de fouler les peaux dans les bains de teinture pestilentiels, ils ressortaient de là les jambes toutes jaunes ou toutes vertes pour aller suspendre les peaux sur l'étendoir, ils ruisselaient tant la chaleur était forte pour que les peaux sèchent vite ; le travail n'était guère moins rebutant que celui de la tannerie, Sidonie était passée de l'un à l'autre en quittant son père pour son mari, elle ne connaissait de la vie que les miasmes des peaux travaillées, que l'odeur âcre et forte des hommes, le soir, quand ils quittaient l'atelier, s'écroulaient sur leur chaise devant leur bouteille de vin et leur assiette de soupe ; elle voulait changer la vie, Sidonie, elle n'aspirait qu'à la révolution.

Et voilà qu'elle se retrouvait accusée d'avoir agressé une veuve et qu'elle était bien obligée de se taire pour ne pas aggraver son cas.

Le procureur Balestier n'entendait pas laisser impunie cette nouvelle atteinte à l'ordre public.

Il ne se passait pas de semaine sans qu'une affaire de vol, de rixe entre ivrognes ou même d'assassinat lui parvienne, quand ce n'étaient pas les mauvais coups de ces « rouleurs » qui vagabondaient sans autorisation ; encore dernièrement, une bagarre avait opposé les ouvriers employés à la construction des routes, les Italiens de la route Sauzet-La Bâtie et les Français de celle de Savasse-La Coucourde… Chacun se renvoyait la responsabilité des coups, les uns ne valaient pas mieux que les autres.

Édouard Balestier avait en horreur tout ce qui pouvait nuire à la tranquillité de ses concitoyens et à la bonne marche du commerce. Il n'hésitait pas à sévir.

Il y avait cinq ans qu'il était revenu à Montélimar, en qualité de procureur. Il y avait commencé sa carrière, jeune substitut, vingt ans plus tôt, et ce retour dans la petite ville ensoleillée ne lui déplaisait pas, d'autant plus qu'il reprenait possession de sa maison agréablement située sur la promenade du Champ-de-Mars. C'était le joli hôtel particulier qu'avait loué son père quand il était président du tribunal local et que lui-même avait racheté alors qu'il était substitut et jeune marié. C'était là que ses enfants avaient grandi.

Le couple fréquentait, plus par devoir que par plaisir, les réceptions du colonel du 22e, du sous-préfet, ou même du maire avec qui, pourtant, on n'était pas dans les meilleurs termes.

Ce M. Loubet avait fait toute sa carrière politique dans les rangs de la Gauche républicaine. Une carrière brillante, il fallait l'admettre, dans la foulée de la jeune IIIe République puisqu'il avait été porté à la mairie dès 1870. Depuis, l'homme avait gravi tous les échelons avant d'être bombardé ministre des Travaux publics ! Même si on devait reconnaître le caractère affable et obligeant du personnage, M. Loubet n'en traitait pas moins les conservateurs de réactionnaires et laissait les suppôts de l'école laïque étouffer les écoles religieuses.

Le procureur fréquentait peu le théâtre, un petit théâtre à l'italienne inauguré l'année où il avait pris ses fonctions, il préférait les courses à l'hippodrome. Il avait pris une carte de membre de la société hippique et, après avoir accompagné sa femme dans les tribunes, il allait se mêler sur les pelouses aux propriétaires et aux parieurs.

Son épouse, elle, goûtait plutôt les concerts que donnait chaque semaine le 22e de ligne sur le Champ-de-Mars. Amanda était surtout une personne de devoir que la condition des enfants d'ouvriers élevés sans religion indignait. Elle dépensait sa fortune personnelle en fêtes de charité et en dotations de filles pauvres qu'elle faisait instruire chez les sœurs de

Sainte-Marthe ou du Saint-Sacrement, elle apportait un soutien actif aux dames de la Miséricorde où elle avait la satisfaction de côtoyer des jeunes filles qui avaient conservé leur foi et leur ferveur.

C'est peu de jours plus tôt qu'elle avait mentionné l'une de ces jeunes filles devant Édouard. Il lisait alors *Le Nouvelliste de Lyon* auquel il était abonné, pendant que la bonne déposait les lampes à pétrole sur les tables du salon avant d'apporter le thé ; sa femme était rentrée très remontée contre ces catholiques qui fréquentaient le théâtre en carême.

– *La Porteuse de pain* n'a rien d'une comédie frivole, avait objecté Édouard.

Il avait encore sous les yeux une critique élogieuse sur cette pièce à la mode.

Amanda avait hoché la tête d'un air sévère.

– Il n'empêche. Je persiste à dire que le théâtre de la ville est un lieu de dissipation qui détourne l'argent destiné à la charité. Grâce à Dieu, nos jeunes filles s'en tiennent éloignées, la chère petite Marguerite Combère me disait encore... vous savez, mon ami, la nièce du nougatier Audranne...

Édouard n'avait écouté sa femme que distraitement mais la conversation lui était revenue ce matin devant le dossier Audranne qu'il avait trouvé sur son bureau en arrivant.

Audranne... Les deux femmes accusées d'agression se nommaient Audranne... Étaient-elles de la même famille que le nougatier ? Et que la jeune fille dont son épouse lui vantait les mérites ?

Comme ni lui ni Amanda n'aimaient les douceurs, et encore moins le nougat, le monde des confiseurs montiliens lui était inconnu. Une profession de gens paisibles qui n'avaient jamais eu affaire à lui.

Il avait fini par oublier cette lointaine affaire qui l'avait tant troublé, à l'époque où il était substitut, cette lettre anonyme découverte au milieu des paperasses d'un dossier du tribunal.

La lettre avait ravivé le souvenir des méchants soupçons qui l'avaient assailli du temps qu'il était étudiant, qui lui avaient fait détester son père… Ce nougat Audranne que le président du tribunal rapportait si souvent à la maison, voilà pourquoi, sans doute, il s'en était dégoûté ; et ces singulières visites qu'il avait surprises chez la modiste de la rue Roserie, et cette femme dont il avait croisé le regard embué de larmes, peu avant que son père quitte Montélimar…

Il n'aurait jamais envisagé de poser la question à son père. Cette femme… Était-ce la femme du confiseur Audranne ? Avait-elle été sa maîtresse ?

Quand il avait eu en main la lettre anonyme mentionnant la femme Audranne, il était déjà magistrat et plus audacieux. Il avait interrogé le greffier, fini par apprendre que l'affaire avait été classée parce que sans objet et qu'elle n'avait eu aucune suite.

La querelle qu'il avait eue à juger à cette époque entre un nommé Combère et son beau-frère, un tanneur du nom d'Audranne, lui avait donné l'occasion d'aller questionner la femme de ce Combère, une jolie brune qui habitait justement rue Roserie, au-dessus de la boutique de la modiste. Il avait même été tenté de la convoquer au tribunal pour l'émouvoir et d'en faire autant avec la modiste. Mais l'une comme l'autre avaient feint d'ignorer de quoi il s'agissait.

Le jeune substitut aurait bien poussé plus loin ses recherches mais, submergé de travail, il n'en avait plus eu le loisir ; il avait quitté Montélimar sans l'avoir résolue.

Et voilà que le nom de ces Audranne revenait devant lui.

Édouard lissa sa fine moustache d'une main perplexe et ouvrit le dossier.

Il le parcourut brièvement, il n'y avait pas de quoi fouetter un chat. C'était égal, la famille Audranne était coutumière d'une certaine violence, cette chapelière qui paraissait une dévergondée et vivait à la colle avec un ouvrier charpentier avait déjà eu maille à partir avec la police pendant les grèves chez Monier et… Édouard relut plusieurs fois le nom du père de la prévenue… Léa Audranne était bien la fille de ce tanneur qui s'était battu avec son beau-frère, justement devant la boutique de la modiste, dans la rue Roserie…

Édouard Balestier se renversa en arrière et croisa les mains : comment faire pour relier les affaires les unes aux autres ? Se venger de l'humiliation qu'il avait subie à vingt ans, en découvrant que son père…

Il recommença à lisser sa moustache, les yeux perdus sur les pages du dossier.

Au bout d'un moment, il haussa les épaules, une moue de dépit sur les lèvres. Il arriverait difficilement par les voies légales à connaître la vérité, à porter une accusation. Il fit tout de même rechercher le dossier, une affaire de vol de linge à la foire, où il avait découvert jadis la lettre anonyme, sans doute mal classée. Il le feuilleta sans succès : la lettre en avait été retirée.

V

Montélimar, avril 1888.

QUATRE MOIS PLUS TARD, les journaux ne parlaient plus de la querelle de la veuve du voiturier. Le printemps rosissait les vergers de pêchers, Pâques approchait.

À la confiserie Audranne, on était de nouveau sur les dents.

Le mariage de Delphine, au mois de janvier, était déjà loin. Adrien, qui n'avait toujours pas pardonné la « faute » de sa fille, avait refusé d'en faire une fête, Aurélie en avait pleuré de tristesse et n'avait même pas pu revoir sa mère à cette occasion, la fatigue et le prix du voyage avaient obligé la mère Lombard à y renoncer. Sa consolation était de savoir sa pitchounette à seulement quelques rues de la maison ; quasiment chaque jour, elle allait chercher du pain au Fust pour bavarder un instant avec Delphine qui s'arrondissait derrière le comptoir de la boulangerie. Sa fille n'en soufflait mot mais Aurélie devinait combien elle avait du mal à rester continuellement debout à servir la clientèle. Sa santé fragile résisterait-elle jusqu'à la naissance prévue pour le mois de juin ? Les larmes aux yeux, Aurélie revenait à pas pressés vers la Grand-Rue et se mettait au travail sans cesser de s'alarmer.

Le travail d'ailleurs ne manquait pas : les confiseurs avaient redoublé d'imagination pour honorer les commandes de chocolats, de nougats et de douceurs qu'on allait engloutir pour se venger de l'austère carême. La vitrine de la maison Audranne était une fois encore la plus remarquée et le carillon du magasin ne cessait de tinter. On avait poussé les feux sous les chaudrons qu'Adrien surveillait attentivement ; l'un des ouvriers avait, deux jours plus tôt, loupé la cuisson du sirop qui avait commencé à caraméliser. Trop tard ! On avait dû jeter le tout et Adrien s'était mis à bramer comme un furieux : « Ce couillon de la lune qu'est pas fichu de surveiller son sirop ! *Vai te far foutré !* » qu'il avait hurlé sur l'ouvrier tremblant d'être mis dehors.

Du reste, Adrien ne laissait personne, à la rigueur son fils Vincent qui connaissait « le secret », approcher du chaudron au moment suprême ; il s'arrangeait pour rester seul, qu'ajoutait-il alors ? Quel tour de main magique imposait-il à la pâte blanche et onctueuse pour lui donner ce goût inimitable, le goût du nougat Audranne ?

Seule Aurélie se glissait parfois, sans bruit, dans l'atelier ; rien que pour regarder faire son homme sans qu'il s'en aperçoive, parce que penché ainsi au-dessus du chaudron, les yeux mi-clos, il lui faisait l'effet d'un magicien en train de réinventer le plaisir. Elle oubliait alors le mauvais caractère d'Adrien pour ne se souvenir que de son danseur de jadis qui l'avait séduite avec sa drôle de passion pour le nougat. Qui avait le même regard gourmand pour elle que pour ses blanches friandises, et ses mots doux, c'était pour lui dire qu'elle était appétissante comme un massepain, sucrée comme une praline, qu'il trouvait à ses yeux des reflets d'amande, à ses oreilles un goût de biscuit ; elle riait, se moquait ; le soir de leur noce, il l'avait dégustée lentement, tendrement, respectueusement, comme il goûtait à ses propres friandises. Elle l'avait follement aimé, elle l'aimait toujours. Il ne la comparait plus à ses pralines ou à ses massepains, il ne dansait plus depuis longtemps mais il avait gardé, à ses yeux à elle, le même charme aussi secret que celui de son nougat.

À l'approche de Pâques, de l'annexe de l'atelier parvenait une rumeur de ruche au travail, les machines à découper le nougat, les plieuses affairées à l'emballage des friandises, il fallait honorer les commandes, dépêchons, dépêchons, répétait le contremaître de sa voix de fausset, elles pouffaient de rire derrière leurs boîtes à moitié remplies, les petites ouvrières, on craignait le contremaître mais on le singeait dans son dos.

Au magasin, Aurélie avait embauché deux nouvelles pour le coup de feu ; elle recevait ses clientes dans sa plus belle jupe de soie noire, son corsage orné de dentelles et son grand tablier blanc à volants empesés, elle paraissait rayonnante de fierté et personne ne se serait douté de la tristesse de son cœur.

Il n'y avait pas que la santé de Delphine. À la ferme de Venterol, ça n'allait pas mieux, bien au contraire. La paie du frère d'Aurélie avait à peine suffi à régler la note du boulanger cet hiver et il ne restait rien pour acheter les graines de vers à soie et tâcher de refaire une saison. Si seulement Adrien avait bien voulu consentir à un geste de plus pour les siens… Il ne restait que Louise et le mince espoir qu'elle lui avait laissé entrevoir à sa dernière visite…

De grand matin, ce jeudi saint, elle était allée à la collégiale Sainte-Croix recevoir la sainte communion à la première messe, elle avait attendu pour en sortir que le saint sacrement ait été déposé à la chapelle de la Vierge où l'on avait installé le reposoir, ruisselant de lumières et de fleurs. Elle avait supplié la Bonne Mère de lui venir en aide.

Sur le parvis, elle avait croisé sa filleule Marguerite qui faisait plaisir à voir, et envié un instant son innocence, sa foi et ses certitudes. Puis elle était rentrée précipitamment pour se préparer à l'afflux des clients.

À la confiserie Combère, ce n'était pas la même cohue ; toutefois, les nougats de Marcelou, peut-être plus rustiques mais aux goûts particuliers, séduisaient une clientèle qui se piquait de ne pas suivre l'engouement général pour le nougat Audranne. Et puis, après tout, le nougat Combère avait été lui aussi médaillé, il méritait tout autant de figurer dans les vitrines de Lyon ou de Paris… Les habitués du magasin plaisantaient :

– Si vous régaliez plus souvent notre maire, madame Combère, il ferait aussi plus souvent la réclame de votre nougat…

– Je n'ai pas besoin de M. Loubet pour vendre mes confiseries, bougonnait Marcelou, appuyé à la banque de la boutique.

– Ce n'est pas parce que vous ne votez pas pour lui que…

– La politique n'y est pour rien. Je reste un simple artisan, moi, et je ne cherche pas la célébrité.

– Est-ce dirigé contre votre beau-frère, ce que vous dites là ? rétorqua le client en clignant d'un œil malicieux.

– Pas le moins du monde. Goûtez plutôt mon nougat à l'orange, fit Marcelou dans un sourire, pour couper court à la discussion.

Tout le monde savait la sorte de concurrence affichée que se faisaient les deux beaux-frères, brouillés depuis longtemps pour des raisons obscures qui alimentaient les conversations de salon ou de café. Il y avait les tenants du nougat Combère et les inconditionnels du nougat Audranne. Des plaisantins avançaient qu'on devrait les faire concourir tous les deux devant un jury exclusivement montilien et impartial. Les autres se récriaient, personne n'est capable d'être impartial en matière de nougat. Il faudrait un règlement, renchérissaient les premiers ; un règlement étouffera l'imagination des confiseurs, répliquaient les seconds. Le cafetier remettait une tournée pendant ce temps et, chez les bourgeois, les dames abandonnaient leur tapisserie pour ajouter leur propre avis…

Le nougat était devenu le sujet à la mode.

Cette effervescence n'émouvait guère les Combère. Chez eux aussi, on avait mis les bouchées doubles pour assurer les ventes de Pâques. Dans l'atelier qui ouvrait sur la cour intérieure, les ouvriers cuiseurs, l'apprenti pâtissier et les plieuses embauchées pour donner un coup de main s'activaient sous l'œil de Marcelou. Gabriel, lui, se consacrait aux fruits confits. Il s'en était fait une spécialité, parce que c'était le péché mignon de Marguerite et qu'il ne résistait jamais devant les désirs de la jeune fille.

– Vous me tentez trop, monsieur Gabriel, murmurait-elle en rougissant, avant d'enfoncer doucement ses petites dents éclatantes dans les figues confites. Je vais devoir me confesser de ma gourmandise à cause de vous.

Pour l'heure, c'étaient les « paradis » dont elle se régalait, comme à chaque jeudi saint. Faire la tournée des chapelles et de leurs paradis, se noyer de ferveur dans le parfum âcre et sucré des fleurs et des bougies des reposoirs, c'était pour Marguerite un ineffable bonheur. Elle avait décidé d'y emmener cette fois-ci l'une des orphelines du couvent du Saint-Sacrement à qui elle faisait la classe ; elle ne s'était toujours pas décidée quant à son avenir : postuler dans l'enseignement public comme le lui avaient conseillé les examinateurs de Valence ? ou suivre la voie que lui indiquaient des personnes comme Mme Balestier ou les autres dames de la Miséricorde et refuser de se commettre dans des écoles sans Dieu ?

– Je serai au contraire un exemple dans l'enseignement public, en marquant mon attachement à ma foi autant qu'à ma vocation enseignante !

– Détrompez-vous, malheureuse ! On vous mettra vite au pas, on vous méprisera, on vous fera taire ou l'on vous sanctionnera.

Marguerite s'insurgeait. À l'entendre témoigner avec véhémence de ses convictions, Louise songeait à sa propre mère et à la passion qu'elle avait mise dans sa bataille contre l'adversité. Comme elles se ressemblaient, Julie et Marguerite ! Comme elle leur enviait leur enthousiasme et leur audace...

Il lui en avait fallu, pourtant, de l'audace et du courage, pour se résoudre à écrire la lettre, quelques semaines plus tôt, après la dernière visite d'Aurélie. Qu'allaient-ils devenir, les Lombard, acculés qu'ils étaient à la ruine ? La pauvre Aurélie n'en dormait plus.

– Ils sont prêts à vendre toute la feuille de leurs mûriers vu que la magnanerie va être vide... mais après ?

– Et Adrien, il ne veut toujours rien entendre ?

– Il m'a rétorqué que mon frère n'a que se débrouiller, que lui aussi il a eu sa part de pain sec.

Aurélie avait fondu en larmes et Louise avait été à deux doigts d'aller faire une scène à ce *basu* d'Adrien ; elle était rouge de colère, il avait un peu vite oublié, celui-là, que si quelqu'un ne les avait pas aidés, après la mort de leur père, la confiserie Audranne aurait disparu depuis longtemps ! Et le neveu Vincent ne se pavanerait pas, tout fiérot, au premier rang des commerçants devant moussu Loubet !

Seulement, Adrien, il n'avait jamais voulu en parler, de ce prêt miraculeux consenti à leur mère autrefois, c'est comme s'il en avait toujours gardé de la honte. Aussi, ce n'était pas la peine d'aller étaler ces vieilles histoires et mettre la zizanie dans le ménage Audranne qui n'en avait pas besoin.

Alors Louise s'était décidée à écrire après la dernière visite d'Aurélie. Il ne fallait qu'un petit coup de pouce pour aider les Lombard à acheter leurs graines de vers à soie et ensuite, avec un peu de chance...

Elle ne voyait qu'une seule personne à qui avoir l'audace de demander de l'aide ; à M. Armand, Bonne Mère, M. Armand qui avait des yeux si doux quand il lui souriait en lissant ses moustaches, assis devant le petit verre de ratafia dans la cuisine de sa mère, trente ans plus tôt... Elle n'avait jamais cherché à savoir la raison de ces visites, elle avait simplement compris à l'époque qu'il s'agissait d'un bienfaiteur.

Elle se souvenait avoir lu dans *Le Journal de Montélimar* un article bien élogieux sur l'ancien président du tribunal qui s'était retiré à Die après une brillante carrière à la cour d'appel de Grenoble.

Elle avait déchiré plusieurs brouillons de lettre avant de recommencer encore une fois, tant pis si c'était maladroit :

Monsieur le Président,

Veuillez me pardonner la façon importune de laquelle je me présente à vous : je suis fille de Julie Audranne, veuve infortunée du confiseur Pierre Audranne, décédée elle aussi. C'est mon frère qui a repris la confiserie et qui la fait prospérer. Il a marié une jeune fille de Venterol bien méritante, dont le père possédait une belle magnanerie et une filature à Taulignan. Hélas, le père Lombard est mort après avoir cédé sa filature et les affaires de la magnanerie sont allées tellement mal que sa veuve a dû s'embaucher dans une usine à soie où sa santé déjà fragile se consume, et son fils a trouvé un travail bien précaire chez un marchand de bois de Nyons.

Ils ont une très belle plantation de mûriers mais il leur manque, faute d'argent, le principal, les graines de vers à soie...

« Comme c'est difficile, soupira Louise, de réclamer de l'argent ! » Et de plus à un inconnu, à un bourgeois qui a sans doute oublié depuis longtemps la petite famille Audranne. Elle avait relu plusieurs fois sa lettre, en espérant que l'ancien magistrat lui pardonnerait ses fautes d'orthographe, qu'il poserait sur elles les mêmes yeux doux et indulgents avec lesquels il regardait jadis la petite Louise.

La lettre était partie au nom de M. Balestier, ancien magistrat, à Die. Ce n'était pas si grand, Die, et tout le monde y connaissait certainement un homme de cette importance.

Hélas, depuis un mois, elle n'avait reçu aucune réponse et finissait par désespérer. Si les Lombard n'avaient pas de quoi acheter de graines avant la fin avril, il serait trop tard.

Elle était si soucieuse qu'elle sursauta au tintement du carillon. Une cliente pour le moins inattendue venait d'entrer, dans un bruissement de taffetas. La femme du procureur fit un sourire pincé et avança ses mains gantées vers les boîtes de nougat.

Louise resta un instant interdite : voilà qu'au moment où elle ne songeait qu'à cette lettre adressée au vieux magistrat, sa propre bru, Mme Balestier, venait d'entrer pour la première fois dans son magasin !

La confiseuse se troubla, bredouilla, la femme du procureur ne parut pas s'en apercevoir, elle promenait un regard critique sur les boîtes enrubannées. Elle finit par lever les yeux, dit d'un ton ennuyé :

– Je vous avouerai que je ne goûte guère les friandises, et le nougat en particulier, mais nous nous rendons pour Pâques chez mon beau-père qui avait gardé, je crois, un agréable souvenir de votre petite spécialité. Que me proposez-vous ?

Le cœur de Louise se mit à battre un peu plus fort. Elle avait aperçu parfois, dans les premiers rangs de la collégiale, le fils de l'ancien président, le procureur Balestier, revenu à Montélimar depuis quelques années… Elle priait le ciel de ne jamais le croiser, et qu'il ait fini par oublier leur étrange conversation, vingt ans plus tôt… Le temps avait recouvert de poussière le vieux drame de sa mère et les morts ne parlent plus…

Le doigt ganté de Mme Balestier hésitait. Elle finit par demander :

– Faites-moi donc un assortiment de nougats et de chocolats. Cela conviendra à tous les goûts.

Pendant que la boîte de friandises se remplissait, le regard de la cliente glissa sur les rayons du magasin puis s'arrêta sur Louise.

– J'estime votre fille, madame Combère, elle est assidue aux dames de la Miséricorde et montre d'heureuses dispositions en tout. La jeune Marguerite mérite qu'on s'intéresse à elle. Je la recommanderai bien volontiers pour peu qu'elle choisisse l'enseignement congrégationniste.

Louise esquissa une révérence et comprit ce qui avait poussé la femme du procureur à choisir la confiserie Combère plutôt qu'une autre. L'avenir de Marguerite devrait-il passer par la protection de la femme du procureur Balestier ? Ce serait un comble.

VI

Die, Pâques 1888.

Le surlendemain, la voiture des Balestier atteignait les premières maisons de Die alors que le soleil couchant embrasait la falaise du Glandasse.

Cette visite pascale tenait du rituel pour Édouard qui ne s'accordait guère avec son père mais s'y pliait par respect et entendait que ses enfants agissent de même. L'aîné, Jean, avait brillamment réussi Saint-Cyr et obtenu depuis peu le grade de lieutenant, c'était le préféré de son père ; le deuxième, Amédée, avait fait son droit selon l'exemple familial mais rechignait à quitter, contre l'avis paternel, la robe d'avocat pour celle de magistrat. Quant à la dernière, Mathilde, Édouard préférait ne plus y songer. Voilà six ans qu'elle était sortie du couvent, qu'elle refusait toute proposition de mariage et qu'elle entendait… travailler ! Elle était allée se réfugier à Lyon chez l'une de ses tantes beaucoup trop indulgente, et donnait des vapeurs à sa mère qui la soupçonnait de prêter sa plume, qu'elle avait hélas fort plaisante, à d'infâmes journaux républicains. Il était préférable qu'elle ne paraisse pas à Die.

Depuis qu'Armand Balestier s'était retiré dans la petite ville, il s'était installé dans sa propriété de campagne du quartier des Églises. Il avait fait retapisser le salon, acheté un mobilier en châtaignier pour la terrasse et fait réparer par Vanoni, le maçon italien, le vieux bassin qui se prolongeait par un lavoir, au fond du jardin.

Sa femme séjournait le plus souvent dans sa propre famille grenobloise et Armand jouissait de sa vie solitaire et paisible face à un Glandasse qu'il ne se lassait jamais de contempler. Quelques bridges, le déjeuner dominical rue des Cordeliers chez son neveu qui avait repris l'étude notariale familiale, les longues marches dans les collines alentours, la chasse à la grive avec le fils de ses métayers Martron suffisaient à son plaisir.

Il se contentait d'une petite domesticité, de la vieille Madelon à la cuisine, de la mère Lenfrey au lavoir, une fois par mois. Il vendait lui-même sa feuille de mûrier et son raisin clairette de Chauqueyras, lisait les ouvrages de sa bibliothèque qu'il n'avait jamais eu le temps de lire et soignait ses rhumatismes au Martouret, chez son ami le Dr Benoît.

Chaque année, à Pâques et en été, il recevait sa famille. On sortait le jeu de croquet, on partait chasser le papillon, on restait tard, le soir, sur la terrasse, à deviser dans la rumeur stridulée des grillons.

Généralement, Armand laissait la conversation gambader autour de lui sans s'en mêler. Son fils Édouard fustigeait l'inertie gouvernementale qui laissait les colporteurs vendre des feuilles anarchistes, son petit-fils Jean tonnait contre la récente mise à l'écart du général Boulanger, un vrai patriote, celui-là, une victime du parlementarisme décadent, tandis qu'Amédée s'en allait fumer son cigare à l'écart pour ne pas importuner ces dames qui babillaient d'enfants et de dentelles.

Armand, lui, s'ennuyait un peu. Il songeait tristement qu'à sa mort, sans doute, la propriété serait vendue ; son fils n'aimait pas Die, cette petite bourgade aux ruelles sales, étroites et sombres, et qu'on n'atteignait qu'après des heures de cahots dans une vieille patache de diligence.

Il dressa soudain l'oreille en entendant Édouard qui s'en prenait maintenant à ce qu'il appelait la racaille qui défilait chaque jour dans son tribunal. Armand avait bien entendu : parmi les noms cités d'un ton méprisant, il y avait ceux de ces deux femmes, Léa et Sidonie Audranne, accusées de voies de fait par une veuve…

Édouard ne les avait pas citées au hasard, c'était évident.

Armand conservait depuis quelques semaines dans le tiroir de son bureau la lettre de Louise Combère qui lui demandait du secours pour la famille de sa belle-sœur. Cette Louise Combère, c'était la petite Louise Audranne. Celle qui avait été le rayon de soleil de Julie. Et qui s'était souvenue de lui…

Il hésitait à y répondre. Il avait demandé à son ami Lagier qui avait des connaissances à Venterol de se renseigner sur la moralité de cette famille Lombard, il attendait sa réponse…

Qu'avait appris Édouard, au juste ? Pourquoi avait-il mentionné devant lui, plutôt que d'autres, deux Audranne, comme s'il voulait voir son père se troubler ?

Il garda son air impassible et distant, à l'écart du cercle, se doutant bien que son fils avait une idée derrière la tête. De fait, le lendemain matin, il le vit entrer dans son bureau, un dossier à la main qu'il déposa devant lui : deux lettres anonymes qu'Édouard venait enfin de retrouver, à force de recherches, dans les archives du tribunal de Montélimar. Armand y jeta un regard qui se voulait indifférent, puis le leva vers son fils et dit en maîtrisant sa voix :

– Cette affaire est classée, tu n'as pas lu l'intitulé du dossier ?

– Pardonnez mon insistance mais cette famille Audranne me paraît suspecte à bien des égards. Un insurgé condamné à la déportation en 1851, sa veuve accusée de tentative d'avortement, des affaires de rixes à chaque génération, et pour finir des plaintes à peine voilées pour entrave à la concurrence contre le nougat Audranne qu'on soupçonne d'être frelaté.

Aux derniers mots de cette longue diatribe, Armand ne put s'empêcher de sourire. Il avait goûté au nougat Combère que sa belle-fille lui avait aimablement offert la veille, il n'avait pas retrouvé la saveur inimitable du nougat Audranne…

– Mon fils, n'écoute pas les propos des jaloux… Comme de l'auteur de la lettre anonyme, sans doute la manœuvre d'un concurrent persuadé qu'il tenait là le moyen de se débarrasser de la veuve Audranne et de s'emparer de son commerce… L'affaire a été classée à la réception de la deuxième lettre anonyme.

– Sans instruction ? La gravité de l'accusation le commandait pourtant…

Armand réprima un début d'agacement.

– De toute manière, la veuve Audranne comme le meunier Bragand sont décédés, à ce qu'on m'a rapporté.

Édouard avala un peu d'air et lâcha ce qu'il avait appris :

– La veuve Audranne était originaire de Die, de la famille de nos métayers Martron. Je ne peux pas croire que vous l'ignoriez et que cela n'a pas pesé sur…

Armand posa sur son fils un regard glacial et l'interrompit :

– Qu'insinues-tu ? Où veux-tu en venir ?

Devant le ton menaçant, Édouard prit soudain peur. Cette peur qui le saisissait à la gorge quand il était enfant devant les fureurs soudaines de son père. Il l'avait toujours craint ; plus il s'en voulait, plus il le haïssait.

Il se tut, tourna les talons.

Armand ouvrit la bouche pour le rappeler. Oser enfin affronter son procureur de fils, lui révéler tout ce qu'il ne voyait pas de ses semblables, et de la misère des petites gens, aveuglé qu'il était par son puritanisme intransigeant… C'était lui avouer quel avait été le seul amour de sa vie. C'était impossible.

Il le laissa claquer la porte. Le soir même, il faisait porter, pour qu'elle parte avec la diligence du matin, sa réponse à la lettre de Louise. Ne serait-ce que pour se pardonner de l'existence d'Édouard…

Le procureur et sa femme regagnèrent Montélimar dès le mardi de Pâques, le reste de la famille s'attarda quelques jours pour excursionner dans les environs. Armand aimait entraîner la jeune génération sur les sentiers du Vercors, Amédée était le plus intrépide et son préféré, c'est à lui qu'il aurait volontiers livré le fond de son cœur…

La veille du retour du jeune avocat à Lyon, ils s'étaient permis une dernière promenade et ils revenaient par la ferme de Valcroissant quand Armand s'arrêta, plus essoufflé qu'à l'ordinaire, au bord du sentier. Ils sortirent du sac un peu de caillette et de pain de ménage et, pendant qu'Amédée remplissait deux quarts de vin clairette, son grand-père pointa son couteau sur les bâtiments de l'ancienne abbaye.

– Tu vois, je me sens parfois aussi vieux que ces murs mangés de lierre…

Ignorant les protestations du jeune homme, il continua :

– Parfois, je regrette d'avoir dû condamner au nom de la loi contre ce que me dictait le cœur.

– Grand-père ! Je n'ai jamais entendu sur votre compte que des propos élogieux !

– Laisse dire les flatteurs… Et veille à défendre, mon enfant, ceux qui en ont besoin.

Il ferma les yeux. Intrigué, légèrement alarmé, Amédée cessa de mastiquer.

– Si d'aventure, continua doucement Armand, ta route croise un jour celle de la famille Audranne, de Montélimar…

– Le confiseur ? Celui qui fabrique ce fameux nougat ?

Armand sourit.

– Oui. Lui ou sa parentèle… S'ils demandent ton aide, ne les repousse pas. Quoi qu'ils fassent, ils méritent ton amitié et ton appui.

VII

Montélimar, mai 1889.

Le soleil resplendissait mais de lourds nuages noirs menaçaient de gâcher la fête de bienfaisance qui se préparait depuis des semaines.

Chez les Audranne, on avait mis ces jours-ci la dernière main à la fabrication du char du Nougat qui promettait d'être le clou de la cavalcade. C'étaient Vincent et Emma qui avaient décidé de la décoration et dirigé les opérations. Aurélie n'y avait guère participé, elle n'avait pas le cœur à cela. Après sa fausse couche de l'an passé, Delphine s'était remise au travail trop tôt. Elle était de nouveau enceinte et le Dr Carle était pessimiste. Elle avait dû s'aliter, malgré les protestations de sa belle-mère qui la traitait de paresseuse. Aurélie s'était emportée, avait menacé de reprendre sa fille chez elle pour la soigner, le ton avait monté entre les deux femmes.

Comme Delphine allait se retrouver seule, son mari et ses beaux-parents partis à la fête, Aurélie prit le chemin du Fust pour lui tenir compagnie, laissant derrière elle le brouhaha joyeux du reste de la famille en train de se costumer. Pour une fois, Vincent était tout à sa femme et à son fils, le petit Benoît, déguisé en marmiton. Emma, plus belle encore d'être une fois de plus enceinte, resplendissait de soie, de fleurs et de plaisir.

Tout en cheminant, Aurélie ne put s'empêcher de comparer le destin si contrasté de ses deux enfants, Delphine sa toute douce et fragile pitchounette qui risquait de mourir de ses couches ; Vincent et Emma, à qui tout semblait réussir.

Elle avait été bien étonnée de voir son fils s'amouracher d'une petite paysanne des Baronnies. Tout cela parce qu'il était allé acheter des amandes à Nyons et y avait rencontré son oncle Lombard. Aurélie aurait bien voulu à cette époque que son frère saisisse l'occasion pour venir s'embaucher à Montélimar où le travail ne manquait pas. Au lieu de quoi c'était Vincent qui en avait ramené, quelque temps plus tard, une jolie fille aux yeux noisette et au chignon de travers. Adrien avait commencé par *roncher,* la fille était sans le sou, mais il s'était si bien accordé avec le père de la promise qu'il avait vite oublié ses préventions. Et puis Emma avait su faire, avec lui comme avec Vincent.

Les pensées vagabondes d'Aurélie revinrent à ces collines du Nyonsais craquantes de cigales, celles de son enfance qu'elle avait retrouvées avec émotion lors du mariage de Vincent. Son frère avait été de la noce, il avait retrouvé maintenant un peu d'espoir grâce à Louise, où était-elle allée dénicher, la chère Louise, ce rentier disposé à prêter aux Lombard de quoi racheter des graines de vers à soie, l'année précédente ? Cela les avait remis à flot, la mère Lombard le bénissait à chacune de ses lettres.

Tandis qu'Aurélie poussait la porte de la chambre de Delphine qui somnolait, le teint aussi blanc que son oreiller, on se préparait aussi chez les Combère pour la cavalcade.

Marguerite fixait maintenant son petit chapeau de paille sur la masse de son chignon, Louise la regardait faire d'un œil réprobateur.

– Il va sûrement pleuvoir et tu vas gâcher ton chapeau, tu ferais mieux d'attendre ici comme ton père et moi, le défilé va passer sous nos fenêtres.

– Je préfère le voir passer encore tout frais dans la Grand-Rue.

Elle avait rempli son petit réticule de pièces de monnaie pour les quêteurs qui accompagnaient les chars et elle s'élança vers la porte. Gabriel lui tendit le bras en rassurant Louise :

– Ne vous inquiétez de rien, je veille sur elle.

La confiseuse sourit en les regardant s'éloigner.

On commençait à jaser, le monde avait vite fait de remarquer comme Cabestan était empressé, attentionné, en somme amoureux de la fille de la maison. Marguerite, elle, éprouvait beaucoup d'affection pour l'associé de son père, comme on affectionne un grand frère, mais elle ne se sentait pas mûre pour s'engager plus sérieusement. Sa vocation d'institutrice primait sur tout le reste.

Gabriel savourait simplement son bonheur d'avoir la femme qu'il aimait pour lui tout seul et pour tout un après-midi. Tant pis si la pluie qui menaçait risquait de tremper les chars et les spectateurs ou plutôt tant mieux, il aurait la plus belle des excuses pour protéger la jeune fille de ses grands bras et la serrer contre lui.

Le défilé de bienfaisance avait démarré depuis une demi-heure quand ils traversèrent la place aux Herbes et se faufilèrent à travers la foule qui piétinait aux abords de l'arceau débouchant sur la Grand-Rue, prête à se réfugier sous la voûte en cas de pluie. Pour l'instant, le soleil brillait et on entendait se rapprocher le son des trompettes des hérauts d'armes qui s'avançaient par la porte Saint-Martin, leurs armures tout étincelantes. Suivirent au milieu des vivats et des applaudissements le char des Fleurs, le char de la Chorale, le « vaisseau d'Orphée », tiré par sept chevaux et qui passait à peine entre les façades. Il s'immobilisa devant le *Café Lyonnais* pour permettre aux marins-chanteurs de montrer leur talent mais, au même moment, la pluie se mit à tomber à verse. Les spectateurs reculèrent précipitamment à l'abri de l'arceau tandis que le défilé continuait, imperturbable, aussi joyeux sous la pluie que sous le soleil. Le char de la Salle verte, le char des Chapeliers, le char de la Lyre montilienne, et ceux de la Sorcière, des Japonais, de la Viticulture, de l'Alsace-Lorraine… Le défilé n'en finissait pas, entre soleil et trombes d'eau, les pièces des spectateurs se répandaient comme la pluie dans le chapeau des cavaliers-quêteurs ; on courait d'un bout de la ville à l'autre pour bader devant les clowns, les généraux d'opérette et les animaux savants ; le défilé avançait, de plus en plus trempé et dépenaillé, entre deux averses.

Quand le char du Nougat apparut, Marguerite croisa furtivement au passage le regard de sa cousine Emma, la femme de Vincent, dans un costume rutilant quoique déjà un peu gâté par la pluie, parmi le décor fantastique de cascades de nougats. Elle ne la fréquentait pas plus que le reste des Audranne, elle savait seulement que cette Emma venait des Baronnies.

Les Baronnies étaient restées pour elle un pays mystérieux et dangereux d'où elle tremblait toujours, quand elle était enfant, de ne pas voir revenir son père quand il allait y chercher son miel de lavande. Il partait deux bons jours par la patache de Nyons, il revenait avec des histoires à faire frémir, les loups que les bergers chassaient avec des pierres, les enfants qu'on envoyait ramasser les bouses le long des *drailles* pour cuire la soupe de raves et de topinambours, la bûche que chacun devait emporter dans ses bras à l'école pour remplir le poêle, les *roullo,* les traîne-besace qui émergeaient à l'aube de leur couche dans le foin comme des rats de leur trou, les colporteurs piémontais qui vous barraient le chemin et le soleil de leur chargement énorme, tout un bazar sur le dos qui basculait parfois dans le ravin, on remontait le chargement, on portait l'homme à l'hôpital, ou à la morgue.

La petite Marguerite faisait des cauchemars mais en redemandait. On n'aurait pas cru aujourd'hui, à voir l'altière Emma Audranne perchée comme une reine sur le char du Nougat, qu'elle sortait de ces sauvages Baronnies !

Emma elle aussi avait remarqué la cousine de Vincent ; elles se croisaient au marché ou à l'église, elles se saluaient par politesse mais elles n'avaient jamais eu l'envie de pousser plus avant, aucune des deux ne sachant comment elle serait reçue. Emma avait appris, en allant faire réparer son parapluie chez Veschambre, que sa belle-mère Aurélie voyait encore la tante Combère, mais elle ne l'avait jamais questionnée, un peu par crainte de recevoir un camouflet, beaucoup par indifférence. Les vieilles querelles ne l'intéressaient pas et elle n'avait jamais goûté au nougat Combère. Elle n'avait goûté qu'à celui de Vincent, de toute évidence le meilleur.

Son homme était ce qui lui était arrivé de mieux dans la vie. Une chance inespérée qu'elle avait su saisir, à la foire de Nyons. Un neveu de Lombard, l'ouvrier du marchand de bois à qui son père avait affaire ; un cochon à vendre, et le marchand qui discutait le prix ; le Montilien s'était approché d'elle pendant qu'elle faisait l'indifférente, le soir il l'avait invitée au bal, il était beau garçon et beau parleur, toutes les filles lui tournaient autour ; son père était un gros confiseur, il s'en vantait, le beau Vincent. Elle ne l'avait pas laissé filer.

Une fois mariée, Emma s'était appliquée à oublier le goût de la soupe d'épeautre au lard, les hurlements du cochon qu'on égorgeait avant de le jeter dans le *bachas*[1] tout ébouillanté, et l'odeur de suif et de brebis qui lui collait à la peau, et la traite chaque soir, et les tommes qu'il lui fallait tourner et retourner avant de partir avec le troupeau à garder ; juste un bout de tomme, du pain et une poignée de noix à manger, et

1. Abreuvoir.

le retour à la nuit tombée, les yeux fourrageant le noir pour deviner les lumières de la maison paternelle. L'estomac noué de peur, autant que de douleur à cause des *coucouris,* les poires sauvages qui lui coupaient la faim.

Son père faisait le tisserand pour améliorer l'ordinaire avec le chanvre qu'il récupérait dans les fermes autour de Mérindol, mais il avait de moins en moins de pratiques depuis que les Piémontais passaient avec du linge de maison tout fait. Alors il ronchonnait devant sa bouteille et la mère s'usait à aller aider aux lessives des autres.

Toute cette misère, c'était une autre qui l'avait vécue, ce n'était pas elle, Emma Audranne, qui portait maintenant des jupons brodés, qui veillait à ses mains blanches aux ongles polis et qu'on appelait Mme Audranne. La *fusto de novi,* la branche décorée de buis et de fleurs sous laquelle elle était passée le jour de ses noces, à la sortie de l'église, avait été pour elle comme l'arc de la liberté. La jolie jardinière prêtée par le voisin, qui avait conduit les jeunes mariés jusqu'à la ferme paternelle en fête, au petit trot du cheval et sous les vivats, lui avait fait l'effet d'un carrosse de conte de fées.

Elle aimait son homme, il lui avait fait un mignon petit Benoît, puis une fille qui n'avait pas vécu, elle était de nouveau enceinte et, chaque soir, Vincent posait ses lèvres sur le ventre qui s'arrondissait en lâchant une grivoiserie au milieu de ses baisers. Son parfum de miel et de bonbons, quand il refermait la porte de la chambre, la faisait à chaque fois chavirer ; il savait la faire rougir de plaisir et de honte mêlés avec ses caresses coquines qui la mettaient dans tous ses états, elle en redemandait, il la rendait folle ; mais son cœur se pinçait quand elle le voyait toujours aussi fringant alors que son propre corps commençait à s'alourdir au rythme des grossesses… « Vincent, fais attention… retiens-toi… » mais, immanquablement, Vincent s'oubliait en elle, étourdi de plaisir assouvi.

Le char du Nougat avait continué sa stoïque progression au rythme d'un défilé que le temps désarticulait à plaisir d'une averse à l'autre. Emma toussait. Mais pour rien au monde elle n'aurait manqué le bal qui clôturait la fête. Elle rentra se changer, se frictionner vigoureusement le corps pour éviter la fluxion, et revêtir la belle robe qu'elle s'était fait tailler par Céleste Viel, la marchande de modes de la rue Puissantour. La foule élégante dansait déjà sur les airs de l'orchestre de la Lyre quand elle pénétra au bras de Vincent dans la halle aux grains transformée en salle de bal. Il y avait là, sous les milliers de bougies et de quinquets, toute la société des commerçants et des industriels de la ville qui venaient l'un après l'autre la complimenter, offrir un tour de valse, un verre d'orangeade, pendant qu'elle suivait du regard Vincent en train de faire le joli cœur au milieu de ces dames qui le buvaient des yeux.

Il avait toujours eu du succès auprès des femmes, le beau Vincent, Emma en était flattée, c'était elle, après tout, qu'il avait choisie. Mais, à la longue, elle sentait la jalousie se faufiler toujours un peu plus dans son cœur. L'avait-il déjà trompée ? La trouvait-il déjà enlaidie ? vieillie ? Il lui venait parfois des accès de désespoir devant le miroir de sa table de toilette, la jeunesse d'une femme passe si vite… Et son pouvoir sur les hommes… Elle se rassurait dès qu'elle descendait au magasin et qu'elle parcourait du regard les présentoirs de marbre chargés de friandises et de nougats. Sa belle-mère Aurélie, qui allait sur ses cinquante ans, souffrait des jambes et n'avait en tête que la santé de cette pauvre Delphine qu'on disait au plus mal. Aussi la laissait-elle très souvent maîtresse de la boutique : Emma Audrannne, patronne de la première confiserie de la ville, rien que cela la payait de toutes ses angoisses conjugales.

VIII

Le mistral se leva pendant la nuit et chassa devant lui les oripeaux du défilé délavés par la pluie.
Marcelou avait donné congé aux ouvriers qui n'auraient fait que des bêtises, embrumés qu'ils étaient par les libations de la veille. Il avait décidé de partir à la pêche avec Gabriel.

Leur matériel et leur casse-croûte bien arrimés sur leur vélo, ils filèrent en direction des lônes du Rhône, du côté de Gournier. Passé les dernières villas qui se construisaient en arrière de la gare de chemin de fer, la plaine s'étendait jusqu'aux collines de Châteauneuf, zébrée de haies de cyprès qui protégeaient du vent les champs d'avoine et de luzerne. Dans le ciel de porcelaine, le mistral chassait devant lui les derniers nuages qui s'effilochaient encore au-dessus des collines du Vivarais.

Ils dépassèrent la chapelle de Daurelle toute neuve et toute blanche puis, leurs vélos sur l'épaule, dégringolèrent les sentiers qui descendaient vers les lônes, dans l'enchevêtrement des roselières, des touffes de souchets et des boules de rubaniers. Après chaque crue, le fleuve laissait un labyrinthe de mares et de rigoles qui regorgeaient d'ablettes, d'aprons, d'anguilles, où venaient frayer les aloses et les brochets ; on n'avait qu'à jeter la ligne, l'eau frémissait, l'apron ou le brocheton frétillait accroché à l'hameçon et allait rejoindre ses frères dans le seau d'eau calé parmi les joncs.

On entendait à peine, ici, ronfler le mistral ; les lônes bruissaient seulement du chant ténu des cistudes et des rousseroles ; les libellules dansaient leur ballet bleuté au ras de l'eau, des hérons tournoyaient lentement dans le ciel, prêts à plonger...

Au bout de quelques heures, Marcelou posa sa ligne et sortit du sac le *murçon*[1] et la fougasse qu'ils avaient apportés.

– À la *biasse*, Gabriel ! T'as pas faim, toi ?

Avec son couteau, il fit une croix sur la miche avant de la couper en gros morceaux. Ils commencèrent à manger en silence puis, en remplissant les verres, Marcelou dit brusquement :

– Alors, qu'est-ce que tu attends pour demander Marguerite ?

Sous le coup de la surprise, Gabriel rougit et arrêta de mastiquer. Marcelou insista dans un demi-sourire :

– Tu as peur qu'elle te refuse ? Il faut un peu les bousculer, les femmes, parfois.

Gabriel avala tout rond avant de marmonner :

– Une institutrice, c'est pas pour moi.

– Et vaï ! Basu que t'es ! Elle attend que ça ! Je la connais, ma fille !

Gabriel sourit. Pas sûr que Marcelou connaisse aussi bien sa fille que lui la connaissait.

– Dépêche-toi de lui parler. Il ferait beau qu'elle aille s'amouracher d'un autre et nous ramène un scribouillard !

Gabriel rit franchement, promit de s'exécuter le lendemain. Ils trinquèrent et la gêne qui s'était furtivement installée entre eux disparut. Marcelou continua :

1. *Saucisse de couenne.*

– Tu vois, Gabriel, c'est un fils comme toi qu'il me fallait. À défaut de fils, tu seras mon gendre. Je t'ai vu à l'œuvre ; le nougat, tu le réussis aussi bien que moi. Après ma mort, le nougat Combère deviendra le nougat Cabestan.

Gabriel croisa la main sur sa poitrine :

– Parle pas comme ça, Marcelou, tu vas nous attirer la guigne.

Combère remplit de nouveau les verres. La bouteille finie, il se renversa dans l'herbe en soupirant d'aise et ramena sa casquette sur son front.

– Une petite sieste avant de filer plus loin.

Gabriel bougonna :

– Ça manque d'ombre par ici pour dormir. Avec le vin qu'on a bu…

– C'est ma foi vrai qu'on a sifflé la bouteille du père Perrier en trinquant à Marguerite…

– C'est son vin du bois de Laud ? De quoi te monter à la tête, cette année…

– T'as raison, fit Marcelou en se relevant difficilement. On ferait mieux de rentrer, le poisson risque de se gâter avec le soleil qui commence à chauffer.

Ils reprirent leurs vélos, montèrent les raidillons, soufflant sous l'effort et moins agiles qu'à la descente. Marcelou s'arrêta, retira sa casquette pour s'éponger le front.

– *Fan de chiche,* c'est qu'il tape, le soleil !

Non loin de là, on apercevait la surface miroitante de l'étang de Gournier qui vous donnait frais rien qu'à le regarder.

– Si on allait y faire un plongeon, ça nous réveillera.

Gabriel fronça le sourcil.

– Je ne m'y risquerais pas. Avec tout ce qu'on raconte sur ce maudit endroit.

– Et tu y crois à ces légendes de bonne femme ? C'est pas la première fois que je m'y baignerai !

Et sans attendre, Marcelou fila vers le lac, autrement limpide et tentant que les lônes marécageuses. Gabriel le rejoignit en maugréant, il finit par ôter ses chaussures, histoire de se tremper les pieds. Marcelou avait déjà plongé.

Il retirait ses chaussettes quand il entendit un cri étouffé :

– Gab... Gabriel ! À... À l'aide !

Marcelou se débattait à quelques mètres de la rive, les yeux fixes, la bouche ouverte comme s'il cherchait de l'air. Gabriel lâcha sa chaussette et se précipita dans l'eau, juste à temps pour agripper son compagnon en train de couler sans résistance. Il le tira vigoureusement par le bras, revint à larges brassées vers le bord, hissa le corps qui ne bougeait plus.

– Marcelou ! Marcelou ! Fais pas l'idiot !

Affolé, il s'agenouilla, se mit à lui presser violemment la poitrine, comme il l'avait vu faire sur des noyés du temps qu'il était marin ; il s'escrima, ruisselant d'eau et de sueur, encore et encore, rien n'y fit.

Il leva les yeux vers le ciel comme s'il l'implorait de lui venir en aide, il recommença encore une fois, et puis encore, il sanglotait d'impuissance. Marcelou restait inanimé.

Alors il se mit à hurler. Hurler de douleur et de désespoir le nom de Marcelou, et le cri fila sur l'eau, rejaillit dans les roseaux, buta contre l'horizon, rebondit encore et encore, porté par le mistral qui redoublait, jusqu'aux maisons éparpillées dans le voisinage.

Un homme sortit sur le seuil de la sienne ; derrière lui, quelqu'un murmura en se signant :

– Ça vient de ce maudit lac, laisse.

– C'est quelqu'un qui appelle...

Gabriel sursauta en voyant l'homme qui s'était approché, qui se penchait sur le cadavre et secouait la tête.

La nouvelle de la noyade de Marcelou Combère fit très vite le tour de la ville. Chacun estimait le confiseur pour son honnêteté et la qualité de son nougat, dame, il avait appris son métier chez Audranne, c'est dire.

Louise restait prostrée depuis qu'on lui avait rapporté le corps de son mari sur un brancard, recouvert d'un drap blanc. La mère Chabas, la femme du coiffeur voisin, avait bien tenté de la préparer, maladroitement, en lui prenant les mains :

– Madame Louise… Il va falloir être forte… Madame Louise…

– Marcelou ! Il s'est battu ? Il est tombé de vélo ?

Louise avait tout imaginé, mais pas ça. Pas la noyade ! Un si bon nageur !

Quand elle avait vu le sinistre équipage approcher, elle s'était sentie mal, elle n'était revenue à elle que sous les caresses de sa fille, quelle idée de la rendre à la vie, comme si elle avait encore envie de vivre !

C'était Marguerite qui avait pris les choses en main, passée la première affreuse douleur qui l'avait laissée d'abord tout étourdie. Sa nature énergique l'avait aidée à affronter la situation, fermer le magasin, renvoyer les importuns, procéder à la toilette du défunt avec l'aide d'une sœur trinitaire de l'hôpital, préparer les obsèques, recevoir les visiteurs qui défilaient maintenant devant son père étendu sur son lit, les yeux clos, les mains croisées et entrelacées de son chapelet ; ils jetaient sur lui quelques gouttes d'eau bénite en se signant puis se penchaient en murmurant vers sa mère, recroquevillée à côté du lit, muette et sans regard.

Louise n'écoutait pas, ne voyait rien ni personne. Elle ne voyait que Marcelou en train de la faire danser, de conduire la charrette de leurs promenades, en train de jouer avec Marguerite, en train de l'aimer… Non, elle ne lui survivrait pas, elle irait se jeter au Rhône, se noyer comme lui, le retrouver… Elle en avait la tête qui tournait, si on pouvait les chasser, tous ces inconnus qui venaient bourdonner à ses oreilles…

Pendant que sa mère naviguait au-dessus du gouffre, Louise versait à boire dans la cuisine. Tout en chuchotant par respect pour la famille dans le malheur, chacun y allait de son commentaire, réclamait de son voisin plus de détails, donnait son avis, puis passait à ses propres préoccupations, le verre de ratafia à la main. Personne n'imaginait ce qui pesait sur les épaules de Marguerite, entre une mère anéantie de douleur et un Cabestan torturé de remords.

– Pourquoi je me suis pas un peu plus pressé ? Pourquoi j'ai hésité à le suivre dans l'eau ? Il ne se serait pas noyé !

Le Dr Carle avait beau répéter que Marcelou était mort d'une syncope en entrant dans l'eau froide, que Gabriel n'aurait rien pu faire… C'était pire :

– Alors j'aurais dû le retenir !… Le vin, la chaleur, le soleil… Nom de gueu, que je m'en veux !

Il ne cessait de répéter qu'il ne se pardonnerait jamais la mort de son ami, de son père comme il l'appelait… Il s'abrutissait de travail, ne quittait l'atelier que tard le soir, refusait de dîner avec la veuve et sa fille.

– Monsieur Gabriel, restez avec nous, ce n'est pas bon de ruminer dans son coin.

Gabriel levait un regard furtif vers la jeune fille avant de se détourner brusquement comme s'il la fuyait. Marguerite finissait par s'agacer de ces manières :

– C'est que vous êtes fâché contre moi ? Je vous ai manqué, monsieur Gabriel ?

Il secouait la tête et refermait la porte sur lui, Marguerite en avait le cœur ulcéré ; c'était comme si la mort de son père avait jeté un mauvais sort sur la confiserie.

Le travail y avait repris, la clientèle n'avait pas déserté le magasin mais réservait encore son jugement sur la qualité du nougat Combère, maintenant que le patron était mort. Marguerite avait renoncé à quelques-unes de ses œuvres de charité pour seconder plus souvent sa mère qui titubait comme une somnambule au milieu des bonbons. Et pour aider à l'atelier, elle qui n'y avait jamais mis les pieds.

Une semaine après les obsèques, elle avait noué un grand tablier blanc autour de sa taille et, le cœur battant, passé la tête à la porte :

– Monsieur Gabriel…

Il avait levé soudain la tête, elle avait surpris une ombre de sourire sur le visage taciturne, aussitôt évanouie.

– Laissez-moi aider aux confiseries pendant que vous cuisez votre nougat.

Elle n'avait pas oublié le sourire fugace. Elle espérait chaque jour, vainement, qu'il sourirait de nouveau, comme autrefois. Que s'était-il réellement passé, lors de cette maudite partie de pêche, pour qu'il l'évite de cette manière ? pour que, sous prétexte de leur deuil, il refuse toute promenade, même en compagnie de sa mère ?

Sa jovialité lui manquait, son affection, sa tendre affection… Elle en venait presque à rougir de ce désir pendant qu'elle cuisait les amandes, travaillait la guimauve, découpait le nougat avec ardeur, tout en lui jetant de temps en temps des regards furtifs. Il ne quittait pas des yeux, lui, la pâte blanche qui prenait lentement consistance ; c'était comme s'il ignorait volontairement sa présence. On travaillait sans mot dire dans l'atelier, une chape de silence à peine trouée par les ordres brusques de Gabriel.

Marguerite finit par aller confier son désarroi à l'abbé Bron, à Sainte-Croix. Une bonne personne qui comprendrait la situation dans laquelle elle se débattait.

Le prêtre l'écouta avec bienveillance mais ne sut ou ne voulut que lui prêcher la patience.

– Il faut laisser le temps faire son œuvre, mon enfant. Ta mère a perdu un époux qu'elle chérissait vivement, Gabriel Cabestan a perdu plus qu'un ami, un père. Un père qui lui avait même promis…

L'abbé Bron se tut au milieu de son discours. Comme s'il regrettait d'en avoir trop dit, il éluda les questions pressantes de Marguerite qui le quitta encore plus désorientée. Que savait-il de plus ? Avait-il entendu Gabriel à confesse ? Voilà qu'il lui prêchait la patience alors qu'elle se sentait près d'étouffer ! Combien de temps allait-il falloir pour que sa mère s'arrache à son chagrin, pour que Gabriel s'arrache à son remords ?

À la sortie de l'église, elle se heurta à sa tante Aurélie qui y entrait faire ses dévotions. Toute surprise, elle ne sut quoi répondre à ses questions inquiètes.

– Marguerite ! Comme te voilà nerveuse ! Il est encore arrivé un malheur ?

Elle secoua la tête, bredouilla. Elle n'avait pas envie d'étaler son désarroi devant celle qui était pourtant sa marraine et une grande amie de sa mère. Mais avant tout une Audranne.

Elle fit mine d'avancer, Aurélie l'arrêta, insista :

– Dis-moi ce qui se passe, ta mère est souffrante ? Quand je suis venue la semaine dernière, elle paraissait pourtant retrouver un peu d'appétit et de sérénité.

Depuis la mort tragique du confiseur, Aurélie osait plus souvent pousser la porte du magasin de la rue Quatre-Alliances. À l'inverse du pauvre Marcelou qui avait du mal à oublier, quand il la trouvait assise dans sa cuisine, les affronts des Audranne, Gabriel Cabestan lui avait toujours fait bonne figure. Et Marguerite devait bien admettre qu'après chaque visite de la tante Aurélie, sa mère montrait une mine apaisée. Mais ce n'était pas une raison pour…

– Rassurez-vous, maman va mieux, grâce à vous sans doute…

– Alors, c'est toi ?

Aurélie posa une main ferme sur le bras de la jeune fille, sans se préoccuper de la réticence qu'elle devinait. Elle la força à la regarder.

– Marguerite, j'aime ta mère et je t'aime, toi aussi. Oublie les sottises qui font de l'ombre à notre famille et dis-moi ce qui te chagrine.

Devant le regard si bon et en même temps si grave de sa tante, Marguerite baissa le sien ; c'était comme si elle abaissait cette barrière invisible qu'elle avait dressée entre elle et « les autres Audranne ». Elle avoua :

– C'est Gabriel, l'associé de mon père. Il n'est plus le même depuis notre malheur, il me fuit comme si j'avais la peste, comme si j'étais coupable. Et après ce que vient de me dire l'abbé Bron…

Aurélie sourit finement. Garda la main sur le bras de sa nièce.

– Ne t'occupe pas de l'abbé Bron. Suis ton intuition, ma perle, parle à Gabriel. Il est timide comme beaucoup d'hommes et il a souffert lui aussi.

Elle ajouta doucement :

– Crois-moi, la souffrance, ça ligote parfois le corps et la parole plus que des chaînes de prison.

Marguerite lança un coup d'œil soudain attristé à sa tante.

– Pardon ma tante. Je me préoccupe de moi-même et j'oublie le calvaire de Delphine…

Aurélie sourit :

– Oh ! Delphine est un ange qui nous quittera sans doute bientôt… Mais ce n'est pas à elle que je pensais.

Elle laissa partir Marguerite et entra dans l'église pour allumer un cierge à l'autel de la Vierge. Pour Delphine mais aussi pour Adrien qui devenait chaque jour plus insaisissable.

Le lendemain soir, Marguerite se décida. Les mots étranges de sa marraine et surtout sa voix chaleureuse, persuasive, résonnaient encore à ses oreilles. Les hommes qui souffrent ne parlent pas… Elle rassembla son courage après le départ des ouvriers. Gabriel fourrageait dans ses gamelles, à l'évidence en attendant qu'elle s'éloigne pour fermer l'atelier. Ou pour rester seul selon son habitude.

Comme il traversait la pièce, elle lui barra bravement le chemin.

– Monsieur Gabriel, vous devez me parler sincèrement, je vois bien que vous m'évitez depuis la mort de mon père… Que me reprochez-vous ?

Elle avait débité tout d'un seul coup son petit discours. Avant qu'il ne la repousse. Le visage de Cabestan s'était contracté comme s'il allait éclater en sanglots. Il dit d'une voix blanche :

– Je ne vous reproche rien, mademoiselle Marguerite… Oh non !

– Alors ?

Il paraissait si pitoyable qu'elle posa la main sur le bras qui tenait le chaudron, pour le rassurer :

– Dites-moi ce que vous avez sur le cœur… vous savez que je suis votre amie…

Gabriel ferma les yeux. La main posée sur son bras lui brûlait les entrailles. Il sentait battre son cœur comme un fou, il avait des fourmis dans les doigts, il allait poser le chaudron, oui, prendre la main, la baiser, avouer enfin…

Qu'il rêvait d'elle la nuit et baignait de bonheur de la savoir près de lui quand elle nouait son tablier blanc, plongeait ses mains dans le sucre, roulait les bonbons, il aurait voulu être le bonbon, le massepain qui se vautrait sous les doigts de Marguerite, il ne la quittait pas des yeux en cachette pendant qu'elle travaillait, son nougat n'en était que meilleur, parfumé à son amour pour Marguerite…

Et voilà qu'elle le sommait de tout avouer. Elle était comme cela, la fille de Louise, elle ne vous laissait pas vous consumer en paix.

Il rouvrit les yeux, il posa le chaudron, il prit la main, il la baisa.

Elle ne la retira pas, il sentit même qu'elle tremblait légèrement.

Marguerite, comme sa main, sentait la fleur d'oranger. Elle sentait si bon qu'il ne se retint plus. Il ouvrit les bras comme s'il allait la faire danser.

Sûr qu'elle allait reculer de stupeur et de colère. Au lieu de cela, elle leva des yeux très doux vers lui, demanda d'une petite voix :

– Que vous a-t-il dit, mon père, le jour de la pêche ?

Gabriel sentit brusquement sa peur et sa honte le quitter, face à ce regard limpide qui l'implorait presque.

IX

Montélimar, eaux de Bondonneau, juin 1895.

Sidonie Audranne avait réussi à se faire embaucher pour la saison aux thermes de Bondonneau. Elle se mettait au travail dès 6 heures du matin et ne terminait que tard le soir. Elle ne se plaignait pas, l'embauche ne valait que pour la saison mais c'était toujours ça de gagné.

Elle avait fini par abandonner son tanneur de mari, le Mathieu Audranne qui buvait et la battait, on lui avait bien dit que les tanneurs, c'est violent. Les deux garçons encore à l'école, son aînée déjà casée au moulinage Autran, elle avait laissé le ménage à sa belle-mère et cherché du travail.

Il y aurait bientôt trente ans que les découvertes du Dr Espanet avaient poussé les autorités à s'intéresser à ce lieu solitaire, aux confins de la plaine de Montélimar. Prendre les eaux était devenu une mode depuis que les têtes couronnées en faisaient grand cas, alors pourquoi pas à Bondonneau ?

Édouard Balestier fréquentait lui aussi les thermes pour ses aigreurs d'estomac et pour s'y distraire de son train-train quotidien. Il était revenu à Montélimar prendre sa retraite après ses dernières années de carrière à la présidence du tribunal de Digne. Il avait perdu sa femme, son père Armand était mort lui aussi en lui laissant ses biens de Die qu'il s'était empressé de vendre.

Il avait eu le plaisir d'accueillir dans sa maison de Montélimar la famille de son fils Jean, promu capitaine en incorporant le 22e d'infanterie et maintenant marié et père de famille. La semaine précédente, Jean avait été très occupé par la fête du 22e qui célébrait chaque année la victoire de Marengo, ce qui avait occasionné des festivités grandioses : retraite aux flambeaux, réception des généraux, jeux d'adresse dans la cour de la caserne décorée d'arcs de triomphe... Tout s'était déroulé en ordre parfait et sans incident, à part quelques punchs de trop au *Café de l'Univers* et l'indigestion d'un général en retraite au banquet de l'*Hôtel du Lion d'Or.*

Poussé par son fils, Édouard s'était mis à fréquenter le théâtre et se surprenait à applaudir maintenant aux comédies de Marivaux et aux trouvailles des tournées de M. Baret. Ah ! cette petite Laurence Parfait qui imitait si joliment la fameuse Yvette Guilbert...

Aux thermes de Bondonneau, il croisait une partie de la société montilienne qu'il avait connue autrefois, soulevait son chapeau devant les dames, échangeait avec les messieurs quelques propos acerbes sur ce gouvernement de faibles et de pourris, embourbés dans l'affaire du canal de Panama. Bondonneau était l'endroit à la mode où l'on se rendait en calèche, ou par la navette avec le billet acheté à la pharmacie Brun, où l'on nouait des relations autour des tables de jeu et sur les terrasses ombragées.

Édouard avait souvent remarqué parmi les habitués ce prétentieux Audranne qui était en train de faire fortune avec son nougat, le « nougat de la fille du Persan », où avait-il été chercher cette stupide turquerie, lui qui descendait d'un de ces insurgés de 1851 et d'une famille de gibiers de justice ?...

Vincent fréquentait les lieux sous prétexte d'accompagner sa mère Aurélie qui y soulageait ses ennuis gastriques autant que sa mélancolie. Elle ne s'était pas encore défaite de cette tristesse qui la rongeait depuis la mort de sa chère Delphine, éteinte dans de telles souffrances après avoir accouché d'un enfant mort-né. Elle avait cru elle aussi mourir de chagrin, la révolte et le désespoir l'auraient submergée sans le secours de la sœur trinitaire de l'hôpital qui avait fait la toilette de la défunte. Elle savait trouver les mots justes, la bonne sœur, qui vous consolent et vous raffermissent.

Pendant que sa mère prenait les eaux, Vincent soignait, lui, sa propre image. Il était maintenant à la tête d'une entreprise florissante et même de l'entreprise emblématique de Montélimar. Grâce à lui et à la manière dont il cultivait ses relations, particulièrement politiques, car il n'y a que cela de vrai, il avait fait de son bonbon familial le symbole de la ville. Quand ses confrères objectaient en hochant la tête que son père ne l'avait pas attendu pour mettre M. Loubet, la gloire politique locale, dans sa poche, il rétorquait :

– Mon père n'avait affaire qu'au maire de la ville, moi, j'ai su garder la confiance d'un ministre et maintenant d'un président du Conseil.

Ce qui importait à Vincent, c'était avant tout d'associer le nom d'Audranne à la notoriété du personnage. Il savait y faire. On ne pouvait pas ouvrir *Le Journal de Montélimar* ou *Le Progrès* sans y trouver une publicité qui vantait le nougat Audranne, un article qui glosait sur le « secret », ce qu'en disait tel prince ou telle actrice en vue. Le « nougat de la fille du Persan » s'était faufilé jusque dans les chambres des baigneurs de Bondonneau qui en trouvaient à leur arrivée un petit assortiment, et repartaient rarement sans leur boîte achetée en souvenir.

L'affaire avait pris une telle ampleur que Vincent avait obtenu de son père d'embaucher une comptable. Adrien avait d'abord froncé le sourcil. Pourquoi une telle dépense, alors qu'on s'était toujours débrouillé en famille ? Mais Vincent avait argumenté avec son bagout coutumier et son père, pourtant difficile à circonvenir, avait fini comme toujours par opiner.

Vincent était une énigme pour Adrien. Le gamin sérieux qui jadis apprenait et travaillait en silence et ne se rebellait ni n'élevait jamais la voix, le docile enfant lui en remontrait à présent. L'élève était devenu le maître à force d'innovations, parfois extravagantes, mais qui attiraient chaque fois de nouveaux amateurs dans le magasin.

Toujours taciturne et peu liant, Adrien ne comprenait rien à ce fils exubérant qui préférait les réceptions à ses chaudrons et se débrouillait pourtant pour réussir, sur un coup de cœur, un nouveau nougat, une nouvelle saveur.

Adrien, ces derniers temps, s'était mis à fumer la pipe. Cela le détendait pendant que, le dimanche, il lisait les nouvelles dans *Le Progrès.* Aurélie raccommodait sous la lampe. Elle chaussait des lunettes depuis peu et, malgré cela, n'y voyait plus bien clair. Ils restaient des heures ainsi, côte à côte, en silence. Parce qu'ils n'avaient plus grand-chose à se dire.

Cet après-midi-là, Vincent était revenu à la charge :

– Alors, cette comptable, tu te décides ? La mère n'a plus si bonne vue, elle saute des lignes, même avec ses *bésiques.* Quant à Emma, elle a suffisamment de travail avec les minots.

Adrien avait accepté en bougonnant. Eh oui, la vue de la mère baissait et la pauvre Emma qui faisait grossesse sur grossesse, sans toujours les mener au bout, avait déjà fort à faire dans le magasin.

Adrien avait donné son accord, craignant bien ce qui allait en résulter ; cela ne manqua pas. Aurélie leva le nez de dessus sa paire de chaussettes.

– Alors tu vas laisser entrer cette roulure chez nous ?

Adrien resta muet. Il se doutait bien que cette jeune comptable était l'une des nombreuses conquêtes de Vincent mais ce n'était pas maintenant qu'il allait se mêler de cette sorte de chose qui, de toute façon, le mettait mal à l'aise. Tout ce qui avait trait à « ça », du reste, le mettait mal à l'aise. Il s'était toujours contenté de son épouse, économe et industrieuse, qui l'avait largement payé de ses désillusions d'enfant. Quand il avait su l'inconduite de sa fille Delphine et les bonnes fortunes de son fils Vincent, il avait à chaque fois revécu la honte de son adolescence, les soupçons sur sa mère, les visites du magistrat, la rumeur, l'abominable rumeur dont il avait cru mourir de chagrin. Il n'avait jamais pardonné, ni à Delphine, ni à Vincent, de ressembler, c'était sûr, à leur mère, infidèle par-delà la mort. Il ne lui avait jamais pardonné, à elle, d'avoir donné prise à la rumeur, d'avoir sali la mémoire de leur père le héros, l'Insurgé.

Le châtiment s'était abattu sur Delphine, morte en accouchant.

Vincent, lui, parce qu'il était un homme, avait droit à un peu plus d'indulgence de la part de son père qui n'en avait pourtant guère, ni pour lui-même ni pour personne. Mais enfin, un homme qui plaît aux femmes est toujours un atout pour un commerce.

Aurélie n'était pas de cet avis. Passe encore que Vincent, joli garçon comme il était, ne sache pas résister au moindre jupon, mais de là à introduire l'une de ces créatures à la maison, elle ne le permettrait pas. Elle releva la tête :

– Va dire à ton beau parleur de fils que s'il veut avoir un comptable il y a le fils du voisin, le fabricant de parapluies, qui a fait des études et qui peut se charger de notre comptabilité.

Adrien ne répondit pas et continua à tirer sur sa pipe et à lire son journal. Aurélie revint à son raccommodage toute bougonnante ; les affaires n'allaient déjà pas si bien entre Vincent et Emma pour qu'on en rajoute. Emma faisait toujours bonne figure au magasin, accorte et bien mise, mais Aurélie savait qu'elle souffrait des frasques de son mari alors que ses multiples grossesses l'épuisaient, quand ce n'étaient pas les veilles auprès de ses enfants malades. On venait d'enterrer la petite dernière morte du croup.

Ce n'était qu'à Louise Combère, sa belle-sœur, qu'Aurélie osait confier ses drames secrets. Elle continuait à la fréquenter sans se préoccuper des sarcasmes de son mari ou de son fils ; ni la mort de Delphine ni celle de Marcelou n'avaient rabiboché Adrien et sa sœur, restés étrangers sur le même banc des obsèques ; le visage plus sombre que jamais, nul n'aurait pu dire si Adrien avait éprouvé de la tristesse ou de la compassion ; quant à Emma et à Vincent, ils étaient trop occupés d'eux-mêmes pour comprendre. Aurélie n'avait plus que Louise. Ensemble, elles pleuraient leurs disparus, elle, elle racontait Delphine et Louise racontait Marcelou. Les morts n'avaient jamais été aussi vivants qu'à travers ce babillage indulgent pour leurs défauts qui devenaient autant d'occasions de les chérir d'autant plus. Ce qui rapprochait les deux femmes encore, c'était le fameux prêt qui avait permis aux Lombard, en 1888, de reconstituer leur élevage de vers à soie. Aurélie avait bien tenté plusieurs fois d'en savoir plus sur cet ancien magistrat, un bienfaiteur de la famille, avait répondu Louise sans s'étendre plus ; son frère remboursait par petites sommes à l'adresse d'un notaire de Valence.

Louise avait de ces curieux secrets qu'Aurélie, malgré leur bonne entente, n'avait jamais réussi à percer. Pourtant, elle était trop fine pour ne pas deviner, derrière la douceur souriante et l'indulgence de sa belle-sœur, une histoire douloureuse qui empoisonnait le cœur de Louise.

X

LES DEUX FEMMES finissaient leur café quand Marguerite poussa la porte qui donnait dans le magasin.

– Tu peux venir, maman ? Il y a du monde…

Louise brossa le devant de son tablier, remit de l'ordre dans son chignon et suivit sa fille. Aurélie resta seule à racler avec la petite cuiller ce qui restait de sucre dans sa tasse. Puis elle promena son regard bleu un peu fatigué autour d'elle, les chromos de la grotte de Lourdes, la reproduction de *L'Angélus* de Millet, le gros fourneau que Louise persistait à allumer même en été parce qu'elle était sujette aux rhumatismes… Aurélie aimait ces petits bouts de conversation chuchotée, tant que Marguerite ne réclamait pas la présence de sa mère.

Marguerite tenait maintenant le magasin. À l'inverse des autres, Aurélie n'avait pas été surprise que sa filleule, au lendemain de la mort de Marcelou, prenne la direction de la confiserie. Elle devinait chez elle la même vitalité, la même capacité à faire front contre l'adversité qu'elle avait admirée chez sa belle-mère Julie ; elle aurait voulu partager avec sa nièce le souvenir ardent qu'elle gardait de cette femme mais elle s'était toujours heurtée à cette sorte de mur que Marguerite opposait au reste de la famille Audranne.

Chez les voisins des Combère, en revanche, personne n'aurait imaginé que la fille de Marcelou décide de renoncer à son rêve le plus cher, sa carrière d'institutrice, pour subitement s'enfermer derrière un comptoir, épouser l'ouvrier-associé de son père, tenir vulgairement boutique.

Mais aussi personne ne soupçonnait l'énergie et la foi que Marguerite mettait dans tout ce qu'elle entreprenait, que ce soit par devoir ou par plaisir.

Reprendre la confiserie après la catastrophe avait été un devoir ; elle avait vu sombrer sa mère dans un chagrin morbide dont celle-ci émergeait à peine, elle avait vu Gabriel désespérer devant l'avenir sans Marcelou ; elle avait été la seule à rester debout. Elle s'était donc attelée à la tâche pour sauver le nougat Combère, en pleurant et en serrant les dents.

Le plaisir était venu plus tard. Il y avait eu d'abord celui que lui avait donné Gabriel. La noce, on l'avait célébrée dans l'intimité et dans l'année qui avait suivi la tragédie pour faire taire les commérages ; sa mère en grand deuil avait refusé la moindre festivité.

Quand elle s'était retrouvée au lit avec Gabriel, sa chemise retroussée, elle n'avait pas pu retenir un geste de panique. « Est-ce que seulement je l'aime ? Est-ce que je l'aime d'amour ? » L'amour c'était forcément autre chose, c'était avant tout cette passion qui la brûlait quand elle se dévouait totalement à ses malheureux, ou à ses petites élèves ; dans ce cas, c'était tricher avec Gabriel que de ne pas ressentir la même passion pour lui…

Et puis il avait posé sur elle un sourire infiniment doux, humble, émerveillé. Il avait avancé la main vers sa chevelure répandue autour de ses épaules, il l'avait effleurée comme on effleure de la soie, la main avait glissé sur son cou, une caresse si légère qu'on aurait dit celle d'une plume, elle avait frémi d'émotion malgré elle, elle l'avait laissé continuer à caresser sa peau du bout des doigts, comme s'il explorait un jardin dont il aurait longtemps rêvé ; le désir de l'avoir contre elle lui était venu doucement, le désir d'oser l'attirer contre elle, le désir de se sentir enlacée ; alors elle s'était ouverte comme une pivoine sous la chaleur du soleil, l'amour était entré à pas de velours dans son corps et dans sa vie, il s'était installé dans sa maison. Elle aimait Gabriel. Elle admettait que la passion n'est pas nécessaire pour connaître l'amour.

Ils vivaient paisiblement l'un avec l'autre, l'un à l'atelier, l'autre au magasin, ils avaient conçu et élevé un petit Augustin qui courait maintenant dans les jupes de sa mère, puis deux filles dont l'une était déjà partie, trop fragile pour vivre. Marguerite s'arrondissait de nouveau et prenait de bonnes joues blanches et roses comme les rubans dont elle ornait ses boîtes de nougat. Elle était gourmande, c'était la première « goûteuse » des nougats qu'inventait Gabriel quand il manquait de bon miel, les nougats aux pistaches et au citron, les nougats aux raisins de Corinthe, à l'anis, et les petits nougats garnis, amandes et crème fouettée à la vanille dont les clients venaient faire provision le dimanche.

Le nougat de Gabriel Cabestan avait ses amateurs qui lui trouvaient un goût particulier, mais aussi ses détracteurs : « Ce n'est pas du nougat comme on le fait à Montélimar, mais qui peut me dire, s'emportait Gabriel, que l'on doit fabriquer du nougat de telle ou telle façon ? » Le nez dans ses recettes et ses bocaux d'épices, il cherchait à restituer les saveurs qu'il avait aimées, jadis, au long de ses voyages ; des parfums exotiques de cannelle, de girofle, de coriandre, de gingembre vous caressaient les narines dès que vous poussiez la porte du magasin. Il aurait voulu appeler son nougat « L'Amande d'Orient », un clin d'œil à ses épices et son passé, Marguerite avait préféré « L'Amande dorée », pour qu'on ne finisse pas par confondre leur nougat avec du loukoum ! Ils avaient ri et, désormais, la façade du magasin s'ornait d'une belle amande dorée au-dessus du nom « Cabestan » joliment calligraphié.

Aurélie qui avait goûté sans déplaisir à ces curieux nougats aurait bien aimé en rapporter à la confiserie Audranne, histoire d'entendre l'avis d'Adrien ; le ton méprisant qu'avait pris Vincent pour parler des nouveaux nougats Cabestan l'en avait dissuadée.

Quand Louise revint dans la cuisine, la dernière cliente partie, elle demanda avec un peu d'appréhension :

– Gabriel va se rendre au banquet des confiseurs ?

– Oui, il trouve que c'est une bonne idée pour resserrer les liens de la profession. L'an dernier, la fête des épiciers en gros a été un succès.

Aurélie préféra garder pour elle ce qu'elle redoutait : que Vincent, impulsif comme il était, jaloux de sa notoriété et de « son » nougat, aille critiquer ouvertement le nougat des autres.

Aurélie n'avait pas tort.

Le dimanche suivant, la plupart des confiseurs de la ville s'étaient retrouvés à l'*Hôtel des Princes* autour de la table d'un banquet dressé dans l'un des salons de l'établissement. Le nouveau propriétaire, M. Julien, s'était mis en quatre pour honorer des clients qui étaient en même temps ses fournisseurs. Une profusion de plantes vertes agrémentaient la cour de l'hôtel et des flots de rubans déroulés en cascades ou savamment noués festonnaient les murs et rappelaient les jolis décors des boîtes de nougat. On salivait d'avance en lisant les menus imprimés devant chaque assiette. Petits pâtés à la financière, alouettes en caisses, saumon à la mayonnaise, filet de bœuf, petits pois, dindon truffé, pâté de foie de Strasbourg, vacherin, pièce montée…

C'est justement au dessert que les hostilités commencèrent, à peine terminé le discours du doyen des confiseurs qui venait de porter un toast à l'avenir de l'industrie du nougat, source de prospérité certaine pour la ville.

Vincent Audranne se leva pendant qu'on applaudissait encore.

– Permettez-moi d'ajouter quelques mots aux vœux de notre distingué doyen. Si nous voulons que notre nougat devienne réellement le nougat de Montélimar, ne laissons pas quelques rigolos qui n'ont de confiseurs que le nom le ridiculiser par des ajouts d'épices saugrenus !

L'intervention jeta un soudain froid sur la joyeuse assemblée, on n'entendit plus, pendant quelques instants, que des bruits de vaisselle assourdis, jusqu'à ce que le doyen réagisse en levant sa coupe à nouveau :

– Bien sûr, mon cher Audranne, que ces questions doivent être débattues plus tard mais, aujourd'hui, ne boudons pas notre plaisir d'être ensemble…

La fin du plaidoyer se perdit dans le bourdonnement des commentaires et le bruit des chaises bousculées. Chacun savait le bouillant Audranne toujours prêt à en découdre et laissait dire, mais quelques regards avaient glissé sur Gabriel Cabestan qui avait repris le commerce Combère. Ses confiseries et ses nougats aux goûts étranges surprenaient et ne faisaient pas l'unanimité mais personne n'en avait jamais contesté la qualité.

Gabriel avait aussitôt compris l'allusion et blêmi. Il attendit que les convives se soient ressaisis et bavardent d'autre chose en sirotant leur café dans un salon voisin pour aller affronter le jeune Audranne. Il n'avait jamais eu l'occasion de lui river son clou, à cet insolent ! Il s'approcha de lui, saisissant le moment où Vincent déposait sa tasse de café vide sur la desserte.

– Monsieur, je n'ai pas l'élocution aussi facile que vous mais je prétends faire un aussi bon nougat que le vôtre. Celui qui me l'a appris l'avait aussi appris de votre grand-père.

– Il faut croire que Combère avait perdu la main, ironisa Vincent.

– Je ne vous permets pas… commença Gabriel, qui s'énervait rarement mais que la colère avait soudain fait rougir.

– On ne s'improvise pas confiseur et nougatier à Montélimar comme cela, monsieur l'aventurier, monsieur le déserteur…

Sous la soudaine insulte, Gabriel vit rouge. Il saisit son confrère par la cravate.

– Dis donc, retire ce que tu viens de dire !

Vincent se contenta de rigoler :

– Risque pas. Et j'ai des témoins. De toute manière, ton nougat, le Cabestan, c'est de la *pistrouille* !

Le poing de Gabriel partit tout seul et le nez de Vincent se mit à saigner à flots dégoulinants sur le beau plastron blanc. Les convives se précipitèrent, les deux hommes s'étaient rués l'un sur l'autre, ils avaient culbuté sur le tapis et on eut la plus grande peine à les séparer, à calmer Gabriel, à arrêter le flot d'injures qui sortaient de la bouche de Vincent.

L'incident eut bien sûr l'honneur des journaux. Il n'aurait pas fait long feu, dans le milieu généralement remuant des confiseurs, s'il n'y avait eu cette curieuse et violente accusation : déserteur ! On ne savait rien du passé de Gabriel Cabestan, un lointain cousin de Combère, un Parisien débarqué dix ans plus tôt que le confiseur avait vite associé à son affaire. On commença à bavarder… Finalement, d'où tenait-il son argent, cet homme-là ? Et puis il n'avait guère attendu pour épouser la fille du défunt et reprendre la confiserie à son compte… La rumeur se mit à enfler, les soupçons à revenir sur les circonstances de la mort de Marcelou Combère…

Gabriel, lui, était rentré mal en point du banquet des confiseurs et surtout bouleversé. Un déserteur, lui ! Où donc ce fumier d'Audranne était-il allé chercher ça ? Il s'était battu jusqu'au bout de l'épuisement dans l'armée de l'Est, il avait sauvé la vie de plus d'un camarade, il avait vu son capitaine mourir sous ses yeux, des régiments entiers épuisés de faim, de fatigue et de froid, pris au piège, traînés en captivité, il avait réussi à s'évader du camp de prisonniers mais il n'avait jamais déserté !

Pendant que Marguerite soignait ses ecchymoses, il fulminait tout seul, les yeux mouillés de rage.

– Je vais lui faire rendre gorge, à ce *cournard* ! Pour qui il se prend, d'aller insulter les autres !

Marguerite gardait la tête froide.

– Calme-toi. Ne te mets pas en plus dans de mauvais draps. La première chose à faire est de savoir d'où cela vient.

Elle posa le bout de linge maculé de sang à côté de la bassine d'eau bouillie puis s'assit devant son homme, le regarda dans les yeux.

– Gabriel, à moi, il faut me dire la vérité.

Il faillit, de colère et d'humiliation, perdre son sang-froid et s'en prendre à sa femme. Si même elle, elle ne le croyait pas ! Il se retint devant le regard limpide de Marguerite. Il détendit ses poings, calma les battements désordonnés de son cœur.

– Tu la connais, la vérité. Je n'ai pas eu une vie toujours exemplaire mais je n'ai jamais déserté.

Marguerite tendit sa main, il la prit dans les siennes, la baisa, murmura en relevant la tête :

– Je t'aime, Marguerite.

L'incident du banquet n'arrangea pas les affaires de la confiserie Cabestan à l'enseigne de *L'Amande dorée*. On avait trop souffert de l'humiliation de Sedan, on tenait trop à cette vaillante armée qui se reconstruisait, qui défilait quasiment tous les jours sur les boulevards, qui palpitait à l'unisson avec la population montilienne, pour rester indifférent. Un ancien déserteur, le confiseur de la rue Quatre-Alliances ? Qui l'aurait cru ? Un homme si convenable ! « Il n'est pas d'ici, allez savoir ce qu'il nous cache. Vous n'êtes pas au courant ? Ce serait un petit-cousin de feu Combère, qu'il aurait fait de la prison… »

Ça barjaquait tant que ça pouvait, sur la place aux Herbes, chacun y allait de son couplet, on finissait par accuser sous le manteau, insinuer que peut-être bien qu'il était pour quelque chose, le Cabestan, dans la mort de Marcelou Combère ; à qui profite le crime, hein ?

Afin de marquer leur rigoureux patriotisme, des clients jusque-là fidèles se détournèrent de la « confiserie du déserteur ». D'autres firent de même pour ne pas ouvrir leur bourse à un homme soupçonné de meurtre. D'autres en revanche, incrédules devant cette avalanche de soupçons *a priori* infondés, ou par simple curiosité, se mirent à fréquenter plus assidûment le magasin de Marguerite Cabestan. Et ne se gênèrent pas pour montrer du doigt l'auteur du coup monté, Vincent Audranne, le concurrent, le fils de celui qui s'était brouillé avec sa sœur Louise Combère autrefois, qui n'avait qu'un désir, ruiner la confiserie Cabestan.

XI

Montélimar, octobre 1895.

Ce qui agitait le monde de la confiserie n'atteignait guère le petit salon d'Édouard Balestier où l'ancien procureur passait le plus clair de son temps depuis le retour de l'automne et de ce fichu mistral. Mais il oubliait ses rhumatismes et ses quintes de toux dès qu'apparaissait son petit-fils, le fils de Jean, au retour de sa promenade. Il en était si fier qu'il bêtifiait en écrivant à Amédée : *Il est si délicieux qu'il fait partir la tête à toute la maison, cela t'étonnera mais je vais jusqu'à lui faire manger moi-même sa soupe. Il marche déjà très bien quand on lui tient le doigt. Sa bonne vient de me l'amener, je te quitte...*

L'enfant était juché sur les genoux de son grand-père et s'amusait à tirer sur ses moustaches quand Jean apparut à son tour, suivi de la bonne qui emporta le petit garçon malgré ses cris perçants. C'était l'heure de son goûter.

Jean soupira en s'asseyant face à son père.

– Cet enfant devient capricieux, vous êtres trop indulgent...

– Laisse-moi ce défaut... mais je te vois soucieux, mon fils.

– Il a fallu renvoyer la nouvelle nourrice. Pas de lait alors qu'elle affirmait le contraire...

– Ta femme aura tôt fait d'en trouver une autre. Les paysannes qui viennent d'accoucher, ça ne manque pas.

– Je suis las de ces ennuis domestiques. La dernière cuisinière nous a quittés et la fille de chambre avait mauvais esprit…

– Celle que tu as engagée la semaine dernière ? Ta femme est peut-être trop exigeante…

Édouard fit la moue. Sa bru venait de mettre au monde une petite fille dont les pleurs envahissaient jusqu'à son appartement. Jean rétorqua :

– Non, la vérité est qu'on ne trouve plus de bons domestiques. Les idées socialistes nous les ont pourris. Les journaux sont pleins de ces repris de justice qui font de la politique, vous le dites vous-même.

– J'ai toujours affirmé qu'il suffirait d'appliquer les lois avec rigueur. Nous les avons depuis que la Chambre les a votées après les vagues d'attentats à Paris, mais l'anarchisme continue à proliférer parce qu'on ne sévit pas assez.

Jean approuva et ajouta :

– C'est un homme à poigne, un militaire à l'honnêteté incontestable qu'il faudrait à la tête du pays.

– Comme ton général Boulanger ? Tu as vu où ses folies l'ont mené ? Et je ne parle pas de cette malheureuse affaire qui est en train d'éclabousser l'armée, ce capitaine Dreyfus qui travaillerait pour l'Allemagne…

– L'armée ne manque pas de défauts ni de brebis galeuses, mais enfin elle est devenue le symbole d'unité de la nation, il n'y a qu'à voir la sympathie que nous suscitons dans les rues quand nos troupes défilent ou vont à la manœuvre…

– Je veux bien mais… À propos, cette affaire de déserteur dont tu m'avais parlé cet été…

– Le confiseur Cabestan ? Une homonymie. Le soupçon était venu à la suite d'une soirée au cercle des officiers, au *Café Miland.* Vous savez que le cafetier a fait partie de ce régiment qui a refusé de s'en prendre aux communards et qui s'est retrouvé en Algérie.

– Oui, un rouge, ton cafetier.

– Ce soir-là, il racontait de nouveau sa guerre et, brusquement, il s'est mis à répéter : « Et le Cabestan, lui, il s'est tiré. On l'a plus revu. »

– C'est ce que tu m'avais dit. Le cafetier accusait nommément le confiseur...

– L'enquête vient de fournir la preuve qu'il s'agissait d'un Justin Cabestan, sans rapport avec Gabriel Cabestan qui faisait partie, lui, de l'armée de l'Est.

Édouard étira ses jambes douloureuses.

– Sonne pour qu'on nous apporte le thé... En somme, cet homme a été accusé injustement.

– Il s'en remettra. D'après l'enquête, il n'a pas un passé limpide. Rien d'étonnant à ce qu'on l'ait soupçonné d'avoir... aidé son cousin Combère à se noyer...

– De la graine de mauvais sujets, les uns comme les autres, marmonna Édouard. Souviens-toi de cette rixe, lors du banquet des confiseurs...

– Les Audranne et les Combère étaient déjà brouillés mais, à présent, il paraît que même les femmes s'injurient quand elles se croisent. La femme de Cabestan est une vraie furie et celle de Vincent Audranne se prend pour une dame d'importance sous prétexte que notre maire est son premier client.

On toqua à la porte. Pendant que la domestique déposait le plateau du thé, les deux hommes se turent. Édouard plongea un instant dans ses pensées : il n'avait jamais abandonné ses vieux désirs inassouvis et n'avait pas perdu espoir de savoir le vrai sur ce qui s'était passé au temps de son adolescence. Pourquoi ce lien ambigu entre son père et les Audranne ? Pourquoi ce refus d'enquêter sur la dénonciation d'avortement ? Il ne mourrait pas sans avoir tiré cette ancienne affaire au clair ; il avait chargé le nouveau procureur, avec qui il avait les meilleures relations, de reprendre le fameux dossier, encore une fois laissé en suspens lors de son départ pour Digne.

Au moment où il trempait ses lèvres dans la tasse de thé, le procureur, précisément, parut dans le salon, annoncé par la domestique. Ce n'était pas le moment, en présence de Jean, d'évoquer le vieux dossier, et d'ailleurs le procureur avait bien autre chose en tête.

– On dit la chapellerie Monier prête à fermer.

– À fermer ? Que dites-vous là ? Une entreprise si prospère…

– Pas tant que cela. Les grèves à répétition de ces dernières années l'ont mise à mal, les meilleurs éléments sont partis s'embaucher à Bourg-de-Péage ou dans la Loire, et les ouvriers chômaient de plus en plus souvent mais maintenant…

Les trois hommes se turent sous l'effet de la sombre nouvelle ; Jean releva la tête.

– C'est une catastrophe pour la ville.

– Vous dites juste, cela va être la ruine des petits détaillants.

– Et jeter les ouvriers dans les rues et dans les cafés…

Le procureur posa sa tasse de thé, dit d'un ton rassurant :

– Beaucoup viennent de la campagne. Ils y retourneront.

– Il n'empêche. Il faut s'attendre à des désordres, messieurs.

Gabriel Cabestan longeait au même moment les fenêtres de l'ancien magistrat, le col de sa veste relevé et la casquette baissée sur les yeux pour se protéger du mistral. On venait d'allumer les quinquets sur le boulevard et il se hâtait vers la rue Quatre-Alliances sans se retourner sur les regards qui le suivaient. Le suivaient-ils d'ailleurs ? Il avait beau avoir été lavé de cette fausse accusation de désertion, il persistait à se sentir montré du doigt. Et soupçonné de… il sentait les sueurs froides lui parcourir le dos à cette idée… lui le meurtrier de Marcelou ? Alors qu'il avait pensé se noyer lui aussi en voyant son cousin, son meilleur ami, son véritable père, inanimé dans ses bras ?

Il aurait du mal à remonter la pente de sa propre dignité, tout comme le magasin aurait du mal à retrouver sa prospérité. Il fallait espérer que, Noël arrivant, les pratiques finissent par revenir. Malgré la situation qui n'était guère brillante en ville, après l'annonce du dépôt de bilan de la chapellerie. Une belle entreprise pourtant, et qui fabriquait de la bonne qualité, où allaient-ils trouver du travail, ces centaines d'ouvriers mis dehors ? On disait bien, ces dernières années, qu'il en partait de plus en plus, dégoûtés par les salaires minables et les mauvaises façons des patrons.

Ces tristes réflexions le ramenèrent à ses propres démons. Il fallait que ce cournard de Vincent, c'était lui qui mettait les cornes à sa femme mais c'était quand même un cournard, qu'il revienne l'empoisonner à chaque coin de ses pensées. Deux semaines plus tôt, un gamin s'était présenté, la casquette à la main, à moitié caché de confusion derrière son père qui sollicitait une embauche.

– Mon garçon est honnête et travailleur. On dit que vous êtes un patron juste et bon qui ne maltraite pas les apprentis.

Gabriel avait attendu la suite, prêt à embaucher, mais l'homme avait ajouté :

– Il veut plus retourner chez les Audranne qui mènent leur monde à coups de pied.

Gabriel avait refusé tout net, malgré Marguerite qui prenait pitié pour le gamin. Il avait attendu le départ du solliciteur pour marmonner :

– Je veux plus d'histoires avec ta famille. Des fois que le minot il soit envoyé ici pour faire le mouchard...

Il était encore tout colère à ce souvenir quand il rentra chez lui et trouva dans la cuisine la Léa Audranne ! La fille de ce pourri de tanneur, ce Gaspard qui avait été cause de la brouille familiale ! Rien que ça.

– Qu'est-ce qu'elle fait ici, celle-là ? aboya-t-il.

Louise et Léa, qui ne l'avaient pas entendu entrer, sursautèrent. Le petit Augustin qui jouait avec sa sœur se mit à pleurer de frayeur. Louise reprit vite ses esprits :

– Elle fait qu'elle a été mise dehors de chez Monier, tout le monde ne parle que de la catastrophe.

– C'est bien malheureux mais ça ne nous regarde pas.

– Gabriel ! C'est ma nièce et…

– Et je ne veux pas d'Audranne chez moi ! T'entends, Léa ? Dehors !

La chapelière se releva en renversant sa chaise, prit son parapluie et s'enfuit avec un regard qui oscillait entre la haine et le désespoir. Louise lui courut après dans la boutique, la rattrapa à la porte, chuchota :

– Reviens demain pendant qu'il fait sa sieste.

Elle ne retourna pas à la cuisine mais s'affaira dans le magasin, attendant de pied ferme que Gabriel ose lui demander des comptes. Elle pensait bien qu'il n'en ferait rien, respectueux comme il était devant elle, qu'il regrettait sans doute déjà sa colère. Les hommes, ça se met en fureur sans réfléchir, surtout quand leur honneur est en jeu.

Elle mit de l'ordre dans les assortiments de nougats en soupirant de tristesse, elle avait l'impression que, depuis la mort de Marcelou, tout allait de travers, la confiserie avait du mal à rentrer dans ses frais, Marguerite manquait trépasser à chaque grossesse, et maintenant ces calomnies contre Gabriel…

En revanche, elle ne s'attendait pas à la visite de Léa, une Léa aux yeux hagards qui avait l'air d'une femme aux abois. Elle l'avait serrée dans ses bras, elle se doutait bien de la raison de cette visite.

Elle n'avait jamais fermé sa porte à la fille de feu son frère Gaspard, même si on lui en rapportait de toutes les couleurs sur elle. Qu'on la voyait arpenter les promenades, le dimanche, en troupe au milieu des filles de fabrique, le museau rose et la robe retroussée, en train d'aguicher les messieurs ; qu'elle avait fait du scandale à la fête patronale en haranguant la foule du haut du carrousel d'Alcide Mouralis ; qu'elle s'affichait au poulailler du théâtre au bras d'un galant, jamais le même… Il faut dire que depuis la mort de son bon ami le charpentier, tombé d'un échafaudage, elle n'avait plus personne à qui se raccrocher. Son fils garçon d'écurie, sa fille domestique à Valence lui avaient tourné le dos. Qu'allait-elle devenir, sans travail et sans aucune affection autour d'elle ?

Louise n'en dormit pas de la nuit. Elle se serait bien confiée à Marguerite, toujours pleine de ressources pour les malheureux, mais elle savait d'expérience que sa fille ne lèverait pas le petit doigt pour une pécheresse comme Léa. À moins qu'elle n'imagine la sermonner pour la remettre dans le droit chemin, la meilleure manière de faire fuir Léa. Marguerite n'avait d'ailleurs en tête, pour le moment, que l'aide de son Association des femmes françaises aux soldats blessés de l'expédition de Madagascar, et les secours aux nécessiteux avec l'hiver qui approchait. Elle avait passé tout le début de l'année à faire l'aller-retour entre la confiserie et le chauffoir-bouillon de la rue Bouverie, elle avait réussi à ce qu'il reste ouvert tous les jours aux malheureux transis de froid.

Mais Marguerite n'aiderait jamais une fille perdue comme Léa qui avait abandonné ses enfants, accusait-elle sans preuves. Généreuse peut-être, Marguerite, mais trop entière.

Ah ! Si Aurélie était là… mais Aurélie se montrait plus rarement à la confiserie, on la disait souffrante, et Louise se serait bien gardée de risquer une rebuffade de la part de sa belle-fille, cette prétentieuse Emma, en allant demander de ses nouvelles. Aurélie, ses conseils et son affection lui manquaient terriblement.

Le lendemain, elle n'avait rien trouvé à proposer à Léa quand l'ouvrière revint, guettée par sa tante derrière le rideau. Elle avait meilleure mine.

– Je pars pour Lyon, tante.

– Tu y as trouvé du travail ?

Léa fronça le nez comme lorsqu'elle voulait garder un secret. Elle aimait bien sa tante Louise, c'était la seule de la famille qu'elle fréquentait encore, de loin en loin, une bonne personne qui ne lui avait jamais reproché la vie qu'elle menait, c'était pas comme cette peste de Marguerite, avec le chapelet toujours pendu à ses doigts et le regard de procureur qu'elle lui lançait, le dimanche, pendant les concerts du régiment. Une syndicaliste, une briseuse de matériel, une dévergondée, vaut mieux la laisser crever, pas vrai ?

Elle était bien aise que sa petite-cousine ne se trouve pas dans le magasin pour pouvoir tranquillement annoncer à sa tante qu'elle filait à Lyon, avec l'un des ouvriers de la chapellerie. Un type épatant, celui-là, avec qui elle se sentait prête à conquérir le monde. Au moins les salles des syndicats lyonnais. Il savait parler, il avait fait partie des meneurs de la grève de 1884, il était allé tenter sa chance à Givors mais il était revenu soutenir les ouvrières au chômage de Monier.

– Tu es bien sûre de vouloir quitter Montélimar pour cet homme ? Tu sais que la chapellerie va être reprise ? On parle de deux banquiers de Montélimar… Attends un peu.

– Et m'entendre dire que les anciennes grévistes, on ne les embauchera plus ? Non, tante, je préfère aller chercher ailleurs.

XII

Lyon, novembre 1895.

LÉA AUDRANNE MONTA pour la première fois de sa vie et avec un vif enthousiasme à bord du train qui s'ébranla au milieu d'un nuage malodorant de fumée de charbon, dans un bruit de ferraille assourdissant.

Elle resta muette deux minutes, le temps que le convoi prenne de la vitesse, puis accrocha ses yeux au paysage, ébahie comme une enfant. Une vie nouvelle s'ouvrait devant elle ; elle n'avait averti de son départ ni son frère à la tannerie ni sa belle-sœur qui travaillait maintenant à l'hospice, ni ses enfants qui s'en moquaient.

Débarqué à Lyon, le couple trouva vite un coin où poser son baluchon dans le vaste logement d'un canut de la Croix-Rousse. Quant à dormir au milieu du vacarme des métiers à tisser qui faisaient un raffut de tous les diables nuit et jour, il n'en était pas question ; on se rattraperait le lendemain, une petite sieste entre deux discours dans le local enfumé du syndicat. Léa ne comprenait pas tout, elle faisait confiance à son homme qui avait de l'instruction, lui qui lui faisait lire les articles de *La Révolte* ou ceux du *Père Peinard* qu'on se refilait sous le manteau parce que le journal avait été interdit par les « lois scélérates ».

– C'est quoi, les lois scélérates ? Je croyais que la loi, c'est toujours du bon côté du manche.

– C'est toujours mauvais, la loi, rétorquait son homme. « Tout est bon pour nous qui n'est pas la légalité », qu'est-ce que t'en penses ? C'est un Russe qui a dit ça, un anarchiste.

– C'est quoi un anarchiste ?

– Pose plus de questions, ma poulette, tu verras quand on fera sauter l'opéra de Lyon, et la gare de Perrache, et leur mairie où ils font bombance, nos bons bourgeois, pendant que les ouvriers crèvent de faim.

Léa écarquillait les yeux, légèrement apeurée.

– Tu... Tu veux dire, poser des bombes ? Comme Vaillant, celui qui s'est fait prendre à la Chambre des députés ?

– Ben oui... Et on l'a vengé en supprimant ce politicard de merde, le Sadi Carnot, l'an passé, ici même.

Léa se sentait soudain des chatouillis de trouille au creux de l'estomac ; elle avait bien entendu parler, dans les ateliers Monier, de ces bombes qui avaient éclaté ces dernières années à Lyon, au palais de justice, dans une caserne de gendarmerie, et même dans une église. Elle, elle voulait bien faire du syndicalisme mais de là à trucider des gens...

Il la serra dans ses bras pour la rassurer ; au bout de deux ou trois câlins, et il savait y faire, son homme, chaud comme il était, elle retrouva son enthousiasme.

Les séances se déroulaient dans les caves des pentes de la Croix-Rousse et dans la clandestinité. Depuis l'exécution du meurtrier de Carnot, la répression avait été telle que le mouvement avait du mal à se reformer et à survivre, les discussions n'en étaient que plus fiévreuses, des journalistes y assistaient après qu'on eut vérifié qu'il ne s'agissait pas de mouchards mais de sympathisants.

Léa avait remarqué une femme en train de prendre des notes. Elle se glissa près d'elle, celle-ci au moins pourrait l'aider à comprendre où ils voulaient en venir avec leurs phrases fumeuses et grandiloquentes, on parlait de tout sauf de la condition des ouvriers, ici !

– Je peux vous poser des questions, s'il vous plaît ?

La journaliste se tourna vers elle. Une grande brune au visage lisse et aux mains fines. C'était pas une ouvrière, celle-là.

– Tu peux me tutoyer, tu sais. Tout le monde se tutoie ici.

Entre deux discours, la journaliste résumait, expliquait en quelques mots, Léa effarée se rendait compte où elle avait mis les pieds.

– Ils en disent bien plus qu'ils ne feront jamais, et surtout ils oublient complètement dans leurs revendications la moitié de l'humanité.

Léa écarquilla les yeux.

– Eh bien, les femmes ! précisa la journaliste.

Elles pouffèrent. Et restèrent à bavarder après la séance dans un troquet du quartier.

– Tu t'appelles comment ? Moi, c'est Mathilde Balestier.

Léa eut un léger mouvement de recul.

– Balestier… comme le nom de l'ancien procureur de Montélimar ?

– Mon père… Tu as eu affaire à lui ? Moi aussi. Alors on a autant à lui reprocher l'une que l'autre.

Elles repartirent à rire comme des folles. Trinquèrent avec le pot de beaujolais qui venait de la vigne du cousin du patron. Et se quittèrent un peu éméchées, amies pour toujours.

Aux séances des jours suivants, Léa se dépêchait de rejoindre Mathilde dès qu'elle l'apercevait, elle avait parlé d'elle à son homme qui avait répondu distraitement :

– La journaliste ? Une bourgeoise qui n'aura jamais le culot d'aller jusqu'au bout. Elle se fait juste peur en fréquentant nos réunions, histoire de se chatouiller là où tu penses…

– Dis pas ça. Moi, je la crois sincère et un peu plus réaliste que vous, avec vos menaces plein la bouche. Elle veut s'engager pour la cause des femmes, elle.

– Mais on est tous dans le même bateau. Tu crois que les bourgeois, ils font la différence ?

Léa s'attachait de plus en plus à Mathilde ; elle l'admirait, elle aurait bien imité son aisance et ses manières, elle veillait un peu plus sur sa propre mise, Mathilde du reste lui avait donné un joli paletot et des bottines pour remplacer ses vieilles galoches. Un soir, elle l'invita chez elle, deux pièces sous les toits de la rue Ferrandière où elle vivait au milieu des livres et des journaux.

À la lueur du quinquet, Léa resta pétrifiée.

– Fais comme chez toi, assieds-toi.

Mais Léa resta debout, abasourdie, à lire lentement les titres des livres l'un après l'autre.

– Il y a là une vraie bibliothèque de savant, ma parole ! s'écria-t-elle.

Mathilde sourit. Non, quelques romans seulement, un peu de Voltaire mais surtout Dumas, Victor Hugo, Walter Scott, et puis quelques numéros sulfureux de *La Lutte* ou du *Drapeau noir*.

Léa ne rentra chez le canut qui l'hébergeait que tard dans la nuit. Son homme n'était pas encore revenu de la réunion et les métiers de toute la maison retentissaient à ébranler les murs. Elle hésita un instant à se coucher dans ce vacarme et finalement rebroussa chemin vers la rue Ferrandière. Elle monta quatre à quatre les marches de l'escalier, gratta à la porte. Mathilde ouvrit, comme si elle l'attendait.

– Mais oui, tu peux dormir ici. On se serrera.

Elles bavardèrent tard dans la nuit et tout y passa : le syndicalisme, leur vie de femme, leurs drames et leur fol espoir de changer le monde ; elles finirent par s'endormir dans les bras l'une de l'autre.

Le lendemain, décidée à quitter le garçon qui, au fil des jours, songeait de moins en moins à eux et de plus en plus à ses projets explosifs, Léa fila à la Croix-Rousse pour récupérer son petit baluchon. Là, une mauvaise surprise l'attendait : la police inspectait l'immeuble de la cave au grenier et embarquait tous ceux qui lui tombaient sous la main. On la cueillit à la porte de l'immeuble, elle n'eut pas le temps de s'enfuir et se retrouva au poste dans une foule de familles gémissantes et furieuses.

– Ton nom, ton domicile ?

Léa se sentit piégée.

La journée passa comme un cauchemar dans une odeur de pisse et de chou, sans savoir ce qu'on allait faire d'elle, sans savoir ce qu'on avait fait des camarades. Elle finit, en tendant l'oreille, par saisir que la police avait mis la main sur un nid d'anarchistes et que leur procès n'allait pas tarder, et qu'on allait empêcher une fois pour toutes cette racaille de nuire. Ce qu'elle comprenait surtout, c'est qu'elle se retrouvait mêlée à ça sans le vouloir, qu'on allait la faire passer, elle comme les autres, pour une anarchiste ; elle qui n'en savait pas le premier mot avant d'atterrir à Lyon !

Soudain, elle se souvint de Mathilde. Il fallait avertir Mathilde afin qu'elle la sorte de là. Mais le faire sans la compromettre.

Comme l'une des femmes arrêtées allait être remise en liberté, ayant apporté la preuve de son innocence, elle lui murmura d'une voix suppliante l'adresse de la journaliste.

– Je vous en supplie. Je n'ai rien fait et elle est la seule personne que je connaisse à Lyon.

Le surlendemain, elle vit enfin apparaître Mathilde. Comme si un ange lui était apparu. Elle se précipita à la grille, raconta en bafouillant d'émotion la descente de police, supplia la journaliste.

– Tu es mon seul espoir !

Mathilde lui prit les mains à travers les barreaux et sa voix grave la fit frémir :

– C'est le voisin de la famille qui vous hébergeait qui a dénoncé ton ami. La nuit où tu as dormi chez moi, la police les a surpris dans la cave où ils se réunissaient, elle a saisi des tracts mais surtout des armes et des explosifs.

– Mais je n'ai rien à voir dans tout ça !

– Tu vivais avec lui.

– Il faut me sortir de là, Mathilde !

– Il te faut un bon avocat, c'est tout.

– Avec quoi je le paierai ?

La journaliste n'eut pas le temps de répliquer qu'on la poussait dehors sans ménagement. Elle entendit encore le cri lointain de Léa : « Mathilde ! Ne m'oublie pas ! » Non, elle n'allait pas l'oublier, cette fille qui lui ressemblait tant, qui avait la même passion pour la liberté et une commune haine du procureur Balestier, de tous les procureurs, de tous les hommes de pouvoir, de tous les hommes qui vous promettent et ne tiennent pas, qui vous jugent et vous méprisent.

Le soir même, elle fila vers les quais de Saône où logeait son frère Amédée. En passant, elle jeta un coup d'œil à la salle du *Café des Négociants* ; Amédée, toujours célibataire, était plus souvent au palais de justice ou au café que chez lui. Elle le remarqua aussitôt derrière la vitre, installé sur la banquette devant une absinthe, un dossier ouvert sur la table.

Mathilde et Amédée Balestier se croisaient rarement. Même si les deux cadets de l'ancien procureur étaient loin de ressembler à leur aîné le capitaine Jean Balestier, ils n'avaient ni les mêmes convictions ni les mêmes amis mais s'étaient gardé leur affection mutuelle. Elle poussa la porte du café qui sentait le bon cigare et le bon cognac dans une atmosphère feutrée de bourgeoisie opulente. Elle méprisait ce genre d'endroit, préférait traîner dans les troquets de la Guillotière, c'est là qu'on en apprenait plus sur l'humanité, mais une fois n'est pas coutume. Elle s'approcha de la table d'Amédée qui leva ses lorgnons au-dessus des feuilles du dossier.

– Mathilde ! Que me vaut cette charmante visite improvisée ?

Amédée se leva, fit place à sa sœur avec déférence.

– Veux-tu boire quelque chose ?

– Ce que tu bois.

Il appela le serveur tout en glissant entre haut et bas :

– Toujours provocatrice, ma petite sœur. On n'a pas l'habitude de servir de l'absinthe aux dames.

Mathilde ne releva pas l'ironie, l'heure était grave.

– Amédée, j'ai un lourd, désagréable service à te demander. Défendre une de mes amies qui s'est mise malgré elle dans une position délicate.

Mathilde n'avait pas fini d'expliquer qu'Amédée l'arrêta :

– Tout mais pas cela, ma sœur. Tu sais que je réprouve l'anarchisme et que je ne prendrai jamais la défense de ces voyous. Nous avons assez pâti de cette violence à Lyon ces dernières années.

– Mais Léa n'a rien d'une anarchiste. Elle n'a eu que le tort de suivre jusqu'ici un ouvrier syndicaliste qui lui avait fait miroiter Dieu sait quoi alors qu'elle venait de perdre son travail.

– Elle n'a qu'à s'en prendre à elle-même… Il y a des avocats pour ce genre de personne.

– Elle vient de Montélimar, elle travaillait à la chapellerie Monier, des affameurs si tu veux mon sentiment.

– Toujours dans l'exagération, ma chère Mathilde. Comment l'as-tu rencontrée ? À l'une de ces réunions où t'envoie ton journal, n'est-ce pas ?

– N'importe. Léa Audranne n'est pas ce que tu imagines. Elle…

– Comment as-tu dit ? Audranne ?

– Oui. La famille du fameux fabricant de nougat dont tout le monde parle. Mais il n'est pas question de faire intervenir sa famille. Ils sont brouillés.

Amédée avait plongé le nez dans son absinthe. Mathilde se mit à siroter la sienne en silence, elle savait son frère très à cheval sur ses propres convictions, lui demander de défendre l'amie de l'un de ces anarchistes relevait de la gageure. Amédée resta de glace et changea de sujet.

Ils se quittèrent sans qu'il lui ait donné le moindre espoir. Pourtant, la jeune femme était loin d'imaginer le drame qui se jouait dans le cœur de son frère. Le nom d'Audranne lui avait rappelé un souvenir poignant, les derniers mots qu'il avait entendus de son grand-père, quand il était retourné le voir à Die à la veille de sa mort. « Rappelle-toi, Amédée, notre conversation de l'autre été, au retour de notre promenade à Valcroissant… N'oublie pas la famille Audranne, je te la confie le jour où l'un d'eux, quoi qu'il ait fait, aura besoin de toi. »

Le lendemain, il alla sonner chez sa sœur. À quoi bon lui dire pourquoi il avait soudain décidé de prendre la défense de cette femme ; il demanda seulement à la rencontrer.

XIII

Montélimar, avril 1899.

Mathilde avait fini par se laisser convaincre après bien des hésitations. Elle avait commencé par refuser tout net ce projet ridicule : porter le dernier-né de son frère Jean sur les fonts baptismaux ? Tricher avec de fausses prières, elle qui ne croyait ni à Dieu ni à diable ? Et qui menait la vie que l'on sait… ?

Amédée avait fixé sur elle ce regard pénétrant qui savait si souvent briser la résistance des jurés d'assise.

– Ce sera peut-être pour toi l'occasion de réfléchir à ta propre vie…

Elle avait failli lui envoyer son verre à la figure et ne s'était retenue que pour ne pas choquer les clients du *Café des Négociants.*

– Que notre belle-sœur ait nommé sa dernière fille comme moi, grand bien lui fasse, mais qu'elle imagine en faire ma filleule ! Après tout, elle n'a qu'à s'adresser à sa mère qui se prénomme aussi Mathilde…

Sans se démonter, Amédée avait insisté :

– Fais-moi ce plaisir, petite sœur, viens au moins assister au baptême.

L'avocat refusait de mettre les pieds dans l'appartement de Mathilde depuis qu'elle s'était mise en ménage, au vu et au su de tous, avec Léa Audranne.

Il avait eu quelque mal à défendre l'ouvrière chapelière dont l'enquête avait prouvé l'activisme lors des grèves chez son patron Monier, et ses rapports intimes avec l'un des accusés. Un anarchiste dans les affaires duquel on avait trouvé des exemplaires interdits du *Père Peinard* et du *Drapeau noir.* Son talent avait malgré tout réussi à disculper la fille Audranne qu'il croyait lui-même sincère dans son ignorance du milieu dans lequel l'avait entraînée sa légèreté.

Léa avait recouvré la liberté au bout de six mois passés à la prison Saint-Paul, soutenue par les visites de maître Balestier et celles de Mathilde pour qui elle éprouvait une admiration passionnée. À sa sortie de prison, la sœur de l'avocat l'avait installée chez elle, lui avait offert cette affection, cette tendresse qu'elle n'avait jamais connues chez un homme, les caresses d'une femme, c'est pas pareil, elle s'était laissé faire, elle était tombée amoureuse de Mathilde.

La journaliste lui avait enseigné quelques rudiments de français, à elle qui savait à peine lire et écrire, et l'avait fait entrer au *Progrès de Lyon* à charge pour elle d'écrire des chroniques régulières sur les petites gens et les petits métiers dont elle avait été témoin.

– Le modernisme de notre époque va faire disparaître tout cela. À toi d'en raconter la vie quotidienne puisque tu l'as vécue…

Léa s'était mise au travail, facilement découragée mais aidée, corrigée, protégée par Mathilde Balestier. Elle déposait sur le papier, d'une plume hésitante, ses bêtises de gamine, les colères de son père, les bagarres enfantines du faubourg Saint-James, le marché de la soie et celui de la *terraille*[1] devant le

1. *Marché à la vaisselle qui était exclusivement en terre cuite à cette époque.*

théâtre de Montélimar, les jambes toutes jaunes des ouvriers teinturiers et la sueur des chapelières, le vacarme des filatures, et puis la puanteur que dégageaient les fosses de la tannerie, où trempaient les peaux.

Léa n'avait plus remis les pieds à la tannerie depuis que son frère Mathieu et sa belle-sœur Sidonie s'étaient séparés. Elle avait pris le parti de Sidonie, elle s'était brouillée avec Mathieu qui dirigeait maintenant la tannerie Contaroux à grands coups de gueule. On l'appelait toujours la tannerie Contaroux, parce que Mathieu ne voulait pas mêler son nom à celui de ses cousins confiseurs, ces prétentieux qui léchaient les bottes au Loubet. Il avait modernisé l'entreprise, remplacé les fosses de la cour par des tonneaux rotatifs et trouvé d'autres débouchés pour ses cuirs fins depuis la quasi-faillite de la chapellerie Monier. Il avait mis son fils aîné au travail des peaux, il avait placé le second chez Ruas, le carrossier de la place d'Aygu à qui il fournissait le cuir pour ses harnais.

Léa s'en fichait bien, de ce qui pouvait advenir aux fils de son frère, et du reste à tous les Montiliens. Elle se moqua de Mathilde quand elle apprit son projet de voyage.

– Alors, tu vas aller jouer les rombières ? Je te croyais brouillée avec le reste de ta famille.

Mathilde haussa les épaules. Léa lui prit la taille d'une main anxieuse, l'attira à elle, l'embrassa doucement au creux du cou, souffla :

– Tu vas me revenir, dis. Des fois qu'ils te convertiraient avec leurs bondieuseries…

Mlle Balestier faillit ne pas partir. Quelque temps avant la date prévue pour le baptême, Amédée lui annonça qu'il avait été repoussé de deux jours à cause de l'élection du nouveau président de la République.

– Quel rapport ? Ce n'est pas que ma belle-sœur veut de Loubet comme parrain, sous prétexte qu'il a été maire de Montélimar pendant trente ans ?

– Évidemment non, mais elle avait oublié un détail d'importance : la municipalité l'a invité et l'événement aura lieu les 6 et 7 avril prochain.

– Et… tu crois que le nouveau baptisé risque d'éclipser le grand homme ?

– Ne fais pas la bête. Imagine dans quel état sera la ville ces jours-là, sans compter que Jean va être retenu par ses obligations militaires… C'est lui qui a exigé qu'on déplace le baptême. Il aura lieu le samedi 8 et non le jeudi 6.

Mathilde était disposée à en profiter pour se déclarer indisponible ce jour-là mais, encore une fois, le regard de son frère l'en dissuada.

Ils débarquèrent donc du train de Lyon le 7 au soir alors que le Président et sa suite venaient de quitter Montélimar après deux jours de festivités palpitantes. La bataille de fleurs était terminée quand ils passèrent sous les arcs de triomphe qui jalonnaient les boulevards, mais la foule s'écrasait encore aux abords du Champ-de-Mars, on entendait les flonflons du bal qui débutait et, devant la maison Balestier, on marchait sur les restes écrasés et parfumés des bouquets de fleurs lancés dans l'après-midi du haut des chars enrubannés. La foule débordait des cafés du boulevard.

C'était somme toute réjouissant, cette liesse populaire, et Mathilde, le soir même, seule de la famille à être allée assister au feu d'artifice devant les casernes, se promit d'envoyer un billet d'humeur au *Progrès de Lyon.*

Le lendemain matin, pendant que la maisonnée était encore à sa toilette, elle partit en maraude humer l'air un peu mélancolique des lendemains de fête. On démantelait les arcs de triomphe, on décrochait les guirlandes, on récurait à grande eau les rues et les allées du jardin public où des milliers de badauds avaient saucissonné pendant que les officiels banquetaient sous la halle aux grains, où des milliers de bougies avaient dégouliné de cire sur les massifs et les terrasses pour illuminer les deux soirs de fête.

Les magasins avaient rouvert leurs volets et Mathilde, chemin faisant, s'attarda par curiosité et un brin de nostalgie aux devantures qu'elle avait connues autrefois, le chapelier de la rue la Commune, les bouquets de mariée de Fayn, les corsets de Mlle Bonnardel, *pour former la taille*, disait la réclame, « pour vous étouffer », maugréa Mathilde *in petto*. Sur la place du Marché, Farrayre vendait toujours ses cheminées prussiennes et l'épicerie Piallat débordait sur le trottoir, ah ! l'épicerie où l'on achetait à Noël les chocolats pralinés, les framboisines et les marrons glacés de Turin à la vanille…

Pendant ce temps, la femme de Jean, elle, mettait la dernière main aux préparatifs du baptême. Elle n'avait rien vu de la fête du président de la République, à part l'interminable défilé des voitures officielles sous ses fenêtres. Elle était déjà épuisée à l'arrivée d'Amédée et Mathilde ; on sentait qu'elle avait fourni de gros efforts pour tenter de réunir les morceaux épars de la famille autour de son ombrageux beau-père. Peine perdue, Édouard Balestier avait à peine salué sa fille.

Le déjeuner qui suivit la cérémonie à Sainte-Croix s'éternisa une partie de l'après-midi : gibelotte de lapin, lamproie du Rhône, poulets à la Méphisto, roucoulade de pigeons… Quand la pièce montée arriva, Mathilde n'avait plus faim depuis longtemps. Elle sentait les yeux anxieux d'Amédée se poser sur elle de temps en temps, elle préférait éviter son regard pour ne pas éclater de rire, à moins que ce soit de sanglots ; que faisait-elle là, au milieu de ces bourgeois confits dans leurs préjugés, leurs dévotions et leur pusillanimité, allait-elle leur chanter *L'Internationale* ou *La Carmagnole* pour faire diversion ?

Allait-elle leur jeter en pâture la vie dissolue qu'elle menait, juste pour voir jusqu'où irait leur veulerie ?

Elle réussit à s'éclipser pendant que la compagnie sirotait son café sur les fauteuils du salon, fila se rafraîchir le visage dans la cuvette de son cabinet de toilette, jeta un coup d'œil au miroir, Amédée avait eu fichtrement raison de la pousser à accepter l'invitation de sa belle-sœur : elle était sûre désormais, sans honte ni regret, d'avoir choisi la vie qu'elle désirait, loin de ces montagnes d'hypocrisie qu'elle côtoyait depuis la veille.

Elle ajusta sa capeline avec quelques épingles et dégringola l'escalier, à la recherche d'Amédée ; une promenade au jardin public leur ferait à tous les deux le plus grand bien. Les dames étaient restées au salon, les messieurs étaient descendus fumer le cigare au rez-de-chaussée. On entendait discuter dans le bureau de l'ancien magistrat. Mathilde s'apprêtait à pousser la porte, à la recherche d'Amédée, quand elle s'arrêta, interdite. Une voix qui n'était pas celle de son frère venait de prononcer le nom de Léa. Du moins son nom de famille. Elle tendit l'oreille, le cœur soudain serré : c'était bien Audranne qu'elle avait entendu et c'était la voix du procureur, l'un des invités du baptême.

Retenant son souffle pour mieux entendre, elle resta aux aguets. Cet homme qui l'avait mise mal à l'aise durant le déjeuner, ce procureur était-il en train de dévoiler sa relation avec Léa ? De quoi se mêlait-il ?

Mais la discussion à mots feutrés continua et ce qu'elle entendit la saisit d'horreur : que signifiait cette sordide affaire de lettre anonyme, d'avortement ? Visait-elle à compromettre Léa, déjà soupçonnée d'anarchisme ? Il y avait, dans la voix de son père, une telle haine vis-à-vis de ces « chiens d'Audranne » qu'elle faillit bondir dans la pièce pour le faire taire. Elle se retint. La suite la laissa pétrifiée.

– Voilà maintenant mon fils Amédée, ce naïf, mêlé à cette pourriture ! grondait Édouard Balestier. Il faut me casser ces canailles. Le soupçon de crime d'avortement n'a pas été pris au sérieux au temps où mon père était président du tribunal, pour des raisons que je soupçonne mais qu'il est inutile de vous exposer. Ces gens sont pernicieux, violents, et de dangereux agitateurs. C'est le sang de l'Insurgé, de cette fripouille de Pierre Audranne, et celui de sa femme qui ont pourri cette famille.

On entendait le murmure timide du procureur qui tentait d'apaiser l'ire de son confrère. Balestier ne l'écoutait pas, continuait :

– Je vous ai parlé, souvenez-vous, de ce Gaspard Audranne et de son beau-frère Combère, celui dont on n'a jamais élucidé la mort par noyade. Il y a encore le fabricant de nougat qui a été compromis dans une rixe avec un parent, et son cousin le tanneur qui passe pour un homme sans foi ni loi et, maintenant, vous m'apprenez que mon propre fils est allé défendre une anarchiste du nom de Léa Audranne ! Encore et toujours Audranne ! Nous ne pouvons plus rester les bras croisés, mon cher procureur, nous devons empêcher ces gens de nuire une fois pour toutes. Si le crime d'avortement est avéré, la tache en rejaillira sur toute cette famille de rats !

Le procureur se racla la gorge.

– Cela sera difficile. Aucune preuve, pas de témoin encore vivant…

– Vous verrez que si nous rouvrons le dossier, des gens se souviendront… Ne serait-ce que si l'opinion l'apprend, ce sera déjà un grand pas…

Mathilde entendit soudain le procureur se lever, elle comprit qu'il paraissait réticent devant le projet mais n'osait pas aller contre l'avis de son ancien confrère ; lui devait-il son poste actuel ? Comme il s'approchait de la porte, la jeune femme recula précipitamment et s'échappa vers le boulevard, la tête en feu.

XIV

ELLE AVAIT ENVIE DE VOMIR. Abasourdie. Les mots de son père, cette rage, cette haine contre les Audranne… Pourquoi ? Le procureur l'avait lui-même avoué, rien ne permettait de conclure dans cette affaire. Une affaire de quoi, déjà ? Une lettre anonyme qui accusait une inconnue d'avortement… et qu'Édouard Balestier voulait à tout prix rendre publique.

Elle s'éloigna en marchant à grands pas pour calmer son agitation, ce déballage allait ruiner la réputation et l'avenir de cette famille, et c'était tout ce que voulait son père. Même si Léa s'en contrefichait sans doute, ce n'était que justice de l'empêcher ! Intervenir auprès du procureur ? C'était admettre qu'elle l'avait espionné, et prendre le risque qu'il la menace d'étaler au grand jour sa coupable liaison ; cet homme paraissait aussi informé qu'un limier de la police… Avertir Amédée ? Il se trouvait déjà suffisamment compromis… Elle finit par décider de rapporter au fabricant de nougat lui-même ce qui le menaçait, de manière à ce qu'il puisse se défendre. Elle bifurqua dans la rue Villette, enfila la rue Puissantour en relevant sa jupe pour aller plus vite, remonta la Grand-Rue jusqu'au magasin Audranne.

Elle hésita au moment de faire tinter le carillon, comment allait-elle annoncer cette infamie ? La croirait-on ? Elle ferma les yeux pour prendre courage, poussa la porte.

Emma Audranne était assise, majestueuse comme une matrone romaine, derrière la caisse. De nouveau enceinte, elle avait de la difficulté à se déplacer et laissait la serveuse s'affairer auprès d'une cliente qui minaudait en réglant son achat ; quel souvenir inoubliable, la visite présidentielle, son mari receveur des finances avait fait partie des personnalités admises au banquet, elle en était encore soulevée de fierté, mais elle s'étonnait, la cliente, que pas un des dix-huit monuments érigés le long du parcours présidentiel n'ait célébré le nougat, la glorieuse confiserie montilienne ; Emma ne put s'empêcher de dénigrer le reste des confiseurs, incapables de s'entendre, jaloux les uns des autres, et surtout du nougat Audranne qui avait été le roi du banquet. La cliente opina et les plumes de sa capeline oscillèrent joliment, puis elle sortit.

Mathilde s'approcha.

– Madame Audranne ?

– Madame Vincent Audranne, oui. Que puis-je pour vous, madame ?

Emma sourit tout en jaugeant l'inconnue. Que lui voulait-elle ?

– J'ai à vous entretenir d'une grave affaire qui touche votre famille… Pouvons-nous nous isoler ?

Emma se raidit. L'inconnue ne paraissait pas l'une de ces cocottes frisées et fardées qui hantent les cafés, elle portait une jaquette stricte couleur noisette sans aucun bijou, mais allez savoir… Encore l'une de ces intrigantes qui avaient mis le grappin sur son idiot de mari ?

– Quelle grave affaire ? Si c'est une histoire de femme…

– Non… une affaire de justice. Il en va de la réputation de la famille Audranne et…

Emma s'était lassée depuis longtemps des aigrefins qui profitaient des incartades de Vincent. Elle prit sa voix la plus sèche pour renvoyer l'importune mais Aurélie, qui arrivait de promenade avec ses deux petites-filles et avait saisi les derniers mots, s'interposa :

– Si vous voulez bien me suivre, madame, nous pourrons parler plus tranquillement.

Sans se préoccuper du regard irrité d'Emma, elle lui laissa les deux enfants qui se précipitèrent sur les bonbons promis par leur grand-mère, et elle fit passer la visiteuse dans l'arrière-boutique ; quelque chose lui disait qu'il valait mieux ne pas chasser l'inconnue. Elle la fit asseoir.

– Je vous écoute.

À mesure que Mathilde Balestier parlait, des bribes de confidences arrachées à Louise lui revinrent. Et ces racontars lancés en famille au cours de vieilles querelles qu'elle n'avait jamais osé approfondir avec sa belle-sœur… En revanche, elle n'avait jamais entendu parler de cette infâme accusation d'avortement et mieux valait ne pas interroger Adrien, suffisamment anxieux et pessimiste de nature. Si cela s'ébruitait, ce serait à coup sûr un beau scandale dont la confiserie se relèverait difficilement. Elle eut une idée :

– Je préférerais que vous alliez confier cela à ma belle-sœur Louise Combère, à la confiserie Cabestan, rue Quatre-Alliances. À côté du coiffeur Chabas.

Marguerite avait carrément fermé les volets du magasin pendant la visite présidentielle. Car non content d'habiter la même rue qu'elle, l'ancien maire de Montélimar, Loubet le Rouge, avait mis la ville en ébullition sous prétexte de son élection à la tête de « la Gueuse ». Plutôt qu'être mêlée à cette mascarade devant les badauds et les journalistes qui allaient envahir la rue Quatre-Alliances, elle avait décidé de fermer boutique. Manière de protester. Et d'abord contre ce ridicule arc de triomphe qui donnait un air de carnaval à l'entrée de la rue et qui allait, comme le reste de la monstrueuse fête, coûter des fortunes à la ville. Elle avait bien sûr refusé de se joindre à la délégation des Dames françaises pour le secours aux blessés militaires qui avaient été reçues à l'hôtel de ville. Devoir être présentée au président rouge ? Elle en avait frémi d'horreur ! Gabriel avait beau lui faire remarquer les idées modérées et paisibles de l'ancien maire, comme sa bonne gestion de la ville, ses grands yeux noirs avaient étincelé de colère.

– Un anticlérical ! Un athée ! Un coquin !

Gabriel l'avait attirée dans ses bras, embrassée pour la faire taire. L'impétueuse Marguerite avait le cœur sur la main, mais sortait les griffes dès que l'on osait attaquer tout ensemble sa foi, le pape et la suprématie de l'Église catholique qui chancelait de plus en plus sous les coups de boutoir de la République.

Elle bougonnait encore, le lendemain de la visite, en mettant de l'ordre dans le magasin rouvert, quand Mathilde Balestier apparut. Elle arbora un beau sourire devant la nouvelle cliente qui demanda aussitôt, à sa grande surprise, à parler à sa mère. Louise descendit peu après, tout en redressant son chignon maintenant grisonnant.

– À qui ai-je l'honneur ?

Mathilde mentionna sa visite chez les Audranne, répéta sa requête et se nomma. Aussitôt, elle vit changer l'expression de Mme Combère et son regard glisser un instant sur sa fille avant de l'entendre murmurer :

– Pouvons-nous nous retrouver dans une heure au *Café de l'Univers*, sur le boulevard… si un rendez-vous dans un tel lieu ne vous heurte pas ?

Louise arriva en avance et s'attabla devant un chocolat en attendant avec anxiété ce qu'avait à lui dire la petite-fille du président Balestier. Elle avait toujours redouté cet instant, cet instant où lui reviendraient à la figure les angoisses qui avaient empoisonné longtemps sa jeunesse.

Quand Mathilde commença à parler, elle se figea : c'était pire que ce qu'elle craignait. Cette maudite lettre qui avait fini par réapparaître, ces soupçons qui n'avaient jamais quitté le jeune substitut venu l'interroger, trente ans plus tôt. Elle avait maudit le jour où elle avait appris sa nomination au poste de procureur à Montélimar, elle avait remercié la Sainte Vierge avec un cierge quand il était parti pour Digne, elle avait encore prié, lors de son retour, pour que la vieillesse lui ait adouci le cœur, elle croyait en avoir terminé avec ce cauchemar lancinant et voilà que... au soir de sa vie, cet homme n'oubliait toujours pas... Savait-il la part qu'avait prise son père dans le sauvetage du nougat Audranne ? Était-ce la raison de cet acharnement ?

Laissant Mlle Balestier parler sans l'interrompre, elle prit garde de ne pas afficher l'effroi qui l'étreignait, réfléchissant à ce qu'elle allait lui révéler ou au contraire lui cacher ; quelle confiance pouvait-elle accorder à cette inconnue, même si elle paraissait de bonne foi ?...

Ses préventions s'évanouirent dès qu'elle apprit le rôle qu'avait joué maître Amédée Balestier, quatre ans plus tôt, dans la libération de sa nièce Léa... Elle livra alors tout ce qu'elle savait, ce que sa mère lui avait avoué et ce qu'elle avait deviné, tout ce qui avait entretenu ses mystères et ses admirations d'enfant.

– Ma famille doit tout à votre grand-père, mademoiselle, mais cela, personne ne le sait et personne ne doit le savoir car il faudrait alors en donner la raison. Un seul l'a soupçonné, c'est votre père.

– J'ai cru comprendre que votre frère Adrien en a souffert...

La mine de Louise s'assombrit.

– Il n'a jamais surmonté la honte de l'accusation. Même si cela n'a pas transpiré, il s'est longtemps cru montré du doigt, il en a toujours voulu à notre mère…

Mathilde se leva brusquement.

– Eh bien, nous devons à sa mémoire de tout révéler au procureur.

– Gardez-vous-en, mademoiselle, fit Louise d'une voix alarmée, ce serait révéler cette abomination.

– Dans ce cas, c'est à mon frère Amédée que je vais m'adresser. Nous ne pouvons pas laisser s'accomplir ce forfait !

Après avoir rassuré Louise Combère du mieux possible, Mathilde quitta le café le cœur bouleversé d'indignation. Elle longea le boulevard à grandes enjambées et revint sonner à la porte de la maison paternelle. Elle avait retrouvé toute son audace et son énergie. Il fallait avant tout avertir Amédée, empêcher l'ouverture de cette abjecte instruction.

– Monsieur Amédée ? fit la domestique qui avait ouvert la porte, je crois bien qu'il est dans le bureau de M. Édouard…

Des éclats de voix s'entendaient du vestibule. Celle de l'ancien magistrat, enrouée à force de fureur, déversait une bordée d'invectives contre Amédée, Amédée qui défendait les indéfendables, Amédée qui se commettait avec les misérables, Amédée l'avocaillon qui n'avait que l'ambition des minables, Amédée… Mathilde n'hésita plus. Outrée, sans crainte d'affronter la furie paternelle, elle jaillit dans le bureau ; à sa vue, Édouard Balestier s'exclama aussitôt :

– Ah ! Voici ta complice, elle arrive à point nommé pour entendre ce que j'ai décidé. Votre mère n'est Dieu merci plus de ce monde pour subir la honte que vous nous imposez !

Mathilde n'avait jamais vu à son père ces yeux qui roulaient comme des fous dans un visage près de l'apoplexie. Loin de la calmer, cela ne fit qu'attiser sa propre colère ; elle l'interrompit d'un ton sec :

– C'est nous qui devons avoir honte, mon père. Honte de l'acharnement que vous mettez à vouloir ruiner une famille sous prétexte de votre mésentente avec votre propre père !

Le visage de l'ancien magistrat blêmit soudain sous l'effet de la stupeur. Mathilde poursuivit, rien ne pourrait plus l'arrêter.

– Je connais désormais la vérité sur le malheur arrivé jadis et la bonté qu'a eue le président Armand Balestier pour cette famille éprouvée.

Un instant désarçonné, Édouard foudroya sa fille du regard.

– Je ne m'étonne pas que tu aies eu le front de te mêler de cette sinistre affaire ; c'est au moins cette anarchiste, cette fille Audranne, avec qui...

– Oui, dites-le, prononcez le mot qui vous étouffe ! Cette femme, et toutes celles de sa famille méritent mieux que votre honorabilité bardée de haine et de mensonges !

– Mathilde ! Je t'interdis... ! Débauchée ! Perverse ! Sors d'ici !

Mathilde ne se démonta pas. Les poings serrés, elle continua :

– Votre père était la générosité même, vous n'êtes pas digne d'être son fils. Quand le procureur va apprendre la vérité...

– Je répète, sors d'ici, siffla encore une fois Balestier d'une voix plus faible.

Inquiet de la tournure que prenait la scène, Amédée tenta de calmer le jeu.

– Il me semble que l'affaire est suffisamment délicate pour en discuter entre nous, mon père, vérifier ce que rapporte Mathilde avant de...

– Voilà que tu t'en mêles, toi aussi !

Édouard avala de l'air comme s'il commençait à étouffer et hurla :

– Sachez-le, tous les deux. Je n'ai plus qu'un fils ! Quant à vous, je ne vous connais plus, je...

Mathilde ne le laissa pas finir :

– Ne vous gênez pas ! Rayez-moi de votre testament, je me moque de vos oripeaux, de vos tapis persans, de vos pendules et de vos plats d'argent que vous amassez comme un Harpagon ! Ce sont des hommes comme vous qui rendent les gens méchants !

Édouard Balestier s'était saisi du tisonnier et bondit vers sa fille, Amédée s'élança, lui arracha l'instrument, il tituba, les yeux hors de la tête.

– Je vais t'apprendre, vipère ! Je vais…

Soudain, on le vit s'effondrer sur lui-même, murmurer d'une voix faible :

– Jean… Je veux Jean…

Il s'était écroulé comme un poids mort sur le tapis.

Amédée se précipita, cria :

– Qu'on aille chercher le Dr Carle ! Vite !

Quand le médecin arriva en courant, la maison tout entière s'agglutinait devant la porte du bureau, la femme de Jean Balestier, à demi pâmée, respirait des sels dans le vestibule. La domestique se précipita.

– Là, docteur ! M. Édouard est dans le bureau…

L'ancien magistrat gisait toujours sur le tapis. Il lança au médecin un regard d'halluciné : il était paralysé.

XV

Lyon, mars 1902.

AMÉDÉE TENAIT ENCORE à la main la lettre que lui avait transmise sa tante Coralie. La chère femme se mêlait depuis des années sans succès de marier son neveu.

– Ta pauvre mère disparue, ton père, hélas… disait-elle en reniflant, faisant allusion à la paralysie de l'ancien magistrat, il faut que ce soit moi, malgré mes infirmités, qui me mette en peine de te trouver une épouse. À quarante ans passés, il est temps que tu te maries, mon petit !

La sœur de son père s'estimait compétente en matière de mariage, ayant fort adroitement casé son fils. Une bonne partie de son courrier tenait à cette activité de « marieuse », comme cette lettre que lui avait adressée un magistrat de Carpentras et qui avait l'ambition de séduire Amédée :

Le père de la jeune fille a tenu pendant plusieurs années un rang distingué au barreau de Carpentras… La jeune personne est de physique agréable, belle santé… caractère parfait… éducation excellente… élevée au Sacré-Cœur de Paris, fille d'une mère très pieuse… réunissant en un mot toutes les conditions désirables pour faire une bonne mère de famille et une femme d'intérieur… La dot consiste dans une belle propriété de produit et d'agrément d'une valeur de deux cent mille francs au moins et d'un revenu d'environ huit mille francs… Elle peut espérer recueillir un héritage d'environ quatre cent mille francs…

Amédée avait déjà repoussé plusieurs propositions, soit que le parti n'ait pas assez de fortune, soit que les renseignements sur la famille ne soient pas suffisants… La jeune fille pressentie cette fois-ci accepterait-elle de partager la vie d'un homme constamment accaparé par ses dossiers, même si on avait dû rapporter à la famille qu'il figurait parmi les avocats les plus courus de Lyon ?

On célébra le mariage à Grenoble où résidait le frère d'Amédée depuis qu'il avait intégré, deux ans plus tôt, le 140e régiment de ligne avec le grade de commandant… Cela afin qu'Édouard Balestier, incapable de voyager et qui vivait chez son fils, puisse y assister.

La tante Coralie qui avait hérité de sa mère une belle propriété aux portes de Grenoble l'avait prêtée pour l'occasion et les uniformes rutilants des officiers de la garnison s'y mêlaient aux dentelles et aux taffetas des dames dont les grandes capelines avaient empli l'église d'une sorte de parterre de plumes multicolores.

On attendait l'heure du déjeuner en admirant l'argenterie et les cristaux de la corbeille de mariage quand il fallut malheureusement que l'un des officiers, décidément en verve, évoque en présence de Jean la malheureuse affaire du 22e régiment qui avait dû quitter précipitamment Montélimar trois ans plus tôt, par mesure disciplinaire.

– J'approuve, commandant, l'audace téméraire de ces officiers. J'approuve des deux mains.

Jean répugnait à se remémorer ce triste épisode qui avait nourri un peu plus l'animosité d'une partie de l'opinion républicaine contre l'armée. Il n'assistait pas, lui-même, à ce dîner offert par quelques officiers du 22e au comte d'Aulan, le député opposant farouche de Loubet. Finalement, que s'était-il réellement passé à l'issue de ce dîner ? Les Montiliens puis la presse n'en auraient sans doute rien su si quelques âmes bien intentionnées, peut-être bien le marchand de tabac de la rue Quatre-Alliances lui-même, n'avaient pas ébruité l'affaire dans les journaux. La presse de gauche avait sauté sur l'occasion pour flétrir l'armée.

– Alors, mon cher, insistait-on auprès de Jean, si l'on ne peut plus afficher sa propre opinion en public, où se trouve cette liberté que nous serinent ces fichus républicains ?

– « À bas Loubet, vive d'Aulan », lancé tout au plus par un ou deux jeunes écervelés, ce n'est tout de même pas un crime de nature à sanctionner tout un régiment !

Jean était las de répéter ce qu'il savait de l'affaire, sans doute des esprits échauffés par trop de libations et provoqués à la sortie du *Café de l'Univers* par les clients du *Café Miland* qui les avaient proprement injuriés. Mais de là à aller uriner face à la maison du président de la République ! Jean coupa court à la conversation, d'autant plus que le déjeuner était servi.

Le commandant Balestier, comme la majorité des officiers qu'il connaissait, n'avait que peu de sympathie pour ce gouvernement de corrompus alors que le pays avait avant tout besoin de se régénérer face à une Allemagne toujours agressive. C'était le dernier scandale au sein de l'armée qui avait exaspéré la plupart des officiers, d'autant plus qu'une partie de la presse, de gauche évidemment, avait pris la défense de l'espion, du capitaine Dreyfus. L'affaire était devenue une affaire d'État et divisait jusqu'aux familles elles-mêmes. Jean, quant à lui, n'était plus très sûr désormais, après avoir entendu son frère Amédée argumenter en faveur de Dreyfus, que l'histoire ne soit pas un coup monté contre l'officier israélite.

Indirectement, c'était pourtant ce qui avait provoqué son départ de Montélimar. Dans le mois qui avait suivi l'incident du *Café de l'Univers*, le régiment avait dû plier bagage par ordre du président de la République. Jean s'était retrouvé à Gap, sa femme et ses enfants restés à Montélimar auprès de son père paralysé. Sa promotion au grade de commandant, quelques mois plus tard, dans le 140ᵉ régiment avait heureusement permis le déménagement de la famille à Grenoble.

Il n'était retourné à Montélimar que pour s'occuper de la vente de la maison de son père qui n'intéressait ni Amédée ni lui-même. Il avait eu du mal à la vendre : le départ précipité du 22ᵉ avait provoqué un petit séisme économique dans la ville qui ne s'en était remise que lentement. Le 52ᵉ installé dans la foulée comptait surtout des célibataires qui n'avaient nul besoin d'une grande maison.

Jean avait fini par faire affaire avec un confiseur que son nougat avait enrichi. Et encore, il avait fallu parlementer avec sa femme qui avait réussi, après une inspection de la maison digne d'un policier, à faire rabattre une partie du prix sous prétexte de la vétusté de la cuisine ou des cabinets d'aisance. Sans doute une paysanne à peine sortie de son troupeau de chèvres et qui pensait plus à ses brocs et ses casseroles qu'au décor de son salon, avait conclu Jean avec dédain. L'acheteur, un nommé Vincent Audranne, avait fini par signer ; le commandant Balestier, soulagé, avait repris allégrement le train pour Lyon où l'attendait son frère.

– L'affaire est conclue, lança-t-il à peine le pied posé sur le quai de la gare de Perrache.

– Rappelle-toi ma recommandation, précisa Amédée, inutile de mentionner le nom de l'acheteur devant notre père. Il a eu maille à partir avec la corporation des confiseurs montiliens, cela ne ferait qu'aggraver son état.

Jean était resté en effet dans l'ignorance de ce qui avait provoqué l'attaque cérébrale de leur père ; Amédée y avait veillé, auprès de sa belle-sœur et de la domesticité, pour ne pas ajouter encore au drame familial. Quant au procureur du tribunal de Montélimar, déjà peu enthousiaste, il avait volontiers abandonné cette malheureuse affaire Audranne.

C'est pourquoi Édouard Balestier ne sut jamais à qui avait été vendue sa chère maison montilienne.

Emma Audranne, elle, trouvait la maison trop grande et pas commode pour un sou. Elle avait quitté sans regret les quatre pièces qu'ils louaient rue Sainte-Croix au-dessus de l'*Épicerie Lyonnaise*, et échappé enfin à l'odeur tenace du café qu'on torréfiait dans la cour. Elle avait chipoté sur l'état de la maison, histoire de faire baisser le prix, mais surtout pour masquer la fierté qu'elle éprouvait : elle était loin d'imaginer autrefois, quand elle croquait ses coucouris pour s'enlever la faim, qu'elle aurait un jour toute une maison de trois étages rien qu'à elle. Comme leurs meubles se réduisaient à un buffet, une table, quelques chaises paillées et à une chambre à coucher, celle que les beaux-parents leur avaient offerte pour leur mariage, elle était allée choisir du beau mobilier bourgeois chez Eybert, et même deux grandes glaces avec leur cadre en plâtre doré chez Bastide.

La bonne qui s'occupait de leur ménage rue Sainte-Croix avait poussé les hauts cris devant l'étendue du nouveau logis, Emma l'avait congédiée et remplacée par une solide Ardéchoise qui n'avait pas peur du travail. Mais qui ne savait cuisiner que la bombine ou la crique de ses montagnes. Mme Audranne avait donc engagé une deuxième domestique pour la cuisine et, puisque à présent elle était devenue une « dame », elle décida de faire chambre à part. De toute manière, elle ne voulait plus d'enfant de Vincent, elle ne voulait plus de ses faux airs de tendresse quand l'envie lui venait et d'ailleurs elle lui venait de moins en moins dans le lit conjugal et de plus en plus dans les bras de ses *putarasses*. Et puis c'était distingué de faire chambre à part, elle le savait d'une de ses cousines qui était placée dans un château.

Elle gardait dans sa propre chambre sa petite dernière, née deux ans plus tôt, et avait confié ses autres filles, contre l'avis de son mari, aux sœurs de Sainte-Marthe qui prendraient soin de la plus jeune, sujette aux crises d'épilepsie. Benoît, lui, qui venait d'avoir seize ans, travaillait avec son père, son frère cadet fréquentait l'école du boulevard.

Pour être agréable à sa belle-mère qui était logée toujours aussi petitement au-dessus du magasin de la Grand-Rue, elle lui avait proposé le rez-de-chaussée, mais Aurélie avait refusé. Adrien pourtant s'aidait d'une canne maintenant et Aurélie se plaignait de ses rhumatismes mais elle préférait encore son logement inconfortable et l'escalier de sa chambre à la cohabitation avec sa bru qui se donnait à présent des airs de dame et n'était pas loin de mépriser le parler patoisant de sa belle-mère. Et puis Adrien n'aurait jamais quitté les lieux où il avait toujours vécu, on n'allait pas bousculer comme ça la vie de son homme, déjà qu'elle avait du mal à le sortir de son humeur chagrine.

Il avait abandonné la direction de la fabrique à Vincent mais il fallait toujours qu'il aille inspecter le travail à l'atelier et qu'il donne son avis d'un air bourru, jamais parfaitement satisfait de la cuisson, du goût, de la présentation. Et qu'il rabroue les petits apprentis, qu'il critique les ouvriers du glaçage, on ne lui en voulait pas, on mettait son humeur sur le compte de l'âge, on savait ses remarques toujours judicieuses.

Avec les dernières embauches, Vincent avait fait de la fabrique une véritable petite usine, chaque équipe d'ouvriers spécialisée dans le nougat, les fruits confits ou le chocolat, chacune avec son contremaître qui avait formé ses ouvriers. Sans compter les plieuses et les préposés aux envois de colis.

Devant l'extension de la fabrique, maintenant trop à l'étroit, Vincent envisageait de la déménager à l'extérieur de la ville mais il reculait le moment d'en discuter avec son père ; il savait d'avance qu'il lui faudrait livrer bataille. Pour le moment, il songeait surtout à ce qui lui tenait le plus à cœur, la reconnaissance mondiale du nougat de Montélimar. À son avis, elle passait par une recette unique, par un lieu de fabrication unique, par un regroupement des confiseurs-nougatiers au sein d'une même organisation, à l'instar d'autres professions. Jusque-là, chacun avait appliqué sa recette en toute fantaisie et aurait pu tout aussi bien faire du nougat et l'appeler « de Montélimar » pour attirer le client, même en le fabriquant autrement et ailleurs. « C'est la rançon du succès », avait plaisanté l'un de ses confrères qui avait l'air de s'en moquer. Qui ne voyait pas, l'étourdi, que bientôt on appellerait « nougat de Montélimar » la moindre douceur du même genre.

À chaque occasion, Vincent insistait : du miel de lavande, du sucre, du blanc d'œuf, des amandes, des pistaches, on devrait se limiter à ces ingrédients, les choisir excellents et en préciser le dosage... D'autres objectaient que l'utilisation du miel seul empêcherait sa conservation et que mieux valait du sirop de glucose, ou qu'on pouvait bien remplacer les amandes par des fleurs ou des fruits confits, ou que le miel de lavande était trop cher pour vendre le nougat dans les foires... Vincent s'indignait. Un nougat qui ornait la table du président de la République ne pouvait pas se commettre dans les fêtes foraines !

Il arrivait parfois qu'au cours de ces séances au *Café Genin* où les fabricants se réunissaient, les deux cousins ennemis se croisent, toujours feignant de s'ignorer. On craignait à chaque réunion un esclandre, d'autant plus que Cabestan n'avait pas abandonné ses fabrications de nougats aux épices qui avaient leurs adeptes, tout autant que le nougat traditionnel.

– Sans miel, ce n'est pas du « nougat de Montélimar » ! tonnait Vincent.

– L'un n'empêche pas l'autre, lui rétorquait-on, qu'est-ce qui empêche de marier le miel et la cannelle ou la coriandre ?

– Hérésie ! Notre nougat n'est pas une denrée des colonies, que je sache !

Pendant que le cafetier remettait une tournée, on entendait marmonner au bout de la table :

– Alors, pourquoi il a appelé son nougat le « nougat de la fille du Persan » ?

XVI

Montélimar, février 1906.

C'ÉTAIT DIT, le nougat Cabestan était désormais forcé de s'aligner sur la recette de ses confrères confiseurs. Écrit en toutes lettres dans la loi du 1er août 1905 que Gabriel avait été sommé d'appliquer l'année précédente s'il voulait toujours vendre son nougat sous le nom de « nougat de Montélimar ». Quelques confiseurs avaient bataillé pour inclure du glucose à côté du sucre et des blancs d'œufs, frais ou desséchés ; les autres, dont Andranne, avaient exigé l'ajout obligatoire du miel. Pour les parfums, on acceptait les amandes, mais aussi les pistaches, les noisettes, les fruits… Finalement, le nougat Cabestan ne s'en sortait pas si mal. Gabriel espérait toujours pouvoir y glisser un peu de cannelle ou de girofle pour ne pas décevoir sa propre clientèle.

Elle n'était déjà pas si nombreuse depuis que la ville avait perdu son 22e, sept ans plus tôt, et du coup les familles d'officiers qui faisaient marcher le commerce, plus sûrement que les nombreux célibataires du 52e. Une bien triste affaire, cette dispute qui avait dégénéré, on n'avait jamais su le vrai du faux, les journaux avaient donné tant de versions… Gabriel, lui, ne répétait qu'une chose, qu'un militaire ne doit pas faire de politique.

À présent, l'affaire du 22e était oubliée mais il y avait bien d'autres sujets propres à agiter les terrasses de café. Pour une fois, le confiseur-nougatier aurait eu tort de s'en plaindre : la querelle entre le gouvernement et l'Église lui avait amené un surcroît inattendu de clientèle. Celle qui fulminait contre les sans-Dieu, les briseurs de cultes, les blasphémateurs, et qui comptait dans ses rangs la patronne de *L'Amande dorée.*

Marguerite continuait à batailler pour une cause qu'elle savait perdue. Gabriel se souviendrait toujours de ce mois de juillet 1901, lorsqu'elle avait brandi *Le Journal de Montélimar* en rugissant :

– Ces monstres du gouvernement veulent maintenant la mort des congrégations religieuses !

Elle n'avait cessé de militer, depuis cette époque, d'un meeting à l'autre, et à mesure que se profilait la loi de séparation des Églises et de l'État. Elle dépensait dans cette lutte inégale toute l'énergie et la ferveur qu'elle aurait déployée dans une armée. Elle appelait d'ailleurs cela l'armée du Christ, les combattantes de l'Église, Gabriel n'osait pas la dissuader ni la décourager, elle était si bouleversante de beauté quand elle avait une cause à défendre.

Dans l'affaire, il avait bien perdu quelques clients et essuyé quelques quolibets au nom de sa femme, l'obscurantiste, la malheureuse asservie par les dogmes et les curés, l'empoisonnée de religion, il laissait dire.

Depuis quelques semaines, Marguerite était aux cent coups : on parlait de mettre la main sur les objets du culte, les tableaux, les statues offertes par les paroissiens !

– Tu t'épuises inutilement, ma fille, murmurait Louise, et tu délaisses ton commerce et tes enfants.

– Bien au contraire, c'est de leur avenir que je me préoccupe. Qui leur enseignera les vérités chrétiennes quand leurs maîtres n'auront plus le droit d'enseigner ? Et qui soignera les malades, soulagera les pauvres quand il n'y aura plus de religieuses pour s'y dévouer gratuitement ? Non, maman, je ne me bats pas inutilement.

Louise rétorqua, entre haut et bas :

– Le seul combat qui se gagne est celui du bulletin de vote. Tant que les femmes ne pourront pas voter, leurs idées n'auront pas de chance d'aboutir.

Marguerite glissa un regard étonné vers sa mère.

– Je ne te savais pas intéressée par ces questions... C'est Gabriel qui t'a parlé de ces Anglaises qui font de la politique ? Ces... suffragettes ?...

– Non, mais je ne lis pas que *Le Journal de Montélimar* ou *L'Appel à la France chrétienne*, moi.

Marguerite haussa les épaules. Sa mère pouvait se moquer de ses propres convictions, elle croyait plus à l'élévation spirituelle et à la prière fervente qu'à la provocation de ces... suffragettes.

Le lendemain, c'était pourtant elle qui se trouvait au premier rang des protestataires, dans une église bondée, empêchant les fonctionnaires de l'enregistrement de faire leur travail d'inventaire. Peine perdue : les manifestants se retrouvèrent expulsés et continuèrent à clamer leur indignation dans la rue, à coups de canne et de chapeau.

Marguerite revint chez elle épuisée et furieuse, et pour s'apercevoir de plus que son fils avait séché les cours du collège et pris le tramway pour Dieulefit ! Encore aurait-il manqué les cours pour manifester... Mais Augustin s'en moquait comme d'une guigne, des querelles qui opposaient l'État et les catholiques ; à l'inverse de ses sœurs, fort pieuses, il se contentait de faire ses pâques et de fréquenter l'église aux fêtes carillonnées.

Ce n'était pourtant pas faute de lui avoir enseigné la religion à l'école des frères ; malheureuse école qu'on avait essayé de maintenir sans succès à coups de gala de soutien dans l'ancienne chapelle des Pénitents et dont Gabriel avait exigé de retirer l'enfant parce que l'établissement qui ne faisait que survivre n'enseignait plus grand-chose. La mort dans l'âme, Marguerite avait dû envoyer Augustin à l'école publique, « l'école du diable », d'où il était revenu un jour en répétant naïvement ce qu'il venait de lire au mur : l'annonce d'une conférence intitulée « Dieu, c'est le crime ». La réaction de sa mère avait été explosive : sans l'intervention de Gabriel, Marguerite l'aurait retiré séance tenante de cet endroit de perdition !

Voilà que maintenant il faisait l'école buissonnière.

Or Marguerite ne savait pas tout. Augustin fréquentait…

Il l'avait rencontrée au marché de la terraille, devant le théâtre, où il était allé traîner à la sortie de l'école pour voir passer le tramway de Dieulefit. Un petit bout de femme qui restait impavide sous les quolibets et les injures d'une vendeuse de faisselles à fromage.

– Trop chères, vos faisselles ; vous me rabaissez le prix ou je cherche ailleurs.

– Cherche donc, bougnasse. T'en trouveras pas de plus belles.

– Une faisselle, c'est une faisselle. On croirait de la porcelaine à vous entendre.

– Non mais, écoutez-moi ça. C'te *droulasso*, pour qui elle se prend ? Je vais te corriger, moi !

Dans une bordée d'injures, la vendeuse allait empoigner la jeune fille quand Augustin était passé par là. Il s'était interposé ; comme il était grand et fort pour ses seize ans, la mégère n'avait pas insisté.

Elle, la ravissante, elle avait levé des yeux transparents vers lui, murmuré « merci » et filé d'un bon pas. Il l'avait rattrapée.

– Ça te dirait, un petit *viron* ensemble à la foire ? Y a le théâtre d'illusion d'Imbert qu'est revenu.

– Pas le temps. J'ai des commissions pour ma mère.

Elle se nommait Angèle et elle avait les manières d'un ange. Du moins, c'était l'avis d'Augustin qui ratait le glaçage des poires, dans l'atelier paternel, parce qu'il rêvassait d'elle au lieu de travailler. Les parents d'Angèle étaient épiciers au faubourg Saint-James et l'avaient placée à l'*Hôtel de la Poste*. Elle aidait à la cuisine, elle était fière de ses patrons, les pâtés de Mme Praloup, c'était quelque chose. Ils avaient régalé les invités lors de l'inauguration, dix ans plus tôt, du tramway de Dieulefit, le « Picodon » qu'on l'appelait parce qu'il transportait les paysannes qui allaient vendre au marché leurs petits fromages forts, et qu'il empestait comme un picodon.

Ils étaient restés célèbres, les « pâtés du Picodon » ; maintenant c'était toujours ce que réclamaient les clients.

Quelques semaines après l'incident du marché de la terraille, Augustin avait retrouvé la demoiselle dans les rayons des *Nouvelles Galeries*. Mme Praloup lui avait donné son après-midi et elle en avait profité pour aller faire la curieuse ; elle n'était jamais entrée dans le nouveau magasin qui avait ouvert un an plus tôt dans la rue Sainte-Croix, ça tenait du bazar et de la foire mais on n'y voyait que des dames, ou des femmes qui faisaient les dames, qui touchaient à tout, qui achetaient des biscuits en même temps que du linge ou des casseroles, et qui disaient que c'était bien moins cher qu'ailleurs.

Elle avait sursauté et rougi quand Augustin lui avait dit bonjour, sa casquette à la main.

– Vous vous souvenez de moi, mademoiselle ?

Il l'avait invitée un dimanche au bal des *Deux-Saisons* ; on y mangeait des saucisses sur la terrasse de la brasserie, on se tenait par la main, on ne disait rien, on se serait cru au paradis sous les arbres, entre Roubion et Jabron ; ils n'avaient jamais pu recommencer, il y avait toujours une partie de pêche en famille, les petits frères d'Angèle à garder, et puis les dimanches à Grignan, chez les cousins Combère, la moindre occasion de filer à la campagne ; on prenait la patache après la première messe du matin, les cousins attendaient sous la treille de la maison ou au coin de la cheminée, on mangeait la fricassée et l'omelette aux truffes et, au dessert, la confiture de *gègerines*[1] de la tante. On allait faire un tour, inspecter les amandiers, c'était chez le cousin que Gabriel Cabestan achetait ses amandes à présent et, selon la saison, on aidait à peler les truffes pour les mettre en conserve, ou bien on aidait à la magnanerie. Au printemps, quand les éclosions avaient trop bien réussi, il fallait installer des étagères jusque dans la cuisine et on mangeait au milieu des vers qui dévoraient la feuille de mûrier, on passait le dimanche à ramasser de la feuille, qu'est-ce que c'était glouton, ces bestioles, et puis, quand c'était le moment, l'oncle Combère faisait dire : « Les vers ont fini de monter, va falloir décoconner. » On rappliquait, les voisins aussi, et on se mettait au tri des cocons, on les détachait de leurs branches de bruyère, on retirait la bourre, les brindilles, on les mettait dans des grands sacs pour les vendre aux filateurs.

C'est au retour du décoconnage à Grignan, cette année-là, que les Cabestan apprirent ce qui venait d'arriver chez les Audranne.

On s'ignorait toujours autant chez les enfants de Louise et ceux d'Adrien. Les Cabestan n'avaient su que par les confidences d'Aurélie les fiançailles de Benoît leur neveu avec la fille du pharmacien de la Grand-Rue, et en même temps le déménagement de la fabrique Audranne sur la route de Valence.

– Des hangars modernes, du matériel dernier cri ! *Couquin de sort*, si vous voyiez ça !

---

1. Courge oblongue du sud de la Drôme.

Gabriel avait haussé les épaules, c'est pas avec du tout neuf qu'on fait forcément du bon nougat ; Louise avait eu le cœur un peu pincé, comment son frère Adrien avait-il pris la chose, lui qui n'avait jamais quitté son vieil atelier ? Aurélie avait secoué la tête avec résignation.

– Comme à son habitude, il n'a pas dit un mot. Parfois, son silence me fait peur.

Elle persistait à rendre visite à sa belle-sœur, malgré ses jambes qui la faisaient souffrir, elle s'aidait d'une canne à présent mais elle trottait toujours allégrement. Elle se moquait gentiment des airs que se donnait sa belle-fille Emma avec les parents de la future, elle préférait ne pas être mêlée aux préparatifs de la noce et, d'ailleurs, on ne lui avait pas demandé son avis.

Vincent Audranne, lui, ne s'était plus préoccupé de ce que pouvait penser son père, une fois qu'il s'était décidé. Un vaste hangar désaffecté au-delà du cimetière, un prix intéressant, c'était l'occasion qu'il attendait.

Il en avait profité pour commander des chaudrons neufs chez Crouzet, améliorer le système de chauffage, rationaliser les différents stades de la fabrication et l'atelier de conditionnement, il avait embauché du monde et un représentant de plus pour Paris et le nord de la France. Il avait conservé le magasin de la Grand-Rue ; on continuait à y vendre les macarons, les pralines et les berlingots à la bergamote qui avaient toujours leurs amateurs, mais c'était le nougat qui constituait maintenant les deux tiers du chiffre d'affaires.

Vincent était à présent l'un des personnages en vue de Montélimar, l'un des notables qu'on invitait aux manifestations officielles, qu'on remarquait au cercle du *Progrès*, aux opérettes du théâtre municipal, aux courses vélocipédiques, aux concerts, ah ! le dernier concours musical où il avait été désigné pour recevoir le chef de musique de la garde républicaine, rien que cela… Il figurait parmi les administrateurs de la Société hippique et ne manquait pas une de ces journées où la foule venait tout autant applaudir les chevaux que les élégants attelages et les carrosseries de ces nouveaux véhicules à moteur pétaradant comme des monstres sur la route poussiéreuse du champ de courses.

N'eût été Emma qui préférait leur joli coupé tout juste réparé par Louis Mille à ces engins trop salissants pour ses toilettes de soie, Vincent aurait volontiers acquis une de ces automobiles Delage qu'il aurait fait carrosser par l'un de ses amis.

On apercevait de loin, au pesage, sa haute stature et son huit-reflets, souvent en compagnie de M. Gauthier qui avait remplacé à la mairie Émile Loubet ; il était resté en excellents termes avec ce dernier qui venait de se retirer à la campagne à l'expiration de son mandat de président de la République. Des amitiés toujours utiles, mais le « nougat de la fille du Persan » n'avait désormais plus besoin de la publicité des hommes politiques pour asseoir son succès : Vincent avait vite compris le nouveau parti qu'il pouvait retirer de la situation privilégiée de la petite ville sur la route de la Côte d'Azur…

Il en avait touché deux mots, justement lors d'une course hippique, à Praloup, le propriétaire de l'*Hôtel de la Poste* chez qui faisaient étape les riches touristes en route pour leur villégiature niçoise ou cannoise. Les clients fortunés de l'hôtel pouvaient désormais déguster avec le café quelques « nougats de la fille du Persan », présentés sur un plateau par une jeune et accorte serveuse. Vincent avait insisté pour que le choix porte sur la jeune Angèle, la fille de cuisine qu'il avait eu l'occasion de croiser à l'office.

– Elle a de la distinction et un physique charmant…

– Angèle ? avait pouffé Mme Praloup, vous n'y pensez pas et, du reste, elle a à peine quinze ans, une gamine à qui on ne peut pas confier une tâche aussi délicate.

– Elle m'a l'air au contraire astucieuse, vous verrez qu'elle s'en sortira à merveille…

M. Praloup avait hoché la tête, « il les prend bien jeunes, désormais, le Vincent Audranne » ; sa femme avait pincé les lèvres, il lui faudrait davantage surveiller la gamine, et lui faire rabattre ses airs de demoiselle. Pas de libertinage dans son établissement.

Vincent, lui, avait saisi plusieurs fois l'occasion d'un repas pour vérifier sa première impression, la jeune Angèle était une délicieuse enfant et n'avait pas les yeux dans sa poche. Dès qu'il serait débarrassé du souci du mariage de son fils, il s'occuperait de cette mignonne… Pour l'heure, c'était son épouse plus que lui qui fréquentait l'*Hôtel de la Poste* puisque c'est là que devait avoir lieu le repas de noce.

Le mariage de Benoît occupait depuis des mois l'attention d'Emma. Il fallait se montrer à la hauteur de la famille de la fiancée. Des personnes de bien, la pharmacie du père avait une aussi bonne renommée que celle de la rue Sainte-Croix et la mère avait hérité d'une belle propriété d'arbres fruitiers du côté de Chabeuil qu'on était allé visiter durant les fiançailles. Une famille protestante fort estimée et qui s'était facilement accommodée d'un mariage avec un catholique. Les deux mères de famille avaient arrêté le menu avec Mme Praloup, les fameux pâtés de grive de la maison, du saumon évidemment, elles avaient hésité entre les filets de lièvre et le dindon truffé, elles avaient laissé les messieurs discuter du vin, saint-émilion ou hermitage ? Elles s'étaient retrouvées sur le vacherin.

Le jour du mariage, il faisait une chaleur épaisse dans la salle du *Restaurant de la Poste*. Les derniers jours de juin devenaient suffocants.

On en était aux discours du dessert, le brouhaha s'était fait plus bruyant, les rires plus aigus, les visages rougissaient de plaisir et de bonne chère et les serviettes qui ornaient les plastrons des messieurs n'étaient plus aussi blanches. Quelques dames s'étaient trouvé mal et on leur avait délacé le corset dans l'antichambre, les enfants se poursuivaient en piaillant, les *novis*[1] ne se quittaient pas des yeux, la jeune Hortense n'était pas très jolie mais sa dot compensait cela.

Le hurlement soudain d'Aurélie Audranne fit taire tout le monde, les cris des enfants, la voix du discoureur, les murmures des conversations, chacun se tourna vers la grand-mère du marié qui avait renversé sa chaise et qui fixait la table d'un regard horrifié. Un gamin se tenait près d'elle, tout tremblant, la casquette à la main.

Vincent comprit aussitôt qu'il était arrivé un malheur.

Son père avait refusé tout net d'assister à la noce. Depuis le déménagement de la fabrique au faubourg Saint-Lazare, il ne sortait plus de son mutisme. Il passait ses journées dans le vieil atelier, à l'arrière du magasin de la Grand-Rue où l'on avait abandonné les chaudrons et les quelques outils d'autrefois devenus inutiles. Le soir, Aurélie le tirait par la manche pour l'obliger à venir manger sa soupe puis à monter se coucher près d'elle. Parfois même, pendant la nuit, elle l'avait surpris, la bougie à la main, en train de fureter dans l'atelier.

– Qu'est-ce que t'as à *bouliguer* sans arrêt ? Viens te recoucher, tu vas te rendre malade à ressasser tout ça.

Elle espérait qu'avec le temps Adrien finirait par s'habituer, admettre que Vincent avait eu raison, les affaires étaient de plus en plus florissantes, il aurait dû féliciter son fils, au lieu de quoi…

Il ne s'était jamais fait au modernisme, Adrien.

Il avait fini par en mourir.

Le gamin qui venait d'annoncer la nouvelle en chuchotant à l'oreille d'Aurélie était le fils de la voisine. Il jouait dans l'impasse derrière l'atelier, il était entré par le portillon

1. novis : *jeunes mariés.*

entrouvert comme il faisait souvent, il avait trouvé le confiseur pendu à l'un des crochets où l'on suspendait les poêlons. Il était resté immobile un instant, stupide devant le spectacle, et puis il avait filé tout droit à l'*Hôtel de la Poste*.

XVII

Montélimar, août 1906.

Vincent Audranne détestait que le moindre événement, la moindre allusion lui renvoient l'image de cet homme, cet aïeul dont le souvenir chez les Montiliens était resté celui de « l'Insurgé ».

Du reste, en famille, on n'en parlait pas. Non que son père en ait eu honte, certainement pas, fervent républicain comme il l'affichait. Mais Adrien Audranne avait été durant sa vie un silencieux, et Aurélie une femme soucieuse de l'harmonie de sa famille et qui ne voyait pas l'avantage de remuer les marécages du passé. À présent, Vincent s'était hissé au rang des bourgeois, et dans ce milieu conservateur, les révolutionnaires n'ont pas bonne presse ; il aurait volontiers effacé des mémoires le nom de Pierre Audranne l'Insurgé.

Le suicide de son père avait fait ressurgir ces vieux fantômes. La tragédie l'avait profondément touché, pas seulement dans son affection car il admirait ce père taciturne à qui il devait en grande partie son talent ; mais aussi, peut-être surtout, dans son amour-propre. Le curé Prunier lui avait refusé l'église, Adrien Audranne avait été enterré comme un mécréant, bien sûr qu'il n'y mettait pas souvent les pieds, à l'église, mais tout de même... On avait justifié son geste par la démence sénile, il faut avoir perdu la raison, dame, pour se donner la mort quand votre affaire, votre famille, le mariage de votre fils devraient au contraire vous réjouir.

Vincent avait néanmoins tenu à la pompe habituelle, même si les obsèques n'étaient que civiles ; quatre confiseurs avaient accepté de tenir les cordons du poêle et le convoi jusqu'au cimetière Saint-Lazare avait été suivi par une foule nombreuse. Il y avait même eu les discours d'usage.

Il n'empêche, quand, à présent, le confiseur Audranne poussait la porte de son cercle, saluait à la ronde, se penchait sur l'une des tables de jeu, il était sûr que dans son dos les réflexions se mettent aussitôt à fuser.

Il n'avait pas tort. Il y a si peu d'événements à commenter dans une petite ville où l'activité se résume à un peu de commerce et d'industrie, aux œuvres charitables et aux fêtes votives. Le suicide d'Adrien Audranne était une aubaine.

Tout en réfléchissant à la carte à jouer, Félix Amblard, le chapelier de la rue Roserie, avait marmonné entre haut et bas :

– C'est égal, ces Audranne, on croirait que le mauvais sort s'acharne sur eux.

– Tu penses que ça gêne le Vincent tant que cela, ce qui est arrivé à son père ? Lui, il voit que son profit.

Chalabreysse, le liquoriste qui fournissait le cercle, hocha la tête :

– Sa femme s'en remettra difficilement, elle qui cache à tout le monde sa cadette bonne à enfermer...

– Tu parles de la sœur de Benoît, le jeune marié ? La pauvre fille épileptique ?

– Ça fait beaucoup, après tout ce qu'on sait de la famille. L'aïeul qui est mort en déportation et cette brouille qu'on n'a jamais expliquée entre Adrien Audranne et son beau-frère

Combère, pas plus que la noyade de celui-là, un bon nageur comme lui…

– Et vous oubliez la fille de Gaspard Audranne, le tanneur qui est mort à Sedan.

– C'est vrai, Léa Audranne… L'anarchiste…

– Vous vous souvenez l'ancien greffier ? Celui que Durand a remplacé au tribunal… Il est mort maintenant mais il avait entendu parler d'une drôle d'affaire de mœurs chez les Audranne, du temps du procureur Balestier.

– Bon, tu joues, Fernand ?

On finissait par se distraire des cartes à force d'égrener les potins qui mettaient un peu de sel dans le train-train de la petite ville.

Au *Café Sylvère*, boulevard du Fust, on discutait aussi en jouant à la manille. On vidait quelques chopines en profitant de la fraîcheur de ce soir d'été mais c'était le travail qui occupait les esprits. Ou plutôt le repos qu'on allait avoir le droit de prendre un jour par semaine. Obligatoire depuis la loi du 13 juillet, écrit en toutes lettres dans le *Journal officiel.* L'un des ouvriers de la tannerie Contaroux avait même apporté un exemplaire du journal pour le cafetier qui restait sceptique.

– Alors faudra que je ferme le dimanche ?

– Tu feras le service toi-même, Jules !

Cela faisait des mois que l'affaire couvait. Mais aussi des années que les organisations ouvrières réclamaient plus d'heures de repos. Les choses s'étaient précipitées depuis la catastrophe de la mine de Courrières, au début de l'année, et puis les grèves qui avaient paralysé les mines un peu partout, et puis les batailles du 1er Mai, la police et les dragons qui avaient chargé les manifestants.

Mathieu Audranne fumait sa pipe en silence sans se mêler à la conversation. Il savait ce que c'était, lui, pas une heure de repos ou presque, du temps de son père, quand la marchandise arrivait, et tous ces dimanches matin passés à nettoyer les locaux de la tannerie.

Le lendemain, il en discutait encore avec sa mère dans le bureau qu'il avait aménagé au-dessus des cuves ; malgré ses rhumatismes, Noémi Audranne donnait un coup de main de temps en temps à son fils, c'était elle qui avait élevé ses deux petits-fils Émile et Eugène et sa petite-fille, après le départ de cette pétasse de Sidonie, on ne l'avait jamais revue, celle-là, bon débarras.

Noémi balayait le bureau quand l'un des ouvriers se montra, l'œil tout ahuri.

– Y a en bas une petite demoiselle qui vous réclame, elle a pas l'air dans son assiette, faudrait aller voir…

Mathieu et sa mère échangèrent un regard étonné.

– C'est Émile qui aura fait l'idiot, où il est passé, celui-là ? Il devait prendre livraison de peaux à la gare…

L'inconnue, une mignonne brunette qui avait sali sa jupe dans la boue de la rue, se tenait toute droite et tremblante près des cuves, la figure brouillée de larmes. Pas du quartier, la pitchoune.

– C'est… C'est vous le tanneur Audranne ?

– Qu'est-ce que tu me veux, petite ?

Elle ouvrit grande la bouche comme si elle allait crier mais elle souffla seulement :

– Il faut m'aider, m'sieur. J'peux pas retourner chez mon patron, sûr que ça va recommencer.

Les ouvriers tournaient vers eux des yeux intrigués, certains s'étaient arrêtés de racler leurs peaux, Mathieu la fit monter dans le bureau, la rassura. La mère lui donna à boire un verre d'eau.

– Comment t'appelles-tu ?

– Angèle Bouchol. Mes parents tiennent l'épicerie, au faubourg Saint-James.

– Et qu'est-ce qu'il t'arrive, Angèle ?

– Ben… je travaille à l'*Hôtel de la Poste*, j'aide à la cuisine, mes patrons sont contents de moi, ça oui…

– Et alors ? fit Noémi, en ajoutant *in petto* : qu'est-ce qu'elle est en train de combiner, cette drôlesse ?

La jeune fille hésita, on sentait qu'elle avait du mal à poursuivre. Elle finit par dire, encore plus bas :

– Ben, y a un client… Il est gentil, m'sieur Vincent, il fait des cadeaux, je voyais bien qu'il faisait pas ça pour rien, mais…

Noémi s'énerva un peu :

– Et toi, qu'est-ce que tu lui donnais, en échange ?

– Rien, rien. Je faisais juste mon travail le mieux possible. Il me félicitait et puis…

– Bon, il a voulu aller un peu plus loin, hein ?

Soudain, Angèle fondit en larmes. Mathieu fit les gros yeux à sa mère.

– Tu vois pas qu'elle tremble de peur ?… Allez, calme-toi, petite. Qui c'est, ce M. Vincent ?

– C'est… ben c'est votre cousin à ce qu'il paraît.

Le tanneur sursauta.

– Le confiseur ? Qu'est-ce qu'il t'a fait ?

Vincent Audranne ! Ce salopard ! Ce coureur de jupons ! Voilà qu'il s'en prenait à des gamines pas plus âgées que ses propres filles !

– Il… Il t'a forcée ?

Angèle secoua la tête à travers ses larmes.

– Il… Il m'a poussée dans une chambre, il a voulu… enfin, vous voyez… Je l'ai supplié mais lui… il pensait que je faisais ça par coquetterie.

Noémi observait la fille, détaillait le corsage déchiré aux manches, les griffures au cou, pendant qu'Angèle continuait :

– Je me suis débattue, je l'ai mordu, il était si surpris qu'il a lâché prise, alors je me suis échappée. Je ne savais pas où aller, vous pensez bien. Ma patronne n'aurait jamais voulu me croire, un client comme M. Vincent qui fait des affaires avec le patron… Je me suis sauvée par les cuisines sur le boulevard.

– Et tu n'as rien trouvé de mieux que venir nous conter ton aventure ! À nous !

Noémi n'avait pas du tout envie que cette gamine leur attire des histoires. Il y en avait bien eu assez dans cette famille. Mais Mathieu questionnait :

– Je sais bien que la rue Aleyrac n'est pas bien loin de l'*Hôtel de la Poste* mais… pourquoi la tannerie Contaroux ?

– Parce que vous vous appelez Audranne, vous aussi, et que…

– Dis donc, éclata Noémi qui flairait l'embrouille, tu crois que mon fils va aller casser la figure à son cousin pour tes beaux yeux ? Non mais, voilà une belle effrontée !

Elle reprit son souffle et martela :

– Tout ce que je peux faire, parce que je suis dans un bon jour, c'est te ramener à tes parents. Tu ne risqueras pas de rencontrer ton séducteur et tu leur raconteras ton histoire.

– Oh non ! Je vous en supplie. Pas mes parents. Mon père… Il me croira pas, il me battra…

Noémi éclata d'un rire nerveux.

– Et alors, tu imagines qu'on va te garder à la tannerie ?

Angèle se recroquevilla sur sa chaise, leva des yeux implorants vers Mathieu, celui-là avait l'air plus compréhensif que la vieille à côté de lui… « Bonne Mère, secourez-moi ! », elle n'aurait pas le courage d'affronter de nouveau les rues toute seule ; des fois que m'sieur Vincent soit à sa recherche, veuille lui faire un mauvais parti… Elle murmura dans un souffle :

– Faudrait prévenir… Augustin Cabestan…

Elle faillit tomber dans les pommes en prononçant le nom d'Augustin. Elle avait tellement juré de tenir leur amour caché, et voilà qu'elle le livrait à ces inconnus, sous prétexte qu'il lui avait toujours parlé de son oncle Mathieu Audranne comme de quelqu'un d'honnête, malgré sa réputation de « rouge ». Dans son affolement, elle était allée au plus près...

Noémi cracha par terre :

– Le petit-fils de la Louise ? Qu'est-ce qu'il vient foutre dans cette embrouille ?

Mathieu fit taire sa mère :

– Comment tu le connais, mon neveu Augustin ?

Angèle ne répondit pas mais répéta :

– Je vous en supplie, m'sieur. Allez chercher Augustin...

– Tu vas aller chez cette Marguerite Cabestan ? cria Noémi. Cette *curaillonne* ?

Sans l'écouter, Mathieu descendit dans la tannerie.

– Il est rentré, Émile ?

Quand son fils s'approcha, déjà costaud comme un tanneur, Mathieu lui dit simplement :

– Mets-toi un peu plus propre, va à la confiserie Cabestan, rue Quatre-Alliances, et demande à voir Augustin. C'est ton cousin. Donne pas d'explications et ramène-le vite fait.

Une heure plus tard, Émile était de retour suivi d'Augustin. Il n'avait jamais trouvé utile, vu que leurs familles ne se fréquentaient pas, de faire état de sa camaraderie avec le petit-cousin, huit ans de moins que lui mais des batailles entre gamins qui les avaient jadis toujours trouvés dans le même camp.

Rue Quatre-Alliances, Émile n'avait eu affaire qu'à une employée. Le père Cabestan avait bien froncé le sourcil quand son fils, en train de surveiller la torréfaction des amandes, avait posé son tablier, c'est pas qu'il avait quelque chose à se reprocher, son garçon ? Émile l'avait rassuré comme il avait pu, il ne savait pas lui-même de quoi il retournait. En chemin, les deux cousins n'avaient pas échangé trois mots.

– Tu es ouvrier chez ton père, maintenant ?

– Comme toi. Ça te plaît toujours, la tannerie ?

– Faut bien.

C'était plusieurs années plus tôt qu'un soir, Augustin s'était réfugié à la tannerie Contaroux après une bagarre de plus avec ceux du Fust. Poussé par Émile, haletant, sa culotte déchirée, la mère allait encore lui flanquer un ratichon.

Il retrouva l'odeur forte des peaux qui l'avait pris à la gorge… Qu'est-ce qu'il pouvait bien lui vouloir, l'oncle tanneur ?

Dès qu'il entra dans le bureau, vit Angèle la mine défaite et le corsage déchiré, il pâlit d'angoisse, elle s'était déjà élancée dans ses bras, sans s'occuper du regard revêche de la mère Audranne.

– Qu'est-ce que tu fais là ?

Angèle recommença à pleurer.

– Qui c'est qui t'a fait ça ? cria Augustin, déjà tremblant de rage.

Il fallut redire l'histoire et ce fut encore plus dur pour Angèle. Noémi faisait l'indifférente, vivement que ces gamins déguerpissent, que des ennuis à récolter. Mathieu, lui, ne veillait qu'à retenir Augustin qui menaçait d'aller casser la figure au confiseur. Le garçon tenait la main d'Angèle qui reniflait.

– Tu ne vas pas retourner à l'hôtel.

– Non, bien sûr, mais où je vais aller ? Quand mon père saura…

– Le mien fera peut-être moins d'histoires…

XVIII

AUGUSTIN L'IDÉALISTE écoutait trop souvent son intuition sans prendre garde aux conséquences de ses décisions. L'accueil familial fut des plus frais. Son père se contenta de jauger la mine éplorée de la jeune Bouchol avant de bougonner :

– C'est au père de cette malheureuse demoiselle d'aller s'expliquer avec son patron. Laisse-la sagement rentrer chez elle, mon garçon.

– Pour qu'elle croise l'autre… salaud ? Et puis son père ne la croira pas. Tandis que si c'est toi…

– Moi ? Et je lui dirai quoi ?

Gabriel resta abasourdi par tant de naïveté ; Marguerite, elle, qui venait d'entrer, prit aussitôt la mouche :

– Et comment tu la connais, cette… demoiselle ?

Augustin se troubla aussitôt comme d'habitude devant sa mère, elle aurait tôt fait de deviner. Il choisit de tricher, encore un peu, pour se donner le temps de réfléchir, il répondit simplement, puisque Angèle avait un grand frère :

– C'est la sœur d'un camarade. Papa, on pourrait pas la garder ici le temps que tu ailles t'expliquer avec son père ? Elle peut pas retourner chez son patron après ce qui s'est passé.

M'sieur Praloup et le Vincent Audranne, c'est comme les deux doigts de la main.

– Quoi ? explosa Marguerite, la faire coucher ici ? Tu divagues, Augustin !

Et après un coup d'œil aux contours soyeux du joli visage – pas étonnant qu'elle attire le galant, celle-là –, elle continua :

– Si elle s'est mise dans cette situation, c'est qu'elle l'a cherché, et nous n'avons pas à nous mêler de ça !

Augustin rougit brusquement.

– Angèle est une fille honnête !

– C'est à voir... je ne veux pas de ça chez moi !

– Dans ce cas, je pars avec elle !

La gifle maternelle s'abattit sur la joue du garçon aussi violemment que quand il rentrait les genoux en sang pour s'être battu à la sortie de l'école des frères contre ceux de la communale.

Sous le coup de l'humiliation, il avait déjà saisi le bras d'Angèle et tournait les talons quand Gabriel le retint :

– Allons, ta mère a raison, fiston. Réfléchissons avant d'agir imprudemment.

Il se gratta la tête.

– Je veux bien aller voir l'épicier du faubourg en lui ramenant sa fille. Mais je te prie de rester en dehors de cette histoire, cela vaudra mieux pour toi.

Dans le silence qui suivit, on entendit toussoter à la porte de la cuisine. Louise Combère, qui venait de mettre au four le gratin d'épinards du dîner, avait tout entendu par la porte entrouverte. Aux quelques phrases embrouillées d'Augustin, elle avait vite compris ; l'image horrible de sa propre mère, humiliée jadis par l'un de ces *gargantians*[1], lui avait bondi à la figure ; elle avait aussitôt aimé la petite qu'elle entendait renifler de l'autre côté de la porte.

1. Salopards, voyous.

Elle toussota plus fort et dit d'un ton paisible :

– C'est moi qui vais aller voir le père Bouchol. Je me suis servie chez son père dans le temps. De braves gens.

– Tu ne vas pas sortir avec cette chaleur ! Le docteur te l'a interdit à cause de ton cœur.

– Il faudra bien qu'il tienne encore, mon cœur. Allez, viens, petite. Et toi aussi, Augustin. J'ai deux mots à te dire en chemin.

Sans se préoccuper de la mine courroucée de sa fille, Louise prit sur la commode son chapeau qu'elle épingla à son chignon et, dès qu'ils passèrent la porte, elle ouvrit son parapluie pour se protéger du soleil.

Elle eut tout le temps, le long des boulevards puis de l'avenue d'Aygu, encombrée par les charrettes des voituriers, de confesser Augustin qui s'était toujours confié plus volontiers à elle qu'à sa mère. Elle fit une pause sur le pont de pierre. Parce qu'elle était si essoufflée qu'elle se demandait si elle parviendrait à atteindre l'épicerie Bouchol. Et surtout parce que l'histoire que racontait Augustin était autrement plus grave qu'une simple amourette. Il allait falloir agir rapidement.

Quand Magali Bouchol vit entrer sa fille, elle s'épouvanta :

– Bonne Mère, qu'est-ce qui t'arrive, Angèle ? Pourquoi tu n'es pas à ton travail ?

– Rien de bien grave encore, la rassura Louise qui ajouta : Je pourrais voir M. Bouchol ?

– Il est dans la réserve en train de mettre de l'ordre, on a reçu l'arrivage de dattes.

Pendant que l'épicière se répandait en questions affolées dans son provençal chantant et imagé, Louise pénétra dans la réserve. L'endroit embaumait ; un parfum d'épices et d'exotisme qui surprenait dans une boutique autrefois si ordinaire.

– Qu'est-ce que ça sent bon, chez vous. Je n'avais pas ce souvenir du temps de votre père...

Maurice Bouchol tourna la tête, surpris, vers cette femme au large chignon dont la blancheur tranchait avec la stricte robe noire. Elle paraissait essoufflée et incommodée par la chaleur. Quand elle se nomma, il se demanda ce que lui voulait, pour aller le chercher jusque dans la réserve, la mère du confiseur Cabestan.

– C'est vrai, madame Combère, c'est moi qui ai ajouté ces denrées coloniales à l'épicerie. Ma femme est originaire d'Arles et son frère travaille à Marseille pour un importateur qui nous livre toutes sortes d'épices.

– Il faudra que j'en parle à mon gendre. Il a du mal à se fournir, justement, pour ses nougats spéciaux.

Elle fit une légère pause, elle était assez contente d'avoir entamé la conversation sur le sujet des épices, Bouchol serait à présent plus ouvert au reste.

– Je suis ici pour une affaire grave, monsieur Bouchol.

Il fallait éviter d'effaroucher l'épicier, la petite Angèle ne craignait pas son père pour rien, c'était un sanguin. Il commença par monter sur ses grands chevaux, parla d'aller chercher le fusil, Louise réussit à le raisonner, il n'allait pas ajouter le scandale à cette affaire, sa fille s'en était tirée avec une présence d'esprit qui lui faisait honneur, il s'agissait maintenant de retirer discrètement Angèle de l'*Hôtel de la Poste* et de lui trouver une autre embauche.

– Ma femme avait raison de vouloir la garder près de nous... mais il y a les deux plus jeunes à nourrir.

Il fronça brusquement le sourcil :

– Et pourquoi elle est allée se réfugier chez vous ?

– En s'échappant de l'hôtel, elle est allée au plus près, chez mes cousins les tanneurs. C'est là que mon petit-fils Augustin est allé la chercher.

Les yeux de l'épicier se mirent à flamber.

– Ah ! Augustin, je le connais, celui-là. C'est votre petit-fils ?

– Oui, fit Louise d'une voix qui n'était plus aussi assurée, il… il est venu avec moi.

Bouchol la bouscula presque.

– Je m'en vais lui dire deux mots, à votre petit-fils ! Et qu'il arrête de tourner lui aussi autour d'Angèle !

Avant que Louise ait repris son équilibre, l'épicier avait surgi dans la boutique. Sa femme était en train de tamponner les écorchures de sa fille qui tremblait aux éclats de voix du père. Augustin serrait ses poings l'un contre l'autre, c'est le moment d'avoir du courage, Augustin, pour l'amour d'Angèle… Il sursauta quand même et blêmit sous le regard menaçant de l'épicier qui s'approchait ; il allait l'étrangler ou quoi ?

Augustin s'avança bravement, ce n'était peut-être pas le moment, mais lui, il avait toujours marché à l'intuition, alors il osa, il regarda l'épicier bien en face mais bien respectueusement et, en tenant sa casquette à la main, il dit :

– Monsieur Bouchol, je vous demande la main de votre fille Angèle.

Augustin n'avait jamais manqué une fête patronale ; le 15 Août, c'était sacré. Tout petit, quand il entendait, au bout de la rue Quatre-Alliances, les premiers flonflons des musiques militaires, il filait malgré les cris de sa mère. Le mât de cocagne, la course aux ânes, le tir à la cible, les carrousels et les montagnes russes, il avait tout essayé. Mais cette année, pour la première fois, c'était au bras d'Angèle qu'il se pavanait, tout fier, entre les baraques foraines. Il en avait tous les droits, ils étaient fiancés.

On ne les avait pas lâchés tout seuls, bien évidemment ; il y avait le frère d'Angèle, un grand maigre revêche et furieux de faire le chaperon, et la sœur cadette d'Augustin qui rougissait de honte devant les hercules et les camelots. Ce qu'ils préféraient, c'étaient les séances de cinématographe du palais d'électricité ; le forain venait d'Arcachon et jouait lui-même de l'orgue pendant que les acteurs faisaient les pitres sur l'écran.

On s'écrasait sur les bancs du cinématographe, les garçons en profitaient pour lutiner les filles, Augustin veillait à ce qu'on n'ennuie pas sa fiancée ; il les avait reconnus de loin, les enfants Audranne, et surtout le fils aîné du nougatier qui jouait les petits messieurs avec sa montre à gousset et ses souliers vernis, et ses pétasses de sœurs chapeautées comme des dames. Il avait entraîné Angèle un peu plus loin.

Le soir, les deux tourtereaux réussirent à arracher la permission de faire un tour de polka au bal, suivis de loin par les yeux indulgents de Gabriel et de Louise.

Depuis la mort pourtant lointaine de Marcelou, dix-sept ans déjà, Louise n'avait plus remis les pieds dans le moindre bal. Elle avait tenu à faire exception pour ces deux-là, leur bonheur la payait de toutes ces années de souffrance solitaire et elle battait malgré elle la mesure en suivant le pas cadencé sous les illuminations de la fête. Quand ils virent Augustin, à la fin de la danse, prendre Angèle par la taille, lui poser un furtif baiser dans le cou et l'entraîner vers les terrasses des cafés, Gabriel fit mine de s'en mêler.

– Laisse donc, qu'ils profitent de leur jeunesse.

Elle appuya la main sur le bras de son gendre, elle ne voulait pas afficher la fatigue qui lui serrait un peu trop la poitrine, elle murmura :

– Faisons quelques pas, la nuit est douce.

Pendant qu'ils longeaient les promenades, un œil sur le jeune couple, Augustin et Angèle avaient couru jusqu'au *Café Miland,* main dans la main. Angèle avait les yeux brillants d'excitation, Augustin l'aurait embrassée, là, devant tout le monde, il avait envie de crier : « Regardez comme elle est belle, la fille que j'aime, comme c'est la plus belle » ; ils s'affalèrent devant une table libre, commandèrent de la bière, elle n'avait jamais goûté à la bière, elle fit la grimace, but à petites gorgées, se garda de dire qu'elle préférait le sirop d'orgeat de sa mère.

Ils se tenaient par la main et ne voyaient qu'eux seuls au milieu de la foule des buveurs quand un rire goguenard les fit sursauter.

– Tu en as vite trouvé un autre, ma petite garce !

Augustin avait bondi, Vincent Audranne fixait d'un œil méchant la malheureuse Angèle qui s'était raidie sur sa chaise. Il jouait de sa canne avec une désinvolture appuyée et la pointa vers la jeune fille en se retournant vers la bande de fêtards qui l'accompagnait. Sur un ton persifleur, il lança à la cantonade de manière à être largement entendu :

– Voilà une drôlesse qui se défend déjà, méfiez-vous d'elle, mes amis ! Elle m'a joliment griffé alors qu'elle m'avait si bien aguiché… Elle ira loin dans la galanterie !

Personne n'entendit la fin de la phrase, Augustin s'était déjà rué sur lui, les poings en avant. Audranne roula au sol, se releva pendant que ses amis tombaient à bras raccourcis sur le jeune agresseur. Éméchés comme ils l'étaient, Augustin eut beau jeu de s'en débarrasser, poursuivit le confiseur qui s'apprêtait à filer par la petite rue du Sel, le prit par surprise, Vincent Audranne tomba en arrière, le nez en sang.

Gabriel Cabestan s'était rendu compte trop tard du début de rixe. Il accourait pour séparer les deux pugilistes quand Vincent se releva en titubant.

– Qu'est-ce que tu fiches ici, Cabestan ?

– C'est à mon fils que tu as eu affaire, et tu ne l'as pas volé.

Audranne lui lança un regard haineux.

– Décidément, le fils ne vaut pas mieux que le père… Tu ne t'étonneras pas que je porte plainte…

– Essaie toujours. Dans ce cas, la police saura ce qui s'est passé dernièrement à l'*Hôtel de la Poste*…

Vincent Audranne se troubla légèrement, haussa les épaules, brossa son pantalon en jetant un coup d'œil au cercle de curieux qui s'était attroupé. Cabestan avait parlé trop haut, il ne l'emporterait pas en paradis.

On raccompagna Angèle en larmes chez elle, Louise exigea que rien ne transpire à propos de l'incident, des fois que le père Bouchol prenne la mouche. On sermonna l'imprudent Augustin mais, au fond de lui-même, Gabriel savait qu'il aurait agi de même. Un pourri, le Vincent, et toujours sur leur chemin...

Au lendemain de la fête patronale, Angèle commença à travailler au cartonnage Milou.

Il y avait quatre ans que Marius Milou avait ouvert un atelier chemin du Bouquet et qu'il embauchait à tour de bras. Il faut dire que les affaires qui vivotaient encore quelques années plus tôt avaient repris et que tous les commerçants autant que les industriels avaient besoin de boîtes en carton, les bonnetiers, les parfumeurs, les pharmaciens, les confiseurs. Surtout les confiseurs avec leur bonbon à succès, leur fameux nougat.

Il n'était pas le premier, Marius Milou, il y avait déjà de la concurrence sur la place quand il avait débarqué. On avait un peu jasé, au *Café de l'Univers* où il fréquentait, sur ce fils de jardinier qui s'imaginait mieux réussir à Montélimar qu'à Romans, et dans le carton, en plus. On avait bien dû admettre qu'il avait le sens des affaires parce qu'il avait vite prospéré ; et les ouvriers, il en trouvait tant qu'il en voulait, ça s'était vite dit que, chez Milou, on était bien traité et on gagnait convenablement sa vie.

À partir du faubourg Saint-James, Angèle faisait le trajet en compagnie de deux ouvrières plus âgées. Le soir, c'était parfois Augustin qui la raccompagnait, on laissait faire puisqu'ils étaient fiancés. Ils en profitaient pour traîner en chemin, se câliner dans l'ombre d'une androne ou derrière les bosquets du jardin public. Elle sentait bon, Angèle, elle avait la peau aussi douce et onctueuse qu'une coulée de nougat. Et puis elle répandait toujours autour d'elle ce parfum subtil d'épices qui faisait gamberger le garçon.

Le dimanche après-midi, quand ils réussissaient à s'évader tout seuls loin de maman Bouchol, qu'ils allaient regarder les chalands en train de remonter le Rhône au départ de Saint-Louis, leurs soutes pleines de denrées mystérieuses, Augustin rêvait tout haut à travers les joncs et les rubaniers.

– Si je pouvais, je t'emmènerais loin d'ici, dans ces pays où voyage ton oncle le Marseillais.

Angèle laissait un demi-sourire courir sur ses lèvres, elle aussi, elle aurait aimé connaître l'autre côté de la mer, l'autre côté des collines, au bout du chemin de fer qui filait droit vers le sud, au bout du fleuve qui courait droit vers la Méditerranée ; elle glissait son bras sous celui d'Augustin.

– Regarde le toueur qui entraîne la file de chalands. Allons voir de plus près.

Depuis quelques années, on voyait passer les péniches de marchandises qui remontaient le Rhône derrière ces grosses barques qu'on appelait des toueurs. On remorquait les péniches jusqu'à Pont-Saint-Esprit où on les arrimait en file à la chaîne des toueurs qui se succédaient le long du fleuve et remontaient bravement le courant jusqu'à Vion où un remorqueur prenait le relais jusqu'à Lyon.

Le convoi ce jour-là remontait du bois d'œuvre.

– Sa chaîne va bientôt être complètement enroulée autour du tambour du bateau, regarde, fit Augustin en tendant le doigt. Le toueur de Derbières prendra le relais jusqu'au Pouzin…

Une fois rassasiés de vent et de voyages imaginaires, ils se retrouvaient peau contre peau, lèvres contre lèvres, gonflés d'amour et de désir ; à seize ans, on ne s'embarrasse ni de prudence ni de sagesse, on se livre tout entier ; alors, quand Angèle, par un de ces jours d'azur au milieu des roselières, tout à son bonheur infini, laissa Augustin soulever son jupon, dénouer sa culotte de batiste, glisser la main jusqu'en haut de ses cuisses, elle ne le repoussa pas, tremblant de désir autant que lui ; elle garda les yeux grands ouverts sur le ciel tandis qu'il la prenait, ému, balbutiant, maladroit, juste un petit cri de douleur quand il la déflora, qu'elle se trouva soudain femme, baignée d'une merveilleuse plénitude, tandis qu'Augustin, allongé près d'elle, abasourdi d'émotion, découvrait la puissance du plaisir partagé.

XIX

Montélimar, octobre 1909.

De la pistrouille ! Rien que de la pistrouille ! Vincent Audranne n'avait que ce mot à la bouche quand on évoquait en réunion le nougat de son cousin Cabestan.

Quelques-uns maugréaient, le nougat Cabestan valait bien l'autre, chaque confiseur faisait son nougat comme il l'entendait, mais personne n'osait critiquer Audranne qui n'aimait pas la contradiction et qui, il fallait bien le reconnaître, était le meilleur des ambassadeurs de la confiserie locale. Le mot de nougat était devenu inséparable du nom de Montélimar ; il s'agissait donc, tempêtait une fois de plus Vincent, de la protéger des faussaires et des copieurs. De ceux qui imaginaient fabriquer du « nougat de Montélimar » à Quimper ou à Dunkerque, comme de ceux qui appelaient nougat une vulgaire pâte de guimauve aromatisée. Tout le monde était d'accord qu'il fallait se défendre contre les empiètements des concurrents peu scrupuleux. En somme former un syndicat de défense. Quelqu'un proposa de se réunir rapidement et, le vendredi suivant, on avait constitué un bureau avec des statuts *ad hoc*, autour des tables du *Café Genin.*

Vincent Audranne insistait sur la définition des proportions de sucre, de glucose, de miel, de blancs d'œufs, d'amandes. Il avait proposé sa propre formule qui forçait sur les amandes et les pistaches et excluait les parfums de fruits confits. Gabriel Cabestan s'entêtait à fabriquer son nougat aux épices qui séduisait toujours ses amateurs. D'autant plus qu'il avait étendu la gamme de ses saveurs grâce à Maurice Bouchol, devenu le beau-père de son fils. Le confiseur et l'épicier avaient uni leurs intérêts communs dans l'importation de denrées coloniales grâce au beau-frère marseillais de Bouchol. Les sachets de coriandre, de poivre, de cannelle, de safran, de gingembre, de paprika transitaient par le magasin du faubourg avant d'être délicatement éventrés par le cuiseur de Cabestan. Gabriel surveillait le dosage infinitésimal de l'épice dans la pâte de sucre et de miel et les derniers instants de la cuisson ; rien ne devait altérer le délicat parfum qui donnait toute sa particularité à son nougat.

Il en était fier et n'entendait pas se faire dicter sa conduite par quiconque. Et surtout pas par ce prétentieux de Vincent. Entre les deux hommes, on était toujours à deux doigts de l'esclandre.

Toutefois, leurs confrères se doutaient bien que le nougat n'était plus la seule raison de leur antagonisme. En effet, Vincent Audranne ne s'était jamais vanté de son altercation devant le *Café Miland* avec le fils de Gabriel Cabestan, trois ans plus tôt, mais on chuchotait qu'il s'en était pris à la fiancée, que Cabestan était intervenu ; on n'en savait pas plus, on n'avait jamais osé en parler ni à l'un ni à l'autre. Augustin Cabestan s'était marié l'an passé, sa jeune femme travaillait au cartonnage Milou, sans doute était-elle mieux payée qu'en aidant sa belle-mère… Et puis on connaissait le caractère difficile de Marguerite Cabestan…

Ce dont on était sûr, en revanche, c'est que les rapports s'étaient envenimés entre les deux confiseurs depuis que Gabriel Cabestan avait ouvert un magasin de vente sur le boulevard du Champ-de-Mars. L'initiative avait été couronnée de succès, les belles automobiles qui traversaient Montélimar sur la route de la Côte d'Azur s'arrêtaient immanquablement devant l'enseigne de *L'Amande dorée*. Le magasin avait même la clientèle des artistes du théâtre depuis que l'une des chanteuses des *Hirondelles*, le spectacle à succès de fin janvier, était venue acheter des nougats aux épices. Pendant l'été, le magasin était resté ouvert les soirs de cinématographe parce que, depuis que les cafetiers avaient installé des écrans sur les allées, on se bousculait pour venir bader devant les vues animées qui défilaient sur les grandes toiles, c'était le spectacle à la mode. Au passage, on y allait de son petit paquet de nougats, acheté chez Cabestan, pour grignoter pendant la soirée.

Vincent Audranne avait vite réagi en ouvrant son propre magasin avenue de la Gare. C'était sa belle-fille Hortense qui avait appris par la cuisinière la mise en location de l'annexe de l'*Hôtel de France*, l'endroit était idéalement situé pour tenter les voyageurs descendus du train. Il avait saisi l'occasion et chargé Benoît de mener rondement les travaux. Désormais, sa femme Emma dirigeait la boutique avec leur fille aînée qui venait d'avoir dix-sept ans. Elle s'y montrait à son avantage, face à une clientèle d'étrangers qui la distrayaient agréablement des habituels Montiliens. Elle s'était fait faire un costume de taffetas prune qui masquait habilement son embonpoint et mettait en valeur son chemisier brodé. Une artiste, cette Mme Cambe qui s'était installée rue Montant-au-Château et qui brodait tout le trousseau de ses filles.

Quant à la jeune femme de Benoît, dont on avait constaté le peu d'enthousiasme pour le commerce, on avait préféré la laisser en dehors des affaires du magasin. Hortense avait vite oublié le drame qui avait endeuillé son mariage, le suicide si inconvenant de l'ancien confiseur, et elle s'était glissée avec satisfaction dans son nouveau personnage d'épouse de notable et de mère, simplement un peu déçue de n'avoir mis au monde pour l'instant qu'une fille. Elle occupait tout le second étage de la grande maison Audranne, sur le boulevard du Champ-de Mars, régentait son intérieur et sa domesticité comme le lui avait appris sa propre mère, et changeait de nourrice tous les trois mois. La petite Hélène supportait mal leur lait, elle allait avoir deux ans, sa mère avait fini par se résoudre à la sevrer, d'autant plus qu'elle était de nouveau enceinte. Elle priait le ciel qu'il s'agisse cette fois-ci d'un garçon.

Aurélie, elle, régnait sur le magasin de la Grand-Rue, aidée par les employées qu'elle avait formées. Ses rhumatismes la faisaient souffrir mais ne l'empêchaient pas de diriger son monde avec la même énergie. Malgré l'insistance de Vincent qui avait craint un instant pour la santé de sa mère après le suicide de son père, elle avait tenu à demeurer dans le logement de la Grand-Rue, au-dessus du magasin. Pour le surveiller, justifiait-elle, alors qu'elle pensait : pour rester avec ses chers fantômes, celui d'Adrien, celui de sa belle-mère Julie, celui de sa fille Delphine. Et puis elle y était chez elle ; à la mort d'Adrien, elle avait été bien étonnée de s'entendre dire, par le notaire, que son mari lui avait légué en propre la maison avec le magasin. Il ne faisait pas de confidences, Adrien, mais Aurélie savait bien qu'il l'avait aimée jusqu'au bout ; si c'était pas une preuve d'amour et de confiance, ce legs qui la mettait à l'abri du besoin et de son rapace de fils !

Même si les peintures avaient été déjà deux fois refaites, des miroirs rajoutés et des présentoirs remplacés, c'était toujours la même odeur qui lui rappelait les jours heureux. Non pas qu'elle se sente malheureuse, Vincent était devenu une sorte de roi du nougat, Emma lui avait donné deux fils et trois filles encore vivants, la fabrique léguée par la mémé Julie prospérait au-delà de ce qu'elle aurait pu espérer. Aurélie ne se sentait pas malheureuse, seulement un peu solitaire.

Il n'y avait qu'en présence de Louise qu'elle se laissait aller au chagrin, Louise comme elle avait perdu si brutalement son mari ; à deux, on supporte plus facilement le poids du malheur. Maintenant, c'était la cuisine de la Grand-Rue qui, quasiment chaque semaine, abritait leurs retrouvailles ; on babillait sans se lasser au-dessus de la tasse de café. Au fond de la pièce, la porte de l'ancien atelier restait fermée et, parfois, le regard de Louise glissait sur elle, se brouillait, c'était l'horrible endroit où son frère s'était donné la mort. Aurélie, elle, se serait bien gardée d'avouer qu'il lui arrivait d'ouvrir cette porte, rien que pour retrouver l'odeur de sa jeunesse. Elle n'avait pas vu le corps pendu d'Adrien qu'on avait déjà allongé sur un brancard quand on l'avait laissée pénétrer dans la pièce. Alors elle ne se souvenait que d'Adrien jeune et vigoureux, penché sur le chaudron de cuivre où la pâte de nougat s'épaississait lentement, au-dessus du bain-marie. Les briques du vieux cuiseur brillaient dans l'ombre, les toiles d'araignées s'étiraient d'un mur à l'autre dans le contrejour qui tombait de la verrière souillée de déjections d'oiseaux. À travers la pénombre, elle ne voulait voir que les ouvriers en train de découper le nougat, de rouler les bonbons dans le sucre, de monter les blancs en neige… il suffirait de si peu pour que tout redevienne comme avant.

Deux fois par semaine, elle se rendait dans la nouvelle fabrique au faubourg Saint-Lazare, on la regardait passer sous son ombrelle de la même soie noire que sa robe, longer le vieil hôtel Chabrillan où ses petites-filles allaient maintenant en classe depuis qu'on y avait ouvert une école libre, ensuite franchir la porte Saint-Martin, dépasser les casernes ; les hommes la saluaient en soulevant leur chapeau, tous plaignaient la femme du désespéré.

Elle allait à la fabrique sous les prétextes les plus divers – et elle aurait bien pu s'en passer, maintenant que le téléphone était installé au magasin –, mais surtout pour respirer de nouveau l'odeur du nougat en train de naître dans l'ombre des chaudrons. Ici, le matériel était tout neuf, la machine envelop-peuse, la turbine à dragées, la pralinière, et puis les murs lisses, lumineux, les ouvrières avec leur coiffe blanche, c'était évidemment plus moderne et hygiénique que dans l'ancien atelier… On reconnaissait toujours au nougat de son fils l'excellence qui avait fait la réputation du nougat Audranne mais Aurélie n'y retrouvait plus ce goût particulier, celui de « la fille du Persan » qui continuait à orner les boîtes de l'entreprise familiale. À croire que Vincent avait abandonné le « secret ». Ou peut-être parce qu'elle ne s'était jamais faite à la nouvelle fabrique.

Elle y avait perdu son pauvre Adrien et le nougat Audranne y avait perdu sa saveur.

Aurélie se gardait de partager ces doutes avec quiconque, elle était du reste bien la seule, apparemment, à les éprouver et c'était tant mieux. Même à Louise Combère, à elle moins qu'à une autre, elle ne l'aurait avoué.

Pendant que, ce jour-là, elle attendait son tour à la poissonnerie Carret, son esprit se mit à vagabonder ; Louise était revenue, la semaine précédente, comme toujours heureuse et désolée, de sa visite à Grignan, et la conversation avait encore une fois dévié sur le drame qui s'était joué en coulisses chez les Cabestan deux ans plus tôt.

Aurélie ne l'avait pas su tout de suite ; Marguerite, pensez bien, avait tout fait pour étouffer le scandale. Il avait fallu attendre les fêtes de Pâques suivantes pour qu'elle l'apprenne de la bouche de Louise qui sortait enfin de longues semaines de maladie, une vilaine pneumonie qui avait manqué l'emporter. Rien n'avait bien sûr filtré du drame, rue Quatre-Alliances, quand elle lui avait rendu visite.

– Madame Audranne, qu'est-ce que ce sera pour vous ?

La voix de Mlle Carret la tira de ses souvenirs. Mais ils revinrent dès qu'elle eut quitté la poissonnerie. Et surtout la voix cassée de Louise, peuchère. Louise qui s'était soudain effondrée en larmes devant sa tasse de café, Aurélie était restée médusée, le sucrier à la main.

– Gabriel est malade ?

Louise avait secoué son chignon et murmuré :

– Non, c'est Augustin. Il est arrivé un malheur, ma pauvre. Enfin, s'il ne tenait qu'à moi, j'appellerais ça un bonheur mais si tu avais vu la tête de Marguerite… Si Gabriel ne l'avait pas retenue, elle les aurait mis à la porte tous les deux !

– De qui tu parles ? D'Augustin et de sa fiancée ? On m'avait dit qu'elle était retournée dans la famille de sa mère en attendant de se marier, pour qu'on ne jase pas. C'est vrai qu'elle est bien jeune…

– Pas pour se faire engrosser par mon Augustin !

Ah ! Le cri de Louise… Comme si elle se lâchait enfin après s'être tant retenue, prendre la défense des deux polissons, empêcher sa fille de commettre l'irréparable, raisonner le père Bouchol fou furieux, calmer la petite aux abois, personne ne voulait de ce marmot ? Personne ne voulait affronter le scandale ? Personne ne voulait plus entendre parler de mariage ? On verrait plus tard. Il fallait d'abord éloigner la malheureuse, trouver un nid pour l'enfant d'Augustin en attendant que passe l'orage.

– Il n'y avait que la cousine Combère, tu comprends. Des braves gens. J'ai pris le car pour Grignan, je suis arrivée sans prévenir, on peut pas écrire des choses pareilles. Elle a accepté tout de suite, elle a recueilli Angèle jusqu'à la naissance de l'enfant et elle a dit qu'elle le garderait ensuite et qu'elle trouverait une nourrice…

La voix de Louise s'était brisée, elle s'était mouchée pendant qu'Aurélie, stupéfaite et compatissante, ne trouvait pas de mots pour la rassurer. La rassurer de quoi ? Le mal était fait.

Louise s'était raclé la gorge avant de continuer :

– Cette coquine devrait accoucher au mois de juin, en plein décoconnage. En attendant, la cousine m'écrit qu'elle fait tout pour se rendre utile malgré son état et qu'elle commence à s'occuper des vers à soie… C'est une brave petite, tu sais. On n'aurait pas dû les laisser seuls…

– C'est arrivé à d'autres, va, qui n'en sont pas mortes.

– Si encore Marguerite acceptait de pardonner… Mais elle campe toujours sur ses positions. Il faudra pourtant bien les marier, ces deux-là, et donner un père à cet enfant.

Au mois de juillet suivant, Aurélie avait reçu un mot de la part de Louise à qui le docteur avait interdit de sortir à cause de la chaleur.

Il nous est né un petit Frédéric, la mère et l'enfant se portent bien. Garde tout cela pour toi, Marguerite n'est pas encore décidée à divulguer la nouvelle mais elle est si fière d'avoir un petit-fils qu'elle est prête à revoir Angèle.

Quand Aurélie rentra de la poissonnerie, une pluie fine s'était mise à tomber. Elle dura jusqu'au soir, faisant luire les pavés de la Grand-Rue où l'on avait allumé plus tôt qu'à l'habitude les becs de gaz. La dernière cliente terminait son choix, suivie par l'employée qui déposait les friandises au fur et à mesure dans leur boîte. La boîte venait du cartonnage Milou où, justement, Angèle Cabestan avait repris son travail depuis son mariage. Son mariage… Quelle histoire ! était venue se confier Louise… Marguerite avait tout fait pour tenir les Montiliens en dehors de ses démêlés familiaux. La jeune fille expédiée en Arles dans sa famille maternelle, on avait commencé à parler mariage, « et ça n'a pas été une mince affaire, soupirait Louise, ma fille et Bouchol ignorent l'indulgence,

Mme Bouchol ne cessait de gémir, Gabriel menaçait de se brouiller avec l'épicier, j'étais la seule à garder la tête froide... », le mariage avait enfin eu lieu en Arles, Louise en était revenue tout émue du bonheur des deux novis, la jolie mariée dans son costume d'Arlésienne comme sa mère et ses cousines, à la mode d'autrefois, la messe en provençal et les poèmes des félibres au repas de noce.

Marguerite avait bien voulu accueillir sa bru rue Quatre-Alliances mais temporisait encore pour y accueillir son petit-fils. L'air de la campagne, le travail de sa mère, le cœur fatigué de la mémé Louise, tous les prétextes étaient bons mais donnaient lieu à des disputes de plus en plus fréquentes avec Gabriel que l'intransigeance de sa femme finissait par irriter. « Un minot, ça ne débarque pas comme ça, comme le petit ange de ton missel, Marguerite, les commères du quartier savent compter », mais Marguerite reculait toujours, elle était si mortifiée d'avoir à admettre qu'elle, si droite, si pure, dans sa foi et sa conduite, une personne que M. le curé citait en exemple, avait été incapable de protéger sa propre maison de la souillure du péché !

Seule la perspective de voir sa fille cadette entrer bientôt chez les religieuses du Saint-Sacrement la payait de toute cette humiliation.

XX

Montélimar, 26 juillet 1914.

VINCENT PASSA LA MAIN sur ses joues avec un dernier coup d'œil au miroir qu'il avait accroché près de la fenêtre pour y voir plus clair. Il revint dans sa chambre, enfila le costume que lui avait agrandi Mosnier parce qu'il avait engraissé, il y ajusta le faux col et une cravate de soie et prit en passant dans le vestibule ses gants de Suède et son chapeau. Il le posa sur le côté, en « casseur d'assiettes » comme l'on dit vulgairement, se jaugea avec satisfaction dans la glace puis sortit, sa canne sous le bras.

Il affectionnait ces petites sorties du dimanche matin sur le Champ-de-Mars pendant que le reste de la famille était à la messe. Son fils Benoît l'accompagnait souvent, il calquait ses manières et ses habitudes sur celles de son père, il n'ambitionnait que d'être le digne héritier de la maison Audranne. Le cadet montrait plus d'indépendance, ses amis étaient des sportifs avec lesquels il bricolait des moteurs et participait aux courses de vélo de la région. Vincent avait marié l'aînée de ses filles l'an passé au fils de maître Loubière, l'avoué ; la cadette aidait sa mère au magasin en attendant qu'on puisse la caser, ses crises d'épilepsie s'étaient espacées à tel point qu'on aurait presque pu les passer sous silence ; on avait mis la dernière en pension.

Tout ce qu'espérait désormais Vincent était de marier convenablement son fils cadet ; la femme de Benoît ne lui avait donné que deux filles et c'était d'un garçon qu'avait besoin le nougat Audranne.

Ce dimanche-là, Benoît était invité à déjeuner par un client, son père lui-même l'avait poussé à aller négocier sans son aide, il fallait que ce garçon apprenne à voler de ses propres ailes. Vincent rejoignit seul le *Café Miland* où il avait ses habitudes matinales et ses relations d'affaires, ou de jeu, ou de galanterie, car le toujours fringant nougatier à cinquante ans passés n'allait plus s'encanailler comme jadis dans l'un des bordels de la rue du Chemin-Neuf ; ses bonnes fortunes, il les trouvait à présent dans le lit des honnêtes femmes désœuvrées en mal de fantaisie.

Les conversations tournaient toutes, ce jour-là, autour du procès de cette Mme Caillaux qui était allée tuer à bout portant le propriétaire du *Figaro* pour défendre l'honneur de son ménage.

– Une folle, une hystérique…

– C'est ce que va plaider la défense mais je n'en suis pas si sûr…

Au déjeuner dominical auquel sa mère était ce jour-là invitée, Vincent évita d'évoquer le sujet qui indisposait sa femme et sa belle-fille. Du reste, les événements graves qui remplissaient les journaux inquiétaient déjà suffisamment ces dames.

– Aurons-nous la guerre, mon ami ?

Depuis l'assassinat de l'archiduc d'Autriche à Sarajevo, au mois de juin, on s'attendait à des représailles de la part de l'Autriche et, dans ce cas, que ferait le tsar, allié de la Serbie ?

Si Aurélie avait mis son amour-propre de côté et fréquentait maintenant la maison de sa belle-fille, c'était pour l'amour de l'adorable Hélène. Elle qui n'avait jamais été très proche des enfants de Vincent s'était prise d'une affection particulière pour la fille de Benoît qui venait d'avoir sept ans et qui lui rappelait, allez savoir pourquoi, sa belle-mère Julie. Peut-être le regard doré comme les boucles de Mme Julie. Son plus grand plaisir était de l'emmener en promenade au petit Nice, sur les quais du Roubion.

Vincent ne s'attardait jamais longtemps en compagnie de ces dames. Dès sa tasse de café terminée, il regardait sa montre et se levait, Aurélie suivait son geste, glissait un coup d'œil à sa grasse et revêche belle-fille qui pinçait les lèvres, persuadée qu'il filait vers un rendez-vous galant ; Aurélie s'en amusait, Vincent jouait tout bonnement au bridge, le dimanche après-midi, au *Café de Paris*, pendant qu'Emma l'imaginait dans les bras d'une autre.

Il y retrouvait de vieux amis de jeunesse et de bamboche et les soucoupes des tournées s'entassaient au coin de la table pendant qu'ils blaguaient et cancanaient au-dessus des cartes. Vincent se déboutonnait alors avec plaisir, au propre et au figuré.

Comme à l'ordinaire, la partie terminée, la compagnie s'en alla finir l'après-midi à l'ombre rafraîchissante des arbres du jardin public. Les amateurs du concert dominical s'étaient éparpillés, le kiosque redevenu silencieux, des couples flânaient, des enfants poussaient leurs cerceaux ou escaladaient le « lion » de pierre de Victor Peter, couvés du regard par leur mère ou leur bonne.

Au bord du petit lac qui ornait le jardin, Angèle Cabestan suivait d'un œil inquiet le manège de son fils à qui Augustin avait offert pour son anniversaire une voiture à pédales.

– Frédéric ! Tu vas trop vite !

À sept ans, c'était un petit garçon déluré qui s'échappait déjà au jardin public en sortant de l'école. Il avait quitté sa tatan

Combère au moment d'entrer à la communale et on lui avait installé un petit lit dans la chambre de mémé Louise en attendant mieux. Pour les clients et les relations des Cabestan, ce n'était pas une surprise, Gabriel, malgré les réticences de sa femme, n'avait pas caché longtemps la naissance de son petit-fils et il avait laissé courir les langues. À chaque visite aux cousins Combère, il avait vu avec bonheur l'enfant grandir en bonne santé, il avait joué avec lui, fait le pépé, il en revenait tout revigoré. « Allez, Marguerite, fais pas ta mauvaise tête, il est beau comme un Jésus, notre Frédéric », il aimait bien la faire maronner, sa femme.

Angèle, depuis son mariage, s'était coulée discrètement dans le moule familial, elle était bien notée au cartonnage, se montrait bonne pratiquante, élevait peu la voix, elle faisait provision d'amour, la nuit, dans les bras d'Augustin et, à chaque aube, touchait la petite croix de sa mère pendue à son cou pour se donner du courage.

Il lui en avait fallu doublement pendant la longue absence d'Augustin ; il avait reçu sa feuille la veille de ses vingt ans, enrôlé dans le 3e régiment de zouaves, presque trois ans loin d'elle ; tant qu'il avait été en garnison à Lyon, il n'avait qu'à prendre le train pour venir la serrer dans ses bras le temps d'une permission, mais quand son bataillon était parti pour Constantine, de l'autre côté de la Méditerranée, elle avait cru mourir de chagrin. S'il n'y avait pas eu la mémé Louise… Louise séchait les pleurs d'Angèle et pleurait dans le secret de son cœur son propre père, « l'Insurgé », mort sur ces rivages d'Afrique, là où Augustin venait de poser les pieds…

Angèle avait fini, à force de patience et de douceur, par venir à bout de l'hostilité de sa belle-mère. Mais il avait fallu la bronchite de Frédéric, l'hiver précédent, les cataplasmes à la graine de moutarde, le sirop au mou de veau, les veilles anxieuses près de l'enfant délirant, pour que la paix s'installe définitivement entre les deux femmes.

Ce dimanche-là, Angèle pressait le pas derrière la voiture à pédales qui filait en tressautant, quand un rire sonore lui fit tourner la tête.

– Si je ne m'abuse, c'est ma petite Angèle ! Ma délicieuse soubrette de l'*Hôtel de la Poste* !

La jeune femme se figea, les yeux agrandis de peur soudaine. Vincent Audranne approchait en jouant de sa canne, deux ou trois messieurs chapeautés l'accompagnaient, ils avaient l'air d'une bande de potaches en goguette malgré leur âge. Comme le regard alarmé de la jeune femme avait glissé instinctivement vers Frédéric, Audranne bifurqua vers l'enfant.

– Alors c'est lui, l'héritier caché dont on m'a parlé ?

Il le jaugea un instant, prit ses compagnons à témoin en plaisantant :

– Vous ne trouvez pas qu'il me ressemble ?

L'un des hommes se pencha, en rajouta :

– Pas étonnant, mon vieux. Tu en sèmes partout, des enfants.

Au milieu des gros rires, le petit garçon qui avait arrêté de pédaler et posait un œil éberlué sur ces inconnus entendit crier sa mère :

– Vous n'avez pas honte, monsieur Audranne ? Vous avez trop bu, laissez-moi en paix.

Vincent fit un pas en avant, la fixa d'un air goguenard.

– C'est toi, petite garce, qui devrais avoir honte. Augustin Cabestan a été bien bon de te prendre et de donner son nom à ce gamin. On connaît ta réputation...

Blêmie sous l'insulte, Angèle leva la main, Vincent esquiva la gifle, saisit la main, l'écrasa dans la sienne.

– Toute la ville sait d'où sort ce petit bâtard.

Angèle gémit sous la douleur, Frédéric avait sauté hors de la voiture, « Maman ! » Vincent s'était retourné vers les autres, qui ne savaient plus s'ils devaient rire de l'affaire :

– Encore une qui était folle de moi et de mon portefeuille. Mes amis, je suis sûr qu'il me suffirait de claquer des doigts et montrer quelques billets pour que… Qu'est-ce que tu fais, le gamin ?

Le petit Frédéric s'était rué dans ses jambes à coups de pied, tandis que sa mère réussissait à se dégager d'un coup sec. Le gamin roula par terre, elle hurla : « Frédéric ! », se précipita, le prit par le bras et s'enfuit vers la rue Quatre-Alliances en retenant ses jupes, poursuivie par les rires des quatre compères.

– Maman ! On a oublié la voiture !

– Tant pis. Et promets-moi de ne rien dire à ton père. Cet homme est un jaloux qui ne nous veut que du mal.

Le petit garçon peina à s'endormir ce soir-là. La voiture était perdue, son père allait bien s'en apercevoir. Et pourquoi cet homme l'avait-il traité de bâtard ? Un bâtard, c'est quelqu'un qui n'a pas de père… Et pourquoi était-il si méchant avec sa mère, ce… comment elle l'avait appelé, déjà ? Monsieur Audranne…

Il garda son secret pendant deux jours. Le lendemain, il était retourné au jardin public, il n'avait évidemment pas retrouvé la voiture. Et fut bien obligé d'avouer à son père qu'il l'avait perdue.

– Frédéric, on ne perd pas une voiture comme ça. Dis-moi la vérité, on te l'a volée ? Tu es allé tout seul au jardin public et des grands te l'ont volée ?

Frédéric fit oui de la tête mais Augustin ne fut pas dupe. Depuis deux jours, l'enfant esquivait son regard, Marguerite disait qu'il couvait encore quelque chose, la mémé Louise lui trouvait l'air triste.

– Il a quelque chose qui le travaille, ton fils, Augustin. À ta place, j'en parlerais à Angèle.

Trois jours après ce funeste dimanche, les bonnes résolutions de Frédéric finirent par s'effondrer. À cause du garçon du *Café Miland* qui avait rapporté la voiture. Il n'avait pas seulement rapporté le jouet : le soir, Augustin appela son fils.

– Que s'est-il passé, Frédéric, dimanche dernier, au jardin public ? Pourquoi ta mère ne veut-elle rien dire ?

Le petit garçon se tint coi quelques minutes. Il avait promis mais là, ça devenait difficile… et puis c'était aussi bien que son père sache et aille corriger ce méchant homme. Alors il raconta ce qu'il avait entendu, et pas bien compris, et que ce méchant, il s'appelait Audranne.

Augustin crut que son cœur allait éclater de rage. Vincent Audranne ! Encore lui, qui n'avait jamais digéré l'affront, la petite serveuse qui lui avait échappé, qui l'avait mordu si fort qu'il en gardait encore l'insupportable cicatrice, qui avait épousé le fils de son rival détesté, qui était mère, à présent, d'un joli petit garçon, et grands dieux pas le sien ! Pour ça non !

Augustin partit comme un fou à la recherche d'Audranne. Se venger. Venger sa chère Angèle, venger leur honneur, pour l'avenir de Frédéric. Il fila tout droit à la fabrique du faubourg Saint-Lazare. Croisa une employée.

– M. Vincent ? Il est à Lyon, il ne rentrera qu'après-demain. C'est pour quoi ?

Déçu, et sa soif vengeresse un peu retombée, Augustin revint lentement vers la ville en longeant les casernes. Le soir, il garda le silence sur le projet qu'il n'avait pas abandonné, ils s'entêteraient tous à l'en détourner alors qu'il fallait une fois pour toutes lui river son clou, à ce fumier.

De toute manière, avec les nouvelles qui pleuvaient depuis cette semaine, l'Autriche qui bombardait Belgrade, le tsar qui mobilisait, l'Allemagne qui avait lancé un ultimatum à la France, la garnison de Montélimar en effervescence, on pensait à bien autre chose qu'à se préoccuper de lui.

Le samedi matin, il n'avait pas changé d'avis. Il retourna à la fabrique, se heurta à la même employée.

– M. Audranne est chez lui, ce matin, vous n'êtes pas au courant ? On ne va pas mettre des cuissons en train avec les événements qui se préparent...

Il était près de midi quand il osa aller sonner à la porte de la maison Audranne. Une domestique en tablier blanc vint ouvrir, le prit pour un employé de la fabrique vu qu'il embaumait le nougat, lui indiqua le bureau. Il entra sans frapper, Vincent venait de raccrocher le combiné du téléphone à son support. Il avait le regard effaré, ne reconnut pas de suite Augustin.

– Vous savez la nouvelle ? On a assassiné Jean Jaurès. Pendant qu'il dînait au *Café du Croissant*, hier soir...

Il réalisa alors qui se tenait devant lui, il recula légèrement. Augustin Cabestan...

– Que me veux-tu, Augustin ?

– Vous faire rentrer dans la gorge les insultes que vous avez proférées contre ma femme, et en présence de mon fils.

C'était dit d'un ton sifflant, si menaçant que Vincent prit la chose au sérieux. Il tenta de minimiser :

– Des paroles en l'air, Augustin ! On sortait d'un après-midi au café, on plaisantait simplement...

– Mon garçon m'a tout rapporté, il en est encore tout retourné même s'il n'a heureusement pas tout compris. Je sais parfaitement que vous ne plaisantez pas, m'sieur Audranne. Alors vous allez prendre du papier et écrire ce que je vais vous dicter. Ce qui s'est passé réellement, autrefois, à l'*Hôtel de la Poste*, et pourquoi votre cicatrice, là, sur votre poignet...

– Petit fumier, murmura Vincent, tu crois que tu fais le poids ?

– Mon père n'a pas voulu porter plainte le soir de la fête mais moi, je ne me gênerai pas.

Vincent se leva.

– J'en ai assez entendu. Fiche le camp.

– Écrivez ou votre histoire passera dans le journal, et on n'aura pas fini de rire de vos bonnes fortunes…

Vincent avait contourné son bureau, il était agaçant, à la fin, ce gamin.

– Tu vas filer ou j'appelle ?

– Écrivez, je vous dis…

À l'instant, Vincent vit le couteau briller dans la main d'Augustin. La rage le prit. Il le traita par le mépris.

– Laisse ce couteau, petit minable. Rentre chez toi t'occuper de ta dulcinée, des fois qu'elle aille en trouver un autre.

Il s'était toujours cru le plus fort parce que le plus malin, Vincent. Il poussa un cri étouffé quand il reçut la pointe du couteau dans les cotes, il n'eut pas le temps d'appeler à l'aide qu'Augustin, affolé de son propre geste, avait disparu.

Le jeune homme se retrouva sur le boulevard, l'esprit en déroute. Qu'est-ce qu'il avait fait, bon Dieu ? Qu'est-ce qui lui avait pris ? Il voulait juste flanquer la trouille à ce salaud, et pas le saigner ; aussi, pourquoi était-il allé insulter Angèle, une fois de plus ?

Augustin fourra le couteau dans sa poche, il fallait aller le jeter quelque part, et puis se cacher avant que la police soit sur les lieux, la domestique le reconnaîtrait, l'employée de la fabrique aussi ; il traversa le jardin en courant, puis la voie ferrée ; de l'autre côté, c'étaient des terrains vagues, des villas en construction, des gens s'interpellaient, il entendait : « C'est la guerre, mon vieux, c'est la guerre ! » Il sauta dans un bosquet au passage d'une colonne de militaires, resta immobile, la tête bourdonnante, de longues minutes, sans se décider sur la conduite à tenir. Se livrer à la police ? Disparaître ?

Soudain, il entendit, porté par le vent, tout un tintamarre carillonnant. Toutes les cloches des églises semblaient s'être donné le mot. Toutes sonnaient en même temps. Toutes sonnaient… Le tocsin ! C'était le tocsin qui éclatait dans le ciel serein, dans la brise d'été, au milieu des jeux de croquet et des parties de campagne.

Troisième partie

LE SECRET D'HÉLÈNE

I

Montélimar, 20 février 1917.

La bise s'était calmée, le soleil revenu, la neige commençait à fondre. Aurélie en profita pour aérer convenablement sa chambre.

Ses rhumatismes gênaient de plus en plus ses mouvements mais, à près de quatre-vingts ans, elle était encore vaillante. Elle se pencha à la fenêtre, d'énormes congères s'entêtaient à encombrer les carrefours et s'amoncelaient devant les façades dont on n'avait balayé que l'entrée. Même les plus vieux ne se souvenaient pas d'un mois de février aussi neigeux que glacial.

Il ne manquait plus que cela après trois ans de guerre, de morts, d'amputés, de privations. Les boulangers étaient restés sans farine, les caves sans charbon. Les fidèles de Sainte-Croix récitaient journellement des chapelets pour implorer la fin de la guerre, la fin des malheurs.

Aurélie redescendit au magasin, aussi triste que les rues de février, ses présentoirs clairsemés ; la seule employée restée était en train de bâiller sur une chaise, l'autre était partie aider à l'hôpital où les blessés affluaient régulièrement. On avait même réquisitionné les thermes de Bondonneau, les malheureux soldats estropiés, gazés avaient pris la place des élégants curistes et, deux ans plus tôt, au début de la guerre, l'employée d'Aurélie était revenue au magasin dans son costume d'infirmière avec une lugubre nouvelle :

– Madame Aurélie, je dois vous annoncer... Votre neveu, Émile Audranne, le fils du tanneur, on l'a ramené dans un état perdu de l'armée d'Orient. Il se trouve que sa mère s'occupe comme moi des blessés à Bondonneau ; la pauvre Sidonie Audranne, elle ne voyait plus ses fils depuis longtemps mais celui-là qui revient mourir dans ses bras, là... ça nous a tous bouleversés.

Aurélie avait suivi l'enterrement, comme elle en avait suivi tant d'autres ensuite...

L'employée qui bâillait sur sa chaise se redressa.

– Madame Audranne, j'ai timbré le courrier, il est prêt à partir.

Les lettres attendaient sur la banque, quelques-unes étaient destinées à la poste aux armées pour être distribuées aux soldats qui se battaient sur le front ; il y en avait une pour son petit-fils Benoît, et d'autres pour soutenir le moral de ses camarades enfermés dans leurs tranchées. Après la mort du jeune frère de Benoît, là-haut dans la Somme, elle était devenue « marraine de guerre », sur le conseil de Louise qui correspondait avec plusieurs filleuls. Une manière de se rapprocher de tous ces fantômes de petits gars qui couraient au-devant de la mort, et comprendre ce qui s'était passé ce jour abominable d'octobre 1914, à Lihons, cote 101, qu'elle ne connaissait pas, qu'elle ne connaîtrait jamais, où était tombé son second petit-fils, ce gosse à peine sorti de l'enfance.

Elle avait poursuivi ses correspondances, même si Louise n'était plus là, à présent, même si les tragédies avaient continué d'endeuiller leur famille comme les autres.

– Merci mon petit, je serai rentrée avant la fermeture du magasin.

Très souvent, c'était Aurélie qui se chargeait d'aller attendre la fille de Benoît, son arrière-petite-fille Hélène, à la sortie de l'institution Chabrillan et de la ramener goûter avant de la raccompagner chez sa mère. Ces dernières semaines, la neige l'en avait empêchée, mais aujourd'hui jeudi, le soleil revenu, elles auraient toute la journée pour babiller. Sa complicité avec l'enfant avait augmenté à mesure qu'Hélène devenait une petite personne fort raisonnable pour ses dix ans.

Les rues de Montélimar restaient engluées dans le froid et la tristesse. Aidée de sa canne, Aurélie tâta précautionneusement le pavé de ses bottines, longea les halles et entra quelques minutes se recueillir dans la collégiale. Des femmes en noir priaient devant les cierges qu'elles avaient allumés à l'autel de la Vierge, Marguerite n'était pas parmi elles.

Marguerite avait survécu aux drames successifs qui s'étaient abattus sur elle, c'était comme si ces drames l'avaient rendue encore plus forte.

Aurélie s'agenouilla plus loin, face au vitrail du Sacré-Cœur qui dominait le maître-autel. Elle n'avait jamais cessé de fréquenter la collégiale, elle était bien la seule de ses proches à montrer un peu de religion et, si elle venait prier quotidiennement, c'était pour puiser ici de quoi ne pas se révolter, de quoi pardonner…

Elle n'avait jamais pu savoir ce qui s'était passé, ce maudit 1er août 14 chez son fils, alors que le tocsin ébranlait toutes les cloches de la ville ; Vincent trouvé baignant dans son sang, le coup de couteau qui n'avait, Dieu merci, fait qu'effleurer son côté, le mutisme du blessé qui avait refusé de nommer l'agresseur, tout le monde s'était douté de la vérité, pourquoi le jeune Augustin serait-il allé se porter volontaire pour partir aussitôt avec son régiment de zouaves, alors que sa classe n'était pas encore appelée, sinon parce que c'était lui l'agresseur ?

On ne la connaîtrait jamais, la vérité. Augustin était allé mourir comme son cousin Émile Audranne, sur une côte turque au bord du détroit des Dardanelles, un jour de mai 1915 ; il avait écrit peu de temps avant à sa femme : *Notre bateau nous a promenés de Grèce en Égypte avant de nous débarquer ici, je peux dire que j'ai vu du pays. Maintenant, je crois qu'on va se battre, la mer a la couleur de tes yeux, ne m'oublie pas mon Angèle.*

Le cœur de Louise n'avait pas résisté à la mort de son petit-fils, disparu si loin d'elle alors qu'il s'était presque enfui sans l'embrasser. C'était comme si ce cœur de vieille femme ne battait encore, faiblement, que dans l'espoir de revoir Augustin. On avait enterré Louise Combère au mois de juin suivant, dans le caveau qu'elle avait fait faire au cimetière Saint-Lazare pour Marcelou, à l'ombre de deux cyprès.

Les morts s'étaient accumulés chez les Audranne comme dans d'autres familles, d'abord le cadet de son fils Vincent, ensuite Émile Audranne le fils du tanneur, et Augustin Cabestan… Enfin Louise, sa seule confidente, sa seule amie.

Sa nièce Marguerite elle aussi était seule, maintenant, pour diriger son entreprise avec deux vieux ouvriers qui n'avaient pas été mobilisés. Beaucoup de femmes étaient restées seules, les hommes étaient partis les uns après les autres, les plus jeunes, puis ceux de la réserve, puis ceux de la territoriale, elles étaient bien obligées à présent de se débrouiller sans eux, elles avaient remplacé leurs hommes dans les fermes comme dans les fabriques. Pour Marguerite, les choses s'étaient passées plus tragiquement…

Aurélie quitta l'église en se signant et reprit son chemin le long de la rue Sainte-Croix. Elle salua au passage une veuve qui sortait de la pharmacie Brun, passa sans remarquer les toilettes de printemps qui ornaient les vitrines des *Nouvelles Galeries*, elle n'avait guère la tête aux frivolités, et fila dans la rue Villette, tout en se reprochant de ne pas avoir fait un crochet par la confiserie Cabestan. Leurs prières communes à Sainte-Croix comme leurs deuils avaient rapproché la nièce et la tante mais Marguerite continuait à crâner, à refuser d'avouer que le départ de Gabriel l'avait laissée anéantie.

Un an bientôt et on pouvait être sûr qu'il ne reviendrait pas. Quel démon l'avait poussé à partir, comme ça, sur un coup de tête ?

Il n'y avait que Marguerite pour savoir la vérité, parce que son mari l'avait criée, cette vérité, un soir de dispute, une de ces disputes aigres et fielleuses qui empoisonnaient leur ménage depuis le départ d'Augustin, et sa mort au bout du monde, et la mort de mémé Louise, et ces rumeurs autant que ces silences sur le coup de couteau qui avait voulu tuer le cousin Vincent. Même Angèle, elle devait bien savoir quelque chose, Angèle ; même elle était restée muette, elle s'était repliée sur son propre malheur comme un petit animal effrayé.

Cela faisait longtemps que Gabriel n'évoquait plus sa vie d'aventures passées mais Marguerite avait toujours deviné que, dans la tête de son homme, les grands bateaux continuaient à naviguer au-delà des mers, que le désir d'ailleurs ne l'avait pas abandonné. Depuis l'annonce de la mort d'Augustin, il ne faisait que répéter, elle se bouchait les oreilles mais elle avait peur, de plus en plus peur : « Je m'en vais le retrouver, moi, Augustin, ils disent bien qu'ils ne peuvent pas reconnaître les corps, que ça a été un carnage, moi, je le reconnaîtrai », ce n'était qu'un prétexte, un prétexte pour les fuir, elle, le nougat, les bassesses des uns, la bêtise des autres, l'insolence de Vincent Audranne, et ses propres désirs de meurtre... Elle n'avait pas compris, Marguerite, elle était trop absolue dans ses certitudes, c'était elle avant tout qu'il avait fuie.

Elle avait reçu une carte d'Aden qui avait mis trois mois à lui parvenir, qu'elle avait montrée à la tante Aurélie, une carte de Gabriel : *La guerre fait rage au Moyen-Orient, je n'ai pas de bonnes nouvelles à te donner, j'embarque demain sur un rafiot en partance pour Goa, adieu Marguerite.* Elle avait l'œil sec mais Aurélie savait par Angèle qu'elle sanglotait chaque soir, dans le secret de sa chambre.

Quand Aurélie parvint à la maison Audranne, le pas de porte avait été dégagé par les domestiques, deux gros tas de neige dure comme la pierre l'encadraient. Elle retira son manteau et son col de fourrure dans le vestibule et se fit annoncer. On entendait dans l'escalier le pas précipité de la petite Hélène qui l'avait guettée derrière le rideau. Hortense, qui descendait plus lentement – elle était enceinte de nouveau depuis la dernière permission de Benoît –, la rappela à l'ordre :

– Moins de bruit, Hélène, ta grand-mère se repose.

Emma n'avait pas encore surmonté la mort de son fils cadet et ne sortait guère de sa chambre. Elle laissait la direction du magasin de l'avenue de la gare aux mains de sa fille aînée et sa belle-fille Hortense remplaçait le comptable mobilisé, mais Emma exigeait de voir les comptes qu'elle estimait mal tenus.

Aurélie demanda de ses nouvelles, Hortense répondit entre haut et bas en haussant les épaules :

– Ma belle-mère est de mauvaise humeur ce matin. Le moindre bruit la met en fureur, particulièrement quand il s'agit d'Hélène…

Et elle ajouta encore plus bas pendant que la petite fille allait décrocher son manteau et son chapeau :

– Que voulez-vous, on croirait que ma présence et l'existence d'Hélène et de sa petite sœur lui rappellent sans cesse la mort de son fils cadet. Alors que je vis chaque jour dans l'angoisse d'apprendre celle de Benoît…

Aurélie reprit le chemin de la Grand-Rue, tenant l'enfant d'une main et sa canne de l'autre. Ce matin, elle hésitait encore mais les derniers mots d'Hortense la décidèrent. Il fallait qu'Hélène sache. Elle serait peut-être bien la seule à pouvoir conserver le secret…

Depuis la mort d'Adrien, elle ne s'était jamais résolue à faire débarrasser l'ancien atelier de nougat pour y installer une salle à manger, elle prenait ses repas comme jadis dans la cuisine et Hélène, dès qu'elle poussait la porte, sautait au cou de la bonne et allait soulever le couvercle de la poêle où grésillaient les godiveaux ou la cervelle ; et elle réclamait toujours une seconde assiette de confiture, surtout la confiture de figues de mémé Aurélie. Parce que sa grand-mère Emma, elle l'appelait bonne-maman pour obéir à sa mère, mais mémé Aurélie, elle, était restée mémé Aurélie.

Quand la table fut débarrassée, Hélène demanda :

– On va au jardin public, mémé ?

– Nous allons d'abord ouvrir la porte secrète.

Hélène rosit d'étonnement et de curiosité.

– La porte fermée à clé ?

– Garde ton tablier pour ne pas salir ta jolie robe.

Le cœur battant, Aurélie mit la clé dans la serrure qui grinça, força un peu pour ouvrir. Elle tenait Hélène par la main, elle craignait d'impressionner la petite fille, elle se tenait prête à la rassurer. Avant de commencer à raconter l'histoire. Ce qu'elle avait appris de sa belle-mère Julie, et de la chère Louise, et ce qu'elle avait deviné, ce qu'elle avait lu, ce qu'elle avait compris au fil des ans. Elle avait tant admiré, vénéré sa belle-mère que l'histoire du nougat Audranne était devenue « son » histoire à elle. Même à son fils Vincent, elle n'avait pas tout dit.

– Mais c'est comme dans la fabrique de bon-papa Audranne, ici ! Seulement, c'est tout vieux.

– C'est tout vieux, en effet, ma chérie, mais c'est ici qu'on faisait le nougat Audranne autrefois. Et qu'il est devenu célèbre.

Elle épousseta de son tablier une chaise paillée restée dans le coin, celle d'où, jadis, elle observait Adrien en cachette, elle s'assit et fit grimper Hélène sur ses genoux. Elle ne lui cacha rien de l'histoire de son ancêtre Pierre, l'Insurgé, des batailles qu'avait dû mener l'aïeule Julie pour conserver la confiserie, et l'œuf de Pâques de son grand-père Adrien qui avait attiré tout Montélimar devant la vitrine, et les boîtes de nougat que le maire, M. Loubet… « Celui qui est devenu président de la République ? » interrompit Hélène, captivée, « Oui, ma chérie », les boîtes qu'il emportait à Paris pour ses cadeaux, et puis la légende de la « fille du Persan ».

– C'est pas vrai, mémé ?

– Personne ne sait la vérité, mais moi, je vais te dire pourquoi il est le meilleur de tous, le nougat de bon-papa Audranne, il a un secret.

– Je sais qu'il a un secret. Je l'ai entendu à l'école.

Hélène se retourna, regarda la vieille dame dans les yeux.

– Toi, tu le connais, le secret.

Aurélie sourit, puis redevint grave.

– Écoute-moi bien car, quand je ne serai plus là, personne ne pourra te le répéter. Il tient à deux choses : d'abord deux pincées de poudre de prune d'Arménie…

– C'est quoi ?

– De la poudre d'abricot, si tu préfères, qu'on rajoute en fin de cuisson. Et aussi…

Aurélie lança un coup d'œil circulaire aux vieux murs et au matériel abandonné et ajouta d'un ton rêveur :

– Et aussi l'âme de l'atelier, les murs imprégnés de parfum, une sorte de mystère que je ne sais pas expliquer.

Hélène fronça le sourcil, un peu déçue :

– C'est ça, le secret ? Comment il fait alors, bon-papa Audranne, dans sa fabrique toute neuve ?

– Peut-être qu'il n'est plus aussi bon, son nougat… mais comme plus personne ne se souvient du goût d'autrefois…

Hélène était assez désappointée des « révélations » de son arrière-grand-mère. Ce n'était que cela, le secret ? De la poudre d'abricot et une odeur de nougat moisi ?

Elle rangea la « révélation » dans un coin de sa tête et n'y pensa plus. L'arrivée du petit frère à la fin de l'été et la permission de son père à cette occasion furent autrement excitantes. Et puis elle préférait de beaucoup le parfum de la fabrique Saint-Lazare, la longue salle où scintillaient les chaudrons de cuivre alignés, rutilants, avec la pâte de nougat onctueuse qui tournait lentement sur elle-même, qui vous mettait l'eau à la bouche, et l'odeur des amandes grillées, et la salle d'emballage où les petits rectangles de nougat glissaient à toute allure entre les mains des plieuses, leurs gestes de magiciennes, comment elles faisaient pour aller si vite ? Et puis le bureau de vente où régnait Mlle Fernande au milieu des boîtes de toutes les couleurs, Mlle Fernande avait toujours des nougats pour elle et lui disait invariablement qu'elle ressemblait à la « fille du Persan » qui décorait les boîtes du nougat Audranne.

Vincent était fier de sa petite-fille aînée qui s'intéressait à la fabrique, peut-être en ferait-on une épouse de confiseur, il pensait toujours à l'avenir et à s'agrandir, Vincent, et quoi de mieux qu'un mariage pour s'offrir un concurrent ?

Son premier petit-fils eut un an le jour de la victoire et l'on fêta doublement l'événement dans la grande maison du boulevard qui retrouva un peu de gaieté pour l'occasion. La paix revenait et l'avenir de la maison Audranne était assuré. Le bébé gazouillait au milieu de ses cadeaux dans les bras de sa nourrice, sous les yeux attendris d'Hortense, mère enfin comblée. Même Emma, perpétuellement dolente et irascible, avait consenti à sourire à son premier petit-fils et à faire un peu de toilette en l'honneur des parents d'Hortense invités. La présence de ses trois filles la distrayait de la mélancolie dont elle ne pouvait se défaire depuis la mort de son fils chéri. La cadette avait été confiée aux mains d'une guérisseuse qui se faisait fort de soigner son épilepsie avec des décoctions de plantes ; la dernière, à peine sortie du couvent, montrait des signes d'indépendance et se moquait de son grand frère Benoît, toujours prêt à approuver la moindre décision paternelle.

Pour l'heure, Benoît passait aux yeux de la famille pour un héros ; touché par un obus quelques jours avant la fin des combats pour s'être porté au secours d'un camarade blessé, il était en convalescence, la tête bandée et le bras en écharpe. Après le déjeuner, on discuta boutique comme à l'ordinaire, Benoît n'était pas en état de reprendre aussitôt une activité et craignait une fois de plus que son père n'y voie que de la faiblesse. Toujours cette angoisse de ne pas être à la hauteur qui lui nouait la gorge. Vincent l'avait pourtant rassuré, les affaires repartaient tout doucement, il pouvait se charger seul de la marche de la fabrique. Il avait confié à son gendre une partie de la commercialisation, le bougre n'entendait rien aux subtilités de la confiserie.

Le plus grand plaisir d'Hélène et sa plus grande fierté étaient que son grand-père veuille bien l'emmener de temps en temps à la fabrique. Elle tenait fermement sa main et allongeait le pas pour le régler sur le sien. Elle avait déjà le parfum du miel dans les narines.

– Bon-papa, j'aurai la permission de goûter au nougat du chaudron ?

– Rappelle-toi comme tu t'es brûlée la langue, la dernière fois.

Tandis qu'ils longeaient le *Café Miland*, ce jour-là, la petite fille, en train de suivre le vol d'un martinet au-dessus des toits, ne remarqua pas que le regard de son grand-père s'était soudain durci au passage d'une dame en noir. Elle le vit soulever son chapeau pour la saluer brièvement, la dame fit de même sans desserrer les lèvres.

– C'est qui, cette dame, bon-papa ?

– Mme Cabestan. Tu ne la connais pas.

Vincent appréhendait toujours de croiser Marguerite Cabestan et de s'entendre apostropher en pleine rue, cette furie était si imprévisible. On ne savait pas, on ne saurait sans doute jamais ce qu'était devenu son mari qui avait brusquement quitté sa fabrique et sa femme pendant la guerre ; on avait mis cela sur le compte d'un coup de folie après la mort de son fils, on avait ramené à la surface les rumeurs qui couraient jadis sur le passé équivoque du confiseur, mais les nouvelles de la guerre occupaient autrement les esprits. Du reste, Marguerite Cabestan ne mentionnait jamais son mari dans les réunions auxquelles elle participait à présent ; il faut dire qu'elle en imposait, ne serait-ce que par son embonpoint et le ton mordant dont elle usait face au brillant Vincent Audranne.

Marguerite ne détestait pas ces joutes verbales, elle n'avait rien abandonné des recettes épicées de son mari, elle veillait à son indépendance alors que son cousin entendait régenter la profession, et surtout elle pouvait enfin se mesurer, en personne, à l'homme qui était, elle en restait persuadée, responsable de la suite de malheurs arrivés aux siens. Elle haïssait Vincent jusqu'aux tréfonds d'elle-même, cet impie, ce Satan dont le fils avait épousé une hérétique, elle ne daigna même pas paraître aux obsèques d'Emma Audranne, cette souillon des Baronnies qui pétait de graisse et de suffisance parce qu'elle était la femme du premier confiseur de la ville, qui trépassa d'une indigestion à la Noël 1925. Elle s'en confessa à l'abbé Froment mais la haine ne la quitta pas qui lui tenaillait encore et toujours le cœur. Et qui lui donnait le courage de tenir tête à Audranne.

II

Montélimar, avril 1928.

À PRÈS DE QUATRE-VINGT-DIX ANS, Aurélie sortait peu de chez elle. Elle était tombée dans l'escalier, s'était luxé le bras gauche dont elle ne pouvait plus se servir mais s'obligeait, malgré ses jambes douloureuses, à monter encore au cimetière pour visiter ses morts et pousser jusqu'à la fabrique Audranne, histoire de respirer le parfum d'autrefois.

Parce que, le parfum, il avait fini par disparaître du magasin qu'elle avait dû se résoudre à fermer.

– À votre âge, il faut vous reposer, bonne-maman, avait assuré poliment mais fermement Benoît.

Elle l'avait laissé dire, elle n'était plus de force à lutter et elle savait bien que le nougat se vendait mieux aux touristes de passage sur les boulevards. Elle se faisait parfois l'effet d'un vieux meuble oublié au grenier.

Elle n'avait depuis longtemps d'intimité qu'avec sa chère Hélène à qui elle trouvait une troublante beauté méditerranéenne, elle l'appelait en riant « ma petite fille persane ». Jusque-là, Hélène passait tous les jours l'embrasser à la sortie des cours de l'institution Chabrillan, mais depuis qu'elle apprenait la comptabilité à Marseille, Aurélie se languissait d'elle.

Même sa filleule Marguerite Cabestan lui battait froid ; au fond, celle-là n'avait pas surmonté la mort d'Augustin et refusait toujours d'admettre la « fuite » de son mari. La malheureuse Angèle, cette pauvre petite chose, ne savait que se résigner à supporter sa belle-mère, tout *encafournée* dans sa douleur et son orgueil, « elle y laissera la santé », qu'elle répétait à sa vendeuse. L'employée n'était pas de taille à l'affronter. Raidie dans son orgueil, incapable d'accepter le moindre soutien de la part d'une « Audranne », tout son ressentiment recuit pour ces maudits s'étendait malgré elle, à mesure que le temps passait, jusqu'à la tante Aurélie.

La vieille dame avait fini par espacer ses visites rue Quatre-Alliances. Il y avait des années qu'elle n'avait pas revu sa filleule, que Marguerite lui était devenue une étrangère.

Depuis la fin de la guerre, Marguerite s'étourdissait dans le travail. Pour imposer sa marque de nougat, et elle y réussissait. Surtout pour ne pas penser. Tenter d'oublier, s'abrutir de travail pour enfin pouvoir dormir la nuit.

Elle avait le nez dans sa comptabilité, ce matin-là, quand elle entendit sonner le tocsin. Elle releva la tête, alarmée. Le feu dans Montélimar ? La rumeur courut aussi vite que les pompiers avec leur matériel, les employés de la gare avec leur pompe, on galopait déjà vers le sinistre, quelqu'un cria en passant : « Ça flambe chez Milou ! », elle porta les mains à sa gorge ; égoïstement, elle se félicita que sa belle-fille Angèle ait quitté le cartonnage à la mort de mémé Louise pour se charger du magasin de vente du Champ-de-Mars.

Elle s'y précipita, ne trouva que la vendeuse qui roulait des yeux effarés sur le seuil.

– Mme Angèle est partie avec les autres ! Ils font la chaîne, qu'ils disent, pour éteindre.

– Éteindre, répéta Marguerite en haussant les épaules, avec tout le stock de carton et de papier, et le vent qui se lève, ils ne risqueront que des drames de plus !

Effectivement, la fabrique de cartonnage brûla de fond en comble, les boîtes, les cartons, les machines, et même la maison des Milou. Quelques jours plus tard, les badauds se pressaient encore devant les ruines fumantes, pétrifiés.

Angèle était rentrée tard, échevelée et aussi noire qu'un charbonnier, Marguerite avait bougonné qu'elle avait risqué bien inutilement sa vie, Angèle avait laissé dire et attendu le lendemain pour faire part de son projet.

Elle avait appris à connaître le caractère de sa belle-mère, entier mais généreux ; elle était persuadée que la misère d'une jeune femme abandonnée par son mari avec trois petits enfants et réduite au chômage par l'anéantissement du cartonnage ne la laisserait pas indifférente. Puisque l'employée du magasin du Champ-de-Mars avait demandé son congé pour aller travailler à Valence, Zélie pourrait la remplacer en attendant de retrouver du travail, une fois le cartonnage remis à flot.

C'est chez Milou qu'elles s'étaient rencontrées, durant la guerre, quand Zélie y avait été embauchée. Et puis il avait fallu, dans l'effervescence de la victoire, que la jeune fille s'amourache d'un ouvrier carrossier du garage Moulin qui lui avait fait trois enfants avant de disparaître avec une autre.

Dix ans avaient passé depuis ce beau jour de 1918 et Angèle savait que Zélie s'en sortait de moins en moins bien, malgré l'existence d'une grand-mère qui vivait à Lyon mais se disait encore plus misérable. Elle était prête à être engagée à la confiserie quand elle mentionna incidemment le nom de cette grand-mère lyonnaise devant Angèle qui resta interdite, faillit renoncer puis finit par recommander vivement :

– Tout ce que je te demande, c'est de ne jamais prononcer son nom devant ma belle-mère.

Il ne lui restait qu'un bonheur, à Angèle, son Frédéric. Le plus merveilleux cadeau que lui avait fait son cher Augustin. Il embaumait le nougat et le caramel comme son père et quand elle l'embrassait, lui nouait autour du cou la cravate du dimanche et l'aidait à enfiler son veston, elle croyait encore toucher Augustin, respirer Augustin ; elle se défendait de cet amour trop violent pour son fils mais il lui arrivait d'en oublier le sommeil.

Frédéric ne ferait pas de service militaire, il était orphelin, fils d'un héros médaillé à titre posthume, soutien de famille, Angèle pouvait être sûre qu'elle le garderait près d'elle. À vingt et un ans, c'était, de l'avis de sa mère, le plus bel homme de la terre. Il avait hérité du talent de son grand-père pour donner à ses confiseries ce zeste d'exotisme dont raffolait leur clientèle. D'ailleurs, les confiseries, il les avait quasiment abandonnées, à part ses chocolats de Pâques et ses dragées, pour ne se consacrer qu'au nougat.

Angèle ne s'était jamais mêlée de la marche de l'affaire Cabestan mais elle savait que, comme son grand-père, Frédéric défendait en réunion ses nougats aux épices ; toutefois, il avait poussé sa grand-mère à faire confectionner des boîtes différentes, l'une pour ceux-là et l'autre pour le nougat traditionnel.

Depuis la fin de la guerre, on mettait les bouchées doubles comme pour se venger de ces quatre années d'horreur et de privations. Au cours de ces dix dernières années, les affaires avaient prospéré au rythme des automobiles de plus en plus nombreuses qui traversaient Montélimar, encombraient la Grand-Rue et le carrefour d'Aygu où Vincent Audranne avait ouvert un nouveau magasin. Du reste, depuis l'année précédente, la circulation avait été déviée sur le boulevard Marre-Desmarais, le long du Champ-de-Mars, et le magasin de vente de *L'Amande dorée* n'était plus le seul à offrir ses nougats au passage. Tous les « nougatiers » tenaient à leur vitrine le long des boulevards, les rez-de-chaussée et les jardins des maisons bourgeoises se louaient à prix d'or pour y installer des boutiques de vente et attirer le touriste, quitte à envoyer la vendeuse sur le trottoir avec un plateau pour « faire goûter » quand le véhicule roulait au pas derrière une charrette à bras.

À soixante ans passés, Marguerite montrait en apparence toujours la même énergie, ne serait-ce que pour faire taire les couillons qui la croyaient anéantie par ses malheurs ; elle l'était, anéantie, mais de là à baisser les bras… Elle continuait à assurer la direction financière de la fabrique, elle avait laissé la gestion des deux magasins de vente à sa belle-fille, une fille capable, cette Angèle, pourvu qu'on la surveille, parce qu'elle avait vite fait de se laisser aller à ses crises de cafard.

Frédéric, lui, elle l'appelait l'artiste. Un garçon doué, inventif, accrocheur, il avait tout de son grand-père Gabriel. Elle en était fière, Marguerite. Elle venait de l'expédier chez les cousins d'Arles qui avaient rapporté de Marseille de nouvelles épices, on pouvait lui faire confiance pour déceler là-dedans de quoi renouveler l'assortiment de leurs parfums.

Frédéric avait donc pris le train pour Arles avec son grand-père Bouchol ; il s'entendait bien avec lui, il répétait que c'était dans l'épicerie du faubourg Saint-James qu'il avait appris la géographie, le nez dans les publicités d'outre-mer et les revues coloniales qui s'entassaient au milieu des sacs de denrées. Il s'imaginait partir à l'aventure sur les grands cargos, voyager loin, découvrir le monde, son grand-père criait après lui et il se dépêchait de refermer la revue.

Depuis que le gouvernement encourageait l'exploitation des colonies, la mode était à l'exotisme, les chansons et la musique nègres faisaient fureur. Frédéric n'était pas en reste. Aussi, quand il fut temps de quitter Arles pour rentrer à Montélimar, et que ses cousins lui proposèrent de rester un jour de plus pour aller assister à Marseille à un spectacle de « jazz », sans trop savoir de quoi il s'agissait, il téléphona aussitôt, Marguerite rouspéta bien un peu, aller écouter de la musique de sauvages alors que le travail attendait à la fabrique, encore une lubie de gamin !

L'Exposition coloniale de 1922 avait fait bondir le commerce de Marseille avec l'outre-mer ; le monde entier se côtoyait sur ses quais, des Arabes, des Brésiliens, des Annamites, des Nègres qui débarquaient des ballots de marchandises sur leurs épaules en courant pieds nus sur les passerelles et en hurlant dans toutes les langues, Frédéric écarquillait les yeux et les oreilles, abasourdi. Le « jazz », c'était cette drôle de musique saccadée qui venait d'Amérique, des Nègres qui jouaient de la trompette à vous secouer les tripes, des chanteuses à la voix déchirée derrière leur micro ; à Paris, on ne parlait depuis trois ans que de la Revue nègre et de cette Joséphine Baker qui se trémoussait à moitié nue, Frédéric aurait bien voulu aller voir ça, si Paris n'avait pas été si loin.

Le spectacle de jazz avait lieu dans une salle prêtée par les établissements Noilly-Prat, rue Paradis. L'ambiance était déjà chaude quand les cousins s'installèrent à l'une des grandes tables où l'on vous servait du rhum ou du Noilly-gin. La fille assise sur le banc à côté de Frédéric avait des yeux dorés et des cheveux roux qu'elle portait court à la nouvelle mode. Elle avait jeté, sous sa frange, un regard distrait à son voisin en train de retirer son chapeau, elle avait recommencé plusieurs fois ; Frédéric, intimidé, la trouvait très belle, différente des autres filles qui forçaient sur leur enthousiasme en applaudissant les musiciens ; la salle s'emballait, portée par le rythme, Frédéric sentait la fille qui se balançait à ses côtés, qui ondulait comme si elle dansait immobile, qui écoutait en fermant les yeux. À la fin du troisième morceau, on fit une ovation au trompettiste, tous debout, Frédéric croisa le regard de la fille aux yeux dorés, elle lui cria au milieu du tumulte :

– C'est fantastique, hein ? Tu aimes le jazz, toi aussi ? Ça te démangeait de danser, hein ?

Le concert terminé, la salle se vida, la fille resta parmi ceux qui persistaient à féliciter les musiciens dans un anglais hésitant, Frédéric retint son cousin par le bras.

– Attends… Tu la connais, cette rousse ?

L'organisateur était content du succès, il fallait faire de la réclame pour les suivants. Il invita le journaliste et tous ceux qui se trouvaient encore là à profiter de la bouillabaisse dont il s'apprêtait à régaler les musiciens. Ce fut pour Frédéric une soirée inoubliable qui se termina par un concert *bis* échevelé et attira les noctambules du quartier.

Quand, le lendemain, le garçon reprit le train, il n'était plus le même.

Il était amoureux. Violemment amoureux. Elle s'appelait Hélène. Il avait passé une partie de la nuit avec elle, à manger la bouillabaisse, boire le vin de Cassis, boire ses yeux dorés, tenter de l'embrasser, de l'entraîner sur les quais, là où les bateaux vous font signe de partir, « Allez, on prend le bateau pour Dakar ? » Elle riait aux éclats, elle chaloupait dans ses bras, il était sûr qu'elle aussi l'aimait déjà un peu.

Quand elle lui avait dit qu'elle était elle aussi de Montélimar, quand elle lui avait dit que son nom c'était Hélène Audranne, que son père c'était Benoît Audranne le nougatier, il avait cru s'être trompé de rêve, il avait forcé un peu sur le vin de Cassis pour chasser le mauvais sort et lui cacher son propre nom. D'ailleurs, elle s'en moquait bien, de son nom, cela lui suffisait, à la belle Hélène, qu'il se noie dans ses yeux dorés.

III

Lyon, juillet 1928.

LÉA AUDRANNE avait par chance conservé quelques amitiés au *Progrès de Lyon* ; les plus vieux se souvenaient encore de ce couple étrange et pittoresque, la grande Mathilde Balestier aux coups de gueule légendaires et sa protégée Léa, qu'on côtoyait au journal trente ans plus tôt.

Après guerre, à soixante ans, Léa était revenue à Lyon, des fois qu'il se souviendrait d'elle, le caporal qui avait été quelque temps son compagnon de misère, qui la faisait rire quand il entonnait ses chansons de corps de garde, qui criait devant sa bouteille : « Ma poulette, on va leur flanquer la pile, aux Boches, j'te l'jure comme tu me vois ! » C'est lui qui lui avait donné le goût de la guerre ; quand il était parti au front, elle s'était engagée dans les ambulances.

Mais le caporal était mort comme les autres dans cette chienne de guerre. Pour survivre, Léa avait fini par aller tirer la sonnette du *Progrès*. Des fois que… On avait eu pitié d'elle, on lui avait fait la charité de deux ou trois articles sur ses souvenirs d'ambulancière, et maintenant elle triait le courrier, ça lui permettait de payer son meublé à la Guillotière et de manger à sa faim. Il lui en restait toujours assez pour boire son blanc du matin. Le goût du p'tit blanc lui était venu à Paris, bien avant guerre, quand elle avait quitté la Mathilde et tout son cirque de bourgeoises et de fausses aristos.

Chaque jour, elle feuilletait *Le Progrès* en attendant le courrier. Au mois d'avril, elle avait sursauté en lisant ce qui s'était passé à Montélimar. Elle s'était demandé si la Zélie travaillait toujours au cartonnage Milou, là où le feu avait tout détruit. Elle s'était dépêchée d'écrire pour demander des nouvelles, comment elle allait survivre, Zélie, sans travail et avec ses *gones* ? Encore une qui s'était fait avoir par les hommes.

Quand elle avait reçu la réponse, une bouffée de souvenirs lui était revenue, Zélie qui racontait pour qui elle vendait du nougat en attendant de reprendre chez Milou, pour la fabrique Combère-Cabestan… Cabestan, le gamin que Léa avait trimbalé sous les obus aux Dardanelles, du temps qu'elle était ambulancière, le gamin qui parlait de son nougat avec l'accent des cigales, qu'elle avait vu mourir dans ses bras sans rien pouvoir faire…

Depuis le mois d'avril, elle comptait et recomptait ses sous, elle n'aurait jamais l'argent pour descendre à Montélimar. Elle finit par s'en faire prêter par le concierge du *Progrès* et débarqua enfin, dans la moiteur de l'été, sur le quai de gare de la petite ville. Plus de trente ans qu'elle l'avait quittée. Une femme hurlait à tue-tête : « Nougat ! Nougat ! Nougat de Montélimar ! » avec l'accent du petit soldat Cabestan.

Elle traversa le jardin public et fila tout droit vers le magasin indiqué dans la lettre par sa petite-fille. Elle poussa la porte, tout intimidée, elle la reconnut à peine dans son beau tablier blanc à volants. Zélie lui présenta sa patronne qui souriait derrière sa caisse.

– Madame Angèle, dit-elle, celle qui m'a embauchée. On s'était connues chez Milou quand elle y travaillait.

Léa fixa la personne encore belle, un peu empâtée par l'âge, qui posait sur elle un regard de pervenche. Elle murmura :

– Alors c'est vous, Angèle Cabestan ? La femme de… enfin la veuve de mon…

En voyant le visage se décomposer en face d'elle, elle acheva à voix basse :

– De mon petit Augustin ?

En même temps que Léa descendait du train de Lyon, Hélène Audranne débarquait du train de Marseille. Son école de comptabilité avait fermé ses portes pour l'été, elle allait passer une partie de ses vacances dans le bureau paternel, « il faut que tu te familiarises avec l'industrie nougatière, tu en auras sans doute besoin », Hélène ne bronchait pas mais savait où son père voulait en venir ; ce n'était pas de la fabrique Audranne qu'il voulait parler, celle-ci serait pour son frère bien sûr, mais de la fabrique Souchon, le fils Souchon était de son âge. Pour Souchon et Benoît Audranne, c'était déjà fait.

On avait à peine posé la question aux intéressés, on oubliait qu'aujourd'hui les mariages ne s'arrangent plus de cette façon. Et de toute manière, Mme Souchon ne voulait pas entendre parler d'une fille de protestante ; Hortense Audranne ne mettait pas les pieds au temple et ses enfants avaient fait leur communion à l'église mais c'était égal, Mme Souchon s'entêtait.

La première visite d'Hélène, au lendemain de son arrivée, fut pour « mémé Aurélie » comme elle continuait à surnommer son arrière-grand-mère. Elles se retrouvaient toujours avec le même bonheur, Hélène s'inquiétait de sa santé, Aurélie balayait la question de la main, se faisait raconter Marseille et clignait de l'œil, « alors, tu as un amoureux ? », Hélène secouait la tête en riant ; cette fois-ci, elle rougit légèrement. Elle n'allait pas raconter, même pas à mémé Aurélie, ce qui l'avait poussée à revenir à Montélimar. Elle n'était pas sûre que sa vieille aïeule comprenne, elle qui était d'un autre temps. Qui n'avait rien touché de son ancien magasin comme si c'était une relique, qui vivait toujours parmi les jolis présentoirs de fer peint qu'elle avait garnis de boîtes de nougats sans nougats et de bocaux de bonbons sans bonbons. Qui persistait à ouvrir une partie des volets du magasin et à fleurir la vitrine.

Le parfum du nougat en avait hélas disparu. C'était à la fabrique de Saint-Lazare où elle se rendait chaque après-midi à bicyclette qu'Hélène retrouvait, intacte, et avec toujours le même plaisir l'odeur miellée, un peu écœurante, mêlée au brouhaha rythmé de la pralinière, des machines plieuses, trieuses, elle devinait chaque bruit ; si on l'avait laissée faire, c'est elle qui aurait dirigé la cuisson du nougat, elle était sûre de choisir aussi bien que son père le bon miel de lavande, les meilleures amandes, et deviner le bon dosage, elle avait tellement regardé faire bon-papa Vincent pendant la guerre, et même aidé à découper le nougat avec les ouvrières pendant que les hommes se battaient dans les tranchées. Mais le nougat serait pour son frère…

Quand elle pédalait sur le boulevard, elle espérait aussi, chaque jour, apercevoir son « amoureux » d'un soir, le garçon de Marseille, elle ne savait que son prénom, elle lui avait inventé mille vies, mille raisons de l'avoir croisée, peut-être en partance pour une île lointaine parce qu'il promenait sur lui un parfum de cannelle qui n'était pas celui d'une eau de toilette, ou peut-être un étudiant comme elle, ou peut-être rien qu'un aventurier, Marseille était pleine d'aventuriers. Il restait une chance qu'il ait dit la vérité, qu'il soit montilien comme elle, qu'il cherche peut-être à la revoir, qui sait…

Mais où le dénicher, sans même savoir où il habitait, où il travaillait, où il s'amusait ? À Montélimar, les distractions se limitaient aux tournées théâtrales de l'hiver, aux courses de chevaux de l'été ; il y avait bien les cafés du Champ-de-Mars qui donnaient des spectacles de music-hall et des concerts mais ce n'est pas là qu'elle allait rencontrer un garçon amateur de jazz comme elle… Peut-être que le cinéma… *Le Palace* fermait pendant l'été, mais une nouvelle salle venait d'ouvrir dans la Grand-Rue, tout à côté de l'ancien magasin Audranne.

Elle raffolait de Rudolph Valentino. Même si elle avait déjà vu deux fois *Le Fils du cheik*, elle alla faire la queue devant *Le Kursaal* après être allée embrasser mémé Aurélie. La vieille dame ne décolérait pas contre son voisin qui avait vendu son fonds pour laisser construire ce théâtre d'un nouveau genre et qui n'avait cessé de la pousser à l'imiter. Elle fulminait :

– Ils croient qu'ils m'auront à l'usure ! Ils peuvent toujours bramer, ces estafiers ! Même les dépendances de l'atelier, de l'autre côté de la cour, ils ne réussiront pas à les annexer à leur music-hall !

Le premier spectacle du *Kursaal* avait été *La Veuve joyeuse* au mois de février ; on avait plaisanté parce que les masures démolies remontaient, disait-on, à l'époque du couvent des Templiers. Une veuve joyeuse chez les moines, pensez !

Rien n'en subsistait, évidemment, dans le hall où Hélène était en train de fureter dans son porte-monnaie, sans remarquer qu'à côté d'elle, justement… Elle sursauta, rougit légèrement : « il » se tenait tout près, lui aussi dans la file. Frédéric, l'inconnu de Marseille, son « amoureux ». Il souriait, lui tendait la main.

Zélie s'était résignée à installer sa grand-mère chez elle. La pauvre vieille n'allait pas retourner crever de misère à Lyon, on se serrerait pour lui faire de la place dans le petit logement de la rue Baudina ; ça la tentait, Léa, de retrouver une vie de famille qu'elle n'avait jamais eue depuis l'époque de la tannerie et de la chapellerie Monier. Zélie lui avait écrit la mort de sa belle-sœur Sidonie qui avait attrapé la grippe espagnole en soignant les malades de Bondonneau, et celle de son frère Mathieu qui s'était noyé dans le Jabron après une nuit de beuverie de l'été 1926, « il ne reste qu'Eugène, le fils cadet, qui a repris la tannerie, vu que son frère a péri en Orient ».

Chaque jour, Léa réclamait de rencontrer le fils de son petit Augustin, mais Angèle refusait de l'emmener à la confiserie et de devoir la nommer devant sa belle-mère, au risque de faire chasser Zélie. Elle enrageait de devoir taire le bonheur qu'elle avait eu de pouvoir toucher celle qui avait recueilli le dernier souffle de son fils. De pouvoir l'interroger jusqu'à plus soif, boire ses paroles, ne rien perdre de ces gouttes de souvenirs tragiques. Elle était allée les entendre chez Zélie, rue Baudina, en cachette de sa belle-mère. Elle garderait tout cela secret, Marguerite Cabestan, cette femme qu'elle n'était jamais parvenue à aimer, mourrait dans l'ignorance de la fin de son fils puisque le nom même d'Audranne lui faisait horreur.

On décida donc que la rencontre aurait lieu rue Baudina. Pour recevoir Frédéric Cabestan, Zélie avait soigneusement épousseté les chaises de la cuisine et envoyé les enfants jouer dans la rue. Léa sortit trois tasses du placard et mit la cafetière au chaud sur le coin du fourneau.

Quand le jeune homme parut en haut de l'escalier, elle pâlit d'émotion au souvenir du soldat à qui ce grand gars ressemblait tant. Les derniers moments du pauvre Augustin, dans le vacarme des bombardements qui décimaient l'armée alliée, lui revinrent à l'esprit. Frédéric, son petit Frédéric, il avait répété combien de fois son nom, et voilà qu'il était là, devant elle, le gamin en question. Qu'il voulait tout savoir de son père, et plus qu'on ne lui avait raconté.

Elle hochait la tête, Léa. Elle n'allait pas détruire dans le cœur de cet enfant la légende qu'il s'était forgée à propos de son héros de père. S'il ne savait rien du coup de couteau qui avait poussé Augustin à devancer l'appel, à s'enfuir croyant avoir tué ce fumier d'Audranne, si sa mère s'était tue, ce n'était pas à elle de lui livrer ce qu'elle savait. Que ce pauvre petit soldat s'était cru mourir dans la peau d'un assassin.

Frédéric souffla sur sa tasse de chicorée, elle l'intimidait, cette femme à la voix grave qui racontait une guerre lointaine et qui avait bercé les derniers instants de son père. Ce qui l'intriguait encore plus, c'est ce qu'il avait cru entendre.

Des Audranne, à Montélimar, il y en avait d'autres que les nougatiers, il y avait le tanneur, et d'autres du côté de Dieulefit…

– C'est vrai que vous vous appelez Audranne, madame ?

Léa fit un large sourire sur les quelques dents qui lui restaient.

– Tu peux m'appeler Léa, p'tit, j'ai jamais été mariée ! C'est vrai que je m'appelle Audranne, que j'en suis une, de cette foutue famille, comme ta mémé Louise, celle qui avait trouvé un nid, à la campagne, pour toi et ta maman…

– Vous voulez dire, chez la tatan Combère ?

– Pardi. C'était une crème de femme, ta mémé Louise. Une femme comme ça n'existe plus.

Frédéric dit tout à trac :

– Hélène Audranne, vous la connaissez ?

Léa fronça le sourcil. D'où elle sortait, celle-là ?

C'est Zélie qui laissa tomber, presque à regret, voyant le visage empourpré de Frédéric :

– C'est la fille aînée du nougatier Audranne.

L'idée germa aussi vite dans l'esprit de Léa que peut germer une mauvaise herbe. Elle n'était pas revenue à Montélimar pour rien. Les amours de Frédéric tombaient à pic. « Augustin, c'est moi qui te vengerai, qui ferai crever le Vincent d'humiliation puisque Augustin n'a pas réussi à le crever pour de bon, ce salopard » ; Frédéric était amoureux, eh bien, on allait lui faciliter la tâche, on allait tout faire pour qu'elle tombe amoureuse, la gazelle, si elle ne l'était pas encore, qu'elle ne sache plus rien refuser au fils d'Augustin ; elle allait arranger ça, Léa, leur trouver un nid douillet où s'ébattre, où faire un bâtard au

Vincent, il en prendrait un coup de sang, c'était sûr, aussi sûr qu'elle s'appelait Léa et qu'elle avait toujours craché sur le bourgeois.

IV

Montélimar, juillet 1928.

Le quartier des tanneries empestait toujours autant quand Léa bifurqua dans la rue Aleyrac, au fond de la place du Chapeau-Rouge. Elle dépassa la petite école libre où les commerçants des environs persistaient à envoyer leurs filles, elle fila tout droit et, au coin de l'impasse, entra sous la voûte. Une odeur âcre s'échappait des foulons qui brassaient les peaux, entraînés par leur système de courroies ; dans l'obscurité sans fond des voûtes, des ouvriers s'activaient autour des coudreuses où trempaient les peaux, ils levèrent les yeux vers la visiteuse.

– Vous venez pour la commande de basanes ? C'est pas encore prêt, ma petite dame.

– Non, je viens voir le patron.

– Alors c'est là-haut. Il est à la préparation des peaux.

Léa monta l'escalier. Un peu d'émotion lui serrait le cœur, les lieux avaient bien changé depuis qu'elle avait quitté Montélimar, on s'était mécanisé mais ça sentait toujours aussi mauvais, maintenant qu'on tannait au chrome ou à l'alun.

Eugène Audranne qui avait repris la tannerie après la mort de son frère puis de son père était un travailleur et un homme de devoir. Rien d'une tête brûlée.

Il restait sur ses gardes, devant la soudaine visite de cette tante Léa, la « terroriste », après tant d'années de silence. Léa abrégea les explications. Il ne savait pas, Eugène, que l'une de ses nièces travaillait chez Milou ? Ben non, la famille s'était dispersée depuis longtemps, et puis il y avait eu la guerre…

– Elle a changé, la tannerie, depuis ta jeunesse, hein, la tante ?

– Si tu me faisais visiter ?

Eugène, marié avec la fille d'un pasteur de Bourdeaux, ne vivait plus rue Aleyrac mais dans un quartier propret sur l'avenue d'Espoulette, à côté de l'huilerie Merle. L'ancien logement de Mathieu et Sidonie avait été transformé mais, sous les toits, il y avait toujours la sèche où l'on pendait les peaux dans les courants d'air.

Léa quitta son neveu satisfaite. Elle échafaudait déjà son plan de bataille.

Elle avait gagné la confiance de Frédéric qui comblait, en venant la voir, le vide laissé par son père. Elle lui avait interdit de révéler son existence à sa grand-mère, il ne savait pas pourquoi, il savait simplement qu'elle s'appelait Audranne… Comme Hélène.

Il était retourné deux fois au cinéma sans avoir la chance d'apercevoir la fille du nougatier, il s'était farci *Le Fantôme de l'Opéra*, *La Sirène des tropiques* pour rien, il n'osait pas téléphoner, encore moins aller sonner à la maison Audranne !

C'est Léa qui trouva la solution.

Elle voyait parfois passer la jeune fille à bicyclette, le long du Champ-de-Mars, quand elle menait ses petits-enfants en promenade. Elle avait appris par le serveur du *Café Delhoste* chez qui elle buvait son verre de blanc matinal que la drôle travaillait l'après-midi à la fabrique paternelle, il n'y avait qu'à lui barrer le chemin.

Léa se posta avec ses deux marmots au bord du trottoir et, dès qu'elle vit approcher la bicyclette, s'élança sur la chaussée, de quoi désarçonner une gamine persuadée de n'avoir pu les éviter, affolée, confuse, la bicyclette en travers de la route… Léa se hâta de la rassurer, s'accusa de distraction, voulut redresser le vélo, on recula vers le trottoir pour éviter le trafic et, soudain, Léa lança :

– Vous ne seriez pas Hélène Audranne, par hasard ?

Le surlendemain soir, Frédéric attendait, le cœur battant, au pied de la statue de *L'Air*, au milieu du jardin public. Léa s'était bien débrouillée. Mais il ne pourrait pas cacher plus longtemps qui était celui qu'Hélène avait rencontré un soir de jazz à Marseille.

Il attendit d'avoir fait quelques pas avec elle le long des bosquets de buis puis rassembla son courage. Les yeux dorés virèrent à la stupéfaction.

– Cabestan ? Comme Marguerite Cabestan ? L'ennemie jurée de mon grand-père ?

Frédéric crut que la terre allait s'ouvrir sous ses pieds. Hélène allait le gifler, ou le planter là, furieuse de s'être compromise avec l'un des « ennemis ». Bien au contraire, elle éclata de rire. Il n'y avait pourtant rien de drôle dans cette situation, elle ne se rendait pas compte, Hélène, que si son père et surtout son grand-père apprenaient qui elle fréquentait…

– J'ai une aïeule formidable, Frédéric. Mémé Aurélie m'a raconté bien des choses qu'elle n'a dites qu'à moi, je peux tout lui confier. Tout le monde la respecte à la maison, elle prendra toujours ma défense.

N'empêche… Hélène crânait mais elle hésitait à se jeter à l'eau, même devant mémé Aurélie, et à la mettre dans la confidence. À l'inverse de Frédéric qui tremblait à chacun de leurs rendez-vous, elle se contentait de trouver du piquant à leur relation clandestine. C'était cette vieille femme qu'elle avait cru écraser sur le boulevard qui se chargeait de transmettre leurs petits mots doux au passage de la bicyclette. Une tante de Frédéric ? Il était resté évasif, elle n'avait pas insisté, la vieille était le seul lien qui les unissait, à l'abri des curieux, des cancans et des parents.

Ce n'était pourtant que des rendez-vous furtifs, volés à la routine de l'été. Frédéric rêvait d'elle devant ses chaudrons de nougat, Hélène rêvait de lui quand sa mère parlait goûters, excursions, visites aux cousins de Chabeuil... « Tu m'écoutes, Hélène ? Ne va pas oublier notre rendez-vous chez la couturière. Elle m'a promis ta robe pour la semaine prochaine. » Pourquoi la semaine prochaine ? Hélène avait oublié. Ah oui, la décoration que le député allait remettre à son grand-père, à l'*Hôtel de la Poste*.

– Les Souchon y seront bien sûr. Tu devrais être ravie, toi qui aimes danser, il paraît que la jeunesse dansera.

Que voulait dire cette allusion aux Souchon ? On les voyait déjà à dîner une fois par semaine, leur fille était une dinde, quant au fils, celui qu'on s'imaginait lui faire épouser...

La semaine suivante, sur la fin de l'après-midi, une foule élégante se pressait dans la cour de l'*Hôtel de la Poste*. Il y avait là le gratin montilien, comme ironisait *Le Progrès de Montélimar*, autour de la famille Audranne et du héros du jour. Hortense arborait une toilette de crêpe de Chine ornée de son plus beau diamant, elle tenait fièrement le bras de Benoît, suivie de ses belles-sœurs et de leurs enfants. On vit même apparaître la dernière fille de Vincent, toujours frondeuse et déjà divorcée.

Le maire s'était lui-même déplacé, Vincent Audranne était un des principaux notables de la ville. Celui qui avait réussi à promouvoir avec tant de succès le nougat et donc le commerce local.

Benoît jeta un coup d'œil à son père qui se rengorgeait, qui lui avait laissé la direction de la fabrique mais continuait à se mêler de tout et à régenter le personnel comme s'il était encore le patron ; Benoît enrageait de n'avoir pas le culot de le jeter dehors.

Le maire se racla la gorge, les dames furent invitées à s'asseoir, tout le monde s'apprêta à écouter le discours ; Hélène se retenait de bâiller, elle n'attendait que l'occasion de s'échapper.

La veille, Frédéric lui avait fait dire par la vieille femme qu'il l'attendrait au pont de pierre. Car ils s'échappaient maintenant à bicyclette, ils n'avaient trouvé que ce moyen pour se soustraire aux regards, ils descendaient sur la rive du Roubion, ils jetaient les vélos dans les broussailles, ils marchaient en se tenant par la main, Frédéric n'osait que l'embrasser, la serrer contre lui, il n'osait rien de plus, il avait trop peur de la perdre.

Il n'avait connu jusqu'alors que des femmes faciles, la première fois qu'il avait couché, c'était à l'étage d'un café de la rue du Chemin-Neuf, poussé par des camarades de classe ; la fille avait été gentille, elle l'avait aidé tellement il était empoté. Il avait eu ensuite quelques aventures d'après-bal avec des ouvrières du cartonnage… Ce n'était pas de l'amour. Pas comme avec Hélène. Hélène, il l'aimait vraiment, il ne savait pas si cela allait durer longtemps, il préférait ne pas penser à l'avenir.

Même au bord du Roubion, on tombait sur des promeneurs, des pêcheurs, des familles avec leurs marmots, ils n'étaient pas tranquilles. Il avait bien une idée mais comment allait-elle le prendre, Hélène ? C'était Léa qui lui avait proposé de se réfugier à la tannerie :

– Tu te rappelles la tannerie de mon neveu Eugène que je t'ai emmené visiter ?… Il m'a donné la clé pour que j'aille trier ses papiers, sa femme est allée passer le mois d'août dans sa famille à Bourdeaux… Si tu veux, je te la prête, la clé… »

C'était sa providence, Léa. Si Hélène voulait bien…

Le dimanche suivant, pas de risque de croiser le patron tanneur ni ses ouvriers. Hélène avait prétexté la visite d'une malade à l'hôpital ; ils se faufilèrent à l'intérieur de la tannerie en se bouchant le nez, Hélène fit une moue de dégoût.

– Tu vas voir. Pas d'odeurs là-haut, sur la sèche, et une jolie brise pour nous rafraîchir.

En la tenant par la main, il se faufila parmi les peaux jusqu'au bord de la loggia d'où l'œil embrassait le paysage entre les piliers qui soutenaient la toiture. Il l'attira contre l'un des piliers, mit ses bras autour de son cou. L'émotion les submergea. Seuls. Enfin seuls, libres de s'aimer.

Le premier élan passé, Frédéric la sentit soudain se crisper, il se détacha légèrement, la joue humide, vit les larmes dans ses yeux ; elle éclata brusquement en sanglots.

– Hélène ! Qu'est-ce qui se passe ?

Elle se calma, se moucha, dit d'une voix éraillée par les sanglots :

– Mon père veut que j'arrête mes études, il dit que j'en sais assez, et…

Elle continua, la gorge nouée :

– Et après la fête patronale, on va passer les derniers jours d'août chez mes grands-parents de Chabeuil et, quand je reviendrai, je serai fiancée à cet imbécile de Souchon.

– Mais tu es majeure ! Tu peux refuser, non ?

Les sanglots revinrent, elle haussa les épaules sans répondre. Il s'excita :

– On va partir tous les deux. On ira à Arles, je peux compter sur mes cousins… On s'embarquera à Marseille. Tu te souviens ? On voulait monter sur le cargo de Dakar…

Cela ramena le sourire sur le visage d'Hélène.

– Arrête de rêver, Frédéric.

– Et ta mémé Aurélie ? Elle ne prend pas ta défense ?

Pour toute réponse, Hélène l'attira contre elle, mit les bras du garçon autour de sa taille, souffla :

– Prends-moi maintenant. Si je dois épouser malgré tout ce Souchon, il ne sera pas le premier.

Elle avait caché son visage contre la chemise de Frédéric, il la sentait palpiter, toute prête, contre le muret de la loggia ; derrière elle, dans la lumière brumeuse de l'été, il apercevait les collines de la Valdaine, il imaginait plus loin la Drôme sauvage des montagnes, les forêts de chênes verts, de cistes et de romarins, la liberté… Hélène était à lui et demain n'existerait pas.

Il souleva sa jupe, elle détacha un à un les boutons de sa chemise, ils avaient le cœur qui cognait…

Brusquement, dans le silence épais du dimanche après-midi, un bruit insolite figea leurs mains, cela venait de l'intérieur de la tannerie, on marchait, on chuchotait…

Prestement, ils se rajustèrent, Hélène lança un regard apeuré autour d'elle, on allait les surprendre… Frédéric s'approcha à pas de loup vers l'escalier, aperçut dans la pénombre deux silhouettes d'hommes qui montaient, qui s'arrêtaient à l'étage du bureau… Il resta immobile, figé d'angoisse. Qui étaient ces inconnus ? Venaient-ils pour eux ? Léa l'aurait-elle trahi ? Et pourquoi, elle qui disait l'aimer comme son fils en souvenir d'Augustin ? Pendant que son esprit galopait comme un fou, les deux hommes ressortirent, Frédéric se rejeta contre la paroi, la tête en feu. Ils allaient monter, les découvrir… Mais non, ils redescendaient, l'un d'eux chuchota :

– Je t'avais bien dit qu'il gardait pas d'argent dans le bureau, le patron. C'est pas parce que sa femme est pas là… Sa vieille tante, elle surveille autant la caisse.

– Tu crois qu'il vaut quelque chose, le cahier que tu as pris ?

Des voleurs ! Simplement des voleurs repartis bredouilles.

– Allons-nous-en, supplia Hélène, encore inondée de peur.

Ils se séparèrent place du Chapeau-Rouge, Hélène fila vers l'hôpital, Frédéric rentra rue Quatre-Alliances en faisant un crochet par la rue Baudina pour rendre la clé à Léa.

Il la trouva seule, attablée dans la cuisine devant une bouteille de vin blanc aux trois quarts bue. Elle l'accueillit d'un œil égrillard.

– Alors ? Tu te l'es faite, la fille Audranne ?

Elle était ivre. Frédéric savait qu'elle avait un penchant pour la boisson mais il ne l'avait jamais vue dans cet état, ni avec cette lueur méchante dans les yeux. Il préféra esquiver la réponse.

– Merci pour la clé, Léa.

– Garde-la, garde-la, et continue à bien t'amuser. Une traînée comme les autres, tu verras.

– Je ne verrai rien du tout, Léa. Hélène n'est pas une traînée et elle sera fiancée avant la fin du mois d'août.

La vieille femme lui lança un regard indéfinissable et dit d'une voix douce :

– Justement, mon garçon, profitez-en tous les deux. Garde la clé.

Elle cligna de l'œil et ajouta :

– Et puis le mariage, qu'est-ce que c'est pour une femme amoureuse d'un autre homme, hein ? Elle te reviendra, rassure-toi.

Frédéric tourna les talons et partit en claquant la porte sans même mentionner les cambrioleurs. Elle l'écœurait subitement, cette chère Léa. La boisson lui troublait l'entendement ou alors... ?

Dès qu'il fut parti, Léa se leva en titubant, chercha fébrilement dans le tiroir du buffet où sa petite-fille rangeait de quoi écrire. C'est pas le tout, il fallait s'occuper vite fait d'avertir le Vincent. Sûr que la gamine avait déjà goûté à l'amour et allait remettre ça à la tannerie. Inutile d'attendre plus longtemps pour annoncer la bonne nouvelle, patatras ! les fiançailles rompues, la bourgeoise du Vincent dans les pommes, la gamine… Tant pis pour la gamine et tant pis pour Frédéric, ils s'en remettraient tous les deux, de leur amourette, parce que s'agissait pas que le fils d'Augustin aille s'amouracher pour de vrai de la fille Audranne, non mais des fois !

Elle posa l'encrier sur la table, étala la feuille de papier quadrillé, trempa la plume dans l'encre, commença à écrire : *Vincent, ta salope de petite-fille…* ; non, ça n'allait pas, elle recommença trois fois… et dut vite ranger l'encre et le papier en entendant Zélie et sa marmaille qui montaient l'escalier. D'ici le 15 août, elle avait encore quelques jours devant elle pour envoyer la lettre anonyme. Et puis elle tremblait trop, elle faisait des pâtés. Il vaudrait mieux écrire la lettre à jeun.

V

Montélimar, août 1928.

La fête patronale approchait. Comme d'habitude, la foire envahit les boulevards le 14 août, c'était le jour de l'année où les maquignons faisaient le meilleur de leurs affaires, et dès que les dernières bêtes eurent disparu, que les derniers camelots eurent rangé leur marchandise, la retraite aux flambeaux démarra dans les flonflons de la nouba du 66e tirailleurs marocains. Pas plus ce soir-là que la veille, Augustin n'avait revu Hélène, elle n'était pas venue à leur rendez-vous, elle ne se montrait plus. Il suivit les fanfares à la lueur des torches, ses yeux scrutant la pénombre du crépuscule, Hélène était-elle déjà partie ? Sans lui dire adieu ?

Le lendemain, après avoir entendu la grand-messe du 15 Août, il fila au Champ-de-Mars où passait la course cycliste, le mistral s'engouffrait sous les jupes des filles qui acclamaient les coureurs du Marseille-Lyon, « Vas-y Bisseron ! », Hélène n'y était pas, et pas plus aux courses hippiques de l'après-midi. Hélène, Hélène, il n'en avait pas dormi de la nuit, il ne pensait plus qu'à elle, il était prêt à n'importe quoi, et même à aller sonner chez les Audranne, plutôt que de ne pas savoir. Le soir, il retourna errer dans le jardin illuminé, la fête foraine battait son plein, on faisait la queue devant les carrousels et les montagnes russes, on se bousculait dans les cafés, on hurlait d'excitation, Hélène restait invisible. Il avait croisé en chemin quelques camarades, il n'avait envie ni de monter sur la chenille ni d'aller danser, non, il continuait à marcher, comme un automate, à scruter les visages...

Il ne comprit pas tout de suite, dans la foule, qu'une main effleurait sa taille, insistait, il se retourna, découvrit tout près de lui Hélène qui murmura rapidement :

– Je ne peux pas quitter mes cousins ce soir et demain, repas de famille obligatoire ; mais dimanche, pendant que tous iront au concours de boules, je t'attendrai sous la porte Saint-Martin.

Elle s'arracha à sa main, rejoignit son frère et ses cousins, s'évanouit dans la foule.

Deux jours plus tard, à l'heure dite, il serrait la clé de la tannerie dans sa poche, il appréhendait d'y retourner mais il avait tellement envie d'elle... Il s'était esquivé pendant que la fête athlétique commençait, il avait couru pour être à l'heure... Il faillit s'élancer quand il aperçut au loin la silhouette sous la petite toque de paille qui enserrait les boucles rousses, ne pas courir pour ne pas attirer les curieux... Quand il l'eut rejointe, elle prit un air de mystère :

– J'ai quelque chose à te montrer. Quelque chose que je suis seule à connaître.

Ils longèrent la rue déserte, toute la ville était au concours de boules. À la grande surprise de Frédéric, arrivée à hauteur de l'ancien magasin Audranne, Hélène le précéda dans le couloir de l'immeuble, la boutique était plongée dans l'obscurité derrière les volets fermés.

– Et si ta mémé Aurélie nous surprend ?

– Elle est allée passer l'après-midi chez une voisine. Suis-moi.

La jeune fille passa dans l'arrière-boutique qui servait toujours de cuisine, sortit une clé de son petit sac. La porte de l'ancien atelier s'ouvrit en grinçant.

L'endroit était sombre et humide comme une cave. On n'y voyait goutte.

Hélène traversa la pièce et alla repousser le volet qui donnait sur la cour arrière. Les chaudrons, le fourneau à amandes, les tables de découpe, tout émergea de la pénombre, tel que l'avait laissé Vincent Audranne des années auparavant. Il régnait une odeur tenace et douçâtre de vieille sucrerie, Frédéric écarquilla les yeux.

Hélène se retourna vers lui :

– C'est ici qu'est né le nougat Audranne, il y a plus d'un siècle, quand notre ancêtre n'était qu'un génial confiseur… Je suis la seule, avec mémé Aurélie, à connaître et aimer cet endroit.

Frédéric promena un regard éberlué sur le matériel abandonné, les chaudrons encastrés dans leur bâti de briques, les grandes pelles accrochées au mur, les cadres de bois, figés dans le silence et l'attente. Hélène le laissa regarder puis dit :

– La maison m'appartient désormais. Mémé Aurélie vient de m'en faire donation pour empêcher mon père de la vendre.

Il attendit la suite. Où Hélène voulait-elle en venir pour l'inviter ici, dans ce vieil atelier tristement abandonné ?

Soudain, il la vit poser son chapeau sur une chaise, dénouer la ceinture qui retenait son chemisier, dégrafer sa jupe qui tomba à terre. Elle ne portait sur la peau qu'une petite chemise de batiste brodée, tendue sur ses seins qui se dressaient dans la pénombre. Elle tendit la main, l'attira à elle. Il songea une seconde que l'endroit était bien mal choisi pour s'aimer, mais elle était déjà grimpée sur la table où l'on découpait le nougat ; elle noua ses bras autour de son cou, approcha son corps du sien, son ventre, ses seins contre lui, il s'affola, il la prit assise ; elle poussa un petit cri quand il la déflora, l'empêcha de se retirer, resta blottie contre lui, ses doigts enfoncés dans ses épaules, son souffle haletant, il l'embrassa, la caressa doucement, l'embrassa encore, le désir revint aussitôt, ils recommencèrent…

Le soir tombait sur la cour arrière quand ils se rhabillèrent enfin, s'embrassèrent encore et encore, et puis Hélène se fit grave.

– Quand je t'ai parlé de mémé Aurélie en entrant ici, je n'ai pas tout dit.

Elle se sentit subitement émue devant ce qu'elle s'apprêtait à révéler, mais continua :

– Mon arrière-grand-mère connaît le secret des Audranne. Celui qui donne à notre nougat sa saveur si particulière.

Frédéric ouvrit la bouche de stupéfaction. Dire qu'il avait toujours entendu parler du fameux secret, si jalousement gardé par les descendants mâles de l'Insurgé, que personne n'avait pu le déceler…

– Mémé Aurélie venait regarder travailler son mari à son insu, elle l'a vu déposer ses trois pincées de poudre d'abricot à la fin de la cuisson, elle ne saurait pas dire au juste à quelle seconde, elle m'a juste confié qu'il s'agit de poudre d'abricot, on appelait cela de la prune d'Arménie…

Frédéric était déçu, comme elle l'avait été elle-même.

– C'est tout ? Il ne peut pas y avoir que cela dans la saveur du nougat Audranne…

– Mémé Aurélie affirme justement qu'elle ne tenait pas qu'à la poudre de prune d'Arménie, mais à… à cet endroit, dit Hélène en ouvrant largement ses bras sur le vieil atelier. Elle affirme que le nougat de mon père n'a plus la saveur d'autrefois.

Frédéric se mit à rire pour cacher le trouble qui l'avait envahi.

– Tu n'imagines tout de même pas qu'il devrait remettre en route cet atelier !

– C'est moi qui le ferai. C'est nous qui le ferons.

– Nous ?

Elle hésita de nouveau avant d'oser. Le cœur battant de crainte qu'il refuse.

– Frédéric, nous allons nous marier. Si tu veux bien…

Rouge d'émotion, elle attendit. Il restait là, muet, c'était insupportable. Une fille, ça ne demande pas à un garçon de l'épouser. Ça ne doit que refuser ou accepter. Il allait la prendre pour qui ?

Il saisit sa main, la porta à ses lèvres, murmura :

– Tu as perdu la raison, mon amour. Qui va oser nous marier ?

Cette nuit-là, ils dansèrent jusqu'à l'aube. Noyés parmi les couples qui tournaient sous les illuminations de la fête, ils ne se quittèrent qu'au matin.

La lumière blafarde de l'aube les rendit à la réalité. Et à la folie de cet invraisemblable pari. Ils en avaient la tête chavirée, serrés l'un contre l'autre une dernière fois, pas seulement à cause des valses et du feu d'artifice, mais à cause de ce qui n'allait pas manquer d'arriver.

Frédéric en tremblait déjà de peur. Épouser Hélène ? C'était trop extraordinaire, trop impossible.

– Ton père va nous tuer…

– Une seule peut nous sauver, mémé Aurélie.

VI

Montélimar, août 1928.

Aurélie ne pouvait pas, ne voulait pas y croire. Hélène, sa pitchounette, était debout bien droite devant elle et venait de lui faire le pire des aveux qui soit.

Il était 6 heures du matin, elle traînait en savates devant sa table de toilette quand elle avait entendu des coups redoublés frappés au volet du magasin. Elle s'était penchée à la fenêtre…

– Qu'est-ce que tu fais là, Hélène ? Tu t'es encore disputée avec ton père ?

À peine arrivée dans l'appartement, la jeune fille avait lancé tout à trac :

– Mémé, il va falloir m'aider. J'aime Frédéric Cabestan et on veut se marier.

Aurélie était restée sans voix.

Il y avait deux heures de cela. Maintenant, son chapeau de paille sur la tête et un parapluie ouvert pour se protéger du soleil, elle était en route pour la fabrique de nougat et elle n'avait toujours pas trouvé comment aborder le sujet avec son petit-fils. Elle savait Hélène frondeuse et têtue mais de là à s'éprendre du seul garçon qu'il lui aurait fallu éviter à Montélimar…

Aurélie avait cru d'abord à une passade, une lubie de gamine. Pendant deux heures, elle avait tenté de raisonner, de menacer, de faire plier ladite gamine.

– Mémé, je suis décidée. Et je sais que tu es la seule qui saura convaincre mon père.

– Tu crois ça ? Je n'en suis pas si sûre.

Tout en avançant doucement, sa jambe droite appuyée sur sa canne, elle réfléchissait, pas si mécontente que cela, au fond, mais tout en le gardant pour elle, de la tempête familiale qui s'annonçait. Le petit-fils de Marguerite et la petite-fille de Vincent dans le même lit, qui l'aurait imaginé ?

Elle poussa la porte du bureau, demanda à ce qu'on appelle son petit-fils. Elle s'assit sur une chaise, ôta son chapeau et se moucha. Quand il entra, étonné de la voir si matinale, elle oublia toutes ses appréhensions, c'était toujours dans les conditions difficiles qu'elle se montrait forte.

À son retour rue Quatre-Alliances, Frédéric s'était débarbouillé vite fait et jeté dans le travail. Il avait la tête en feu, il aurait voulu chanter, hurler son bonheur, ne serait-ce que pour faire taire la peur qui lui écrasait la poitrine. Épouser Hélène, affronter les Audranne, les « autres », il se sentait les jambes en coton rien que d'y penser. Et la première à affronter serait d'abord sa grand-mère, Mme Marguerite comme chacun l'appelait. Il s'était toujours accordé avec elle, elle avait pour lui toutes les indulgences, assorties d'une certaine admiration pour son tour de main, elle le voyait avec fierté continuer la tradition de son propre père, le créateur de la confiserie, mais, quand elle saurait, elle changerait d'avis à coup sûr…

Elle souffrait depuis quelques mois et gardait souvent la chambre, c'était le foie, disait le jeune Dr Imbert qu'elle faisait appeler quand les douleurs étaient trop fortes. Elle répétait en riant qu'elle avait trop aimé la bonne chère et les sucreries, que le bon Dieu la punissait par où elle avait péché, le médecin haussait les épaules et tentait de la soulager mais, redescendu au magasin, il fronçait le sourcil et marmonnait devant Angèle :

– Il faudrait opérer votre belle-mère, mais je crains que ça ne soit bien tard.

Elle était sortie la veille pour aller admirer le feu d'artifice et ne s'était pas encore levée ce matin. Angèle ouvrait les volets du magasin quand elle vit la fille de Zélie surgir devant elle.

– Madame Angèle, y a ma maman qui a besoin de Frédéric ! C'est pour la mémé Léa... Elle fait une crise, j'ai peur...

Angèle courut à l'atelier, Frédéric en ressortit sans ôter son tablier blanc et fila à la suite de la gosse vers la rue Baudina. Il y trouva Zélie aux cent coups.

– Trop tard ! Elle m'a échappé le temps que je calme le petit dans son lit, il hurlait de peur.

L'épicier voisin et le poissonnier hochaient la tête à la porte de leur boutique.

– Si elle buvait pas tant, la vieille...

Zélie opina, se tourna vers Frédéric :

– Elle est ivre quasiment tous les jours, je ne peux plus rien en faire. Je vais quand même pas la jeter à la rue...

Léa avait vidé la bouteille de rhum, celle qui servait à parfumer les gâteaux, pour se donner du courage. Elle n'arrivait pas à rédiger la lettre, la lettre qui leur ferait mordre la poussière, à tous les Audranne, elle ne trouvait pas ses mots, alors elle allait le lui dire en face, au Vincent, que sa petite-fille était une pute, et qu'elle se faisait baiser par le fils Cabestan au milieu des peaux de la tannerie Audranne ! Et qu'elle y était encore, pour sûr, cette nuit. Qu'elle s'y faisait tringler toutes les nuits... Elle courait presque, titubante, elle l'avait repéré, le Vincent, toujours fringant, le matin, sur le chemin de sa fabrique.

Elle l'aborda, il ne la connaissait pas, bien sûr ; pendant qu'elle trimait chez Monier, lui, il se gobergeait avec les bourgeois, il faisait le paon, il allait tomber de haut, moussu Audranne !

Elle l'agrippa par la manche, il se retourna, surpris, elle siffla sans reprendre souffle :

– Vincent Audranne, ta pute de petite-fille, elle couche avec Frédéric Cabestan et, si tu veux savoir, c'est à la tannerie de ton cousin qu'elle se faisait baiser cette nuit ! Et les autres !

Vincent avait commencé par bousculer cette folle qui puait l'alcool, qui répétait de sa voix éraillée… Elle répétait quoi ? Il était sûr d'avoir entendu ? Il avait pâli et secoué la main qui restait accrochée à son bras.

– Tais-toi donc la vieille ou je te fais embarquer pour tapage…

– Je m'en fous, va chercher ta pute de gamine, d'abord !

Elle s'était mise à hurler, les passants se retournaient, Vincent s'éloigna précipitamment, poursuivi par les cris de Léa qu'un serveur sorti du *Café Miland* s'efforçait de calmer.

Pris d'une subite appréhension, le nougatier fit demi-tour et revint chez lui pour s'assurer que cette inconnue divaguait, qu'Hélène était tranquillement au lit, rentrée avec sa mère après le feu d'artifice.

À la tête de sa bru, il comprit qu'il se trompait.

– Nous n'avons pas voulu vous inquiéter quand vous êtes rentré avec Benoît du concours de boules, à plus de minuit. J'espérais toujours qu'Hélène… Vous savez ce que c'est… le dernier bal de la fête…

– Où est-elle ? tonna Vincent en l'interrompant.

Submergée d'angoisse et de peur devant son beau-père, Hortense éclata en sanglots :

– Je… je n'en sais rien. Elle a disparu depuis hier après-midi.

– Disparu !

– Il conviendrait peut-être, hoqueta Hortense, que j'appelle Mme Souchon…

Vincent éclata d'un rire sardonique qui se termina en hurlant :

– La belle idée ! Figurez-vous que votre fille, cette dévergondée, a peut-être bien passé la nuit dans une tannerie avec le fils Cabestan !

Sous le coup de l'horrible nouvelle, Hortense s'effondra soudain, son beau-père la rattrapa au vol et appela à l'aide. La domestique accourue, il ressortit comme un fou sur le boulevard ; la vieille folle avait bien dit la vérité. La tannerie ! Il tourna les talons de ce côté-là. Le cousin était forcément complice, le salaud ! Ah ! On voulait se venger de sa réussite ! On était jaloux ! Tous des jaloux ! Les Audranne de la tannerie, les Combère et maintenant les Cabestan ! Et cette petite dinde d'Hélène s'était fait avoir… Sa colère avait monté d'un cran quand il fit irruption dans la tannerie, hurla :

– Eugène ! Eugène Audranne ! J'ai deux mots à te dire !

Dans la matinée du même jour, Marguerite descendit un peu plus tard de sa chambre que d'habitude, de nouveau guillerette. Le traitement du Dr Imbert faisait de l'effet, assurait-elle, elle serait bientôt guérie. Personne ne lui avait nommé son mal réel, le cancer qui la rongeait depuis longtemps, sournoisement, sans doute depuis le départ de Gabriel.

Angèle était allée ouvrir le magasin du boulevard où l'attendait la nouvelle employée qui remplaçait Zélie ; le travail au cartonnage Milou avait repris dans les locaux provisoires prêtés par l'un des nougatiers. Marguerite alla jeter un coup d'œil, comme à son habitude, à l'atelier. C'était jour de cuisson, il fallait réassortir les étalages que la fête patronale avait dégarnis. Elle embrassa son petit-fils et se mit à sa comptabilité.

Elle avait à peine trempé sa plume dans l'encrier que le carillon de la porte tinta violemment. Vincent Audranne lui-même surgit devant elle. Avec la tête des mauvais jours ! Quelle mouche l'avait piqué pour qu'il vienne s'attaquer à elle en personne et dans son propre magasin ? S'il comptait s'en prendre une fois de plus à la spécialité de la maison Cabestan…

Vincent n'y pensait guère, au nougat. Il venait de se faire proprement rosser et jeter dehors par les ouvriers de son cousin le tanneur. Eugène l'avait pris de haut, le fils Cabestan avec une poule dans la tannerie cette nuit ? Et comment il y serait rentré ? Comme le voleur, ou la voleuse, qui avait fouillé son bureau l'autre semaine ? Il retrouvait plus le cahier où il notait ses recettes de colorants chimiques, Eugène, il avait porté plainte, il allait porter plainte contre le Vincent aussi ! Pour coups et blessures ! Parce qu'ils en étaient venus aux mains, et Vincent y avait perdu son chapeau et déchiré son veston ; le froid mépris du tanneur l'avait encore plus humilié, il allait devenir fou s'il ne découvrait pas la vérité.

Il ne s'embarrassa pas de politesses.

– Où il est, le Frédéric ?

– Dis donc, Vincent, ça te regarde ? Mon petit-fils est au travail, à l'atelier.

Il fit un pas vers la porte, Marguerite lui barra le chemin, le regard de son neveu lui donnait des frissons.

– Qu'est-ce que tu lui veux, à Frédéric ?

– Tu savais, grognasse, qu'il couchait avec Hélène. Cette nuit… et les autres…

Marguerite le regarda, les yeux hors de la tête :

– T'es fou, Vincent ? Tu as bu ?

– Je sais ce que je dis. Laisse-moi passer.

– Jamais !

Marguerite s'était emparée de la tringle qui servait à baisser les rideaux des vitrines.

– Je ne te laisserai pas toucher à Frédéric ! Tu nous as assez fait de mal. Mon père, mon mari, mon fils ! Tu veux que je te dise ? Le Seigneur m'est témoin que si j'osais…

La porte de l'atelier s'ouvrit. Frédéric parut, comprit aussitôt, s'élança :

– Laisse ça, mémé !

Désarçonné devant l'apparition, Vincent ne réagit pas aussitôt. Frédéric en profita. Il avait retrouvé tout son courage.

– Oui, monsieur Audranne, j'aime votre petite-fille et elle m'aime, et on va se marier.

Vincent comme Marguerite restèrent sans voix. Frédéric continua en retenant le tremblement de sa voix :

– Hélène est chez Mme Aurélie qui est allée parler à votre fils.

VII

Lyon, septembre 1930.

CHAQUE MATIN, JACQUES BALESTIER rejoignait à pied son bureau chez Cabourd et Desaux en passant par les quais de Saône.

C'était grâce à ses relations que Clothilde Balestier avait fait entrer son fils dans la firme lyonnaise et Jacques ne pouvait qu'être reconnaissant à cette mère restée veuve avec trois enfants encore adolescents. Ce n'était pas la guerre qui lui avait pris son mari, trop âgé pour être mobilisé, c'était la terrible grippe espagnole qui avait emporté maître Balestier, au moment où toutes les cloches carillonnaient la victoire.

Clothilde n'avait jamais été vraiment heureuse avec Amédée Balestier, brillant avocat mais guère affectueux en famille ; elle n'avait fait que se conformer au choix de son père en épousant cet homme de vingt ans plus âgé qu'elle.

Elle avait peu connu son beau-père, l'ancien magistrat, mort des suites d'une ancienne attaque d'apoplexie, mais elle se souvenait surtout de la sœur de celui-ci, la tante Coralie, qui accueillait les ménages des deux frères, Jean et Amédée Balestier, dans sa propriété. Doux étés d'avant-guerre, avant que le conflit vienne bouleverser leurs paisibles vies de famille. Jean Balestier était mort au combat et sa veuve avait quitté le pays ; la tante Coralie l'avait suivi de près dans la tombe. Amédée avait disparu lui aussi.

Il ne restait à Clothilde de sa belle-famille que cette lointaine Mathilde, parisienne et sœur d'Amédée, qu'elle n'avait jamais rencontrée et qu'on ne recevait pas.

Devenue veuve, Clothilde Balestier qui était une femme de devoir avait tenu son rang à Lyon, marié convenablement ses filles et fait entrer son fils Jacques chez Cabourd et Desaux en attendant de le marier à l'une des nièces de Charles Desaux.

Les jeunes gens se connaissaient déjà et s'appréciaient, les situations de famille étaient identiques puisque Jacques avait hérité de sa grand-tante Coralie une fort belle fortune. À la suite d'un grand malheur, il faut en convenir car, si le fils de tante Coralie n'avait pas péri avec ses enfants dans l'horrible naufrage du *Titanic*, maître Amédée Balestier n'aurait jamais hérité de sa tante.

À présent, son père disparu, le bénéficiaire en était Jacques…

Son devoir accompli, Clothilde Balestier s'était retirée dans sa famille de Carpentras en laissant l'appartement lyonnais, rue Émile-Zola, au futur ménage de son fils.

Ce matin-là, une note attendait le jeune juriste sur son bureau. Des retours importants de pièces défectueuses qui risquaient de donner lieu à des complications juridiques. Il alla se renseigner dans l'entrepôt, l'un des contremaîtres, sa casquette à la main, lui expliqua la situation puis bougonna en se grattant la tête :

– S'il faut vérifier toutes les pièces en commande, ça va prendre du temps… Déjà que les clients téléphonent à cause des retards… Encore ce matin, pas plus tôt arrivé, j'avais de nouveau ce nougatier de Montélimar, ce Cabestan… Il attendra comme les autres que la situation se règle, mais il faudrait faire vite.

– Ah ! fit distraitement Jacques en souriant, le fameux nougat de Montélimar.

– Un petit nouveau, cet oiseau, jamais entendu parler. Audranne et Cabestan. Il veut des pièces pour réparer du matériel.

Un ouvrier, en train d'aider à la vérification, intervint :

– Audranne, c'est connu. Une vieille fabrique. Mais Audranne et Cabestan… Un associé, peut-être.

Ce n'est que le soir, en rentrant chez lui, que ce nom d'Audranne revint à l'esprit de Jacques Balestier et qu'il se souvint de la lettre trouvée dans un tiroir du bureau de son père, quelques semaines plus tôt. Il ne l'avait pas déchirée car elle l'avait intrigué. C'était justement une Audranne que mentionnait cette lettre, une Audranne dont il fallait prendre soin, au nom d'une ancienne promesse.

Jacques n'avait jamais entendu parler de connaissances de ce nom-là mais l'histoire excitait sa curiosité, d'autant plus que la lettre était écrite par l'énigmatique tante Mathilde, personnage qu'on ne mentionnait dans la famille qu'à mots couverts et scandalisés.

Tante Mathilde n'était pas un sujet pour les enfants. Celui qui l'avait mis malgré lui sur la piste était un élève de rhétorique de Saint-Thomas-d'Aquin qui, en pleine récréation, avait traité la sœur de son père de « courtisane ». Jacques n'était encore qu'un gosse. Naïvement questionnée, sa mère avait répondu d'une gifle. Son père avait été moins abrupt mais pas plus explicite. Il lui avait fallu attendre ses années d'étudiant pour apprendre la vie scandaleuse que cette tante, chassée de la mémoire familiale, avait menée dans le Paris de la Belle Époque. Qu'était-elle devenue ? Et qui était cette Léa Audranne qu'elle recommandait à son frère Amédée, au père de Jacques ?

Le jeune homme se mit à la recherche de la lettre et relut attentivement ce qu'elle demandait.

Mon cher Amédée,

J'apprends par Le Figaro *que te voilà père d'un petit Jacques. Je t'adresse toutes mes félicitations. Tu comprendras aisément que je ne vienne pas te le dire en personne, cela ferait jaser, n'est-ce pas ? Trêve de plaisanteries, même si nous ne nous voyons plus et si, comme je le pense, tu désapprouves ma vie présente, je rappelle à ton souvenir celle qui fut une amie pour moi et que tu avais sauvée de la prison il y a sept ans. Léa Audranne est retournée à Lyon à cause d'un minable dont elle s'était entichée, je ne sais ce qu'elle est devenue mais j'espère vivement que cette fille à la sensibilité d'écorchée n'est pas tombée en de mauvaises mains. J'aimerais que tu t'en inquiètes. Souviens-toi de ce que tu m'avais confié au sujet de cette famille Audranne et de la promesse que tu avais faite à notre grand-père, jadis. N'oublie pas mon amie Léa.*

Amédée Balestier s'était-il occupé de cette Léa Audranne à la suite de la lettre ? Elle datait de l'année de la naissance de Jacques… L'avocat n'avait pas plus mentionné cette inconnue que toutes les affaires dont il ne faisait jamais cas devant sa famille.

Jacques releva la tête, fixa le portrait qui paraissait le prendre à témoin, entre les deux flambeaux de la cheminée du salon. C'était celui de trois enfants sages, une petite fille aux anglaises bien rangées et ses deux frères en costume marin, les trois enfants du procureur Édouard Balestier. Mathilde, la brebis galeuse de la famille, Amédée, l'avocat lyonnais, Jean, l'officier décoré à titre posthume, mort en 1914 dans les Vosges à la tête de son régiment. Trois enfants insouciants, heureux, saisis par l'œil du peintre dans un salon de province. Où cela ? Personne n'avait su le lui dire quand le tableau lui avait été remis par l'une des filles de l'oncle Jean. Personne n'avait été là, son père moins qu'un autre, toujours si secret et écrasé de travail, pour évoquer des enfances, des amitiés, des affections enfouies dans les mémoires.

Il se leva, alluma un cigare, se versa un doigt d'alcool de prune, tendit son verre en direction du tableau ; peut-être que l'un d'eux, ou leur père ou leur grand-père, aimait comme lui l'alcool de prune… Il décida de se renseigner sur cette fabrique de nougat Audranne et Cabestan.

VIII

Montélimar, octobre 1930.

À LA DESCENTE DE L'EXPRESS de Lyon, le cri fusait comme à chaque arrêt de train : « Nougat ! Nougat de Montélimar ! » Balançant sa serviette à bout de bras, Jacques dépassa la vendeuse, sortit de la gare, jeta un regard circulaire. Cabestan lui avait dit : « Vous traversez le jardin public, le Champ-de-Mars, et la fabrique se trouve dans la rue face au kiosque à musique. »

Le retard de commande lui avait servi de prétexte pour proposer un rendez-vous à ce Cabestan. Il avait vérifié dans l'annuaire la liste des nougatiers, il avait bien trouvé un Audranne, dont la publicité s'étalait sur une demi-page, mais à une autre adresse que celle qui était mentionnée sur le bon de commande : Audranne et Cabestan. Autant commencer par là.

Il poussa la porte du magasin, une jeune femme s'approcha ; elle portait de sombres vêtements de deuil. Jacques s'annonça :

– La semaine dernière, j'avais pris rendez-vous avec M. Cabestan pour aujourd'hui…

– Je vais le prévenir.

– J'ai peur de vous importuner, le moment me paraît mal choisi…

– Nous avons enterré la grand-mère de mon mari hier.

Une foule nombreuse avait suivi le corbillard de Marguerite Cabestan après une imposante cérémonie à Sainte-Croix. Comme l'avait dit l'abbé Froment dans une envolée émue, c'était une fidèle paroissienne qui disparaissait, une grande perte pour les pauvres qu'elle continuait à soulager au travers de ses œuvres, c'était l'âme de la fête de charité annuelle, une grande figure du commerce montilien aussi. À la sortie de la collégiale, la rue Sainte-Croix était noire de monde, chacun pensait évidemment aux obsèques de son ennemi intime, deux ans plus tôt, celles de Vincent Audranne terrassé par une embolie. Pas étonnant, murmurait-on sous le manteau, avec une pointe d'ironie. Après le coup que lui avait fait sa petite-fille Hélène…

Jacques attendit que le nougatier l'ait fait asseoir dans le bureau exigu encombré de paperasses pour expliquer ce qui l'amenait. Pas seulement l'affaire de la commande, elle était en bonne voie, oui, la fabrication des pièces avait pris du retard, mais…

– Vous comprenez, monsieur Balestier, si je m'inquiète, c'est que j'ai demandé un prêt à la banque et qu'on me réclame des justificatifs, je ne sais même pas si ce sera accepté, vu que je n'ai guère d'argent de côté.

– Ce ne sont jamais que des pièces à changer…

– Non, c'est une fabrique abandonnée à remettre en route.

Jacques haussa les sourcils. Une fabrique ? Pour quelle raison ?

– Ah ! C'est une longue histoire. Ma femme veut reprendre le vieil atelier de sa famille, enfin, de notre famille, parce que ma femme c'est ma cousine, seulement, on est brouillés ça fait des lustres et…

Frédéric sentait que le monsieur bien mis en face de lui n'en avait rien à faire, de ses histoires de famille, qu'il n'était là que pour sa camelote ; Jacques de son côté avait du mal à saisir ce que voulait dire le jeune nougatier, mais il avait compris que la nougatière était sa cousine. Une Audranne sans doute.

Quand Frédéric se tut, il le rassura puis il ajouta :

– J'ai cru deviner que Mme Cabestan est née Audranne.

– En effet, fit Frédéric, toujours sur la défensive, parce qu'il ne savait jamais ce que manigançaient « les autres ».

Hélène s'était approchée. Jacques demanda :

– L'un de vous a-t-il entendu parler d'Amédée Balestier ?

Le couple secoua la tête.

– Et d'une Léa Audranne ?

Ils sursautèrent ensemble. Léa Audranne, la malheureuse, bien sûr qu'ils connaissaient. C'était la tante qui avait fini en prison, pour vol et pour tapage et menaces sur la voie publique. L'oncle Eugène, le tanneur, avait porté plainte contre elle, son fameux carnet de recettes avait disparu, de l'argent aussi, il disait qu'il avait eu tort de lui faire confiance.

– Qui est-ce, cet Amédée Balestier ? demanda Hélène.

– Mon père. Et voici ce que lui écrivait sa sœur Mathilde au sujet de votre tante Léa, à la fin du siècle dernier.

La jeune femme parcourut la lettre, releva les yeux.

– La seule qui pourrait en savoir plus est ma bisaïeule, Aurélie Audranne. Malheureusement, voilà quelques mois qu'elle n'a plus toute sa raison, elle ne vous aidera guère.

– Justement, ajouta Frédéric, elle habite au-dessus de l'ancienne fabrique dont je vous parlais tout à l'heure. C'est elle qui avait mis dans la tête de ma femme le projet de la reprendre. Soi-disant que le nougat y était meilleur…

Hélène posa sur la table des verres, une bouteille de guignolet et une assiette de nougats. Voilà que cette Léa Audranne, cette vieille femme dont elle n'avait toujours pas compris l'étrange comportement, ange gardien ou démon, victime ou terroriste, voilà que, même en prison, elle revenait faire parler d'elle. Et par un juriste lyonnais.

– Que savez-vous sur la tante Léa, monsieur Balestier ?

– Rien de plus, je l'avoue. Je suggère que nous rendions visite à votre bisaïeule, peut-être qu'au nom de mon père…

Jacques se retourna vers Frédéric.

– Ce sera l'occasion de visiter les locaux dont vous voulez réparer le matériel.

Aurélie s'obstinait à rester dans son petit logement de la Grand-Rue plutôt qu'aller s'installer chez Benoît et Hortense, sur le boulevard. D'ailleurs, elle leur en voulait toujours d'avoir tourné le dos à leur fille sous prétexte de l'outrage que leur faisait Hélène en voulant épouser ce… comment ils avaient dit, déjà ? ce pouilleux de Cabestan ! Un pouilleux qui n'était ni plus ni moins que leur cousin ! Le pire de leur fureur avait été atteint quand elle leur avait lancé à la figure, devant toute la famille, qu'elle connaissait le secret du nougat Audranne, elle, et qu'elle l'avait livré au fils Cabestan.

Aurélie s'en était voulu, après coup, d'avoir livré le secret. D'avoir été la cause du premier malaise de Vincent, peut-être bien de sa mort, quelques mois plus tard. Et du coup de folie de Benoît qui était allé menacer les Cabestan, armé de son fusil de chasse… La police s'en était mêlée, la ville en avait fait des gorges chaudes. Il avait fallu éloigner les deux tourtereaux qui n'en démordaient pas, le temps que passe l'orage.

– Il ne passera pas, répétait Marguerite, tu connais le Vincent. Et la fabrique a besoin de Frédéric.

– Tu préfères qu'il leur arrive malheur, à ces deux inconscients ?

Le drame avait ramené Aurélie rue Quatre-Alliances, il ne s'agissait pas que la Marguerite, avec son caractère emporté, aille tout faire capoter. Légèrement titubante sur sa canne, mais l'œil toujours aussi perçant et déterminé, elle avait fait une entrée remarquée dans le magasin de *L'Amande dorée.* Ignorant les pleurs d'Angèle encore terrorisée par l'irruption de Vincent Audranne et le fusil de Benoît, elle était allée aussitôt s'enfermer avec Marguerite dans la cuisine. Et avait fini par la convaincre. Malgré les années d'éloignement, elle se félicitait d'avoir gardé tout son ascendant sur sa filleule. Dans l'urgence, les deux femmes avaient retrouvé leurs vieux réflexes de survie, elles avaient fait front ensemble.

Marguerite s'était débrouillée avec le premier ouvrier et Frédéric avait repris provisoirement le chemin de la ferme de Grignan qui, jadis, avait déjà abrité le secret de sa mère enceinte et sa propre enfance. Les cousins avaient vieilli mais leur cœur était toujours aussi large et bon. Tatan Combère n'y voyait plus très clair mais suffisamment pour la trouver bien belle, la promise du Frédéric, et le tonton avait aussitôt débouché une bouteille de vin vieux pour l'occasion.

On avait rapidement marié les jeunes gens. Marguerite Cabestan, célèbre dans le diocèse comme dans le commerce pour son redoutable caractère, avait eu gain de cause auprès de l'évêché malgré l'obstruction paternelle. Aurélie avait été la seule Audranne à être invitée. La noce n'avait rassemblé qu'une poignée de proches dans la collégiale de Grignan et ensuite autour du lapin, piégé la veille au collet, que la mère Combère savait si bien cuire en civet. On avait chanté des refrains de bergers du temps des loups et des colporteurs, on était allé faire un tour dans la magnanerie, les Combère continuaient à élever des vers à soie chaque printemps, par habitude ; ça ne rapportait plus grand-chose.

À la fin du repas, repue et satisfaite, Marguerite s'était retournée vers les novis, simulant la colère :

– Vous pouvez vous vanter de m'avoir fait courir, tous les deux ! Tâchez que je le regrette pas ! Et faites-moi de beaux enfants !

De tout cela, Aurélie se souvenait à présent comme d'un rêve lointain qui ne lui était peut-être pas arrivé, ou qui n'était arrivé qu'à d'autres. Elle ne se rappelait plus à présent que du corps inanimé de son fils Vincent, dans le bureau de la maison

Audranne. De son propre cri. Et d'une vieille domestique qui avait hurlé devant le cadavre : « Cette maison est maudite ! » Pourquoi avait-elle dit ça, la laveuse ? Au contraire, il avait eu trop de chance, Vincent, voilà où était le mal. Le mal, il lui avait pris déjà Delphine, sa pitchounette, sa jolie boulangère, depuis combien de temps elle ne la voyait plus, pourquoi ne lui rendait-elle plus visite ?

Elle sentait qu'elle commençait à s'embrouiller, Aurélie. Qu'on la reprenait tout le temps parce qu'elle se trompait, qu'elle confondait hier et aujourd'hui, le jour et la nuit, qu'est-ce que cela pouvait bien faire, à présent que même Hélène ne venait plus la voir ?

Parfois, elle reconnaissait bien Hélène parmi les jeunes femmes qui l'approchaient mais ce n'était plus la délicieuse enfant rousse qui gambadait sur le chemin de la fabrique, une de plus qui avait disparu de sa vie. Et qui était ce monsieur si bien mis qu'Hélène venait lui présenter aujourd'hui… ? « Ah oui, revoilà Hélène, mais oui, je t'ai reconnue, mon ange, je ne suis pas folle, qui est ce monsieur ? Jacques Balestier ? Connais pas. »

Après la visite à la vieille femme sénile, le trio redescendit dans le magasin abandonné où l'on devinait encore un ancien parfum de nougat. Jacques était déçu, son seul espoir d'en savoir plus sur cette promesse qui avait lié son père aux Audranne, son seul espoir s'était envolé avec la mémoire de cette femme.

Pour alléger l'atmosphère, Hélène remit la conversation sur la fabrique elle-même.

– Tout est resté en l'état quand mon grand-père a quitté les lieux. Et savez-vous que la saveur d'un nougat tient autant à l'atmosphère dans laquelle il cuit qu'à la qualité de ses ingrédients ?

Jacques crut à une boutade et sourit. Hélène paraissait très sérieuse :

– C'est mon arrière-grand-mère qui l'affirmait. Et je veux bien la croire quand elle dit que le nougat Audranne n'a plus la saveur d'autrefois. Le secret n'est peut-être pas seulement là où on le croit.

– Le secret ?

Tout en faisant grincer la porte de l'ancien atelier, Hélène raconta la petite histoire de la confiserie familiale. Jacques écouta poliment, une belle légende effectivement. Il pénétra à sa suite sous la voûte de l'ancienne fabrique. Frédéric l'avait nettoyée et débarrassée de ses détritus mais, à sa mine, Jacques comprit qu'il le faisait à son corps défendant et pour contenter sa femme.

Le soir, en quittant le jeune nougatier qui était allé le raccompagner à la gare, il lui serra la main et voulut lui souhaiter de réussir. Frédéric haussa les épaules.

– Je ne sais pas s'il faut me le souhaiter. C'est une promesse que j'ai faite à ma femme le jour de notre mariage. Hélène a reçu cette ancienne fabrique en donation de son arrière-grand-mère qui la tenait directement de son mari et qui se doutait que son fils la vendrait à sa mort. Ma femme vous a raconté l'histoire du secret, elle s'imagine que nous allons refaire le véritable nougat Audranne…

Il regarda Jacques comme s'il le prenait à témoin.

– Mais qui se souvient du véritable nougat Audranne, si tant est qu'il était différent du nougat fabriqué par mon oncle Benoît aujourd'hui ?

IX

Lyon, février 1931.

La silhouette de Sabine emmitouflée dans le col de fourrure de son manteau se détachait sur le quai parmi les vapeurs de la locomotive qui venait de stopper en gare de Perrache.

Elle s'élança vers Jacques à sa descente du train.

– As-tu fait bon voyage ? Pas trop de mistral à Montélimar ? Dépêchons-nous, on nous attend pour dîner.

Elle ne posa pas de questions sur la raison de ces voyages répétés dans la Drôme. Des affaires commerciales qui ne la regardaient pas, ne l'intéressaient pas. Il lui suffisait de savoir qu'il l'aimait.

On avait fiancé Sabine et Jacques à Noël et, depuis lors, le jeune juriste dînait plusieurs fois par semaine dans sa future belle-famille, quai Tilsitt.

Après le repas, le père de Sabine le prit à part.

– Tu as lu les journaux ? La crise financière actuelle ne doit pas freiner l'extension de notre société familiale et j'ai pensé à toi pour prendre la direction de notre filiale au Maroc.

Jacques aurait dû accueillir la nouvelle de cette promotion avec enthousiasme, il montra pourtant une réserve inattendue.

En rentrant chez lui, il préféra marcher un peu sur les quais de Saône pour réfléchir. Réfléchir à la façon dont il allait refuser cette offre exceptionnelle, peut-être provoquer la rupture de ses fiançailles.

Il savait parfaitement qu'à mots couverts son futur beau-père lui demandait tout bonnement d'apporter de l'argent frais à la société. Et que l'héritage de la tante Coralie avait été pour beaucoup dans son accord au mariage de sa fille. Or Jacques avait depuis peu d'autres projets.

À son retour de Montélimar, au mois d'octobre précédent, il avait relu plusieurs fois la lettre si énigmatique adressée par la tante Mathilde à son père. *Souviens-toi de cette famille Audranne et de la promesse que tu avais faite à notre grand-père jadis.* Il avait cherché à retrouver la trace de la tante, mais sans succès. Il avait fini par la connaître par cœur, cette lettre. C'était comme si, au-delà de sa tombe, le lointain aïeul lui faisait signe, lui rappelait qu'il n'était pas si seul que cela puisqu'un fil, un fil muet, le retenait à ces hommes et à ces femmes disparus, qu'ils avaient eu une histoire, qu'il était un maillon de cette histoire, qu'il avait encore à poursuivre l'histoire.

Il n'avait pas eu plus de succès en interrogeant sa mère.

– Rappelle-toi combien ton père était un homme secret. Je sais seulement qu'il ne s'entendait pas avec son propre père mais avait une vénération pour son grand-père qui s'était retiré à Die, son pays natal, où son beau-frère était notaire. Celui-là, d'après la tante Coralie, est mort sans enfants.

La lettre oubliée au fond d'un tiroir était donc tout ce qui subsistait du passé familial.

Pas complètement. Il restait deux pistes à explorer dont l'une, mentionnée incidemment par sa mère, avait particulièrement intrigué Jacques : la première ne l'avait mené nulle part ; à Die, aucune trace ne subsistait de l'ancienne famille du notaire Balestier. En revanche, il avait été stupéfait d'apprendre que, précisément à Montélimar où la fameuse lettre l'avait conduit, une maison aurait appartenu à son grand-père Édouard !

Rien que cela l'avait incité à s'intéresser de plus près à la petite ville nougatière ; mais la décision, il l'avait prise à la suite de son deuxième voyage en janvier, à l'occasion d'un litige avec un gros client de Valence. Léa Audranne n'y était pour rien, la malheureuse avait fini par noyer sa raison dans son éthylisme, on venait de la conduire à l'hôpital psychiatrique de Privas. La raison de ce dernier voyage, c'était le coup de téléphone d'Hélène Cabestan, au mois de janvier précédent.

Ce jour-là, revenu par le train à Montélimar, il traversait le Champ-de-Mars pour rejoindre la rue Quatre-Alliances où il était attendu à déjeuner, quand Angèle Cabestan qui le guettait était sortie du magasin du boulevard, la mine soucieuse.

– Ah ! Monsieur Balestier, je ne sais pas ce que vous a dit Hélène pour vous faire déplacer mais, puisque vous voilà, tâchez de les calmer ; si ça continue, je me demande ce que nous allons devenir… On voit bien que ma belle-mère n'est plus là pour mettre de l'ordre, ils font que se disputer à propos de ce vieil atelier, ça va mal finir pour notre commerce…

Effectivement, Frédéric Cabestan avait accueilli le visiteur d'un air renfrogné et, à peine la bouteille de guignolet posée sur la table, avait attaqué :

– C'est bien gentil à vous de venir nous voir, monsieur Balestier, mais Hélène, elle vous a fait venir pour rien.

Sa femme s'apprêtait à répliquer, le visage soudain enflammé, quand il avait haussé la voix :

– Je peux pas continuer à retaper cette vieille ruine ! Raisonnez-la un peu, tout ce que rapporte mon commerce va y passer. Tout ça pour se venger de son père…

– Non ! Pas pour me venger ! Pour tenir ma promesse à mémé Aurélie ! Si elle m'a donné la maison et la vieille fabrique, ce n'est pas pour rien !

– Elle n'a plus sa tête, ta mémé Aurélie ! Elle te reconnaît même plus !

Il avait pris Jacques à témoin :

– Vous pensez bien que la vieille fabrique, elle l'a oubliée comme le reste !

Frédéric s'était rendu compte du dilemme que vivait le couple : le mariage d'Hélène l'avait chassée de sa famille. Benoît et Hortense Audranne avaient définitivement fermé leur porte à leur fille depuis le drame qu'avait provoqué son mariage avec le cousin concurrent et honni. Leurs enfants avaient suivi leur exemple. Aussi, cette mémé Aurélie qui n'entrevoyait plus que des bribes de réalité, était le seul être auquel se raccrochait Hélène, cette maison qu'elle lui avait donnée pour la sauver de la destruction était le seul bien que possédait désormais la jeune femme. Auquel elle tenait comme à sa propre chair. Frédéric ne comprenait pas ; mais pourquoi elle ne la vendait pas pour l'aider à moderniser sa propre installation ?

Le couple se déchirait depuis des semaines, Hélène menaçait maintenant d'aller vivre avec mémé Aurélie, Angèle pleurait discrètement en s'essuyant les yeux à son tablier.

C'est lors de cette visite que Jacques avait commencé à entrevoir le début d'une solution. Peut-être aussi folle que les chimères d'Hélène. Il n'était pas intervenu au cours de la dispute, il avait seulement écouté, et saisi ce qui n'était pas dit dans le flot de reproches mutuels. Hélène avait vécu une enfance facile, l'argent ne lui avait jamais manqué et sa forte personnalité l'avait armée pour oser entreprendre. L'enfance de Frédéric lui pesait au contraire, si remplie de silences, de culpabilités, de tragiques disparitions, et puis on n'avait jamais roulé sur l'or, rue Quatre-Alliances.

Frédéric était un artiste. Jacques l'avait appris depuis son premier voyage par les amis à qui il avait rapporté du nougat ; la marque de *L'Amande dorée* ? « Une merveille, mon vieux. Une petite fabrique mais une saveur inimitable. Tu ne connaissais pas ? »

Huit jours après ce déjeuner mémorable, Jacques était revenu sans prévenir. Il avait surpris Frédéric le nez dans ses chaudrons, tandis qu'Hélène était une fois de plus chez son arrière-grand-mère qui oubliait sa visite dès qu'elle avait fermé la porte, mais cela ne troublait pas la jeune femme, elle était sûre, absolument sûre que, bien caché dans le cerveau de mémé Aurélie, il restait un lambeau de conscience, rien que cette main qui pressait longuement la sienne avant qu'elle la quitte.

Jacques fut donc bien aise d'avoir à parler seul à seul avec Frédéric et lui exposer son projet. Ils s'enfermèrent dans le petit bureau.

Il s'agissait de convaincre le jeune nougatier, de lui décrire les avantages d'une association, de ne pas le braquer en prétendant diriger l'affaire, ce qui n'était nullement son intention… Frédéric était têtu, méfiant ; après tout, il ne le connaissait guère, ce monsieur lyonnais qui s'intéressait soudain à son affaire, qui disait pouvoir y investir un bon paquet d'argent, qui le flattait en plus. Lui, un artiste… Il n'était qu'un bon artisan, voilà tout.

Seulement, il y avait Hélène. Hélène qu'il sentait s'éloigner de lui à cause de cette maudite histoire, dire qu'il avait parlé un jour de l'emmener à Dakar ! Qu'il rêvait comme elle d'aventures ! Il en avait peut-être oublié le goût au fond de son atelier ; son aventure, à présent, c'était de réussir, réussir ses cuissons, affiner, toujours plus affiner, parfumer la pâte onctueuse qui naissait peu à peu sous ses yeux attentifs…

X

Montélimar, septembre 1931.

SABINE AVAIT TENU BON. Et Jacques avait de nouveau prouvé à cette occasion son talent de négociateur ; il ne s'agissait plus, cette fois-ci, d'affaire de commerce mais de son propre avenir.

L'annonce de son choix, six mois plus tôt, avait manqué faire capoter le projet de mariage : une partie de sa fortune investie dans une obscure petite marque de nougat ? Et l'impossibilité de quitter la France étant donné son nouvel engagement ? C'était quasiment de la trahison. Une cause de rupture de fiançailles.

Son futur beau-père avait tout essayé, promesses et menaces, pour le faire revenir sur sa décision, et même tenté du chantage vis-à-vis de sa fille. En fin de compte, c'est elle qui avait trouvé les mots justes pour plaider la cause de son fiancé. Parce qu'elle rechignait à s'expatrier aux colonies, et parce que Frédéric avait su lui faire aimer la petite ville, tour à tour écrasée de chaleur et balayée par le mistral, ni plus jolie ni plus laide qu'une autre, mais si drôlement toquée de son nougat.

Le père de Sabine, qui aimait tendrement sa fille, avait fini par faire la paix avec son futur gendre, leurs rapports reprenaient doucement un tour plus apaisé.

Jacques avait emmené plusieurs fois sa fiancée à Montélimar, histoire de la conduire dans sa nouvelle Vivasix Renault cabriolet, pour suivre l'avancement des travaux et l'accompagner dans ses visites de politesse. Il paraissait si enthousiaste qu'elle avait été jusqu'à poser la question : Jacques imaginait-il un jour déménager dans la Drôme ? Il avait répondu évasivement. Il ne savait même pas lui-même dans quelle aventure il se lançait. Ni ce qu'il était venu réellement chercher : satisfaire une lointaine et énigmatique promesse familiale ? découvrir le lien qui unissait sa propre famille à celle des Audranne ? tirer au clair cette prétendue propriété Balestier à Montélimar ?

Il n'avait guère eu le temps jusqu'à présent de se consacrer à cette recherche, tout occupé qu'il était par la restauration de l'ancienne fabrique. Il avait commencé par en discuter longuement avec Frédéric Cabestan, finalement convaincu, avant de s'attaquer à la rénovation elle-même. Elle allait maintenant bon train, sous les yeux étonnés et attendris de la vieille Aurélie Audranne qui ne comprenait pas pourquoi l'on bouleversait ainsi son petit monde endormi.

Dès ses premiers séjours montiliens, Jacques avait tenu à rencontrer les concurrents de Frédéric, ne pas faire mystère de son projet, ni de lui-même, parce qu'un Lyonnais qui mettait son argent dans le nougat, ça faisait causer.

Il s'était montré dans les cafés, il logeait à l'*Hôtel du Parc* chez Arsac, qui était devenu un ami, comme Detry le dentiste ou During le tailleur de la rue Sainte-Croix. Mais c'est Benoît Audranne, parce qu'il s'appelait Audranne, qui l'intéressait particulièrement. Pas facile à dérider, le premier des nougatiers, qui l'avait à peine salué quand il avait paru à la réunion du syndicat. Il y avait de quoi, Jacques se présentait comme le futur associé de son concurrent détesté, de celui qui avait dévoyé sa fille Hélène, il n'était pas prêt à lui serrer la main en public. Mais il n'était pas non plus de taille à lutter contre le savoir-faire et l'habileté du juriste ; Jacques avait réussi à gagner, sinon son amitié, du moins sa neutralité.

C'est Hortense qui fit le premier pas, poussée par la vanité. Elle était déjà sous le charme de la jeune demoiselle, croisée lors d'une de ses visites. Quelle personne simple et pleine d'esprit, et cultivée ! Une Lyonnaise d'une si bonne famille ! Et maintenant, cette drôle de confidence que lui avait faite Benoît, pendant que la bonne servait le potage :

– Je me demande si… Figure-toi que c'est à une famille Balestier que mon père avait acheté notre maison, au siècle dernier. J'ai retrouvé le nom dans l'acte de vente…

Hortense décida aussitôt d'oser inviter le jeune couple. Seulement pour une simple tasse de thé. On ne causerait ni de nougat ni d'affaires qui fâchent, surtout pas des Cabestan ; Benoît se laissa fléchir facilement. Il se serait gardé d'avouer à sa femme l'intérêt que lui inspirait ce farfelu de Balestier venu se mêler des affaires du Cabestan ; sans parler de la fierté qu'il aurait à lui faire les honneurs de sa propre maison… Une maison Balestier… Qui sait ? La même famille ?

Partagé entre la surprise et la curiosité, Jacques accepta courtoisement l'invitation et, deux semaines plus tard, accompagné de Sabine, il sonnait à la porte de la maison du boulevard Marre-Desmarais, persuadé que la tasse de thé n'était qu'un prétexte pour dénigrer devant eux le jeune ménage Cabestan et faire du Lyonnais un allié de Benoît Audranne au sein du syndicat.

Il était loin de s'attendre à découvrir, bien au contraire, ce qu'il était venu chercher à Montélimar. La maison évoquée par sa mère, la maison Balestier… maintenant la maison Audranne.

XI

Montélimar, Pâques 1932.

PARFOIS, DES ÉCLAIRS DE LUCIDITÉ traversaient encore l'esprit d'Aurélie. Le dimanche des Rameaux. L'interminable évangile de la Passion qui vous tenait debout jusqu'à attraper des crampes, et les petit rameaux des enfants, tout scintillants de rubans, de nougats et de fruits confits, elle en salivait de souvenirs gourmands. Elle avait dit à Hélène :

– Emmène-moi à la messe des Rameaux.

En revanche, ce qui se tramait au rez-de-chaussée de chez elle, ces va-et-vient d'inconnus en train de bouleverser le magasin, elle n'y comprenait goutte. Hélène lui avait pourtant répété plusieurs fois le mot « inauguration », inauguration de quoi ?

– Mais de la fabrique de nougat, mémé ! Ta fabrique ressuscitée. On lui a donné un joli nom : *L'Amande dorée.*

Aurélie ne voyait pas de quoi il s'agissait et, d'ailleurs, ça finissait par l'agacer, ce monsieur Balestier qui insistait pour lui parler, à qui elle n'avait rien à dire, « Ah ! Monsieur, il faudrait demander à ma belle-mère. » À qui ? À Mme Julie, pardi ! Ils disaient qu'elle était morte voilà bien longtemps, qu'est-ce qu'elle y pouvait ? « Seule la chère Mme Julie savait des choses, oui monsieur, des choses pas bien belles sur notre famille… »

Jacques Balestier avait fini par renoncer à solliciter la mémoire anéantie d'Aurélie Audranne. Les semaines précédentes, il n'avait plus pensé qu'à la prochaine ouverture du nouveau magasin. Il prenait la route deux fois par semaine pour Montélimar, Sabine, elle, s'était installée au *Relais de l'Empereur*, l'ancien *Hôtel de la Poste*, pour aider Hélène aux derniers préparatifs. Elle n'avait pas réussi à ramener la concorde entre les Audranne et leur fille mais elle ne perdait pas espoir. Le succès du nougat montilien était tel que *L'Amande dorée* se ferait sa place comme les autres et que, d'ici à quelques années, on aurait vite oublié les vieilles querelles familiales. Avec les beaux jours, la nationale 7 voyait passer de plus en plus de voitures, les magasins de vente peinaient à maintenir le stock, les exportations s'envolaient. Jusqu'au bout du monde, on entendait parler du nougat de Montélimar qui se confondait désormais avec l'image de la ville.

À chacune de leurs retrouvailles, Jacques et sa fiancée en profitaient pour déjeuner ensemble. Sabine avait une préférence pour le *Café du Commerce*, place de la mairie. Rien de luxueux mais c'était un Italien qui tenait le bistrot, qui avait fui le fascisme et qui cuisinait les spaghettis à la sauce bolognaise comme nulle part ailleurs. Sabine le poussait à parler politique, l'Italien préférait parler nougat et pensait flatter son nouveau client.

– *L'Amande dorée* va devenir le premier nougat de Montélimar et passer devant le nougat Audranne, si je comprends bien.

Jacques sourit sans répondre mais Sabine, ce jour-là, intervint :

– Tu oublies que tu n'es que l'associé de Frédéric Cabestan et qu'il voudra toujours conserver son caractère artisanal à sa fabrique.

– C'est l'avenir qui le dira, objecta Jacques. Nous avons déjà des commandes dans toute l'Europe, nous ne pouvons que nous développer. Il faudra alors faire des choix…

L'Italien hocha la tête d'un air sombre.

– C'est tout à votre honneur, monsieur Balestier, de faire des projets mais l'avenir, je ne sais pas ce qu'il nous réserve, moi qui ai vu les fascistes à l'œuvre… Le chancelier allemand, cet Hitler, vous l'avez entendu ? C'est peut-être bien une nouvelle guerre qu'il nous prépare…

Frédéric, lui, ne se préoccupait pas de la marche du monde hors sa fabrique de nougat. Il s'était mis au travail dès que le matériel avait été en état de marche. Avec une bonne dose d'appréhension. M. Balestier avait eu beau ouvrir son portefeuille, c'est pas comme ça, en quelques semaines, et en faisant du neuf avec du vieux, qu'on remonte une fabrique. Les chaudrons déglingués, les briques des fours effondrées, les ustensiles rouillés, il avait bien des fois failli tout envoyer promener. Il répétait quand il était découragé qu'il ne ferait jamais du bon travail sous ces voûtes, Hélène jurait le contraire, il aurait mis sa main à couper qu'elle allait chaque semaine allumer un cierge devant l'autel de la Vierge, à Sainte-Croix.

Pourtant, le résultat était là. Récuré à fond, étincelant sous ses voûtes chaulées, ses murs carrelés de blanc, ses fours reconstruits, ses chaudrons et ses ustensiles de beau cuivre astiqué, l'ancien atelier paraissait n'avoir jamais cessé de fonctionner. Frédéric avait même remis en route le vieux chaudron qu'Hélène avait tenu à conserver, « Tu vas voir, c'est là que tu vas cuire le vrai nougat Audranne, à la poudre d'abricot » ; elle était persuadée, Hélène, que la magie des lieux suffirait, il ne voulait plus la contredire, elle rayonnait, elle flamboyait de joie, elle était redevenue la plus belle des rousses aux yeux dorés, elle était de nouveau amoureuse. Rien que pour cela, Frédéric était prêt à se surpasser.

Peu à peu, il avait laissé son premier ouvrier, qui avait été celui de son père et en qui il avait pleine confiance, à la tête de la fabrication des dragées et de la confiserie rue Quatre-Alliances ; lui, il se consacrait désormais au nougat dans les locaux de la Grand-Rue. Il s'était procuré de la poudre d'abricot, rien que pour faire plaisir à Hélène. Ça n'allait pas tout seul, combien de poudre d'abricot ? trop ou pas assez ? Soit qu'il n'ait pas l'habitude des lieux, soit qu'il faille roder le matériel et le dosage de cette damnée poudre, il avait loupé, du moins à son avis exigeant, car les autres l'avaient trouvée excellente, sa première cuisson ; il n'était pas entièrement satisfait de celles qui avaient suivi.

Ce soir-là, il sentait qu'il approchait de l'excellence. Il avait travaillé d'arrache-pied avec deux ouvriers pour terminer la cuisson, il fallait être prêt pour l'inauguration du magasin. Pendant que la pâte blanche et crémeuse prenait lentement consistance, on entendait dans les rues la rumeur des promeneurs qui allaient d'une devanture à l'autre ; c'était soir de jeudi saint et personne n'aurait manqué la tournée des vitrines, les sculptures de saindoux des charcutiers, les châteaux de chocolat des confiseurs, les carcasses de bœufs entiers, ornées de rubans rouge sang, accrochées aux grilles des boucheries. Une fois par an, Montélimar se donnait en délicieux spectacle.

Dans la vitrine du magasin qu'on allait bientôt rouvrir, à l'enseigne de *L'Amande dorée, nougat Audranne et Cabestan,* c'était un œuf de Pâques, un gigantesque œuf de Pâques qui attirait les curieux, qui faisait jaser, on n'avait jamais vu un œuf en nougat de cette taille : « Vous êtes sûr que ce n'est pas du carton ? »

C'était Crouzet qui avait accepté de fabriquer le moule en cuivre. Le chaudronnier y avait passé des semaines mais avait bien réussi son coup. L'inauguration approchait, les boiseries du magasin lessivées et repeintes, le plancher et la banque cirés de frais, Hélène était fière du travail accompli. Et passablement émue. Elle avait réussi à y attirer de temps en temps mémé Aurélie qui ne descendait plus de son petit logement à l'étage et qui n'avait pas reconnu les lieux et les couleurs défraîchies de son temps. Elle avait souri quand même.

– Ça sent le nougat, mon petit. On fait du nougat ici ?

Hélène n'avait pas encore eu le cœur de l'emmener jusqu'à l'atelier. De peur d'être trop déçue que les yeux de mémé Aurélie ne s'éclairent pas plus là qu'ailleurs.

Le matin de l'inauguration, on se hâtait de terminer les préparatifs pendant que Frédéric et l'apprenti donnaient un dernier coup de chiffon pour faire étinceler les cuivres avant la visite de l'après-midi. Il avait fait goûter les nougats de la dernière cuisson, il en était assez satisfait ; « Alors, ce goût d'abricot, Hélène ? » Elle hésitait. Oui, mais il y avait autre chose, autre chose...

Les premiers invités allaient arriver, Frédéric s'était noué pour la circonstance un vaste tablier immaculé autour de la taille, Jacques débouchait les bouteilles de champagne qu'on avait mis à rafraîchir entre des pains de glace, Hélène alla chercher mémé Aurélie ; malgré son infirmité, c'était après tout elle la reine de la fête.

La vieille dame arriva tout ébahie de cette foule qui l'applaudissait et, quand on lui présenta une coupe remplie de petits rectangles de nougat blanc piqueté de pistaches, elle en prit un en souriant pour faire bonne figure, pourquoi lui offrait-on du nougat ? Et du champagne ? Quelqu'un se mariait ?

Elle porta le nougat à sa bouche, elle se méfia, son dentier lui faisait mal et risquait de se casser. Elle laissa la saveur lui glisser sur la langue comme elle avait toujours fait, elle ferma les yeux.

Et puis soudain, elle les rouvrit, regarda Hélène d'un air ému.

– Le nougat d'Adrien… Le « nougat de la fille du Persan »… Qui c'est donc qui sait faire du nougat comme Adrien ?…

Repères généalogiques

FAMILLE AUDRANNE

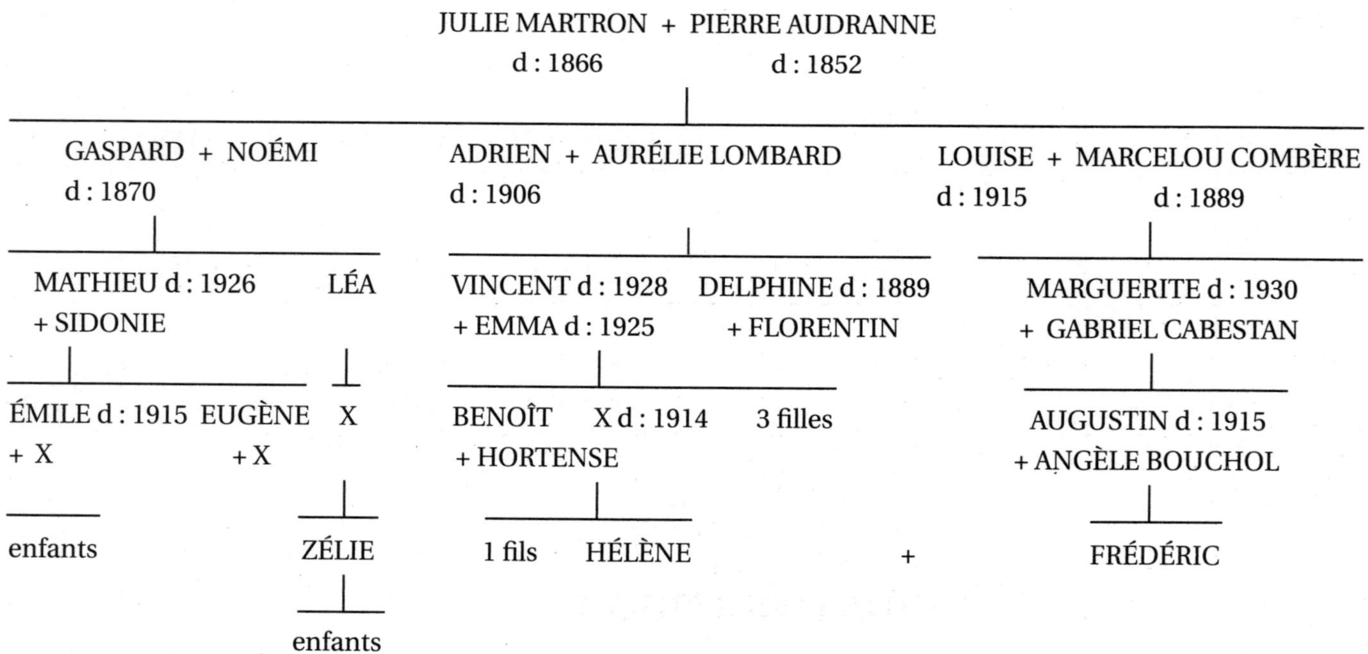

FAMILLE BALESTIER

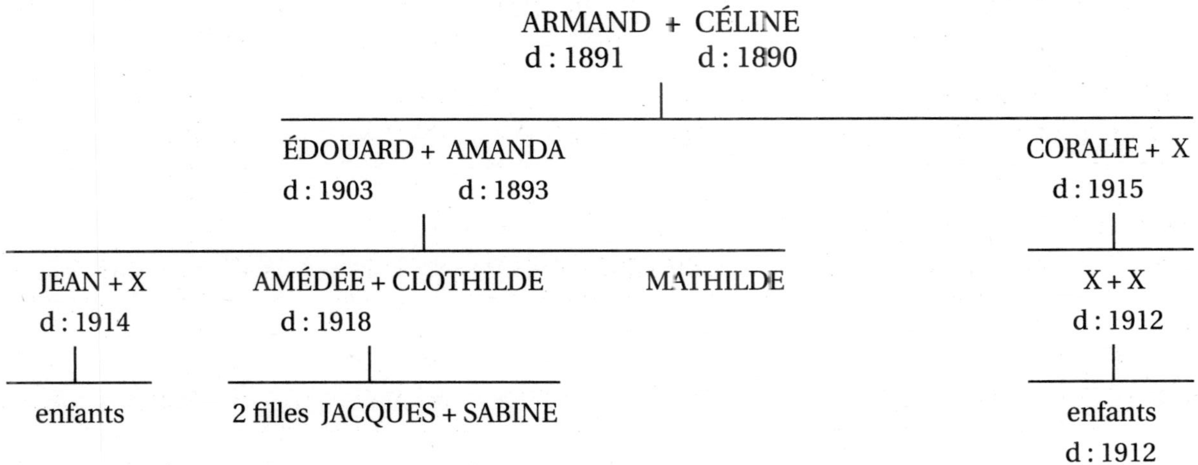

Repères bibliographiques

Ce roman s'appuie sur une large documentation familiale. Toutefois, il est redevable, pour le contexte montilien :

– aux travaux de Kader Ferchiche et de Marylène Marcel-Ponthier ;

– à l'iconographie réunie par Noëlle Marcel et Patrick Morand.

Il doit aussi beaucoup aux recherches de Jean Durand sur le nougat de Montélimar.

Enfin, les répercussions drômoises du coup d'État de 1851 ont été particulièrement analysées par les historiens Roger Pierre et Robert Serre.

Table des matières

PEFC/10-31-2008

Imprimé en U.E.
Dépôt légal : octobre 2013
ISBN : 978-2-8129-0901-6
ISSN : 1769-1788